휴우가 나츠

일러스트
시노 토우코

약사의 혼잣말

④

"혹시 만져 봐도
될까요?"

마오마오 는 고쿠요 비 의 배를
손가락 끝으로 살며시 건드려 보았다.

마오마오는 서랍을 열고
안에 든 생약을 꺼냈다.
그러자 새끼 고양이 마오마오 가
발밑에 다가와서 매달렸다.
마오마오는 귀찮았기에
발로 살짝 차 밀어냈으나,
고양이는 치맛자락에
발톱을 세웠다.

**"요 녀석,
그러다
찢어져."**

"돌려줘!"

리슈비 는
시녀의 멱살을 홱 잡아당겨
강제로 구리거울을 빼앗았다.

"맛을 볼
필요가
있지 않을까?"

마오마오 는 차가운 빙과를
샤오란 의 입에 넣어 주었다.

그 무엇과도 바꿀 수 없는
보물이라고 일컬어지던
아름다운 얼굴의 오른뺨에
비스듬히 상처가 나 있었다.
표피뿐만 아니라
속살까지 찢어진 그 상처는
실로 꿰매져 있었다.

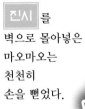 를
벽으로 몰아넣은
마오마오는
천천히
손을 뻗었다.

"보여
주십시오."

INTRODUCTION

사건의 법칙이란?

미스터리 팬들에게서 크게 절찬받고 있는
『약사의 혼잣말』.
4권에서는 이 이야기의 주인공 마오마오가
궁정에서 일어난 사건들 사이에
법칙이 있다는 사실을 알아차리게 됩니다.
지금까지 어려운 사건들의 수수께끼를 풀어 온
독 시식 담당 소녀의 명탐정 같은 활약상도
드디어 클라이맥스…인 줄 알았더니,
그만 납치당하고 말았습니다.
그리고 아름다운 환관 진시에게도
새로운 전개가 찾아옵니다.
자, 어떻게 될까요?!
페이지를 넘기는 손을 도저히 멈출 수 없는 4권.
재미는 확실히 보증합니다!!

약사의 혼잣말

4

휴우가 나츠 지음
시노 토우코 일러스트

Carnival

약사의 혼잣말

어머니가 명랑하게 웃고 있다.

이럴 때는 웃어야 한다. 그렇게 배웠다.

어머니가 아버지에게 사납게 분노를 터뜨리고 있다.

이럴 때는 함께 얼굴을 찌푸려야 한다. 그렇게 알고 있다.

어머니가 시녀를 꾸짖고 있다.

이럴 때는 가만히 방관해야 한다. 그렇게 이해하고 있다.

　문득 정신을 차려 보면 어머니는 이쪽을 지켜보고 있었고, 감시의 눈길을 보내고 있었다. 거기에 부응해야만 했다. 어머니가 웃을 때는 함께 웃고, 슬퍼할 때는 따라서 슬퍼해야 했다.

　그러면 어머니는 화를 내지 않는다. 오히려 웃어 주지, 더 이상 추한 모습을 보이진 않는다.

　다섯 살이 되었을 무렵에는 입술에 연지가 발리고, 열 살이 되기도 전에 얼굴에는 백분이 칠해졌다. 눈썹을 그리고, 눈꼬리에 물을 들이니 마치 가면이라도 쓴 기분이었다. 자신의 팔다리에는 항상 보이지 않는 실이 묶여 있고 그것을 어머니가 조종하는 것만 같았다. 온몸이 칭칭 감긴 듯 갑갑했다.

그래도 상관없었다.

그냥 인형처럼 지내면 될 거라고 생각했다.

하지만 그것은 틀린 생각이었다.

그 어떤 가면을 써도, 아무리 인형처럼 굴어도 어머니는 계속해서 더욱 추악해지기만 했다. 그것을 막는 일은 불가능하다는 사실을 알게 되었다.

아아, 헛수고구나.

그 사실을 깨달았을 무렵에는 이미 모든 것이 늦은 후였다.

1 화 : 목욕탕

"어디 괜찮은 일자리 없을까?"

샤오란이 바구니 속에서 빨랫감들을 구분하면서 말했다. 장소는 늘 그렇듯 빨래터였고, 두 사람은 환관에게서 마른 빨래를 받아 든 참이었다.

"저기, 마오마오는 연줄 있어?"

후궁의 봉공 기간이 끝나기까지 이제 반년도 채 남지 않았다. 이 시기가 되면 궁녀들은 고향 집에서 혼담 이야기가 오거나, 혹은 스스로의 힘으로 결혼 상대를 찾아내기도 하고, 또는 상급 궁녀나 비들의 마음에 들어 후궁에 계속 머물러 있기도 하는 등 향후의 거취를 결정하게 된다.

"연줄이라…."

있기는 있다. 유곽 안에 있는 기루 녹청관은 젊고 기량 있는 처녀라면 누구든 다 환영하는 곳이다. 애교 많은 여자라면 더

더욱 좋다.

마오마오는 턱을 어루만지며 샤오란을 바라보았다. 아직 앳된 느낌이 남아 있긴 하지만 생김새 자체는 그리 나쁘지 않다. 샤오란처럼 혀 짧은 말투로 말하는 아이를 좋아하는 남자들도 제법 있다. 무엇보다 순진하고 고분고분한 성품을 싫어하는 사람은 없다. 녹청관 할멈은 이런 아이일수록 가르치기 쉽다며 소위 뚜쟁이, 즉 인신매매꾼들에게서 자주 사들이곤 했다.

하지만….

"죽어도 다른 일자리를 못 구하겠다 싶으면, 그때는 소개해 줄 수 있어."

솔직히 소개해 주고 싶지 않다.

"뭐? 정말이야?"

샤오란이 눈을 반짝반짝 빛내며 가까이 다가오자, 마오마오는 시선을 피했다.

'너무 기대하지는 말아 줘.'

이것은 어디까지나 최후의 수단일 뿐이다. 마오마오는 유곽과 기녀들에 대해 잘 알고 있기 때문에 더더욱 경솔하게 그 길을 권할 수가 없었다. 마오마오가 자란 녹청관은 비교적 기녀 대접이 괜찮은 창관이기 때문에 그나마 낫지만, 유곽 전체를 보면 별로 오래 살 수 있는 직업은 아니다. 만성적인 수면 부족과 영양 부족, 그리고 손님에게서 옮는 성병 등 장수할 수 없는 요인이 너무나도 많다. 개중에는 기녀 신분에서 벗어나려다가 실패하는 바람에 본보기로 멍석말이를 당하고 강에 버려진 경우도 있다.

부모가 샤오란을 팔았기에 후궁을 나가면 혼자 힘으로 살아가야 한다. 그렇게 생각하면 마음이 조급해지는 것도 이해할 수 있었다.

뭐든 연줄이 필요한 상황이긴 했다.

'어디 좋은 곳 없나?'

진시나 다른 누군가에게 부탁할까 하는 생각이 떠올랐지만 마오마오는 안 된다며 고개를 가로저었다. 진시에게 소개했다가는 괜히 샤오란까지 귀찮은 일에 말려들 게 뻔하다.

'그럼 의국 돌팔이한테 물어볼까….'

마오마오가 팔짱을 끼고 곰곰이 생각에 잠겨 있는데 누군가가 불쑥 고개를 내밀었다.

"무슨 일이야?"

약간 곱슬기가 있는 머리카락에 키가 큰 소녀가 눈앞에 있었다. 혀짤배기 말투의 궁녀, 시스이였다.

"아~ 시스이~! 혹시 어디 괜찮은 일자리 없어~?"

물에 빠진 사람은 지푸라기라도 잡는다더니 정말로 그런 짝인 듯했다. 마오마오는 시스이도 일개 하녀이고 비슷한 처지이니 그리 쓸 만한 대답을 해 줄 수 있을 리가 없다고 생각했지만, 시스이의 입에서는 뜻밖의 말이 나왔다.

"있다고 하면 있을 수도 있고."

"응? 정말이야?"

샤오란이 시스이에게 냉큼 달려들었다. 시스이는 살며시 시선을 돌리더니 검지로 후궁의 남측 중앙을 가리켰다. 납작하고 널찍한 건물이 있었다. 그것이 무엇인지 마오마오는 잘 알고 있었다. 커다란 목욕탕이었다. 후궁이 확장될 때 함께 만들어진 시설로, 머나먼 서방 나라의 후궁 '하렘'을 흉내 내서 지었다고 한다.

"있다고 해야 하나, 만들러 간다고 해야 하나."

시스이는 히죽 웃으며 말했다.

목욕탕 건물은 매우 넓다. 얼마나 넓은가 하면 한꺼번에 천 명은 들어갈 수 있을 정도의 욕실이 있고, 또 그 안의 욕조에는 수백 명이 한꺼번에 들어갈 수 있을 정도다.

목욕탕은 크게 세 구역으로 나눌 수 있다. 비들이 사용하는 작은 방처럼 생긴 욕탕과 노천 욕탕, 그리고 나머지 하나는 지금 눈앞에 펼쳐져 있는 대욕탕이다. 하녀들은 주로 대욕탕에 발 디딜 틈도 없이 **빽빽**하게 들어가서 함께 씻곤 한다.

후궁은 인구 밀도가 매우 높은 장소이기 때문에 돌림병이 유행하기 쉽다. 그 때문에 위생 면에서는 항상 신경을 쓰고 있으며, 이 목욕탕도 그 조치의 일환이었다.

시정 백성들은 보통 목욕에 그렇게 공을 들이지 않는다. 욕조에 몸을 담그지도 않고 물통에 물을 퍼다가 대충 씻거나, 혹은 젖은 천으로 몸을 닦기만 하는 경우가 대부분이다. 마오마오가 태어나고 자란 유곽에서는 욕조에 몸을 푹 담그는 목욕을 당연하게 여겼으나, 후궁에 갓 들어온 궁녀들 중에는 욕조 사용법을 모르는 사람도 있었다.

뜨거운 물을 넉넉히 사용하는 목욕 방식은 그만큼 사치스러운 일이라 할 수 있겠다.

궁녀들은 겨울에는 닷새에 한 번, 여름에는 이틀에 한 번 반드시 목욕을 하도록 의무로 정해져 있다. 후궁에서 쾌적한 삶을 살기 위해서 몸에 붙은 때와 체취를 닦아 내는 일은 필수적이라고 마오마오는 생각한다. 또한 여기에는 비들이 자기 하녀를 괴롭히고 있는 건 아닌지 확인하는 기능도 있다고 한다. 녹청관 할멈도 같은 방법으로 혹시 유녀가 손님에게 난폭한 짓을 당하여 상품에 흠이 가지는 않았는지 항상 주시하곤 했다.

목욕탕에서 병에 감염되는 일도 있다고는 하지만 이곳은 여자들만의 화원이다. 성병 같은 것에 걸린 사람은 거의 없고, 있어도 궁녀들은 하나같이 아직 젊고 건강한 사람들이기 때문에 잘 옮지도 않는다.

"역시 이 시간에 오면 텅텅 비어 있구나~"

아직 해가 밝은 시간이었기 때문인지 목욕탕 안에 있는 궁녀는 얼마 되지 않았다.

"갑자기 웬 목욕탕?"

샤오란이 고개를 갸웃거렸다. 한 손에는 수건을 들고, 목욕용 앞가리개를 목에 걸친 차림새였다. 굴곡이 별로 없는 몸 선이 뚜렷하게 드러났다.

"이유는 금방 알게 될 거야."

시스이 또한 같은 차림새였다. 하지만 아직 앳된 느낌이 남은 얼굴과 달리 그 몸은 상당히 발육이 좋았다. 마오마오의 손가락이 저도 모르게 꼼지락거려질 정도로 가슴도 컸다. 옷을 입으면 말라 보이는 체형인 모양이었다.

시스이는 히죽히죽 웃으며 활기차게 욕조로 들어갔다.

"아아! 혼난다구~ 먼저 씻고 들어가야지!"

"뜨거워! 꺅!"

뜨거운 물에 몸을 담갔던 시스이가 온몸이 새빨갛게 익어서는 앞가리개를 벗으며 소란을 피웠다. 마오마오는 나무통을 집어 들고 찬물 욕조에서 찬물을 퍼서 시스이에게 끼얹어 주었다.

샤오란이 어이가 없다는 듯 목소리를 높였다.

"이 시간대에 들어와 본 적 없어?"

환관들이 욕조에 물을 채워 주는 건 하루에 한 번뿐이다. 이때 피부가 델 정도로 후끈후끈 뜨거운 물을 넣어 두는데, 그러

면 시간이 지남에 따라 점점 식어서 딱 좋은 온도가 된다.

그러니 아직 더위가 남아 있는 이 계절에는 일찍부터 목욕을
하러 오는 사람이 없을 수밖에 없다. 하지만 시간이 늦으면 탕
이 너무 북적거리기 때문에, 일찍 목욕하고 싶어 하는 사람이
있으면 우선적으로 들여보내 준다. 세 사람이 이 시간대에 목
욕탕에 들어올 수 있었던 것도 그런 이유였다.

"헤헤헤, 평소에는 더 늦게 오거든."

시스이가 웃으며 말했다.

마오마오는 나무통에 든 찬물에 뜨거운 물을 넣고 잘 섞어서
몸에 끼얹었다. 그리고 의국에서 슬쩍해 온 세발제洗髮劑로 거품
을 낸 뒤 머리에 묻히고, 손가락으로 두피를 열심히 문질러 나
갔다.

"마오마오, 나도 그거!"

시스이가 손을 내밀었기에 마오마오는 병에 담아 온 세발제
를 그 손바닥에 덜어서 나눠 주었다. 샤오란이 신기하다는 표
정으로 마오마오를 쳐다보고 있었다. 마오마오는 온통 거품투
성이가 된 자기 머리는 일단 제쳐 두고, 나무통에 든 물을 샤오
란에게 끼얹고서 세발제로 머리를 감겨 주었다.

"눈이 따가워~"

"눈 감아."

마오마오는 샤오란의 두피를 열심히 문질렀다. 빈틈없이 꼼

꼼하게 거품을 내고, 슬슬 다 되었다 싶었을 무렵 통에 든 물로 거품을 씻어 냈다.

샤오란은 강아지처럼 머리를 푸르르 흔들어 댔다. 마오마오의 얼굴에 물방울이 튀었다.

"난 목욕하는 거 별로 안 좋아해."

"그래? 개운한데."

"동감이야."

마오마오는 욕조 안에서 비교적 온도가 낮은 장소를 찾아 천천히 발끝부터 들어갔다. 살짝 현기증이 날 것 같았기에 통에 든 찬물로 얼굴을 식히면서 몸을 담갔다.

시스이도 마오마오와 마찬가지로 뜨거운 욕조에 들어앉았고, 샤오란은 찬물 욕조를 선택했다. 농촌 출신들은 뜨거운 물에 몸을 담그는 습관이 없었기 때문에 찬물이 더 편한 모양이었다.

샤오란은 욕조 가장자리에 손을 짚고 슬그머니 시스이의 눈치를 보았다.

"저기, 목욕탕하고 연줄이 도대체 무슨 상관이야?"

"자, 자. 저쪽을 봐."

시스이가 가리킨 곳은 바깥에 있는 노천 욕탕이었다. 그쪽은 기본적으로 비들이나 시녀들 등의 상급 궁녀들이 사용하는 장소이며, 비 전용의 작은 방이 딸려 있다.

"저게 왜?"

샤오란이 고개를 갸웃거렸다.

시스이는 욕조에서 일어나 샤오란의 팔을 잡아끌며 밖으로 나갔다. 그리고 노천 욕탕 옆에 있는 편편한 돌판 쪽으로 향했다.

"자, 잠깐! 그쪽은 가면 안 되는 거 아냐?"

당황하는 샤오란을 보며 시스이가 히죽 웃고는 돌판 앞에 서서 머리에 수건을 감았다.

'어? 저건….'

마오마오는 시스이가 무엇을 하려는지 대략 예상이 갔다.

그래서 자신도 돌판 앞에 서서 샤오란의 머리에 수건을 감아 주었다. 샤오란이 고개를 갸웃거리며 서 있는데 여자 둘이 이쪽으로 다가왔다.

"새로 들어왔니?"

태도가 거만한 걸 보니 비인 모양이었다. 시스이가 생글생글 웃으며 "네." 하고 대답했다. 그러자 비가 당연하다는 듯 돌판 위에 누웠다. 다른 한 명, 시녀로 보이는 여자가 향유병을 내밀었다.

"조금 세게 해 주렴."

"알겠습니다~"

시스이는 향유병을 받아 들고, 누워 있는 비의 등에 향유를 천천히 바르기 시작했다. 그리고 익숙한 손놀림으로 등을 주물렀다.

"으음~ 조금만 더 오른쪽."

어리광 섞인 목소리로 신음하며 비가 말했다. 따라온 시녀는 나른한 표정으로 그 모습을 지켜보고 있었다.

'승은을 입은 적 없는 사람인가 보네.'

마오마오는 손에 향유를 따르며 생각했다. 그리고 시스이를 흉내 내어 비의 다리에 향유를 바르기 시작했다. 샤오란도 그것을 따라했다.

황제의 승은을 입으면 다른 비나 궁녀들에게 괴롭힘을 당하게 된다. 그러면 경계심이 강해져서, 이렇게 처음 보는 하녀들에게 안마를 맡기지도 않는다.

문어처럼 흐느적흐느적 늘어진 비는 완전히 넋을 놓았다.

비인 만큼 제법 아름다운 용모를 갖고 있었지만, 마오마오에게는 다소 마음에 걸리는 부분이 있었다. 이 비는 피부가 거칠었고 드문드문 솜털을 깎다 남은 자국이 있었다.

'자꾸 신경 쓰여.'

유곽 출신인 마오마오로서는 그것이 자꾸만 눈에 밟혔다. 마오마오는 문득 실내로 들어가 어떤 물건을 가지고 왔다.

"그게 뭐야?"

돌아온 마오마오를 보고 샤오란이 작은 목소리로 물었다. 마오마오의 손에는 2척* 정도 되는 가느다란 실이 들려 있었다.

"보면 알아."

마오마오는 그 비의 시녀에게 일단 말을 걸었다. 시녀는 의아한 표정을 지으면서도 마오마오의 이야기를 들어 주었다. 그리고 돌판 위에 앉아서는 손을 내밀었다.

마오마오는 가져온 실을 그 손 위로 문질렀다. 그러자 실 표면에 솜털이 감겨서 뽑혀 나갔다.

"…아프지는 않으신가요?"

"꽤 아프긴 하지만 날이 무딘 면도칼보다는 나아."

시녀가 느끼기에 촉감이 그리 나쁘진 않은 모양이었다. 사실은 한차례 깨끗하게 씻기고 나서 제모를 해 주고 싶었지만, 이미 탕에 들어갔다 나온 듯했으니 괜찮을 것 같았다.

"피부에 이상이 생길 것 같으면 그만두겠습니다."

일단 시험 삼아 한쪽 손만 해 보기로 했다. 마오마오는 비의 맨살에 정성껏 실을 문질러, 솜털이 엉키게 해서 뽑아 낸 뒤 향유를 꼼꼼하게 발랐다. 냄새도 적당하고 자극도 적은 고급 향유였다.

"흐응, 일단 좀 지켜볼게. 다음엔 언제 들어오니?"

돌판 위에 늘어져 있는 비 옆에서 시녀가 물었다.

※2척 : 60센티미터.

"언제로 할래?"

"모레쯤이면 괜찮을 것 같습니다."

그 말을 들은 시스이가 히죽 웃었다. 샤오란은 상황을 파악하지 못한 채 아직도 비의 장딴지를 주무르고 있었다.

'그런 거구나.'

연줄이 없으면 만들면 된다. 목욕탕이라는 공간은, 평소 다가가기 힘든 비들을 접할 수 있는 귀중한 공간이다.

비와 시녀가 만족한 표정으로 나가자, 바로 다음 손님이 차례를 기다리고 있었다.

탕녀湯女 일은 상당한 중노동이다. 전신을 주물러 근육을 풀어 주는 데에는 굉장한 힘이 든다. 한 명이라면 다행인데 정신을 차리고 보면 줄이 길게 늘어서 있다.

이야기를 듣자하니 얼마 전까지 이곳에서 안마 일을 하던 궁녀가 봉공 기간을 마치고 일을 그만두었다고 한다. 그 궁녀는 중급 비 한 사람의 눈에 들어, 현재는 그 비의 친정에서 일하고 있다.

저잣거리에서는 탕녀를 매춘부 취급하는 일도 자주 있으나 이곳은 여자의 화원이므로 그런 일은 없다. 하지만 그런 인상이 남아 있기 때문인지, 아니면 육체노동을 해야 하는 일이기 때문인지 선뜻 이 일을 하겠다고 나서는 궁녀는 많지 않다.

그런 연유로 마오마오 일행 세 사람이 빈자리를 날름 꿰어 차게 되었다는 이야기였다.

사실 이미 세탁을 담당하고 있던 세 사람은 굳이 따지자면 그냥 일이 늘어났을 뿐이지만, 그럼에도 대가 또한 틀림없이 존재했다.

"자, 받아. 별로 대단한 건 아니지만."

목욕을 마친 시녀 하나가 슬그머니 작은 천 꾸러미 하나를 건넸다. 물론 매번 받을 수 있는 건 아니고, 이번에는 실을 이용한 제모가 마음에 들어서 특별히 준 듯했다. 속을 들여다보니 사탕이 들어 있었다.

샤오란은 그것을 보고 눈을 반짝반짝 빛내며 재빨리 입에 던져 넣었다.

"아, 행복해~"

단것만 먹으면 금세 행복해지다니, 정말이지 편한 성격이다.

세 사람은 목욕탕 일을 마치고, 건물 앞 난간에 앉아 잔뜩 달아오른 몸을 식혔다. 아직 해가 지려면 멀었고 저녁 식사를 하기에는 이른 시각이었다. 다른 궁녀들은 해가 지기 전에 일을 끝마치기 위해 허둥지둥 서두르고 있었다. 특히 식사를 담당하는 궁녀들은 유난히 바빠 보였다.

마오마오는 몰라도 샤오란과 시스이는 목욕탕에 일찍 들어갔던 탓에 저녁 식사 후에도 할 일이 남아 있었다. 그러니 지금은 그 전의 귀중한 휴식 시간인 셈이었다.

"그나저나 연줄이란 것도 쉽게 만들 수 있는 건 아니었구나."

입 속에서 사탕을 굴리며 샤오란이 말했다. 샤오란은 아마 오늘 목욕탕 일이 끝나고 나면 일자리 권유를 잔뜩 받지 않을까 기대했던 모양이었다.

"꼭 그렇지만도 않아. 봉공 기간이 끝나기 전에 너를 좋아하는 비에게 슬쩍 말해 놓으면 돼. 이제 곧 기간이 끝난다고."

"그렇게 잘될까?"

"받아 주지는 않는다 해도 기간을 늘려 줄 수도 있잖아. 혹시 안 되더라도…."

시스이는 그렇게 말하며 품에서 무언가를 꺼냈다. 그것은 이 빠진 빗이었는데, 빗살이 빠졌다 해도 대모갑으로 만들어진 물건이었기에 충분히 가치가 있어 보였다.

"이런 걸 돈으로 바꾸는 수도 있고."

"우와!"

참 빈틈없는 아이라고 마오마오는 생각했다. 단것을 별로 좋아하지 않는 마오마오는 자기가 받은 사탕을 전부 샤오란에게 주었는데 말이다.

'빈틈없는 사람이라고 하니….'

마오마오가 모시는 비 역시 무척이나 빈틈없는 사람이다.

마오마오가 목욕탕 일을 하는 것은 이틀에 한 번 꼴이었고 그것도 시스이와 샤오란과의 친목 모임 비슷한 활동이었지만, 어쨌든 보통 비라면 이런 식으로 자기 시녀가 다른 비들의 시중을 드는 걸 달갑게 여길 리가 없다. 그러나 교쿠요 비로 말할 것 같으면 "어머? 그럼 그런 곳에서는 재밌는 얘기를 잔뜩 들을 수가 있겠네. 나중에 나한테도 얘기해 주렴."이라고 하는 사람이니 정말이지 배짱이 보통 두둑한 게 아니다.

하기야 목욕탕에 가면 긴장이 풀린 비나 시녀들이 꽤 흥미로운 이야기를 거리낌 없이 해 주는 경우가 제법 있다.

마오마오가 비취궁 시녀라는 사실을 모르는 건지, 아니면 수증기로 가득한 목욕탕 안이기 때문에 알아보지 못하는 건지, 그들은 자기 가족들이 하는 일이나 다른 비의 뒷사정 등 꽤 민감한 이야기까지도 늘어놓곤 한다.

교쿠요 비에 대한 소문도 있었다. 역시 눈치 빠른 비들 사이에서는 이미 회임 사실이 다 알려져 있었던 듯했고, 아이가 아들인지 딸인지 또 언제 태어날지에 대한 이야기까지 진행되어 있었다. 드문드문 리화 비도 회임한 것 아니냐는 이야기까지 들려오고 있으니 무서운 일이었다.

하지만 그 외에 다른 소문도 있었다.

러우란 비도 회임을 한 것 같다는 이야기였다.

전부터 괴상한 복장 때문에 유명한 비이긴 했지만 최근 들어서는 품이 낙낙한 옷을 입는 일이 많아졌고, 밖으로 통 나오려

하지 않는다는 게 그 이유였다.

'으음….'

러우란 비가 후궁에 들어온 건 올 초의 일이다. 올해도 벌써 여덟 번째 달이 끝나고 아홉 번째 달로 접어들려 하는 시기가 되어 있었다. 황제도 그렇게 요란법석을 떨며 들어온 러우란 비의 처소에 드나들지 않을 재주는 없다.

그렇다면 즉, 상급 비 네 명 중 세 명이 임신하고 있다는 말이 된다.

경사스럽기도 하지만 불온하고 무시무시한 일이기도 했다.

그 외에도 재미있는 소문이라 하면….

"저기, 환관은 이제 안 만드는 거 아니었어?"

샤오란이 무슨 말을 하고 싶은 건지 마오마오는 바로 알아들 었다.

얼마 전 있었던 궁녀 충원과 함께 환관도 늘어났다. 하지만 환관을 새로 만드는 일은 현 황제가 즉위하면서 사라졌을 터였 다.

"원래 노예였던 사람들이래."

시스이가 간단하게 말했다. 노예 제도도 함께 사라졌지만, 여 기서 말하는 노예란 이 나라의 노예가 아니다. 이민족들 중에 는 타국 사람을 붙잡아 거세해서 노예로 쓰는 부족이 있다. 거기서 도망쳤거나, 아니면 구출돼 돌아온 사람들이었다.

"30명이나 들어온 걸 보니 대규모 토벌이 이루어졌나 봐."

앳된 인상에 벌레를 좋아하는 괴짜지만 시스이는 굉장히 총명하다. 대부분의 경우 노예의 도망은 그런 류의 무시무시한 사건과 직결된다. 그리고 보니 작년에 그쪽과 관련된 문제로 한바탕 소동이 벌어진 적이 있었는데, 이번에 들어온 환관들은 어쩌면 당시 구출된 노예인지도 모른다.

"힘들겠다."

"그러게."

두 사람은 마치 남의 일인 것처럼 한마디씩 했다. 하기야 실제로 남의 일이니 어쩔 수 없다.

"그리고 보니 멋있는 환관도 하나 들어왔다는데, 보고 싶다."

언젠가 어디서 들었던 듯한 그 말에 마오마오는 저도 모르게 얼굴을 찡그렸다.

"아무리 멋있어도 어차피 환관인데~ 정말 보고 싶어?"

시스이가 물었다.

"그치만 멋있다잖아! 아, 그리고 보니 목욕탕에 물 길어다 주는 것도 그 사람들이 하는 일이지?"

샤오란이 눈을 반짝반짝 빛냈다. 소중한 무언가가 달려 있든 안 달려 있든 상관없다는 태도인 걸 보니 아직 어리긴 어리다.

"뭐, 진시 님만큼 멋있진 않겠지만."

마오마오는 기대어 있던 난간에서 하마터면 떨어질 뻔했다. "왜 그래?" 하고 옆에서 샤오란이 쳐다보았다. 마오마오는 아무것도 아니라면서 치맛자락을 탁탁 털고 자세를 바로 했다.

"그러고 보니 마오마오, 진시 님하고 자주⋯."

"응, **비전하** 심부름 때문에."

마오마오는 그 부분을 강조해서 말했다. 그 이상도 그 이하도 아니라고 주장하기 위해.

"⋯⋯."

마오마오는 무의식적으로 왼손을 치맛자락에 문질러 닦았다. 언젠가 움켜쥐었던 개구리의 감촉이 되살아났던 탓이었다.

'그건 개구리였다. 개구리.'

마오마오는 스스로를 타이르며 마음을 진정시켰다.

지난번 피서지에서 벌어진 사건 이후 아직 진시와는 만난 적이 없다. 슬슬 사부인 정기 방문 시기가 돌아올 텐데, 영 거북해 견딜 수가 없었다.

마오마오가 무슨 경이라도 읽는 것처럼 머릿속으로 중얼중얼 혼잣말을 하고 있는데 낯익은 2인조가 욕탕으로 들어왔다.

'저건⋯.'

쭈뼛거리며 어쩔 줄 몰라 하는 소녀와 그 뒤를 따르는 궁녀. 소녀의 얼굴은 사랑스럽고 예뻤지만 성격이 심약한 탓에 눈썹이 항상 팔자로 축 늘어져 있는 것이 특징적이다.

'리슈 비?'

리슈 비가 왜 이런 곳에 왔을까 생각하면서 마오마오는 리슈 비와 그 시녀장을 지켜보았다.

2 화 : 세키우

'왠지 날 노려보고 있는 것 같은데.'

마오마오는 생각했다. 누구 이야기인가 하면 지금 눈앞에 있는 세 사람이라고밖에 말할 도리가 없다.

오늘의 간식은 찐빵이었다. 속에 소가 들어 있지 않은 소박한 찐빵이었으나 단것을 별로 좋아하지 않는 마오마오는 오히려 이쪽을 더 선호했다. 소 대신 남은 조림 반찬을 끼워 먹어도 맛있다.

비취궁 시녀들은 교대로 휴식을 취하곤 한다. 지금까지는 휴식 시간에 주로 외출을 하거나, 아니면 홍냥과 세 시녀들과 함께 있는 경우가 많았던 마오마오였지만 이번에는 신입 세 사람과 함께 시간을 보내게 되었다.

솔직히 별로 편한 자리는 아니었다.

마오마오는 그리 사교적인 성격이 아니다. 신입들이 들어온

지 한 달이 지났는데도 최근 들어서야 겨우 이름을 외웠을 정도다.

신입 세 사람은 서로 꼭 닮았다. 고향이 같아서 생김새가 비슷한 걸까, 하고 처음에는 생각했지만 알고 보니 그게 아니라 세 자매라고 한다.

'하쿠우白羽, 코쿠우黑羽, 세키우赤羽랬던가.'

이름 자체는 외우기 쉬웠다. 하지만 그 셋 중 누가 누구인지 얼굴과 이름을 일치시키는 일이 어려웠다. 벌써 이름을 몇 번이나 틀리는 바람에, 결국 질려 버린 세 자매가 각자 이름에 들어 있는 색깔의 머리끈을 매고 다니기로 하여 겨우 구분할 수 있게 되었다. 지난번에 왔던 특사들과 똑같다.

세쌍둥이가 아니고 연년생으로 위에서부터 하쿠우, 코쿠우, 세키우 순이었다. 상급 비를 모시는 시녀이므로 당연히 용모도 아름답고, 눈썹먹을 흘려 놓은 듯 아름다운 버들가지 눈썹을 갖고 있었다. 눈매는 셋 다 날카로웠지만, 둘째인 코쿠우가 제일 기운이 강렬하게 생겼다고 마오마오는 생각했다.

"좀 드시지요."

마오마오는 이미 의자에 앉아 찐빵을 우물거리고 있었다. 차는 방금 전까지 휴식 시간이었던 구이위엔이 준비해 주었다. 한 번 우렸던 차였지만 맛은 충분히 좋았다.

"…네."

장녀인 하쿠우가 의자에 앉자, 코쿠우와 세키우도 덩달아 앉았다.

"""".......""""".

아무도 말이 없었다. 마오마오는 신경 쓰지 않았지만, 자기가 먹는 모습을 앞에서 누군가가 빤히 지켜보고만 있으니 마음이 불편하긴 했다.

'나한테 뭐 하고 싶은 말이라도 있나?'

그렇다면 입 밖으로 확실하게 내뱉어 줬으면 했다. 마오마오는 자기가 먼저 그 점을 알아차리고 눈치 빠르게 반응할 만큼 타인에게 신경을 쓰고 싶지 않았다. 상사라면 몰라도 지금 눈앞의 상대는 동료일 뿐이니, 자기 쪽에서 어지간히 호의를 갖고 있지 않고서야 그런 부분을 배려해 줄 마음은 없었다.

묵묵히 찐빵만 먹으며 시간이 흘러갔다. 마오마오가 입을 다물고 있기 때문인지 맞은편의 세 사람도 아무 말이 없었다. 신경 쓰지 말고 그냥 잡담이나 하면 좋을 텐데.

찐빵을 다 먹고 차로 입가심을 하고 있는데 아무 말이 없던 세 자매 중 하얀 머리끈을 묶은 하쿠우가 마오마오를 쳐다보았다.

"한 가지 묻고 싶은 게 있는데 괜찮을까?"

차분한 말투였다. 막내인 세키우가 마오마오와 동갑이라고 했으니 하쿠우는 올해로 스무 살이 되었을 터였다. 교쿠요 비와 동갑이며, 잉화를 비롯한 세 시녀들보다도 나이가 많기 때문에 아무래도 어른스러운 분위기가 풍겼다.

"어떤 경위로 이 비취궁에서 일하게 되었지?"

'뭐라고 대답해야 하나….'

비취궁은 원래 인원이 부족한 곳이었기에, 그 아쉬운 부분을 이용해 진시가 독 시식 담당으로서 밀어 넣은 새 시녀가 바로 마오마오였다. 잉화나 다른 누군가가 그 얘기를 이미 했을 텐데.

"그 이야기는 들었어. 하지만 그것만으로는 납득할 수가 없어. 저 의심 많은 교쿠요가 널 그렇게 신뢰하다니 말이야."

무심코 '교쿠요'라고 이름으로 불러 버린 하쿠우는 한순간 얼굴을 찡그렸다.

'아하, 그렇구나.'

교쿠요 비와 동갑이라면 전부터 사이가 좋았을지도 모른다. 그런 사람의 주위에 정체 모를 인간이 어슬렁거리고 있으니 의심하는 것도 당연한 일이다.

"저는 일개 독 시식 담당 시녀에 불과합니다. 누군가가 교쿠요 님을 독살하려 한다면 제일 먼저 죽는 건 저겠지요. 그런 역할이라고 생각하시면 그만 아닐까요?"

마오마오는 솔직하게 대답했다. 맨 처음 교쿠요 비를 만나게 된 계기였던, 독이 든 백분 사건에 대해서는 굳이 말할 필요 없을 것 같았다.

"얘기로 듣긴 했지만, 성격 정말 담백하구나."

"감사합니다."

칭찬인지 아닌지 알 수가 없었지만 일단 고개는 숙였다. 신입이라도 입장은 마오마오보다 윗사람이니 말이다.

"…그리고 바깥에 친구가 많은 것 같은데, 적당히 사귀도록 해. 우리 입장에서도 익숙지 않은 후궁에 적응해야 하는데 선배 궁녀가 다른 곳만 어슬렁거리고 다니면 서운하지 않겠어? 특히 우리 막내가."

하쿠우는 빨간 머리끈을 맨 셋째를 쿡 찌르며 말했다. 막내 세키우는 전혀 그렇지 않다는 듯 쌀쌀맞게 고개만 홱 돌렸다.

그렇구나, 하고 마오마오는 생각했다. 하기야 최근 들어 샤오란이나 시스이랑만 어울리는 일이 좀 많긴 했으니, 그러면 안 되겠다고 반성했다.

하지만 오늘도 샤오란, 시스이와 만날 약속이 되어 있었다. 비들에게 제모를 해 주는 것도 마오마오의 일 중 하나가 되어 버려서, 여기서 자신이 빠지면 두 사람이 무척이나 힘들어질 것이다.

어떻게 할까 고민하던 중 마오마오는 문득 한 가지 생각을 해냈다.

요컨대 마오마오가 이상한 짓을 하고 다니는 게 아닌지 감시하는 사람이 붙으면 된다는 말이 아닌가.

"그럼 오늘 목욕탕에 같이 가실래요?"

"에엑?!"

느닷없는 제안에 세키우는 얼빠진 소리를 질렀다. 세 자매는 서로 얼굴이 꼭 닮았지만 그래도 나이 차이 때문인지 세키우에게는 어딘가 모르게 앳된 인상이 남아 있었다. 이 아이가 너무 매몰찬 태도만 취하지 않으면 샤오란과 시스이가 알아서 잘 다뤄 줄 거라고, 마오마오는 무책임하게 생각했다.

'목욕탕'이라는 말에 하쿠우와 코쿠우가 얼굴을 마주 보았다. 한순간 두 사람의 얼굴에 히죽거리는 웃음이 떠오른 듯 보인 건 착각이었을까.

"그것도 괜찮겠네. 세키우, 너도 가끔은 우리 말고 다른 아이들을 만나 보는 것도 좋지 않을까?"

"하쿠우 언니!"

"그러게, 그게 좋겠어. 게다가 목욕탕에 드나드는 건 교쿠요 님 명령 때문이잖니?"

"그렇죠."

후궁의 추문을 수집하는 것도 일이라면 일이다. 마오마오가 세키우를 향해 이리 오라는 듯 손짓을 했다.

"코쿠우 언니까지…."

"일을 도우러 가는 거라니 어쩔 수 없지. 다녀오렴."

지금껏 별다른 말이 없었던 둘째까지 큰언니 말에 동의하는 바람에, 결국 셋째가 할 일은 이렇게 결정되고 말았다.

'흠….'

마오마오는 세 자매의 위치 관계가 어떻게 이루어져 있는지 대략 알 것 같은 기분이었다.

"처음 뵙겠습니다, 세키우라고 해요."

세키우가 다소 긴장한 표정으로 말했다.

샤오란과 시스이는 마오마오가 데려온 새 친구를 보고 흥미진진한 표정을 지었다.

"호오, 마오마오 친구인가요~?"

"그것 참, 반갑기도 해라."

두 사람은 눈 깜짝할 사이 세키우를 포위해 버렸다. 어쩔 줄 몰라 하는 세키우 쪽은 본체만체하며 마오마오는 가지고 온 물건들을 확인했다. 제모로 상처가 난 피부를 정돈할 미용액, 비단 실, 그리고 마침 좋은 기회이니 유곽에 주문해서 받아 온 참고서도 신나게 팔아 볼까 생각했지만 세키우가 있으니 어려울 것 같아서 그냥 포기하기로 했다.

세키우는 언니 둘이 없기 때문인지 무척 소심한 표정으로 마오마오만 쳐다보았다.

'슬슬 구해 줘야겠네.'

그만 가자, 하고 목욕탕 쪽을 가리키자 샤오란과 시스이는 힘차게 손을 들며 그쪽으로 달려갔다.

"저 사람들 대체 뭐야?"

"해를 끼치진 않을 거예요."

'아마도.'

마오마오는 그 말만 남기고 두 사람 뒤를 따랐다. 세키우는 "같이 가!" 하면서 졸졸 따라왔다.

오늘 일은 그렇게까지 힘들진 않을 예정이었다. 최근 들어 안마 담당자의 후임이 몇 명 늘어났으니 말이다. 안을 들여다보니 다른 궁녀들이 이미 안마를 하고 있는 모습이 보였다.

비들이 마오마오 일행에게 슬쩍 주는 콩고물을 눈치채고 관심을 갖게 된 듯했다. 전에 일을 했던 궁녀는 그런 부분을 요령껏 잘 숨겼던가 보다.

탈의실에서 옷을 벗고 앞가리개 하나만 걸친 차림이 되어 목욕탕으로 향하려 하는데, 세키우가 우물쭈물하며 멈춰 섰다.

"왜 그래?"

샤오란이 천진한 얼굴로 물었다.

"…이거 하나만 걸치는 거야?"

"응. 목욕탕은 너무 더워서 다 벗고 가야 해."

세키우는 옷을 벗기가 창피한 모양이었다. 그런 가운데 시스이가 심술궂게 히죽 웃으며 슬그머니 세키우의 뒤로 가서 섰다. 그러고는 세키우의 허리끈을 풀고, 옷을 훌렁 벗겨서 높이 치켜들었다.

"""오오오!"""

뭐가 그렇게 창피한지 모르겠다고 마오마오는 생각했다. 입을 모아 함께 외친 샤오란 역시 같은 생각이었으리라. 마오마오와 마찬가지로 샤오란의 가슴도 작고 얌전했다.

"훌륭하기만 하네."

몸에 어엿하고 훌륭한 것을 지닌 시스이가 말했다.

"훌륭하긴 뭐가! 작고 얌전한 게 훨씬 낫지!"

세키우는 그렇게 말하며 마오마오와 샤오란 쪽을 쳐다보았다. 샤오란이 토라진 표정을 지었다. 주위에 있던 몇몇 궁녀들의 눈매도 사나워졌다. 이거 여러 사람 적으로 돌리게 됐는걸, 하고 마오마오는 생각했다.

시스이도 그 분위기를 느낀 듯, 옷 대신 앞가리개를 세키우에게 건넸다.

"응, 알았어. 알았으니까 얼른 목욕탕으로 가자."

그리고 세키우의 어깨를 툭툭 치며 재촉했다.

'이거 상상 이상으로 놀려 먹기 딱 좋은 성격이네.'

그렇게 생각하며 마오마오는 욕탕으로 향했다.

몸을 가리는 모습을 보고 대충 눈치를 채긴 했지만 세키우는 목욕을 하는 습관이 없는 지방에서 온 모양이었다. 그러고 보니 교쿠요 비와 동향이라면 서쪽의 건조 지대 출신일 터였다. 그곳은 물이 귀하니, 목욕하는 풍습이 없는 것도 충분히 이해할 수 있었다. 증기 욕탕은 있겠지만 이렇게 대규모 목욕탕은 없을지도 모른다.

"지금까지는 어떻게 했어요?"

건조 지대라면 몰라도 이쪽 지방에서는 틈틈이 목욕을 하지 않으면 체취가 독해진다. 아직 더운 요즘 계절이라면 더욱 그렇다. 몸을 젖은 천으로 닦는 정도 가지고는 해결되지 않을 것이다.

"언니들은 이쪽 목욕탕을 사용했지만, 나는 교쿠요 님께 부탁드려서…."

비취궁에 있는 욕조를 사용한 모양이었다. 궁에 딸린 욕실은 보통 비들이 전용으로 사용하는 공간이다. 때때로 황제도 사용하는 경우가 있긴 하지만, 그것은 뭐 목욕에 사용하는 경우라고 볼 수는 없으니 자세한 설명은 생략하기로 한다.

그러고 보니 세키우가 욕실 쪽으로 가는 모습을 몇 번 본 적이 있었던 것 같다. 교쿠요 비가 쓰고 남은 물로 씻는다고는 해도, 민망한지 숨어서 몰래 들어가곤 했던 모양이었다.

충성심 강한 언니들이 갑자기 태도를 바꾼 이유가 충분히 이해가 되었다. 교쿠요 비가 허락해 주었다면 언니들이 막내를 억지로 대욕탕에 끌고 갈 수도 없다. 마침 그런 상황에서 마오마오가 제안을 했으니, 거기에 편승한 건 당연한 일이었다.

"창피한가 봐요? 하지만 이제부턴 그러고 있을 여유도 없을 걸요."

마오마오는 그렇게 말하며 통으로 뜨거운 물을 퍼서 몸에 끼얹고, 수건을 적셔서 자기 몸을 열심히 닦기 시작했다.

가슴을 드러내는 일조차 거부감을 보였던 세키우의 눈에 실오라기 하나 걸치지 않고 돌판 위에 누워 있는 비들의 모습은 어떻게 비쳤을까. 교쿠요 비는 대부분의 일을 스스로 하는 성격이니 저런 모습을 본 적은 한 번도 없었을 것이다.

세키우는 눈이 빙빙 도는 모양이었지만, 그쪽을 신경 쓸 틈은 없었다.

"자, 여기요."

마오마오가 향유를 건넸다.

"아무렇게나 막 바르는 일 정도는 할 수 있겠죠?"

"마, 막 발라?!"

"네. 닭고기다 생각하고 마구마구 바르세요."

마오마오는 "그러면 상대방도 경계심이 풀려서 입이 가벼워지거든요." 하고 작은 목소리로 덧붙였다.

세키우는 내키지 않는 표정으로 입을 삐죽거리면서도, 누워 있는 비의 몸에 조심조심 향유를 바르기 시작했다. 그리고 손놀림이 많이 익숙해진 샤오란이 향유를 바른 부분부터 안마를 하기 시작했다.

마오마오는 제모 담당이었으나 이 일은 안마와 다르게 매일 할 필요는 없다. 따라서 안마 담당들보다는 덜 바빴기에, 두 사람 정도 제모를 마치고 나니 한가해졌다.

돌판에 앉아서 다음 손님을 기다리던 마오마오는 쭈뼛거리며 어쩔 줄 몰라 하는 누군가의 모습을 발견했다.

'저건….'

지난번에도 보았던 리슈 비였다. 늘 그렇듯 시녀장을 대동하고 와서는 그저 주위만 두리번거리고 있었다.

'도대체 왜?'

상급 비의 궁에는 각각 욕실이 딸려 있다. 굳이 대욕탕까지 올 필요가 없다.

덜덜 떨면서 주위 눈치만 보다가 그만 발밑에 있던 물통을 보지 못하고 발이 걸려 자빠질 뻔하는 모습까지 너무나도 평소 그대로의 리슈 비다웠다. 리슈 비는 이 후궁 안에 있는 네 명의 상급 비들 중 하나지만, 나이는 아직 열다섯 살밖에 되지 않았고 황제도 손을 댄 적 없는 순진한 아가씨였다.

자빠지려는 리슈 비를 붙잡아 주던 시녀장까지 덩달아 발이 미끄러지는 바람에 함께 넘어지고 말았다. 달리 쓸 만한 시녀는 없는 걸까. 하지만 잘 생각해 보니 그 궁의 시녀들 중 멀쩡한 인간은 하나도 없으니 어쩔 수 없는 일이다.

결국 보다 못한 마오마오가 찰박찰박 물소리를 내며 걸어서 리슈 비에게 다가갔다. 그리고 향유인지 뭔지 모를 것이 쏟아져 있는 돌판을 욕조의 물로 깨끗이 닦아서 미끄러지지 않게끔 해 주었다.

"고, 고맙습니…다악?!"

시녀장은 마오마오를 알아보자마자 비명에 가까운 소리를 질렀다. 어째서인지 리슈 비까지 같은 표정을 짓고 있었다.

마오마오가 실눈을 뜨고 두 사람을 쳐다보자 둘은 갓 태어난 새끼말처럼 달달 떨었다.

사람을 그렇게 요괴 보듯 보지 말아 줬으면 좋겠는데 말이다.

마오마오는 할 수 없이 원래 있던 자리로 돌아가려다, 문득 마음에 걸리는 무언가를 발견했다. 겁에 질린 리슈 비를 보니 온몸에 아직 잔털이 남아 있었다. 면도날로 깎긴 한 모양이었으나 깎은 자리가 고르지 못하고 드문드문했으며, 곳곳에 날에 베여 피부가 튼 자국도 있었다.

"…새로운 제모법을 시험해 보지 않으시겠습니까?"

"응?"

마오마오의 제안에 리슈 비는 놀랐다. 하지만 마오마오가 손을 잡고 끌어당겨도 별로 저항하지 않고 따라오는 걸 보니 제모를 받을 마음이 있긴 한 모양이었다. 아직도 파들파들 떨고 있긴 했지만, 그런 건 마오마오가 알 바 아니었다.

아무튼 정리가 덜 되어 있는 잔털이 너무 눈에 밟혔다.

마오마오는 엉뚱한 부분에 집착하는 성격이었기 때문에, 세키우처럼 부끄러워하면서 가슴을 가리는 리슈 비를 돌판 위로 올라가라고 재촉하고는 뒤틀린 미소를 지으며 자기 손에 특제 기름을 발랐다. 리슈 비가 덜덜 떨고 시녀장이 그런 비에게 매달리거나 말거나, 눈치 빠른 샤오란이 비를 붙잡고 돌판 위에 고정시켰다.

"안심하세요. 살살 할 테니까요."

마오마오는 입으로는 그렇게 말하면서도, 사정없이 마음껏 작업을 진행했다.

세키우만이 멍한 표정으로 비에게 동정의 눈길을 보냈을 뿐이었다.

제모를 마친 리슈 비의 피부는 그야말로 매끈매끈하고 감촉이 무척이나 좋았다. 마오마오는 저도 모르게 팔다리뿐만 아니라 전신을 다 해치우고 말았다. 후처리를 맡은 샤오란이 정성스럽게 향유를 발랐다. 시스이는 다른 손님이 왔기에 그쪽 일을 맡은 뒤, 손님이 수고했다며 준 과일 음료를 마시면서 한숨 돌리고 있었다. 샤오란이 부러운 표정으로 시스이를 쳐다보고 있었다. 음, 나중에 리슈 비한테 뭐라도 달라고 졸라 볼까, 하는 생각도 했지만 혼이 빠져나간 듯 돌판 위에 맥없이 누워 있는 비를 보니 자신이 좀 지나쳤던 것 같아 마오마오는 반성했다.

"이런 일에 익숙하지 않으신가 봐요?"

마오마오가 시녀장에게 물었다.

"아, 네. 궁에서는 그, 다들, 이런 사소한 일에는 큰 신경을 쓰질 않고, 그 전에는 오랫동안 출가해 계셨으니까요."

"참, 그랬죠."

잘 생각해 보면 불쌍한 신세였다. 어린 나이에 정치적 도구로 이용되어 어린 소녀를 좋아하는 변태 황제에게 시집을 가게 되고, 그 황제가 죽은 후에는 절로 출가했다가 그 후에 피붙이의 강요에 의해 다시 강제로 후궁에 들어오게 되었으니 주위에 마땅찮은 시녀들만 남는 것도 당연한 일이었으리라.

이 시녀장도 원래는 리슈 비를 괴롭히던 인물이었지만 요즘 들어서는 상당히 비의 역성을 들어 주고 있는 모습에 마오마오는 감탄했다. 기왕 함께 왔으니 비와 똑같이 홀랑 벗겨 줄까 했지만, 시녀장은 팔다리라면 몰라도 소중한 부분에 대한 작업은 온 힘을 다해 거부했다. 같은 여자끼리니 별로 신경 쓸 것도 없을 텐데, 하고 마오마오는 생각했다.

리슈 비와 시녀장의 제모 처리를 마치고 나니 마오마오의 일은 거의 끝났다. 마오마오는 넉넉한 웃옷을 걸치고 달아오른 몸을 식혔다. 그냥 빈말이었거나, 아니면 상대가 거절해 주기를 바라면서 한 말이었던 것 같긴 하지만 그래도 "차가운 과일 음료라도…." 하는 말을 들었기에 마오마오는 사양하지 않고 얻어먹기로 했다. 샤오란은 몹시 기뻐했고, 세키우는 상황 파악을 하지 못한 채로도 일단 따라왔다.

다른 비들에게는 다른 궁녀들이 붙어 있었고, 시스이는 이미 밖에 나가서 다른 비에게 얻은 곰방대를 뻐끔뻐끔 피우고 있었다. 정말이지 재주도 좋은 애다.

"그런데 왜 갑자기 여기에 오셨나요? 금강궁에도 욕실이 있을 텐데요."

비 전용 휴식 장소에 자리를 잡은 마오마오가 시녀장에게 물었다.

"그게…."

시녀장이 망설이며 리슈 비를 쳐다보았다. 리슈 비의 달아올랐던 얼굴이 다소 진정된 빛을 띠고 있었다. 아니, 오히려 파래졌다고 해도 좋을 정도였다.

"나와요. 그 궁, 욕실에."

비와 마찬가지로 새파래진 얼굴의 시녀장이 말했다.

"유령이…."

라고.

3 화 ፧ 춤추는 유령

그 심약한 비가 상급 비라는 사실을 안 세키우는 불쾌한 표정을 지었다. 하지만 그런 이야기를 들었는데 마오마오보고 참견 말고 가만히 있으라 하는 건 무리한 요구였다.

그런 연유로….

"진시 님께서 부르신다."

다음 날 밤 홍냥이 마오마오에게 그렇게 말했다. 독 시식을 마치고 저녁 식사로 나온 죽을 먹고 있던 마오마오는 재빨리 식기를 정리하고 나갈 준비를 했다. 함께 식사를 하던 세키우가 얼굴을 찌푸리긴 했지만, 굳이 참견을 하지는 않았다.

욕실 유령 이야기를 들은 마오마오는 리슈 비에게 그 문제에 대해 진시와 상담해 보라고 말했다. 마오마오가 직접 리슈 비의 고민을 들어 줄 수도 없고, 세키우의 눈빛이 그것을 허락해 주지도 않을 듯했기 때문이었다. 하지만 진시를 통하면 십중팔구 마오마오에게 이야기가 들어올 게 뻔했다.

그리고 생각한 대로 됐는데….

'완전히 잊고 있었네.'

방으로 들어가자 전신에 오싹한 한기가 느껴졌다. 응접실에는 교쿠요 비와 홍냥, 그리고 진시와 가오순이 있었다. 진시의 얼굴에는 여전히 천상의 미소가 떠올라 있었으나 그 피부 가죽 한 장 밑에서는 무언가가 꿈틀거리고 있는 게 느껴졌다.

마오마오는 아차 싶었다.

얼마 전, 진시의 여행에 동행했을 때 마오마오는 어마어마한 비밀을 알아 버렸다.

후궁에 있는 남자는 황제를 제외하면 전원 환관이어야 하지만, 사실 그렇지 않은 남자가 있었다. 그것이 바로 눈앞에 있는 진시였다. 뭐라고 해야 좋을까, 아무튼 뭐 그럭저럭 훌륭한 물건의 소유자였다고만 말해 두자. 음, 굳이 떠올리고 싶지는 않다. 마오마오는 그렇게 생각했다.

마오마오 입장에서는 우황을 받았으니 모든 것을 다 없었던 일로 해 버리고 싶지만 상대방은 그렇지 않은 모양이었다. 진시는 얼굴에 미소를 띠고 있지만 눈은 웃고 있지 않았다. 그러고 보니 제대로 대면한 건 피서지 사건 이후 처음이라는 생각이 들었다.

"후후후, 오늘은 무슨 부탁이 있어서 왔나요?"

교쿠요 비가 생글생글 웃었다. 호기심이 왕성한 이 비는 매번 사건이 발생할 때마다 참견하고 싶어 한다. 하지만 이번 일은 리슈 비 문제인데, 진시는 이 이야기를 어떻게 꺼낼까.

"어떤 비의 처소에 유령이 나온다고 합니다."

"어머나, 세상에."

빨강머리 비의 눈이 반짝반짝 빛났다. 옆에서 홍냥이 '또야?' 하는 표정으로 이마를 짚고 있었다.

단도직입적으로 들어왔군, 하고 마오마오는 생각했다. 알기 쉬워서 편하긴 하지만, 그러면 교쿠요 비에게 억측의 재료를 제공하게 된다.

"딱하기도 하지. 어떤 비인가요? 걱정이 되니 찾아가 봐야 할 것 같은데."

"교쿠요 님, 그 몸으로 어딜 나가신다는 겁니까?"

"어머? 그럼 심부름꾼을 보내지 뭐. 너랑 마오마오 둘이서 갔다 오도록 해. 바쁘면 잉화는 어때?"

걱정이 되어서 찾아가고 싶다기보다는 그냥 자세한 사정을 알고 싶은 것뿐이리라. 리슈 비의 문제라는 사실을 지금 당장은 숨길 수 있어도 세키우가 이야기하면 교쿠요 비도 결국 다 알게 된다.

진시도 그 정도는 알고 있을 텐데, 어쩌면 마오마오에게 앙갚음을 하느라 일부러 그러는 걸까.

"비전하, 이 일은 비밀이니 방문은 삼가 주십시오. 여하간 그렇게 되었으니 다시 돌려주셨으면 합니다."

"빌려줄 수는 있어요."

무엇을 돌려주고 빌려준다는 말인가. 그것은 마오마오를 말한다.

지난번 그 공방을 또 되풀이하는 걸까, 하고 마오마오와 가오슌 및 홍냥이 동시에 한숨을 내쉬었을 때였다.

"아뇨, '돌려'주시는 겁니다. 여기 있는 마오마오를."

진시는 그렇게 말하며 마오마오 앞에 서서 정수리 위에 손을 얹었다. 그리고 머리카락의 흐름을 더듬듯 손가락으로 쓸어내렸다.

"돌아온 후, 이 아이에게 무엇을 물어도 소용없으실 겁니다."

쓸어내린 손가락으로 뺨을 만지던 진시는 새끼손가락과 약손가락으로 마오마오의 입술을 건드렸다.

"입막음을 아주 단단히 해 놓을 테니까요."

그러고는 우아한 걸음걸이로 방을 나갔다. 몹시 동요한 눈치로 가오슌이 그 뒤를 따라갔다.

남겨진 사람들은 그저 넋 나간 표정만 지을 뿐이었다. 마오마오도 마찬가지였다.

맨 처음 정신을 차린 사람은 교쿠요 비였다.

"무슨 일이 있었던 거니?"

교쿠요 비는 여전히 어리둥절한 표정으로 마오마오를 쳐다보며 물었다. 마오마오는 그 시선이 따갑게 느껴졌다.

그 후 마오마오는 족히 반 시간 동안 교쿠요 비에게서 추궁을 당했지만, "개구리 때문이에요."라는 말 외에는 아무 말도 하지 않았다.

무덤까지 가져갈 비밀이 생긴 대가로 우황은 너무 저렴했던 게 아닐까, 조금 후회가 되었다.

유령이라면 도대체 어떤 유령일까. 마오마오는 궁금해졌다. 솔직히 마오마오는 유령의 존재를 믿지 않는다. 얼마 전 괴담회 사건이 있긴 했지만 그것도 정말 유령이었는지 아니었는지는 모를 일이다. 잉화가 유령이라고 믿어 의심치 않았기에 할 수 없이 그냥 그런 거라고 해 두었을 뿐이다.

만일 유령이 있다 해도, 저주로 사람을 죽일 수 있는 존재라고는 생각하지 않는다. 사람이 죽는 데에는 독, 상처, 병 등 번듯한 이유가 있다. 만일 누군가가 저주로 죽었다면 그것은 본인이 저주를 당했다고 철석같이 믿는 바람에 마음의 병이 생겨서 그렇게 된 거라고 마오마오는 생각했다.

아무튼 그래서 마오마오는 진시를 따라 금강궁에 가게 되었다. 솔직히 마오마오는 굳이 진시가 직접 나설 필요도 없고, 그냥 가오슌한테 맡겨도 되는 일이라고 생각했지만 그럴 수는 없는 모양이었다.

남천나무가 있는 궁에 도착하자 시녀장 한 사람만 마중을 나와 있었다. 하지만 진시가 함께 왔다는 사실을 알아차리자, 주위에 있던 다른 궁녀들도 다급히 옷의 먼지를 털고 머리를 정돈하며 궁의 현관 앞에 줄지어 섰다.

진시는 미소를 지으며 그 모습을 바라보았다.

마오마오는 저도 모르게 어처구니없다는 시선을 보낼 뻔했으나 가오슌이 보살 같은 표정으로 마오마오를 지켜보고 있었다. 피서지 사건 이후로 진시의 상태가 이상하다는 사실은 가오슌도 잘 알고 있을 터였다. 가오슌은 틈틈이 마오마오에게 무슨 일이 있었냐며 묻긴 했지만, 마오마오는 도대체 사정을 어디까지 이야기해야 좋을지 알 수가 없어 늘 말을 대충 얼버무리곤 했다.

진시가 환관이 아니라는 사실을 가오슌도 알고 있을까. 아니면 가오슌 또한 사실은 환관이 아닌 걸까.

고민해 봤자 소용없는 일이라고 생각하면서 마오마오는 금강궁 안으로 들어갔다.

새파랬던 리슈 비의 얼굴은 진시를 보고는 새빨갛게 물들었으나, 이야기가 본론에 들어가자 다시 파랗게 질렸다. 재미있을 정도로 속이 훤히 다 들여다보였다. 자기 주인이 아니라고는 하지만 이런 사람이 사부인 중에 속해 있어도 되는 건지, 마오마오는 실로 불안해졌다.

'어쩌면 황제도 그런 것까지 다 염두에 두고 손을 안 댔는지도 모르겠네.'

마오마오는 사려 깊은 황제의 모습을 상상해 보았으나, 결국은 그런 것과 상관없이 그냥 가슴 크기가 부족해서 구미가 당기지 않았을 뿐이라는 결론을 내렸다. 리슈 비는 가슴둘레가 3척*이 되려면 마오마오보다도 한참 멀었다.

"이쪽으로 오시지요."

얼굴이 새파래진 리슈 비 대신 시녀장이 설명을 해 주었다. 그 외에도 다른 시녀들이 와글와글 따라왔지만 하나같이 진시를 노리고 쫓아오는 게 뻔해, 솔직히 거치적거리기만 했다. 이 모습을 문학적으로 표현하자면 아름다운 꽃에는 나비가 날아드는 법이라고 할 수 있겠다. 하지만 시녀들이 지나치게 요란스럽고 시끄러운 탓에, 그보다는 생선 대가리에 파리가 꼬이는 모습에 더 가까워 보였다.

'만약 이 인간이 환관이 아니라는 사실이 밝혀지면….'

아아, 생각하기도 싫다.

어영부영하지 말고 후딱 잘라 버리면 될 것을. 마오마오는 그

※3척 : 약 90센티미터.

렇게 품위 없는 생각을 하면서 욕실 안으로 발을 들였다. 진시와 수행 환관들은 순간적으로 멈춰 섰으나, 생각해 보면 보통 목욕탕에 뜨거운 물을 길어다 놓는 것도 환관들이 하는 일이므로 안으로 들어와도 크게 문제는 없었다.

"여기예요."

시녀장이 탈의실 앞으로 가서 섰다. 리슈 비는 무서운 듯 조금 떨어진 곳에 서 있었다.

"리슈 님께서는 이곳에서 기묘한 사람 형상을 보았다고 하셨습니다."

시녀장은 탈의실 창을 통해 조심스럽게 그 너머를 가리켰다. 그곳에는 아무것도 없고 그저 하얀 벽만 보일 뿐이었다. 창밖에는 텅 빈 창고가 있었다. 보통은 발을 내려서 창을 가려 두지만, 리슈 비는 그날 우연히 그냥 열어 둔 채 내버려 뒀다가 문득 밖을 보게 되었다고 한다.

"어떤 형상이 보였나요?"

마오마오는 치맛자락을 꽉 쥐고 고개를 숙인 리슈 비에게 물었다. 그 동작은 너무나 앳되기만 하고, 비로서의 위엄은 손톱만큼도 느껴지지 않았다.

그리고 그 태도에 박차를 가하는 자들이 있었다.

"또 그런 소리를 하고 계신 거예요?"

시녀 중 하나가 앙칼진 목소리로 말을 내뱉었다.

"리슈 님께서는 항상 그런 식으로 다른 사람들의 관심을 끌고 싶어 하시죠. 어차피 별일 아니에요. 그냥 뭘 좀 잘못 보신 거겠죠."

시녀는 잘난 척 앞으로 나서며 은근슬쩍 진시를 향해 요염한 시선을 던졌다. 후궁 궁녀인 만큼 얼굴은 예뻤지만 눈매가 사나웠다. 화장으로 눈매의 선을 강조한 탓에 그 사나움이 한층 더 강조되어 보였다.

"그것을 달래는 일은 본래 시녀장이 할 일이라고 생각되는데요."

시녀는 한숨을 내쉬며 고개를 절레절레 저었다.

주위 시녀들도 그 말에 동의하듯 문제의 시녀 뒤에 서 있었다. 그 모습을 본 시녀장은 주눅이 드는지 몸을 움츠렸다.

'아, 그렇구나.'

이 잘난 체하는 시녀가 원래 시녀장이었던 모양이다. 고작 독시식 담당에게 자리를 빼앗겼으니 얼마나 원통할까. 이런 식으로 빈정거리는 일도 일상다반사겠지.

진시도 대략 분위기를 파악한 듯 생긋 웃더니 그 잘난 체하는 시녀에게 한 걸음 다가갔다.

"그렇군요. 하지만 비전하들의 이야기를 들어 드리는 것도 제일 중 하나입니다. 그 일을 빼앗지 말아 주시겠습니까?"

감로처럼 달콤한 목소리로 진시가 속삭이자 시녀들은 얼굴을 붉히며 고개를 숙이는 수밖에 없었다. 후궁에 있는 궁녀들의 태반은 남자 경험이 없기 때문에 남자들을 대하는 태도가 우스울 정도로 뻔하다. 심지어 진시는 작은 목소리로 차를 마시고 싶다고 속삭여서 시녀들을 전부 내쫓는 데까지 성공했다. 시녀들은 앞다투어 차 준비를 하러 뛰쳐나갔다. 진작 다른 시녀가 준비해 놓았겠지만 그런 건 알 바 아닐 터였다. 진시는 정말이지 이런 대처에 몹시 숙련된 사람이었다.

"자, 그럼 이야기를 좀 들어 볼까요."

진시가 재촉하면서 긴 의자에 비스듬히 앉자, 리슈 비는 겨우 이야기를 시작했다.

○ ● ○

그날 저는 평소와 다름없이 목욕을 하고 있었죠. 사실은 조금 더 미지근한 물을 원했지만 시녀들은 항상 몹시 뜨거운 물을 준비해 주곤 했기 때문에, 물이 식기를 기다렸다가 다소 늦은 시간에 들어가는 게 제 일과였어요.

예전부터 어렴풋이 눈치를 채고 있긴 했지만 제 시녀들은 저를 별로 좋아하지 않는 것 같아서요. 목욕은 비구니 절에 있을 때부터 항상 혼자 하곤 했기 때문에, 지금도 목욕을 혼자 한다 해도 아무도 무어라 하는 사람이 없습니다. 옷을 갈아입을 때만 카난河南, 그러니까 제 시녀장이 도와주곤 했지요.

목욕을 마치고 탈의실에 들어갔습니다. 물기를 닦다 보니 조금 더워서 발을 걷었지요. 하지만 창이 꽉 닫혀 있어서 바람은 그리 들어오지 않았습니다.

그런데 창고 쪽에 하늘하늘 흔들리는 무언가가 보였습니다. 처음에는 장막이 바람에 휘날리는 줄 알았는데, 그게 아니었어요. 욕탕에 들어올 때 문단속을 단단히 했으니 바람이 들이칠 리가 없지요.

그런데도 흔들리고 있었고, 그 너머에 보였어요.

동그란 얼굴이 흐릿하게 떠올라 흔들흔들 흔들리면서 장막을 옷 삼아 춤추고 있었던 거예요.

그 얼굴은 미소를 짓고 있었어요. 계속 저를 쳐다보면서.

○ ● ○

떠올리기만 해도 무서운지, 리슈 비는 긴 의자에 앉아 양어깨를 끌어안은 채 덜덜 떨고 있었다. 시녀장 카난이 그 어깨를 쓸어내리며 마음을 가라앉혀 주려 애썼다.

'전에는 그렇게 심술궂었는데 말이야….'

인간이란 변하는 법이라고 마음속으로 감탄하면서 마오마오는 차를 홀짝홀짝 마셨다. 진시가 부탁한 차는 누가 가져갈지에 대해 아직도 싸우고 있는지 통 오질 않았다.

다과로는 행인소杏仁蘇*라는 세련된 음식이 나왔다. 딱딱해서 오래 보존할 수 있을 법한 그 음식을 혹시 좀 얻어 갈 수 없을까 싶어 마오마오는 흘끔흘끔 카난의 눈치를 살폈다.

"누가 주위에 있었다고 생각할 수는 없을까요? 궁녀 중 누군가를 잘못 보셨을 수도 있을 것 같은데요."

진시가 묻자 리슈 비도 카난도 고개를 가로저었다.

"가까운 곳에 카난이 있었습니다. 제 목소리를 알아차리고 바로 제 쪽으로 와 줬죠. 그리고 카난도 똑같은 유령을 보았어요."

카난은 두려움에 떨면서도 유령의 정체를 확인하기 위해 그 동그란 얼굴의 주인 쪽으로 다가갔다. 하지만….

"유령이 갑자기 사라진 거예요. 물론 주위에는 아무도 없었고, 장막도 마치 아무 일 없었다는 듯 전혀 흔들리지도 않았고요. 창도 열려 있지 않았고, 통풍이 잘되는 공간도 아니었어요."

마오마오는 흐음, 하고 손깍지를 끼며 리슈 비가 가리킨 방향을 쳐다보았다.

그나저나 배치 구조가 참 이상하다고 생각했다. 보통 욕탕 바로 앞에 창고가 있던가?

비취궁과 수정궁의 경우 욕탕은 아예 다른 건물에 위치하며,

※ 행인소 : 아몬드 쿠키.

씻고 나와서 느긋하게 쉴 수 있는 공간이 바로 옆에 존재한다.

금강궁에서는 욕실용으로 별개의 건물을 만들어 두진 않았지만, 만일 그 옆에 무언가를 만들게 된다면 당연히 창고가 아니라 휴식 공간이 되지 않을까.

흘끔 진시를 쳐다보려던 마오마오는 문득 생각을 바꾸어 가오슌에게로 시선을 보냈다. 가오슌은 다소 난감한 표정을 지으며 진시를 바라보았다. 진시가 손짓으로 '묻고 싶은 게 있으면 묻도록'이라는 신호를 보낸 것 같았기에 마오마오는 입을 열었다.

"이쪽 공간은 예전부터 창고였나요?"

그 외에도 물어야 할 점이 있었던 것 같지만, 일단 제일 먼저 떠오른 질문을 하기로 했다.

"아뇨, 전에는 창고가 아니었습니다."

"그럼 왜 창고가 된 거죠?"

"그건…."

카난이 자리에서 일어나 조금 괴로운 표정을 지으며 욕탕 앞 창고 쪽으로 이동했다. 그리고 차곡차곡 쌓여 있던 짐과 선반장을 가리켰다.

마오마오는 그것을 빤히 쳐다보았다.

"아, 그랬구나."

벽에는 곳곳에 검은 얼룩이 나 있었다. 자세히 보니 곰팡이라는 사실을 금세 알 수 있었다. 곰팡이는 뿌리가 깊이 못 박혀 있어, 아무리 문질러도 지워지지 않을 듯했다.

욕탕이 가까이 있는 바람에 습기가 차기 쉬워서였을까. 하지만 비취궁이나 수정궁에는 그런 일이 일어나지 않았는데.

비취궁 시녀들이라면 바로 원인을 규명하여 곰팡이가 피지 않도록 노력했겠지만 이곳 시녀들에게 그런 배려를 요구하는 건 어려운 일일 듯했다. 하기야 시녀가 직접 나서서 열심히 궁 청소를 하는 비취궁 시녀들의 방식이 오히려 특이하다고 봐야 했다. 냄새 나는 것에는 뚜껑을 덮어 버리자는 생각에 따라, 이곳을 창고로 만들어 안 보이게끔 해 놓는 게 이쪽 방식인 모양이었다.

그건 그렇다 해도, 곰팡이가 아닌 부분도 드문드문 보였다. 벽을 눌러 보니 부드럽게 푹 들어갔다. 혹시 토대에서부터 썩어 올라왔는지도 모른다.

"이곳은 그렇게 오래된 건물은 아니지요?"

"네, 리슈 님께서 입궁하셨을 때 지어졌습니다."

지은 지 몇 년 되지도 않았는데 벌써 이렇게까지 물렁물렁해질 수 있을까, 하고 마오마오는 눈살을 찌푸렸다. 그러다 문득 그 부패한 부분 옆에 창이 있다는 사실을 알아차렸다. 여기 걸린 장막이 흔들렸다고 리슈 비는 말했다.

"……."

마오마오는 턱을 문지르며 이번에는 욕탕 쪽으로 향했다. 탈의실을 지나 노송나무 욕조 속을 들여다보았다.

"…있네."

저도 모르게 중얼거렸다. 욕조 바닥에는 작고 동그란 구멍이 뚫려 있었고, 욕조 옆에는 그 구멍을 막는 마개가 놓여 있었다. 구멍 너머는 수로로 이어져 있을 터였다. 후궁은 오래된 수로를 이용하고 있기 때문에 그런 점에서 상당히 편리하다.

마오마오는 머릿속으로 욕탕과 창고의 겨냥도를 그려 본 뒤 거기에 수로의 흐름을 상상으로 덧붙였다.

"리슈 비전하."

마오마오는 비 쪽을 흘끔 돌아보았다.

"혹시 그날 실수로 욕조 마개를 뽑지 않으셨나요?"

마오마오의 말에 리슈 비가 눈을 깜빡거렸다.

"어떻게 알았어?"

역시 그랬군, 하고 마오마오는 생각했다. 그리고 성큼성큼 걸어 아까 그 곰팡이 범벅이었던 벽 쪽으로 다가가, 부패된 바닥을 제대로 보기 위해 옆에 있던 선반장을 치웠다. 하지만 마오마오 혼자서는 역부족이었기 때문에 눈치 빠른 가오슌이 재빨리 역할을 대신해 주었다.

선반장이 있던 자리는 체중을 기울여 누르니 발이 빠질 정도로 바닥이 물러져 있었다. 그리고 벽과의 사이에 생긴 틈이 보였다.

"혹시 이 밑에 수로가 흐르고 있는지 배치를 확인해 주실 수 있으신가요?"

마오마오의 물음에 역시나 가오순이 재빨리 반응했다. 가오순은 다른 환관을 불러 금세 금강궁의 설계도를 가져오게 지시했다.

예상대로 바닥 아래에는 수로가 흐르고 있었다.

"따뜻한 물이 이 바로 밑을 지나가니, 거기서 수증기가 피어오르면 이곳 벽도 부패하기 쉬워집니다. 그리고 그 틈새로 김이 솟으면 창을 열지 않아도 바람이 생기죠."

그리하여 장막이 흔들렸다는 이야기다.

리슈 비는 입을 딱 벌렸으나, 금세 다른 생각이 떠오른 듯 눈을 커다랗게 떴다.

"그, 그럼, 그 동그란 얼굴은 대체 뭐였는데!"

마오마오는 흠, 하고 턱을 어루만지며 장막의 위치와 얼굴이 있었을 것으로 여겨지는 위치를 확인했다. 그리고 제자리에서 주위를 한 바퀴 둘러보았다.

벽을 등지고 대각선 방향을 향하니 선반장이 있었고, 거기에는 천으로 덮어 놓은 무언가가 놓여 있었다. 마오마오가 다가가 천을 들춰 보니 속에는 구리거울이 들어 있었다. 창고에 놓여 있었던 물건치고는 깨끗하게 닦여 있어, 아직 반짝이는 윤기를 잃지 않았다.

"그건….'"

"네?"

리슈 비가 고개를 숙이고 있었다.

"소중한 물건이니까 조심해서 다뤄 주겠어?"

딱히 부술 생각은 없다. 마오마오는 거울을 만져 보던 손을 떼고 대신 가만히 들여다보았다. 대략 사람 얼굴과 비슷한 크기였다.

"이건 언제부터 여기에 있었나요?"

"예전에 자주 쓰던 물건인데, 특사가 거울을 가져오고 나서 이곳으로 옮겨 놓았어."

특사가 가져온 거울은 전신을 비춰 볼 수 있는 데다 구리거울보다 몇 배는 선명하게 비치기 때문에 쓰기 편하다. 예전에 사용했던 구리거울을 창고에 넣어 두는 것도 이상한 일은 아니다.

"안 쓰는 물건이라기에는 매일 깨끗이 닦고 있는 것 같은데요."

구리거울은 금세 흐려진다. 이렇게 깨끗한 걸 보면 매일 닦는 게 분명했다.

리슈 비는 조금 쓸쓸한 표정으로 거울을 바라보았다. 사실은 특사에게서 받은 거울보다 이 구리거울에 더 애틋한 추억이 담겨 있는 모양이었다.

"기왕 오랜만에 꺼냈으니 사용해 보시는 게 어떠신지요?"

마오마오는 천으로 거울을 싸서 들고 리슈 비에게 건넸다.

"밝은 곳에서 비춰 보시면 더 잘 보일 거라고 생각합니다."

그리고 그렇게 말하며 장막을 걷자 밖에서 빛이 들어왔다. 깨끗하게 닦은 거울은 그 빛을 선명하게 반사했다.

"이렇게 들면 더 잘 비치지 않을까 싶네요."

마오마오는 비가 들고 있던 거울의 방향을 바꿨다. 거울 표면에 빛이 비치자 그 빛이 하얀 벽에 반사되었다.

"""""?!"""""

그 순간 이 자리에 있던 모든 사람들이 눈을 커다랗게 떴다.

벽에 동그란 빛이 비춰진 것이다. 거기에는 부드러운 미소를 지은 여자의 얼굴이 떠올라 있었다.

"어떻게 된 일이지?"

맨 처음 입을 연 사람은 진시였다. 진시는 도저히 믿을 수 없다는 듯 벽을 뚫어져라 응시하고 있었다.

'그렇구나.'

"마경魔鏡이라는 말을 들어 본 적은 있지만, 보는 건 처음입니다."

마경이란 빛을 비추면 그 자리에 그림과 글자가 드러나는, 이름 그대로 마하불가사의摩訶不可思議한 거울을 말한다. 마경을 만들 때 표면에 요철이 있으면 이처럼 무언가를 드러내 비추게 된다고 하며, 투광감透光鑑이라고 불리기도 한다. 역사는 오래되었지만 그것을 만드는 데에는 상당한 고도의 기술이 필요하다는 모양이다.

마오마오의 양부인 뤄먼은 의학과 약학 외에도 폭넓은 지식을 지닌 사내였다. 그는 어린 시절부터 마오마오가 재미있어할 법한 이야기를 많이 들려주었고, 이것도 그중 하나였다.

깨끗하게 갈고 닦은 거울이 창 틈새로 흘러든 달빛을 반사하여 벽에 형상을 그렸는데, 때마침 거울에 씌워져 있던 천이 떨어져 그날 이 형상을 비췄던 것이다.

여러 가지 우연이 겹쳐 이런 유령이 완성되었다.

"이 얼굴…."

리슈 비는 눈물을 펑펑 흘렸다. 코를 훌쩍이며 눈물이 뚝뚝 흐르는 것도 개의치 않고 그 얼굴만 바라보고 있었다.

"돌아가신 어머님을 닮은 것 같아."

리슈 비는 구리거울을 꽉 움켜쥐고, 양 입꼬리가 축 처진 채 콧물을 줄줄 흘렸다. 솔직히 비로서의 위엄이라고는 손톱만큼도 느껴지지 않는 모습이었지만 마오마오는 그것이 몹시도 리슈 비다운 모습이라고 생각했다. 사부인 중 한 명이자 상급 비의 위치에 있는 아가씨. 하지만 사실은 더 날개를 펴고 자유롭게 살아가도 되는, 나이 어린 소녀일 뿐이었다.

마오마오는 리슈 비가 거울을 소중히 아끼는 이유를 알 수 있었다. 아마 어머니의 유품인 듯했다. 이토록 먼 후궁에 와 있어도, 어머니가 늘 곁에 있다는 사실을 가리키는 물건이 아니었을까.

마오마오는 어머니라는 게 어떤 존재인지 모른다. 하지만 이 비에게 어머니란 충분히 사랑할 만한 가치가 있는 상대일 거라고 생각했다.

보기 흉하게 콧물을 흘리며 리슈 비는 구리거울을 품에 꼭 끌어안았다. 벽에 비친 얼굴은 사라졌지만 그 미소는 아직 리슈 비의 눈앞에 또렷이 남아 있을 것이다.

"거울을 바꿨다고 어머님이 화가 나신 걸까? 그래서 나오신 걸까?"

"우연이 겹쳤을 뿐입니다."

마오마오는 쌀쌀맞게 말했다.

"춤추는 걸 좋아하던 분이셨다고 들었어. 나를 낳고 나서 몸이 상하는 바람에 춤을 추실 수 없게 되고, 얼마 지나지 않아 돌아가셨다고. 그래서 이렇게 유령이 되어 춤을 추고 계시는 걸까?"

"유령 같은 건 존재하지 않습니다."

리슈 비는 매정한 마오마오의 말 따위는 귀에 들어오지도 않는 모양이었다. 카난이 손수건을 가져와 콧물범벅이 된 비의 얼굴을 닦아 주었다.

그때 다소 숙연해진 그 분위기를 와장창 깨부수는 목소리가 들렸다.

"차를 준비했습니다."

　격렬한 싸움에서 승리한 사람은 바로 예전에 시녀장이었던 여자였다. 향기로운 차와 다과를 가져온 여자는 생긋 웃으며 진시를 마주하는가 싶더니, 훌쩍훌쩍 울고 있던 리슈 비를 보고는 한순간 얼굴을 찌푸렸다. 하지만 금세 다시 미소를 짓고는 천천히 비의 곁으로 다가갔다.

"리슈 님, 왜 울고 계시나요? 많은 분들이 계시는 앞에서 창피하지 않으세요?"

　타이르는 그 모습은 얼핏 보기엔 어린 주인을 아끼는 시녀처럼 보이기도 했다. 하지만 마오마오는 이 여자의 본성을 구석구석 보았기 때문에 그 모습이 그저 새삼스럽게 느껴지기만 했다. 남자 앞에서 내숭 떨기는 잘하지만 그 외의 부분에서 허점을 드러내는 건 삼류 기녀나 마찬가지였다.

　그리고 그런 여자일수록 쓸데없이 상대의 역린을 건드리길 잘하는 법이다.

"어머나, 이 거울 아직도 가지고 계셨어요?"

　구리거울을 본 시녀가 말했다.

"특사님께서 어렵게 가져다주신 거울이 있으니 이건 이제 필요 없지 않습니까. 누구 다른 사람한테 하사해 버리지 그러세요?"

시녀는 힘이 다 빠진 리슈 비의 손에서 구리거울을 빼앗았다. 그리고 눈을 가늘게 뜨며 물건의 값어치를 매기기라도 하듯 빤히 들여다보았다. 사실은 자신이 갖고 싶은 모양이었다.

"…줘."

모기 우는 듯한 목소리가 들렸다. 웅크리고 있던 리슈 비에게서 난 소리였으나 거울을 든 시녀는 듣지 못했다. 그저 전리품이라도 얻은 듯 만족스러운 얼굴로 구리거울을 들여다보다가 그것을 품에 잘 집어넣고 진시의 차 시중을 들려 했다.

"돌려줘."

리슈 비가 손을 뻗어, 시녀의 소맷자락을 끌어당겼다.

"왜 그러시죠?"

"돌려줘!"

리슈 비는 시녀의 멱살을 홱 잡아당겨 강제로 구리거울을 빼앗았다. 그 행위에 시녀는 그저 아연해할 뿐이었다. 나중에 온 시녀들이 그 모습을 보고 미간에 주름을 잡았다.

"손님이 계신 앞에서 이게 무슨 망측한 행동이십니까?"

엉엉 울고 있는 모습 하며, 억지로 물건을 강탈하는 행위 하며, 지금 모습만 보면 잘못한 건 리슈 비일 것이다. 그야말로 비가 짜증을 내며 심술을 부리는 모습으로밖에 보이지 않는다.

하지만 다른 시녀들이라면 몰라도 마오마오와 진시, 가오슌은 그 모습을 처음부터 끝까지 다 보았다. 그리고 진시가 먼저 움직였다.

"비전하께서 아주 소중하게 아끼는 물건이라 하시더군요. 제대로 확인도 해 보지 않고 가져가는 건 바람직한 행동이 아닐 듯합니다."

정중하고 부드럽지만, 또렷한 비난이 섞여 있는 어조로 진시가 말했다.

진시는 옷매무새를 가다듬는 시녀 앞에 서서 커다란 손을 내밀었다. 시녀는 얼굴을 붉혔지만 그 손은 시녀의 머리카락에 닿을 정도의 위치에 멈춰, 거기에 꽂혀 있던 비녀를 뽑았다.

아름다운 비녀에는 정교한 장식이 새겨져 있었다. 진시는 눈을 가늘게 뜨고 거기에 있는 문장을 들여다보았다.

"이것은 하사받은 물건인가요? 아니면 상급 비의 문장이 새겨진 물건을 일개 시녀 따위가 몸에 지니고 다니는 건 분수에 맞지 않는 행동이라는 사실을 배우지 못했던가요?"

말투는 정중했다. 표정도 웃는 얼굴 그대로였다. 그래서 더 무서웠다.

리슈 비가 시녀들에게 제대로 대접받지 못한다는 사실은 진시도 잘 알고 있었다. 하지만 그것을 공공연히 거론하지 않았던 이유는 그것이 리슈 비의 체면을 손상시키는 일로 직결되며, 심지어 환관 측에서는 불가침의 영역에 들어가는 행동이기 때문이었다.

하지만 이런 물적 증거가 있으면 간섭할 수 있다. 단호하게 야단을 쳐도 되는 근거였다.

"앞으로는 이렇게 주제넘은 행동은 삼가 주었으면 합니다."

극상의 미소를 지은 진시가 말하자 시녀는 그대로 바닥에 무너져 내리고 말았다. 나중에 온 시녀들도 각자 찔리는 데가 있는지 얼굴이 파랗게 질렸다.

'아아, 무서워라.'

아무 일도 없던 것처럼 차를 마시는 진시를 보며 마오마오는 진심으로 그렇게 생각했다.

4 화 : 소문의 환관

　의국에서는 새끼 고양이 마오마오가 돌팔이 의관의 다리에 매달려 잔생선을 달라고 조르고 있었다. 늘 그렇듯 개점휴업 상태인 후궁 의국에서 마오마오는 마취에 쓸 만한 약초를 조사하는 중이었다.

　마오마오는 후궁에 돌아오자마자 바로 돌팔이 의관에게 환관 만드는 법에 대해 자세히 물어보았다. 아버지에게서 그 방법에 대해 어느 정도 들은 바가 있긴 했지만 그것만으로는 부족했다. 그래서 더 자세히 물어보고 싶었는데, 아니나 다를까 돌팔이 의관은 아버지에게서 들은 것보다 훨씬 더 많은 이야기를 해 주었다.

　"아가씨, 아직도 그러고 있어?"

　돌팔이 의관은 맥없는 얼굴로 입술을 삐죽이며 투덜거렸다. 들고 있던 잔생선은 고양이 마오마오가 툭툭 쳐서 금세 빼앗아가 버렸다. 먹이를 잘 얻어먹은 덕인지 마오마오의 털은 윤기가 자르르 흘러 정말로 좋은 붓 재료가 될 것 같았지만, 의관과 가오슌이 자꾸만 방해하는 바람에 아직 털을 뽑지 못했다.

"이제 와서 환관을 만들 일도 없으니 굳이 조사할 필요도 없을 텐데."

돌팔이 의관이 다소 아득한 눈빛을 지으며 말했다. 아마 굉장히 아팠던 모양이다.

문득 마오마오는 어떤 생각을 떠올렸다.

"환관은 어떻게 후궁에 들어오나요?"

마오마오의 물음에 돌팔이 의관은 강아지풀을 가지고 새끼 고양이 마오마오와 놀아 주며 대답했다.

"어떻게 들어오냐니, 환관이 되는 수술을 받았으니까 들어오지."

"아뇨, 그런 뜻이 아니고요."

그자가 어떻게 환관이라는 사실을 판단하느냐는 의미다.

"그건 예전에는 수술을 받았다는 증명서가 있으면 들어올 수 있었는데, 지금은…."

돌팔이 의관은 쑥스러운 듯 얼굴을 붉히며 고개를 숙였다. 이 풋풋함으로 말할 것 같으면 리슈 비와 견주어도 손색이 없을 터였다.

"뭐라고 해야 하나, 촉진觸診이지. 그게 있는지 없는지를 확인하는 거야."

"손으로 만져 본다는 말이에요?"

"말이 너무 적나라하잖아, 아가씨."

돌팔이 의관은 어이없는 목소리로 말했다.

옛날에는 그런 짓까지 하진 않았다고 하지만, 점차 부정이 횡행하는 바람에 확인 절차가 생겼다고 한다.

"증명서가 위조인 적도 있었고, 사람이 바뀌어 들어온 적도 있었지. 돈에 눈이 먼 인간들이 간혹 있거든."

검사를 할 때는 각각 다른 부서의 관리 총 세 명이 동원된다고 한다. 예전에는 눈으로 직접 확인한 적도 있다고 하지만, 그러다 이상한 기분을 느끼는 관리도 나오는 바람에 결국 그 방식은 사라졌다는 모양이다.

'어?'

마오마오는 고개를 갸웃하며 돌팔이 의관을 바라보았다.

"그건 맨 처음 한 번만 하는 건가요?"

"아니, 그래도 드나들 때마다 매번 검사해야지. 얼굴을 알면 그냥 통과시켜 주지만."

"……."

마오마오는 고개를 갸웃거리며 마취약을 들여다보았다.

'혹시…'

아니, 그럴 리가. 하고 고개를 가로젓고 있는데 돌팔이 의관이 새끼 고양이를 내려놓고 다른 화제를 꺼냈다.

"환관 하니까 생각났는데 새로 들어온 환관 얘기 들었어?"

"소문으로 들은 적은 있는데요."

"음, 오랜만에 젊은 친구들이 들어와서 아가씨들이 잔뜩 들떠 있는 모양이야."

돌팔이 의관은 미꾸라지 수염을 꼬집으며 후우, 하고 한숨을 내쉬었다. 원래 환관이 되면 수컷으로서의 상징이 사라지는 법이지만 가끔 돌팔이 의관처럼 수염이 남아 있는 경우도 있다. 돌팔이에게는 그것이 유일한 자랑거리라고 할 수 있을 터였다.

젊은 처녀, 특히 남자 경험이 없는 아가씨들 중에는 결벽증을 가진 사람이 많다. 그래서 체모가 매우 짙거나 성격이 위압적인 남자보다 환관처럼 중성적인 편을 선호하기도 한다.

"이번에는 곱상한 친구들이 많이 들어와서 그런지 유난히 더 소란스러워. 지금은 아직 눈에 띄지 않는 후방 지원 일만 하고 있으니 그나마 낫지만, 개중에 유능한 녀석이 있어서 끌려 나가기라도 하면 큰일이지. 그 전에 분위기가 좀 가라앉아 주면 좋을 텐데."

돌팔이 의관 본인도 매번 진시가 올 때마다 어쩔 줄 몰라 하는 주제에 마치 남의 일처럼 이야기했다. 아니, 얼굴에 대한 감상을 언급하는 걸 보니 일찌감치 확인하러 다녀온 걸까.

"지난번에는 글쎄 목욕물 끓이는 준비를 하던 중에 하급 비가 얽혀서 난리가 난 적이 있었어."

"그것참, 소홀히 할 수 없는 문제겠는데요."

아마 하급 비 중에서도 황제가 그 처소에 간 적이 없는 비였으리라. 가끔 그런 식으로 욕구 불만에 빠지는 자가 생기는 건 후궁에서 드문 일도 아니다. 궁녀나 환관을 애인으로 둔 비도 한둘 정도는 있을 것이다.

다들 참 힘들겠네, 하고 생각하며 마오마오는 약초를 정리했다.

○ ● ○

"대체, 언제 이야기하실 겁니까?"

그 말을 도대체 몇 번 들었는지 모르겠다. 진시는 실눈을 뜨고 눈앞의 종자를 쳐다보았다.

"조만간 할 거야."

"호오, 그래서 그 조만간이 언제란 말씀이시죠?"

가오슌은 집무실 책상 옆에 서서 시치미 뚝 떼고 진시를 쳐다보고 있었다. 미간에 주름이 잡혀 있긴 하지만 그건 늘 있는 일이다.

"긴장하셨다는 건 알겠지만, 태도가 너무 노골적이면 오히려 이상해 보입니다."

"…다른 궁녀들이라면 그 정도로도 충분해."

"샤오마오는 마치 껍데기를 잃어버린 달팽이를 쳐다보는 듯한 눈빛이었습니다."

한마디로 민달팽이를 보는 눈빛이었다는 말인 모양이었다.

"…시끄러."

진시는 서류를 들여다보며 가可인지 불가不可인지 확인하고는 도장을 찍어 나갔다.

집무실에는 두 사람 외에 아무도 없었다. 밖에는 무관 한 명이 하품을 하며 망을 보고 있을 것이다. 이 무관은 누가 다가오면 바로 알려 주는 역할을 맡고 있다. 그런 때가 아니면 가오슌은 이런 이야기를 하지 않는다.

"나도 알아."

진시는 도장을 쾅 찍고는 잔뜩 쌓인 종이 다발을 가오슌에게 떠넘겼다. 가오슌은 아무 말 없이 종이 다발을 차곡차곡 정리해서, 부하가 가지고 나갈 때 사용하는 바구니에 집어넣었다.

"빨리 확실하게 해 두지 않으면 나중에 일이 번거로워지실 겁니다."

"오히려 그게 더 번거롭지 않아?"

가오슌이 무슨 생각을 하는지는 진시도 알고 있었다. 가오슌의 말뜻은 그 약사 소녀, 마오마오를 완전히 이쪽 편으로 끌어들이라는 말이었다. 그것이 무슨 의미인가 하면….

"군사님이 나서지 않으실 리가 없으니 말이야."

팔불출 아버지인 그 외알 안경이 끼어들 게 뻔했다. 본성이 제대로 알려져 있지 않은 그 사내는 황제조차 한 수 접고 들어가는 인물이었다.

"독은 독으로 제압하셔야죠."

가오슌이 담담하게 말했다.

라칸이라는 사내의 입장은 궁정 내에서도 상당히 특수하다. 태위太尉라는 직급을 가지고 있지만, 어느 파벌에도 소속되어 있지 않으며 스스로 파벌을 만들지도 않고 그냥 구렁이 담 넘어가듯 능글맞게 처신하는 인물이다. 보통 그런 모난 돌이 있으면 정 맞고 진작 깎여 나갔겠지만 라칸에게는 그런 일도 일어나지 않았다.

십수 년 전 친아버지와 이복 남동생에게서 집안을 빼앗아 라羅 가문의 주인이 된 이 사내는 그야말로 그 이름에 걸맞게 수라修羅와 같은 자였으며, 자신의 특수한 재능을 살려 거침없이 출세했다.

그런 라칸을 눈엣가시로 여겼던 자도 수없이 많았을 것이고, 걷어차 떨어뜨리려 한 자도 셀 수 없이 많았다고 들었다. 하지만 결국 끝까지 살아남은 사람은 라칸이었다. 이 사내에게 손을 대려 한 자는 그냥 쓴맛을 보는 정도로는 그치지 않았고, 개중에는 일가족이 뿔뿔이 흩어지는 지경까지 몰린 자도 있다고 들었다. 무시무시하게도 라칸은 상대의 격이 아무리 높든, 또 아무리 훌륭한 혈통을 갖고 있든 전혀 개의치 않았다.

그 사내의 머릿속이 도대체 어떻게 되어 있는지는 알 수 없다. 하지만 그 사내에게는 남들 눈에 보이지 않는 것이 보이기에, 그것을 기반으로 삼아 상대를 나락의 구렁텅이로 빠뜨릴 각본을 짤 수 있다고 한다.

따라서 궁정 내에는 섣불리 라칸에게 접촉하지 말라는 암묵적인 양해가 생겨나 있었다. 이쪽에서 먼저 시비를 걸지만 않으면 해를 끼치진 않는 인물이다.

그리고 접촉하지 말라는 말에는 아군으로 삼지 말라는 의미도 들어 있다.

"서류가 기름 범벅이 되잖아."

진시는 돼지기름을 듬뿍 쓴 간식 과자를 아무 데나 놓고 가던 라칸의 모습을 떠올렸다.

"우리가 참아야죠."

가오슌의 미간에 주름이 하나 늘었다.

솔직히 이런 방식은 별로 원치 않지만, 앞으로의 일을 생각하면 마오마오에게 진실을 털어놓아야 한다는 사실은 변함이 없다. 혈통이 어쩌고 하는 부분을 빼고서라도, 마오마오가 진실을 알아주었으면 했다.

자신이 왜 지금의 입장에 있는지, 그리고 왜 진짜 정체를 계

속 숨기고 있는지.

알아주었으면 하는 마음도 있다. 하지만 동시에 상대가 어떤 반응을 보일지가 조금 두렵기도 했다.

"⋯⋯."

진시는 후우, 하고 한숨을 내쉬고는 다음 일을 시작하기로 했다. 이쪽은 후궁 내의 업무로, 주로 비들이 문서로 작성하여 건넨 요망들을 처리하는 일이었다.

진시는 상자에 들어 있던 문서를 집어 들며 얼굴을 찌푸렸다.

"왜 이렇게 많지?"

"아마 기본적으로는 평소와 같은 안건들일 거라고 생각됩니다. 거기에 더해 지난번 일과 관계된 문제도 있지 않을까 싶습니다."

문서들은 이미 개봉되어 있었다. 가오슌이나 다른 관리가 먼저 한 번 확인을 해 본 모양이었다.

진시는 첫 번째 문서를 꺼내 가볍게 훑어보고는 두 번째 문서를 집어 들었다. 세 번째, 네 번째까지 읽던 진시는 어느샌가 의자 등받이에 몸을 기대고 천장을 올려다보며 손가락으로 눈가를 꾹 누르고 있었다.

내용의 태반은 사부인 중 하나인 러우란 비 문제였다. 어떤 내용인고 하니 궁녀 수가 다른 비에 비해 너무 많다, 의상이 지나치게 화려해서 후궁의 경관을 해친다는 등, 예전부터 반쯤

시샘을 섞어서 계속 진시에게 투서가 들어오던 이야기들이었다. 평소와 다를 바가 없다.

그런데 거기에 더해서 날아오는 일이라 하면….

신입 환관에게 추파를 던지는 궁녀가 있다는 보고였다.

"이건 뭐, 이미 예상했던 일이군."

"네, 그렇지요."

새로 들어온 환관들은 모두 보이지 않는 곳에서 허드렛일을 맡고 있었다. 목욕물 준비와 세탁 등 소박하지만 힘쓰는 일이 많다. 궁녀 수에 비해 환관 수가 계속 줄어들기만 하고 있었기 때문에 신입 환관들은 그런 일터에 우선적으로 보내졌다. 추후 각각의 적성을 파악하여 다른 부서로 옮겨 주는 일도 고려하고 있었지만, 본래 이민족의 노예였던 자들이기 때문에 아무래도 신중하게 다룰 수밖에 없다.

궁녀들의 열기는 금세 식겠지만, 그래도 상황을 좀 정리해 둘 필요는 있다.

"귀찮게 됐군."

"포기하십시오."

그런 대화를 주고받으며 진시는 문서들을 치웠다.

그런 연유로 다음 날 진시는 후궁을 찾아갔다. 새로운 환관들의 상태를 살피기 위해서였다.

세탁 담당도 목욕물 담당도 모두 우물물을 사용한다. 열심히 일하는 각 담당 부서의 우두머리들에게 신입들에 대해 물으며 진시는 주위를 둘러보았다.

신입으로 보이는 환관 다섯 명이 있었다. 이들은 아직 부서가 확실히 정해지지 않았다는 뜻으로 하얀 허리띠를 두르고 있다. 본래 신분이 노예이기 때문인지 다른 환관들에 비해 나이가 젊긴 하지만 얼굴은 퀭하고 볼품이 없었다. 전체적으로 야윈 것도 이민족에게 잡혀갔을 때의 흔적일 것이다. 억압받은 기간이 길었는지, 잔뜩 겁을 먹고 조심스러운 행동거지를 취하고 있었다.

현 황제 및 진시의 의사는 후궁 인원을 줄이는 쪽이었으나 또 한편으로 후궁은 이런 측면에서도 기능한다. 한번 노예로 잡혀가 거세된 자들은 자유를 얻더라도 남들처럼 평범하게 살기가 힘들다. 그런 그들을 후궁으로 데려와서 일을 시키는 건 어쩌면 가장 적절한 조치라 할 수도 있었다.

그런 신입 환관들을 지켜보면서 진시는 혼자 납득했다. 신입 중 한 명의 얼굴이 굉장히 아름답고 단정했기 때문이었다. 환관답게 중성적인 느낌이지만, 뺨이 움푹 들어간 만큼 더욱 늠름해 보였다. 그러나 이자는 일을 하면서 계속 왼손을 감싸고 있는 눈치였다.

"저자는 왜 저러지?"

"몹시 심한 형벌을 받았는지, 왼쪽 반신이 마비되었다고 합니다."

게다가 전신에 눈 뜨고 보기 힘든 흉터가 있어서 맨살을 잘 보여 주려 하지 않는다는 이야기였다.

"그랬군."

그렇다면 목욕탕에 물을 길어 오는 일은 그리 적합한 업무가 아닐 터였다. 문제의 환관은 힘이 약하고, 다른 환관들에 비해 일이 많이 뒤처졌다. 생김새도 곱상하여 눈에 잘 띄니 사람이 많은 남측에서 일을 시키기에 걸맞은 인재는 아니다.

"그나저나 인기가 많은 모양인데."

"네. 머리가 좋고 궁녀들에게도 배려를 할 줄 아는 자입니다."

멀찍이서 궁녀들이 수군수군하는 모습이 보였다.

가오슌이 진시를 물끄러미 바라보았다.

"왜 그러지?"

"당신이 하실 말씀이십니까?"

가오슌이 불만스러운 표정으로 말했다.

잘 보니 진시 주위에도 어느샌가 궁녀들이 와글와글 몰려들어 있었다. 촉촉한 눈빛으로 이쪽을 쳐다보는 통에 진시는 생긋 웃어 주고는, 자신은 일하는 중이라고 말하기라도 하는 듯 문제의 환관 쪽으로 다가갔다.

진시가 신입 환관들이 있는 곳으로 다가가자 문제의 환관은 선배 환관들이 쿡쿡 찔러서야 겨우 고개를 들었다. 소매 끝으로 뻗어 나온 손을 보니 양손 모두 몹시 거칠었다. 채찍질을 당한 흔적일까, 지렁이처럼 길게 부어오른 흔적도 여러 곳 보였다. 맨살을 보여 주기 싫어하는 이유도 충분히 알 수 있었다.

진시는 그것을 알아차렸지만 그렇다고 노골적인 반응을 보일 수는 없었다. 그저 환관들에게 일을 하기 나름에 따라 출세도 가능하다는 식의, 상투적인 치하의 말만 던지고는 그 자리를 떠나려 했다. 그때였다.

우당탕 소리가 났다.

무슨 일인가 싶어 진시는 소리가 난 곳으로 가 보았다. 그곳에는 얼굴이 새파래진 궁녀가 우두커니 서 있었다. 옆에서는 새빨갛게 달아오른 얼굴의 환관이 궁녀를 호되게 야단치고 있었다. 짐수레가 쓰러져 있었고, 짚과 천으로 곱게 잘 싸 놓았던 얼음은 포장이 다 벗겨진 채 바닥에 떨어져 있었다.

비를 위해 가져온 얼음인 모양이었다. 요즘 시기에는 얼음 창고에도 얼음이 별로 없어, 그렇지 않아도 귀한 얼음의 가치가 한층 더 올라가 있었다.

겁에 질린 궁녀의 얼굴은 왠지 낯이 익었다. 어디서 봤을까 생각하고 있는데 다른 궁녀가 뛰어왔다. 몸집이 작고 무뚝뚝한, 진시가 아주 잘 아는 궁녀였다.

아하, 마오마오와 친한 궁녀다. 그래서 낯설지 않았던 거라고 진시는 깨달았다.

　어떻게 하면 좋을까 궁리하면서도 진시는 일단 일의 추이를
지켜보기로 했다.

약사의 혼잣말

듣기로 샤오란은 마오마오보다 두 살 아래라고 했다. 부모에게 팔려 후궁에 들어오게 된 불우한 처지에 비해 성격에는 전혀 어두운 데가 없는 소녀였다. 가난한 농가 출신이기 때문인지 먹을 것, 특히 단것 욕심이 대단하여 간식을 주면 끝도 없이 볼이 미어지도록 입에 넣곤 했다. 또한 끼니를 거르는 데 대한 걱정이 매우 컸기에, 후궁을 나간 후의 일을 생각해서 글자 공부를 하거나 일을 알선해 줄 연줄을 찾기도 하는 등 생활력이 강한 면모도 보였다.

하지만 아직 나이가 어려서인지 다소 주의가 산만한 데가 있었다.

욕탕에서 비 한 사람의 눈에 들었는지 샤오란은 작은 비녀를 선물 받았다. 그것은 아주 사소한 일이었지만 머리끈 하나에도 기뻐하던 이 소녀는 그야말로 하늘에라도 오를 듯한 기분이었던 모양이다. 그것이 방금 전 일로 이어져, 앞을 제대로 보지도 않고 마구 뛰어가던 샤오란은 때마침 세워져 있던 짐수레에 부딪히고 말았다.

그런 연유로, 지금 이런 상황이 벌어진 것이다.

"이걸 어떻게 할 거야! 새로 가져오려 해도 이젠 시간이 없다고!"

얼음을 날라 온 환관이 큰 소리로 고함을 질러 댔다. 땅바닥에는 수레에 실려 있던 짐이 무참히 흩어져 있었다.

"이건 씻어서 쓸 수도 없잖아!"

"죄, 죄송….."

죄송하다고 사죄하려 해도 환관은 계속해서 다그치기만 했다. 샤오란은 얼굴이 창백해지고 온몸을 덜덜 떨었다.

겨우 얼음 가지고 웬 난리냐고 할 수도 있겠지만 지금은 아직도 매미 울음소리가 그치지 않은 계절이다. 궁에서는 시원한 산지에 만들어 놓은 빙실에 겨울 내내 얼음을 저장해 두었다가, 더운 계절이 되면 그것을 꺼내서 날라 오곤 한다. 지금 바닥에 떨어져서 깨진 얼음 덩어리만으로도 사람 하나를 사고도 남을 정도의 값어치가 있었다.

"아아, 이제 어쩌냔 말이야!"

환관이 화를 내는 이유도 이해가 된다. 설마 이 정도 일 가지고 교수형을 당하진 않겠지만 그래도 채찍질 정도의 처벌은 받게 될 것이다. 환관은 짜증스러운 듯 수건을 움켜쥐고 땅바닥에 집어 던졌다.

그러는 사이에도 얼음은 계속 녹아내리고 있었다. 마오마오는 땅바닥에 주저앉아 진흙투성이가 된 얼음을 천과 짚으로 감쌌다.

"어느 비전하께 가는 얼음인가요?"

마오마오는 일말의 희망을 담아 환관에게 물었다.

이렇게 커다란 얼음을 준비시킬 수 있는 비는 얼마 안 된다. 대체로 사부인이나 친정이 유복한 중급 비쯤 될 터였다.

"러우란 비전하다."

마오마오는 실망하여 어깨를 축 늘어뜨렸다. 그래도 다른 상급 비였다면 어느 정도 이야기가 통했을지도 모르지만 하필이면 러우란 비라니.

무엇이든 요란한 것을 좋아하는 러우란 비가 얼음과자를 즐기며 선선한 저녁 바람을 쐬고 싶었던 모양이다. 그런 분께 진흙이 묻었던 얼음을 내드릴 수는 없는 노릇이다.

'시스이랑 세키우가 없어서 그나마 정말 다행이야.'

둘 다 오늘은 다른 볼일이 있어서 대욕탕에 오지 않았다. 그래도 제법 배짱이 있는 시스이라면 몰라도 세키우가 함께 있었다면 온갖 소란을 다 떨어서 상황이 더욱 혼란스러워졌을지도 모른다.

'어떻게 해야….'

얼음 값을 변상할 만큼의 돈도 없고 무엇보다 상급 비의 비위를 거스르는 것 자체가 너무나 무서운 일이다. 얼음 대신 내놓을 무언가가 있으면 좋을 텐데, 그런 것을 과연 준비할 수 있기는 할까.

마오마오는 깨진 얼음을 바라보았다. 땅에 떨어진 얼음은 물에 씻는다고 쓸 수도 없다.

하지만….

"이건 어떻게 하실 건가요?"

마오마오는 짚에 싸여 있던 얼음 조각을 들고 물었다.

"마음대로 해."

"알겠습니다."

환관은 몹시 화가 난 모양이었다. 어떻게 변명해야 좋을지 고민이 되는지 계속 머리만 벅벅 긁어 대고 있었다. 하지만 바닥에 떨어진 얼음이라 해도 충분히 가치는 있고, 이대로 녹게 내버려 두는 건 너무 아깝다.

샤오란은 얼굴이 새파래진 채 그저 우두커니 서 있기만 했다. 어떤 벌을 받게 될지, 너무 무서워서 아무 생각도 할 수가 없는 듯했다.

마오마오는 콧잔등을 긁적거렸다. 얼음은 있지만, 그것은 이제 쓸 수 없다.

그렇다면….

"죄송합니다. 혹시 이것을 대신할 만한 걸 가져오면 안 될까요?"

"뭐? 그건 또 무슨 소리야?"

할 수 있으면 해 보라는 듯 환관이 마오마오를 노려보았다.

"이건 마음대로 해도 된다고 하셨죠? 그 대신 제가 다른 걸 준비하겠습니다. 그걸 러우란 비전하께 가져가시면 안 될까요?"

어떤 형태로든 허락은 받았는걸, 하고 생각하며 마오마오는 얼음을 짊어졌다.

환관은 의심이 가득한 눈길로 마오마오를 쳐다보았다. 마오마오를 도무지 신용할 수는 없지만 솔직히 이대로 가만히 앉아서 채찍을 맞고 싶지도 않을 터였다. 환관도 희미한 희망에 매달리고 싶은 눈치였다.

"비전하께서는 앞으로 한 시간 후 간식을 드시고 싶어 하신다."

"한 시간…."

아슬아슬하게 맞출 수 있을까. 아니, 그 이전에 재료가 다 모이긴 할까. 마오마오는 생각했다.

그때 마오마오는 문득 우아한 미소를 짓고 있던 사람과 눈이 마주쳤다. 멀찍이서 소란을 지켜보고 있던 다른 궁녀와 환관들 속에 섞인 채, 아름다운 그분께서는 태평하게 난리법석을 구경하고 계셨다. 그 옆에는 가오슌이 무어라 형언하기 힘든 얼굴로 서 있었다.

진시의 얼굴에는 환한 미소가 떠올라 있었지만, 그 표정은 어째서인지 굉장히 심술궂어 보였다.

마오마오는 입술을 깨물면서도 샤오란 쪽을 흘끔 돌아보았다. 이대로 계속 여기에 가만히 있어 봤자 아무 소용도 없다. 이용할 수 있는 건 전부 이용해야겠다고 결심한 마오마오는 샤오란의 손을 잡아끌었다.

마오마오는 그 자리를 벗어나자 긴장의 끈이 풀린 듯 엉엉 울기 시작한 샤오란을 돌팔이 의관에게 맡기고, 때마침 의국 앞에 있던 진시의 앞으로 다가가 섰다.

"무슨 볼일이라도 있나?"

"조리장을 빌려주실 수 있나요? 그리고 재료도 좀 빌려주시면 감사하겠습니다."

"상당히 뻔뻔한 발언이군."

진시는 뜸들이듯 말했지만 지금 그럴 여유는 없다. 서둘러 시작하지 않으면 얼음이 다 녹아 버린다.

"그 대가를 제공할 수 있다는 뜻인가?"

"제가 진시 님께 드릴 수 있는 건 없습니다. 그래도 빌려주십시오."

억지나 다름없는 말이었다. 분수를 모르는 데에도 정도가 있다. 하지만 지금은 그런 소리를 할 때가 아니었다.

"네가 저지른 일도 아닐 텐데."

"그렇지요."

샤오란을 저버리는 건 아주 쉽다. 원래 마오마오 입장에서 샤오란은 그냥 소문을 얻어듣기에 딱 좋은 궁녀였을 뿐이다. 지금까지 이야기를 들은 대가로 항상 샤오란에게 간식이나 작은 선물을 제공했으니 갚아야 할 빚도 없다.

부주의하게 뛰어다닌 샤오란 잘못이다.

'하지만….'

"그냥 내버려 두면 꿈자리가 사나울 것 같아서요."

마오마오는 솔직하게 대답했다. 다른 이유는 없었다.

진시의 얼굴이 한순간 굳어지나 싶더니, 금세 고개를 숙이고는 끅끅거리는 웃음소리를 냈다.

"그래, 꿈자리가 사납단 말이지."

"네. 하루 일과에도 지장이 생깁니다."

"그럼 곤란하겠군."

그렇다면, 하고 진시가 웃었다.

"조건이 있다."

"그게 무엇인가요?"

"사람 이야기를 좀 끝까지 들어."

지극히 상식적인 그 말에 마오마오는 고개를 갸웃거렸다.

"겨우 그 정도 가지고 되나요?"

"겨우 그 정도 일도 제대로 못 하는 건 대체 누구지?"

똑같은 말로 반문을 당하자 이해를 못 한 마오마오는 다시 한 번 고개를 갸웃거렸다.

진시의 얼굴이 파르르 떨리며 굳어지는 듯했다.

"알겠다. 그럼 다른 조건을 내걸도록 하지. 뭐가 좋을까?"

고개를 숙인 그 얼굴에 그림자가 드리워지는 모습을 보고 마오마오는 몹시 불길한 예감을 느꼈으나, 지금 당장 힘을 빌릴 만한 사람도 달리 없었다. 교쿠요 비에게 의지하는 방법도 생각했지만 상대가 러우란 비인 게 문제였다. 앞으로의 일을 생각하면 일단은 중립파인 진시에게 부탁하는 게 가장 나은 방법이다.

'무슨 짓을 당하게 되려나?'

마오마오는 고개를 마구 흔들어 댔다. 그러다 풀어졌는지 머리끈이 바닥에 툭 떨어졌다. 진시가 그 모습을 빤히 쳐다보았다.

"넌 비녀도 안 하고 다니나?"

"일을 해야 하니까요."

"비취궁 궁녀들은 그래도 그것보다는 멋을 좀 더 부리던데."

하지만 마오마오가 가질 수 있는 장식품에는 한계가 있다. 다루기 편한 머리끈이나, 지난번 원유회 때 받았던 비녀나 목걸이 등….

"내가 준 것도 있을 텐데. 설마 팔아 치우진 않았겠지?"

"팔지 않았습니다."

'지금은 아직.'

조만간 팔아야겠다고 생각했지만 좀처럼 팔지 못하고 있었다. 그걸 팔지 말라는 말일까.

"그럼 그걸 하고 와."

"…그게 다인가요?"

"뭐 문제라도 있나?"

진시가 얼마나 힘들고 어려운 과제를 제시할지 걱정했는데, 그런 단순한 조건이라도 괜찮다면 못 해 줄 것도 없다.

"하고 오면 그때 말하자."

진시는 혼잣말처럼 작은 소리로 중얼거렸다. 그리고 마오마오 쪽을 돌아보았다.

"금방 준비할 테니, 빨리 꽂고 와."

그러고는 등을 돌렸다. 마오마오는 눈물이 말라붙어 딸꾹질만 하는 샤오란의 등을 두들기며 그 뒤를 따라갔다.

조리장은 저녁 식사 준비로 굉장히 바빴으나 마오마오는 어렵사리 그 한 귀퉁이 자리를 얻을 수 있었다. 원래 지금보다 훨씬 많은 수의 궁녀들이 먹을 식사를 준비하는 곳이었기 때문에 부뚜막이 남아 있어서 정말 다행이었다. 의국에서도 할 수 있는 일이긴 하지만, 자신들이 먹을 간식을 만드는 기분으로 작업하는 건 비에게 실례되는 일일 터였다. 교쿠요 비에게는 이따금 그런 식으로 약을 만들어 주곤 하지만 그건 예외다.

진시는 장소를 준비해 주고서는 심각한 표정의 가오슌을 데리고 금세 원래 하던 일로 돌아가 버렸다. 대신 환관 한 명이 의자에 앉아 마오마오와 샤오란을 감시했다. 그리고 그와는 별개로 아까 그 환관 역시 걱정스러운 듯 조리장 안을 지켜보고 있었다.

"저기, 마오마오. 정말 이걸로 진짜 얼음과자 비슷한 걸 만들 수 있어?"

샤오란이 불안한 표정으로 물었다.

"아마도."

딱 한 번, 만드는 모습을 본 적이 있었다. 자신이 그 과정을 제대로 기억하고 있다면 충분히 해낼 수 있을 것이다.

탁자 위에는 커다란 도자기 그릇과 조금 작고 얇은 금속 그릇, 그리고 소젖과 설탕, 과일 여러 종류, 그 외 기타 등등 여러 물건들이 준비되어 있었다. 샤오란이 불안해하는 이유는 충분히 알 수 있었다. 아마 이 자리에 어울리지 않는 물건이 몇 가지 있기 때문이었으리라.

소젖이 있어서 정말 다행이었다. 비들 중에 유락*을 즐겨 먹는 사람이 있는데 그분은 매일 새로 만든 유락이 아니면 입에 대지도 않는다고 했다. 소젖은 썩기 쉽기 때문에 신선한 소젖을 손에 넣지 못하면 어떻게 하나, 하고 마오마오가 걱정했었는데 말이다.

마오마오는 소젖을 금속 그릇에 넣고 설탕을 첨가한 뒤 다선茶筅으로 휘저었다. 다선은 본래 가루차를 물에 푸는 데 사용하는 도구지만 갈퀴처럼 생겨서 액체에 공기를 주입하는 데 딱 좋은 물건이었기 때문에 여기서 사용하기로 했다.

"자, 이걸 젓고 있어."

"으, 응."

시간이 없으므로 단순 작업은 샤오란에게 맡기고 다음 작업으로 넘어갔다.

마오마오는 떨어져 깨진 얼음을 탁자 위에 올려놓고 준비해 두었던 망치로 두들겨 부쉈다.

"뭐 하는 거야?!"

커다란 얼음덩어리가 점점 작아졌다.

"괜찮으니까 샤오란은 그거나 열심히 젓고 있어."

마오마오는 부순 얼음을 커다란 그릇에 넣고 그 속에 약간의 물을 부었다. 그리고 소금을 대량으로 투입했다.

※유락 : 버터.

샤오란이 고개를 갸웃거리며 지켜보고 있었다.

"자, 샤오란. 그걸 이 속에 넣어."

마오마오는 금속 그릇을 소금 얼음물 속에 집어넣고 계속해서 내용물을 저었다. 고개를 갸웃거리던 샤오란의 눈이 점점 놀라서 동그래져 갔다.

"어? 말도 안 돼."

금속 표면에 소젖이 굳어서 들러붙는 게 보였다. 마오마오는 다선으로 그것들을 긁어모으며 계속해서 저었다.

"샤오란, 거기서 과일 좀 잘라 줘. 잘게."

"으, 응."

샤오란이 식칼로 과일을 잘라 접시에 담았다. 마오마오가 열심히 긁고 저은 소젖이 전체적으로 부드럽게 뭉치기 시작했다.

"다 잘랐어!"

"넣어 줘."

마오마오가 다선을 내려놓고 숟가락으로 과일들을 떠서 소젖 속에 넣어 섞었다. 그리고 다 되자 유리그릇에 퍼 담았다. 그것만 가지고는 양이 부족하자, 감로甘露*로 졸여 만든 과일즙을 위에 끼얹었다.

군침을 꿀꺽 삼키는 소리가 났다. 방금 전까지 엉엉 울던 소

※감로 : 여름에 단풍나무·떡갈나무 따위의 잎에서 떨어지는 달콤한 액즙. 진드기가 식물 세포 속의 탄수화물, 단백질 따위를 흡수하여 단 즙을 만들어 배설한 것이다.

녀의 눈동자가 난데없이 반짝반짝 빛나고 있었다.

"그건….."

"보다시피 빙과야."

시간이 조금만 더 있으면 달걀이나 향기로운 약초를 넣을 수도 있을 것이다. 하지만 시간이 없으니 어쩔 수 없다.

"이게 어떻게 만들어진 거야?"

"얘긴 나중에 할게. 빨리 가져가지 않으면 큰일 나."

"응. 하지만…."

흘끔흘끔 눈치를 보던 샤오란이 말했다.

"맛을 볼 필요가 있지 않을까?"

그건 그러네, 하고 생각한 마오마오는 금속 그릇 표면에 남아 있던 것을 수저로 떠서 샤오란의 입에 넣어 주었다. 차가운 빙과가 입 안에서 녹아내림과 동시에 샤오란이 양손을 파닥파닥 흔들며 해죽 웃었다.

성공한 모양이었다.

"자! 됐어요! 다 됐다고요! 이거 빨리 비전하께 가져가세요!"

마오마오는 그릇에 담은 빙과를 남은 얼음으로 감싸서 건넸다.

지켜보던 환관도, 얼음을 운반하던 환관도 모두 눈을 둥그렇게 떴다.

"정말 다 된 건가?"

환관이 불안한 표정을 짓자 마오마오는 문답무용으로 빙과를 그 입에 밀어 넣었다.

"?!"

"이 정도면 문제없을 것 같은데요."

환관은 입에 든 것을 꿀꺽 삼키고는 눈을 크게 떴다. 그리고 한 입 더 달라며 손을 뻗었지만 마오마오가 그 손길을 쳐 내자, 환관은 아쉬운 듯 마오마오를 쳐다보았다.

"빨리, 빨리! 녹겠어요!"

"알았어."

환관은 그릇을 조심스레 바구니에 담고, 천으로 싸서 들고는 달려갔다.

감시하던 환관은 조금 부러운 듯한 표정을 지으며 원래 하던 일로 돌아가기 위해 자리에서 일어섰다.

두 환관이 사라진 뒤 마오마오와 샤오란은 서로 얼굴을 마주 보았다.

"…다행이다."

"글쎄, 과연 어떨까? 비전하 마음에 드실지가 문젠데."

일단 사전에 진시에게 미리 비가 좋아하는 것과 싫어하는 것이 무엇인지 들었으니 아마 못 먹진 않을 터였다. 양도 독 시식으로 줄어들 몫까지 고려하여 넉넉하게 만들어 보냈다.

"그런 심술궂은 소리 하지 마. 그보다 남은 게 다 녹아 버리기 전에 빨리 먹자.”

“그래, 빨리 먹자.”

“‘‘?!’”

마오마오와 샤오란이 옆을 돌아보니 빙과가 든 그릇을 야무지게 안아 든 시스이가 서 있었다.

“네가 왜 여기 있는 거야?”

“으음, 왠지 시끌벅적 난리가 난 게 보이기에 나도 모르게 하던 일을 내팽개치고 와 버렸지 뭐야.”

“넌 진짜 구제 불능이구나!”

마오마오도 마음속으로 그 말에 동의했다. 자신도 남의 이야기를 할 처지는 아니긴 하지만.

“진짜 큰일 날 뻔했단 말이야… 아니, 잠깐! 시스이! 혼자 먹지 마, 맛있는 부분만 가져가지 마!”

“마힛다, 이거.”

“그만 먹어! 다 먹지 마!”

수저를 입 안 가득 문 채 도망가는 시스이와, 그 뒤를 쫓아가는 샤오란.

‘이거 부족하겠는걸.’

마오마오는 남은 얼음으로 빙과를 한 번 더 만들 수 있지 않을까 생각하며 그릇에 재료들을 다시 넣어 보았다.

약사의 혼잣말

6 화 : 거꾸로 든 아이

"어머, 움직이네."

교쿠요 비가 잔뜩 부른 배를 어루만지며 말했다. 점차 시원해지기 시작한 계절이긴 하지만 교쿠요 비는 어깨를 겉옷으로 감싸고 있었다. 몸이 조금이라도 식으면 홍냥이 눈을 세모꼴로 뜨고 야단을 치니 교쿠요 비도 참 힘들겠다.

어머니의 배가 움직이는 모습을 보고 링리 공주가 "꺅꺅!" 하고 소리를 질렀다. 바닥에 깔려 있는 부드러운 양탄자 위에는 공주의 놀이 상대로 새끼 고양이 마오마오가 출장을 나와 있었다.

새끼 고양이 마오마오의 발톱은 사람 마오마오가 정성껏 깎고 다듬어 놓았다. 깨무는 습관은 단단히 교육을 시켜서 고쳐놓았으니 공주가 어지간히 괴롭히지 않는 한은 물지 않을 것이다. 하지만 어린애들이란 도대체 무슨 짓을 저지를지 모르는 존재다.

마오마오는 양탄자에 앉아 공주가 혹시 못된 장난을 치지 않을지 지켜보고 있었다. 털 뭉치가 공주를 물려고 덤빌 것 같으면 언제든지 목덜미를 낚아챌 준비가 되어 있다.

"그나저나 배 속에 든 아기들도 다 제각기 개성이 있나 봐."

움직이는 배를 바라보며 교쿠요 비가 말했다.

"링리 때는 더 위쪽만 찼던 것 같은데, 이 아이는 계속 아래만 차는걸."

"아래쪽만 찬다고요?"

마오마오가 눈썹을 움찔했다. 그리고 새끼 고양이 마오마오를 조심스레 붙잡아 바구니 속에 집어넣었다. 공주가 뿌우 소리를 내며 항의했지만, 마오마오는 고양이가 든 바구니를 공주의 손이 닿지 않는 탁자 위에 올려놓았다.

마오마오는 교쿠요 비에게로 다가가 엉거주춤 허리를 숙이고 섰다.

"잠깐 봐도 괜찮을까요? 혹시 만져 봐도 될까요?"

"상관은 없는데, 왜 그러니?"

마오마오는 의아해하는 교쿠요 비의 배를 손가락 끝으로 살며시 건드려 보았다. 거기에 반응했는지 또다시 아랫배 부근에서 발로 쿵, 하고 걷어차는 감각이 느껴졌다.

마오마오가 얼굴을 찌푸렸다.

"링리 공주님 출산 때는 어땠나요?"

"초산이라고는 생각할 수 없을 정도로 순산이었단다. 공주님 몸이 조금 작은 편이었던 덕분이었는지도 몰라."

비 대신 홍냥이 대답했다. 공주가 탁자 위에 놓인 바구니를 움켜쥐려 했기에, 고양이 바구니는 홍냥이 가져가서 꼭 안고 있었다. 바구니 뚜껑 틈새로 새끼 고양이 마오마오가 재미있다는 듯 바깥 구경을 하고 있었다.

"조산助産은 어떻게 하셨죠?"

마오마오의 질문에 홍냥이 애매한 표정을 지었다.

"내가 했어. 여기 의관은 영 못미더웠고, 나도 공부를 좀 했기 때문에 어떻게든 해낼 수 있었지. 하지만…."

"무슨 문제라도 있었나요?"

"당초에는 조산 경험이 있는 자를 궁녀로 데려다 놓고 있었는데, 글쎄 하필 그때 운 나쁘게 그 궁녀가 몸이 안 좋았지 뭐야."

그래서 다급히 대리를 맡게 된 홍냥은 몹시 당황했다고 한다. 그나마 근면한 홍냥이었으니 큰일이 나지 않았다고 할 수 있겠다.

"원래 후궁에 일시적으로 들어와 있던 나이 지긋한 산파였는데, 그런 중요한 순간 배탈이 난다는 게 말이나 되니? 그래서 바로 내보내 버렸단다. 덕분에 리화 비전하에게는 다른 산파를 붙였다고 하더만."

마오마오는 고개를 끄덕끄덕하며 납득했다.

그렇다면 이번에도 마찬가지로 새 산파를 후궁에 들이게 되는 걸까.

하지만 자꾸만 마음에 걸리는 부분이 있다. 그것을 눈치챘는지 교쿠요 비가 마오마오를 바라보며 미소를 지었다.

"왜 그러니? 말해 보렴."

그 말에 마오마오는 지금 떠오른 의심을 고분고분 털어놓았다.

"만일 태아가 거꾸로 들었을 경우 제대로 대처할 수 있을지 걱정이 됩니다."

"거꾸로 들어?"

교쿠요 비가 자신의 배를 쓰다듬었다. 또 걷어차인 모양인지 비가 한순간 얼굴을 찡그렸다.

"상당히 아래쪽 부분을 계속 차고 계시는 것 같습니다. 만약 손으로 두드리는 게 아니라 발로 차는 거라면 지금 태아는 머리를 위쪽으로 하고 있다는 말이 됩니다."

아기가 태어날 때는 머리가 먼저 나와야 한다. 갓난아기의 몸 중에서 가장 큰 부분이 머리이기 때문에 머리부터 산도를 통과해야 원활하게 출산을 할 수가 있다. 반대로 다리가 먼저 나오게 되면 출산 과정이 굉장히 위험해진다.

"거꾸로 들었는지 지금 알 수 있어?"

"지금은 어디까지나 그럴 가능성이 있다는 것뿐입니다. 더 자세한 상황을 알려면 제대로 촉진觸診을 해 보아야 합니다."

"할 수 있겠니?"

할 수 있느냐고 묻는다면 딱 잘라 긍정하긴 힘들다. 아버지는 의학에 조예가 깊지만, 마오마오에게는 약학밖에 가르쳐 주지 않았다. 마오마오가 약이 아닌 분야에서 갖고 있는 지식은 전부 아버지의 행동을 어깨 너머로 훔쳐보고 배운 것들이었다.

교쿠요 비는 말없이 마오마오를 바라보다 자신의 질문 방법이 틀렸다는 사실을 알아챈 듯했다.

"해 보렴."

비는 말하는 방식을 바꾸어 다시 말했다.

마오마오는 한순간 천장을 올려다보고는 조심스럽게 교쿠요 비 곁으로 다가갔다.

"이런 방법인데, 괜찮으시겠어요?"

마오마오는 구체적인 촉진 방법을 이야기했다. 교쿠요 비는 "어머나, 정말?" 하고 놀라서 손으로 입을 가렸다. 귀한 가문에서 자라난 공주님이니 그 행위는 매우 수치스럽고 굴욕적일 터였다. 배운 대로 했다가 발칙한 자라며 벌을 받기라도 했다가는 큰일이다.

"뭐, 아이를 낳을 때에 비하면 사실 별로 대단한 일도 아니야. 부탁할게."

"알겠습니다."

어머니는 강하다는 게 이런 뜻일까. 마오마오는 촉진 준비를 시작했다.

'뭐라고 말하기가 힘든데.'

마오마오는 촉진을 마치고 손을 닦았다. 아무리 촉진이라고는 해도 하복부는 물론 음부까지 직접 건드리는 행동이었으니 당사자로서는 미리 알고 있었어도 거부감이 느껴졌을 것이다. 사실 더 빨리 했어야 할 일이었으나 그런 방법은 체면상 피해 왔었다. 무엇보다 마오마오도 전문적으로 의학을 공부한 입장이 아니니, 아기가 너무 작을 때는 판단하기가 힘들다.

그리고 마오마오가 내린 판단은….

거꾸로 들었을 가능성이 8할쯤 된다는 결론이었다. 배를 걷어차는 감각과 심장 소리 등을 근거로 아이의 위치를 판단할 수 있었다.

거꾸로 들었다고는 해도, 태아가 배 속에서 자라면서 방향을 바꾸는 일도 있다. 하지만 교쿠요 비의 임신 기간을 생각하면 지금 시점에서 거꾸로 들었다는 건 다소 걱정스러운 일이다. 아이가 태어나기까지 앞으로 두 달 남짓밖에 안 되는 시기이니 말이다.

"어떻게 해야 좋을까?"

옷을 갈아입은 교쿠요 비가 다가왔다. 옆에서는 홍냥이 걱정스러운 표정을 짓고 있었다.

"몸을 움직이거나 뜸을 뜨면 고치기 쉬워진다고 들었습니다. 몸을 움직이는 방법은 후궁 밖에 묻는 편이 나을 거라 여겨집니다. 뜸에 대해서는 저도 알고 있습니다."

"그렇구나. 그럼 겸사겸사 다른 방법은 없는지 알아봐야겠다."

교쿠요 비는 마오마오에게 뜸을 떠 달라고 부탁했다. 그리고 배를 어루만지다 갑자기 문득 생각난 듯 마오마오에게 한 가지 더 물었다.

"만일 원래 위치로 돌아오지 않는다면 어떻게 될까?"

"최악의 경우에는 배를 가르게 됩니다."

그 경우에 대해서는 생각하고 싶지 않았다. 아무리 실력 좋은 산파가 붙는다 해도 너무 위험하다. 배를 가르는 것은 최악의 상황이지만, 그렇게 되면 교쿠요 비의 생명이 위험하다. 무슨 일이 생겼을 경우 제대로 된 의사가 곁에 없다는 건 몹시 불안한 요소다.

'돌팔이 의관이 조금만 더 쓸 만했더라면….'

아무리 아쉬워해 봤자 돌팔이는 평생 돌팔이다. 사람은 좋지만 결코 유능하진 않다.

그렇다고 다른 의관을 대신 후궁으로 데려오기도 어려운 일이다. 제도상 환관이 아니면 들어올 수 없기 때문에, 중요한 부분을 잘라 내고 나서 데려와야 한다. 그 수술이 너무 늦지 않게 이루어지는 것과 제도를 바꾸는 것, 둘 중 어느 편이 더 빠를까.

'응?!'

마오마오는 턱을 어루만졌다.

최적의 인물이 딱 하나 있긴 했다.

'하지만….'

마오마오는 끙끙거리며 머리를 긁적였다. 그리고 어떻게 할까 한참 고민했지만 결국 다른 방법이 없었기에 교쿠요 비를 돌아보았다.

"적임자가 한 명 있습니다. 의술 실력은 흠 잡을 데 없고, 절개 수술로 신생아를 꺼낸 경험이 여러 번 있는 자입니다."

"어머나, 세상에."

"그런 사람이 있었구나. 저기, 그, 설마 진시 님의 시녀를 말하는 건 아니겠지?"

교쿠요 비는 솔직하게 감탄했고 홍냥은 약간 겁먹은 듯 물었다. 도대체 스이렌은 이 궁에 무슨 짓을 하고 간 걸까.

"시녀는 아닙니다. 의사입니다."

하지만 한 가지 문제가 있다.

그것은….

"하지만 후궁에서 쫓겨난 적이 있는 죄인입니다."

마오마오는 양아버지 뤄먼을 떠올리며 말했다.

교쿠요 비는 눈썹 하나 깜짝하지 않았다. 대신 홍냥의 표정이 변했다.

"그런 자를 어떻게 인정하라는 거니?"

홍냥은 힘주어 단호하게 말했다. 평소 궁녀들을 야단칠 때처럼 화를 내는 게 아니라, 차분하고 냉정한 태도로 마오마오의 이야기를 거절하고 있었다.

"교쿠요 님의 생명이 걸려 있는 문제입니다. 신뢰할 수 있는 자가 아니면 안 됩니다."

홍냥의 주장은 당연한 말이었다. 마오마오도 평소 같았으면 고분고분 물러났겠지만 이번에는 달랐다. 교쿠요 비의 안전을 생각하면 그것이 가장 올바른 선택이라고 생각했고, 무엇보다 마오마오는 자신의 양아버지를 존경했다. 호인이고 운이 없는, 노파 같은 영감이지만 그래도 상관없었다. 마오마오에게는 자신의 양아버지가 바로 이 나라 최고의 의사라는 확신이 있었다.

"믿을 수 있는 사람입니다. 무엇보다 웬만한 의관을 열 명 모아 와도 그자의 발끝도 따라가지 못할 겁니다."

"네가 그렇게 큰소리를 다 치다니 별일이구나."

마오마오답지 않은 발언이긴 했지만 사실이니 어쩔 수가 없다. 그러나 홍냥은 물러서지 않았다.

"그래도 죄인이라면서. 어떤 죄를 저질렀는지 몰라도, 죄인이라는 말을 듣고도 그냥 받아들일 수는 없어."

냉정한 태도로 대꾸하는 홍냥을 마주하던 마오마오의 눈빛은 점점 험악해져 갔다. 평소와 입장이 역전된 두 사람의 이야기를, 교쿠요 비는 가만히 귀 기울여 듣고 있었다.

"도대체 어떤 죄를 범한 거니? 홍냥도 그렇게 대뜸 부정하고 억누르기부터 하지 말고 제대로 이야기를 들어 보렴. 그리고 마오마오도 좀 차분하게 설명해 줘야 하지 않겠니?"

그 말에 마오마오는 머리까지 치솟았던 피가 싹 가시는 것을 느꼈다. 마오마오는 살짝 한숨을 내쉬고 진정한 뒤 교쿠요 비와 홍냥을 바라보았다.

"그자는 본래 환관이었고, 의관이었습니다. 과거에 주상과 현 동궁 전하, 그리고 아둬 님이 낳으신 아기를 받은 적이 있습니다. 후궁에서 추방당한 이유에 대해서는 아둬 님과 관계가 있다는 이야기밖에 듣지 못했습니다."

마오마오도 사실 잘은 모른다. 그럴듯한 이유를 어느 정도 추측하고는 있지만, 확신은 없기 때문에 그런 애매한 이야기를 입 밖으로 내고 싶진 않았다.

하지만 상대는 교쿠요 비였다. 교쿠요 비는 상급 비로서, 그리고 황제의 총비로서 현재 이 후궁에 자리하고 있는 사람이다. 그런 사람이 거기에 관련된 이야기를 듣지 못했을 리가 없다.

"그렇구나. 그렇게 된 일이었어."

교쿠요 비는 혼자 납득한 표정을 지으며 마오마오를 바라보았다.

"그 전직 의관이라는 사람과 마오마오 너는 도대체 무슨 인연이 있는 거니?"

교쿠요 비는 죄인으로서의 과거보다 그 사람이 어떤 인물인지가 더 궁금한 모양이었다.

"제 양부입니다. 약사로서 스승이기도 합니다."

교쿠요 비는 잠시 생각에 잠긴 듯 눈을 감았다가 금세 떴다.

"알겠다. 진시 님께 제안해 보도록 하자꾸나."

"교쿠요 님!"

홍냥이 다급히 외치자 교쿠요 비는 생긋 웃었다.

"홍냥, 난 우수한 인재라면 누구든 최대한 기용하고 싶어. 그런 데다가 신뢰할 수 있는 인물이라면 더욱 좋지. 저 들고양이 같은 아이가 이렇게까지 믿고 따르는 사람이라는데 악당일 리는 없지 않겠어?"

'들고양이라니….'

정말 너무하다.

"하지만 죄인이라잖아요."

"죄인이긴 해도 그 당시 후궁 이야기에 대해서는 너도 아는 바가 어느 정도 있잖아? 위대한 여제의 시대에 그 치세에 휩쓸린 사람들이 얼마나 많았는지. 죄인이라는 말을 있는 그대로 받아들일 셈이야?"

교쿠요 비는 부드럽지만 단호하게 말했다.

'여제라고 그냥 부르는구나….'

역시 대단한 관록이다.

"그렇게 불안하다면 감시를 붙여 달라고 하면 되지. 그러면 문제없겠지?"

교쿠요 비는 그렇게 말하며 탁자에서 붓과 종이를 꺼내 가벼운 손놀림으로 진시에게 보내는 편지를 쓰기 시작했다.

홍낭에게 문제의 이야기를 꺼낸 이틀 후, 노파 같은 생김새의 영감이 후궁을 찾아왔다. 생각했던 것보다 상황 진행이 훨씬 빨랐기에 마오마오는 깜짝 놀랐다.

가오순에게 이끌려 온 아버지는 비취궁의 면면과 인사를 마친 뒤 의국으로 향했다. 당분간 돌팔이 의관과 함께 지내게 될 모양이었다. 아버지도 고양이를 몹시 예뻐하는 사람이니 마오마오의 털에는 한층 더 윤기가 나게 되리라.

돌팔이 의관이 해고당하면 어쩌나 걱정했지만 한동안 그럴 일은 없어 보였다. 아버지의 입장은 어디까지나 임시 고용이라는 형태로 타협을 보았으니 말이다.

'그건 다행이야.'

아버지가 사라지면 유곽에는 쓸 만한 의사가 하나도 없는 꼴이 된다. 불러낸 당사자인 마오마오가 할 말은 아니지만, 새해가 되기 전에 돌려보내지 않으면 녹청관 할멈이 후궁까지 쳐들어올지도 모른다.

그런 생각을 하며 비취궁 청소를 하고 있는데 잉화가 새 물을 담은 나무통을 들고 들어왔다. 아버지를 소개하느라 시간을 잡아먹어서 그런지 오늘은 일이 많이 밀려 있었기에, 마오마오도 게으름피우지 않고 성실하게 일하는 중이었다.

"그러고 보니 마오마오네 아버지? …랬지, 그 사람?"

"네, 뭐….."

잉화는 의아한 표정으로 고개를 갸웃거렸다. 아버지는 정확히 말하면 작은 할아버지이긴 하지만 사실 마오마오와는 생김새가 전혀 닮지 않았다. 아버지나 작은 할아버지나 그게 그거니 그냥 그런 걸로 해 두기로 했다. 자세히 설명하는 건 귀찮으니 생략하자.

"뭐랄까, 상상했던 거랑 완전히 달라서. 너무 평범하다고 해야 하나, 뭐라고 해야 하나. 저 사람이 마오마오를 키워 준 거야? 정말?"

"…무슨 상상을 하셨는데요?"

"뭐, 글쎄. 굳이 말로 표현해야 할까?"

잉화의 말에 동의하듯 함께 청소를 하고 있던 구이위엔과 세키우도 서로 얼굴을 마주 보며 고개를 끄덕였다. 하쿠우는 아

직 마오마오에 대해 잘 모르기 때문에 그냥 생글생글 웃으며 이
야기에 맞장구만 쳐 주고 있었다.

"상식인 같지 않은 사람?"

""그래, 그거.""

둘이 한목소리로 대답했다.

'이해가 안 되네.'

도대체 무슨 상상을 했다는 건지 마오마오는 통 알 수가 없
었다.

7 화 : 도사리고 있는 악의 전편

   의국은 태평한 분위기로 가득했다.

   "이 아이는 글쎄 똑똑해서 그런지 잔생선을 줘도 대가리랑 꼬리랑 내장은 안 먹는다니까."

   아버지가 의국에 온 지 며칠이 지난 지금, 이런 상태다. 선배 연하며 자신이 가르칠 만한 것이 하나도 없다는 사실을 깨달은 돌팔이 의관은, 의학과는 손톱만큼도 상관없는 것들만 아버지 뤄면에게 열심히 가르치고 있었다. 사람 좋은 아버지는 그 말 한마디 한마디에 꼬박꼬박 반응해 주었기에 돌팔이 의관의 미꾸라지 수염은 힘차게 치솟아 있는 것만 같았다.

   아버지는 또 아버지대로,

   "그렇군요. 이 쌉쌀한 부분이 맛있는 건데 말이죠."

   라며 돌팔이 의관이 뜯어 놓은 잔생선 조각을 집어 먹고 있었다. 음식을 낭비해서는 안 된다고 배우긴 했지만 이쯤 되면 좀 궁상맞게 느껴진다. 하지만 유곽과 다르게 이곳에서는 삼시 세 끼 잘 먹고 있을 거라고 생각하면서도 마오마오는 그 행동을 말리지 않았다. 그것이 바로 아버지라는 생물이라는 사실을 알고 있기 때문이었다.

한 번 보고 들은 것은 절대 잊지 않고 하나를 보면 열을 아는 재능을 지닌 이 나라 최고의 의사는 본래 욕심을 모르는 소박한 사내였다. 그런 아버지에게는 고양이 마오마오가 먹다 남긴 잔 생선 찌꺼기조차 훌륭한 만찬이었다.

마오마오는 뜸을 뜰 때 쓸 약쑥을 준비했다. 미리 절구에 찧어 놓았던 쑥을 말려서 만든 물건이었다. 만드는 데 매우 손이 많이 가기 때문에 외부에 주문하는 게 편하지만, 재료 자체는 후궁 안에도 나 있고 또 덕분에 의국에 올 구실이 되기도 했다.

아버지가 왔다고 마오마오의 일이 변하는 건 아니다.

"기본적인 업무는 네가 지금까지 했던 것과 똑같이 하렴."

홍냥이 그렇게 말했기 때문이었다. 그 고지식한 시녀장은 죄인이 어지간히도 싫은 모양이었다.

그렇다고 아버지가 의국에서 유유자적 태평하게 놀기만 하면서 시간을 보내고 있는가 하면 딱히 그렇지도 않다. 아버지는 때때로 환관에게 불려 나가곤 한다. 아마 진시의 주선인 듯했다.

아버지는 어디에 간다고도, 또 어디에 다녀왔다고도 말하지 않았으나 마오마오는 충분히 상상할 수 있었다.

후궁에는 임산부가 적어도 한 명 더 있다. 후궁에 들어온 이상 아버지는 모든 비들을 평등하게 대해야 한다.

마오마오는 교쿠요 비를 모시는 입장이지만 그 점에 대해서는 안심했다. 리화 비도 이번 아이는 잘 키웠으면 하는 마음이었다. 그러기 위해서는 우선 무사히 아이를 낳는 일에 전념해 주길 바랐다.

수정궁의 시녀장이었던 궁녀 싱이 후궁을 떠난 뒤 리화 비의 곁에는 더 나이가 많고 차분한 시녀들이 새로 들어왔다고 들었다. 자기 분수를 잘 알고 있고, 아마도 출산 경험이 있는 사람들일 거라고 마오마오는 생각했다.

후궁 인원의 대부분은 젊은 여성들이었고, 그마저도 2년에 한 번씩 바뀐다.

아이를 낳아 키우는 장소가 되어 주는 일 또한 후궁의 기능 중 하나일 텐데 그런 용도로는 전혀 사용되지 않는 상황이다.

낳을 만큼 잔뜩 낳고, 그중에서 강한 자만이 살아남으면 된다는 게 한 나라 수장의 자식으로 태어난 숙명이라고 한다면 뭐라 대꾸할 말이 없긴 하다. 그러나 현재 황제의 혈통인 사내아이의 수를 생각하면 그 부분을 반드시 개선할 필요가 있다고 마오마오는 생각했다.

까놓고 말해 종마가 너무 부족하다.

'그 부분을 확실하게 보강하면….'

아버지는 잔생선 내장을 우물우물 씹으며 무언가를 열심히 적고 있었다. 마오마오가 하는 생각 따위는 아버지도 진작 다 눈치를 챘을 것이다. 아버지는 가벼운 손놀림으로 현재 후궁 내의 문제점에 대해 적어 내려갔다. 새끼 고양이 마오마오가 장난을 치며 방해했지만 돌팔이 의관이 안아 올려 그것을 막으며 아버지가 쓰던 글을 유심히 들여다보았다.

"글씨를 참 잘 쓰는구먼."

'주목하는 부분이 그거였냐고.'

돌팔이는 돌팔이다. 내용을 보고 감탄한 게 아니었다.

"하지만 너무 어린애 같은 문장인걸. 위엄이 좀 부족하지 않겠어?"

돌팔이 의관은 비어 있는 손으로 수염을 배배 뒤틀며 흐음, 하고 아버지의 글을 내려다보았다.

"네, 이곳에는 아직 쉬운 문장밖에 구사하지 못하는 사람도 있으니까요."

마오마오는 아하, 하고 손뼉을 쳤다. 앞으로 어떤 일이 벌어질지 마오마오는 대략 상상이 갔다. 아버지는 글을 쓴 종이를 마오마오에게 건넸다.

"뭐 부족한 점 있니?"

"…언뜻 보기에 부족한 부분은 없는 것 같아."

"그래."

아버지는 돌팔이 의관 쪽을 돌아보며 물었다.

"구엔虞淵 씨, 혹시 본가에 이 종이의 절반 정도 되는 크기의 종이도 있나요?"

아버지는 종이를 반으로 접어 보였다.

'구엔?'

누굴 말하는 건지 한순간 알아들을 수가 없었지만 이곳에는 세 사람밖에 없으니 결국 돌팔이 의관의 이름이라는 말이 된다.

'안 어울리는 이름이네.'

마오마오는 지금까지와 마찬가지로 그냥 돌팔이라고 부르기로 했다.

"그렇게 작은 쪼가리는 아무짝에도 쓸모가 없어서, 항상 다 풀어 가지고 새 종이를 만드는 데 쓰는데."

돌팔이 의관이 말했다.

"그럼 그걸 싼 값으로 좀 얻을 수 있을까요?"

"그건 문제없지. 그쪽에서는 오히려 좋아할걸."

아버지는 마오마오 쪽을 돌아보았다.

"요즘 이 안에 교습소가 생겼다면서?"

"응, 맞아."

"다들 글씨는 잘 쓰니?"

그 부분에는 개인차가 있다. 하지만 모두가 정성껏 쓰면 어느 정도 읽을 수 있는 수준에는 올라 있었다.

"글씨 연습을 할 때 이걸 교본으로 쓰게 했으면 좋겠구나. 나는 안 되겠지만 네 말은 통하겠지?"

"?!"

마오마오는 어처구니가 없었다. 이토록 군더더기 없이 사람과 물건을 다룰 수가 있다니, 상인도 이 정도로 머리가 빨리 돌아가진 않을 것이다. 머릿속 주판이 이렇게 정교하게 만들어져 있는 사람이 왜 자기 끼니를 굶어 가면서까지 자선 사업을 하는지 알 수가 없었다.

"오늘 가서 슬쩍 물어보고 올게."

마오마오는 약쑥을 천으로 싸며 말했다.

"부탁한다."

아버지는 자리에서 일어나 의국을 나갔다. 아마 측간에 가는 모양이었다. 별로 상관은 없는 이야기지만, 환관이 되면 소변 횟수가 잦아진다.

마오마오는 문득 떠오른 생각에 일어나서 찬장 서랍을 열었다.

"아저씨, 주정 좀 몇 병 가져갈게요."

"그래."

어차피 마오마오가 만든 주정이니 마음대로 가져가도 될 것 같았지만 어제 그랬다가 아버지에게 야단을 맞았다. 돌팔이 의관을 더 존중하라는 뜻인 모양이었다.

'그리고 또….'

마오마오는 뭔가 더 가져갈 게 없을까 생각해 보았다. 그러고 보니 교쿠요 비가 최근 들어 잠이 잘 오지 않는다고 말했던 일이 떠올랐다.

"그리고 수면제도 가져가도 될까요?"

"마음대로 가져가."

돌팔이 의관은 새끼 고양이 마오마오와 놀아 주느라 바빴다. 정말 이래도 되는 걸까 생각하면서 마오마오는 약서랍을 뒤졌다.

'임산부에게 부담이 되지 않는 걸로….'

잠이 얕아지는 일은 임신 중 그리 드물지 않은 현상이다. 어설프게 독한 약보다는 그냥 마음의 안정이 되어 줄 정도로 가벼운 수면제가 나을 것이다.

'이거면 되겠지.'

마오마오는 서랍을 열고 안에 든 생약을 꺼냈다.

그러자 어느샌가 새끼 고양이 마오마오가 발밑에 다가와서 매달렸다.

마오마오는 귀찮았기에 발로 살짝 차 밀어냈으나, 고양이는 치맛자락에 발톱을 세웠다.

"요 녀석, 그러다 찢어져."

"얘가 갑자기 왜 이러지?"

돌팔이 의관이 고양이를 붙잡았다.

'이것 때문인가?'

마오마오는 자신이 들고 있던 생약을 쳐다보았다. 고양이 마오마오는 특유의 이상한 울음소리를 내며 분홍색 발바닥으로 마오마오의 손을 찰싹찰싹 두들겼다.

"아무리 그래도 안 줘."

돌팔이와 아버지가 아무리 응석을 받아 준다 해도 마오마오는 가차 없었다. 귀중한 생약을 털 뭉치 따위에게 줄 수는 없었기에 마오마오는 재빨리 생약을 천 꾸러미 속에 넣었다.

"그럼 가 볼게요."

마오마오는 인사를 하고 의국을 나섰다.

아버지가 하려 하는 일에는 진시도 찬성해 줄 것이다.

'그래도 찾아가서 의향을 여쭈어 보긴 해야겠지만.'

진시를 통하면 시간을 며칠은 더 잡아먹게 된다. 따라서 마오마오는 먼저 교습소로 향하기로 했다.

'그러고 보니….'

마오마오의 품에는 비녀가 한 자루 들어 있었다. 전에 진시에게 받았던 물건이다. 일하는 중에 하고 다니면 세 자매와 교쿠요 비가 의미심장한 미소를 지으며 자꾸 캐묻기 때문에 빼 놓고 있었다.

'나중에 꽂아야겠다.'

귀찮다고 생각하면서 걷다 보니 어느새 북측에 있는 교습소에 도착했다.

교습소에서는 서른 명 정도 되는 학생들이 환관의 수업을 듣고 있었다.

이곳에는 성격이 까다로운 늙은 환관이 하나 있지만 오늘은 교단에 서지 않았다. 그 환관은 후궁 안에 있는, 황제의 혈통을 판별하는 사당을 관리하는 역할을 맡은 사람이다. 별로 내키지는 않지만 아마 그 환관에게 이야기하는 게 가장 빠른 방법일 것이다. 환관은 아버지를 알고 있었고, 아버지가 후궁에 와 있다는 사실을 알리면 바로 일을 진행시켜 줄 테니 말이다.

마오마오는 복도를 걸어가, 교실에서 조금 떨어진 늙은 환관의 방으로 향했다.

"계시나요?"

문이 살짝 열려 있어, 안을 들여다보니 늙은 환관이 눈을 가늘게 뜬 채 글을 읽고 있었다. 환관은 눈썹을 움찔하더니, 문 틈새로 마오마오가 있는 것을 확인하고는 책을 든 채 이리로 오라고 손짓했다.

"샤오란은 같이 안 왔고?"

이 환관은 평소 샤오란에게 다양한 공부를 가르치고 있었다.

그 붙임성 좋은 궁녀는 이곳저곳에서 꽤 귀여움을 받고 있는 모양이었다.

"개인적인 용무가 있어서 왔습니다."

마오마오는 뭐라고 설명해야 좋을지 고민이 되었으나 우선 직접 보여 주는 게 빠를 거라는 생각에, 잔뜩 어질러진 탁자 위로 아버지가 글을 써 준 종이를 올려놓았다.

늙은 환관은 또다시 눈썹을 움찔했다. 그리고 앉으라며 의자를 권했기에, 마오마오는 사양하지 않고 자리에 앉았다.

"이건 뤄먼 글씨로구먼."

"잘 아시네요."

"옛날 과거를 볼 때 그 녀석 글씨를 따라 쓰면 붙을 거라고 다들 열심히 흉내를 냈거든."

상당히 오래전 이야기인 모양이었다. 40년, 아니 50년은 된 일일지도 모른다. 이 나라에서 의관 자격 고사와 과거는 각각 별개의 시험이었으나 아버지는 둘 다 붙었다. 문관으로서의 재능도 충분했을 텐데, 아버지는 병에 걸려 길바닥에 쓰러진 부랑아를 보고 불쌍하다며 의학의 길을 선택했다. 옛날부터 그런 성격이었기에 아버지는 그의 친아버지에게 몹시 미움을 받았다고 들었다.

"이걸 일부러 여기로 보낸 건가?"

"아뇨. 지금 현재 후궁에 와 있습니다."

"호오, 그건 처음 듣는 소린걸."

주름으로 뒤덮여 있던 늙은 환관의 눈이 커졌다. 정말로 몰랐던 모양이다. 북측은 후궁 안에서도 굉장히 외진 곳이기 때문에 소문 듣기가 쉽지 않다.

그러고 보니 샤오란도 아버지를 처음 봤을 때 그리 대단한 반응을 보이진 않았다. 아무리 소문을 좋아하는 소녀라 해도, 잘생기고 젊은 환관들이 잔뜩 들어온 직후에 다 시들어 빠진 영감 하나가 새로 들어온 데에는 큰 관심이 없는 눈치였다.

"샤오란도, 알고 있었으면 말을 해 줄 것이지."

"젊은 환관에 대한 소문으로 머릿속이 꽉 차서 깨끗이 잊어버렸던 모양이에요."

"젊은 환관이라…."

늙은 환관은 턱을 어루만지며 창밖을 내다보았다. 둥근 격자창 너머에는 왕모의 아이를 선별하는 사당이 보였다. 하지만 늙은 환관의 시선은 그보다도 더 먼 곳을 향하고 있는 듯 보였다.

"아무리 자극이 부족한 곳이라고는 해도, 그런 일로 소란을 피우는 건 조심해야 해."

"왜요?"

"남측에 젊은 환관들을 너무 많이 배치하면 궁녀들이 일을 소홀히 한다면서 이쪽으로도 몇 명을 보냈거든."

그랬구나, 하고 마오마오는 납득했다. 후궁 북측은 다른 장소보다 궁녀 수가 적은 곳이다.

"진료소에 남자 손이 늘어서 여러모로 큰 도움이 되고 있는 것 같긴 하지만 말이야."

그곳에는 젊은 궁녀가 없다. 하나같이 차분하고 나이가 많은 궁녀들뿐이다. 이름이 션뤼라고 했던가, 거기 있는 배짱 두둑한 궁녀 하나가 환관들을 마음대로 부려 먹고 있는 모습을 마오마오는 쉽게 상상할 수 있었다.

"자, 그럼 본론으로 들어가야지. 그래서 무슨 부탁이지?"

"교습소 궁녀들이 이 글을 가지고 받아쓰기 연습을 하게 해주셨으면 합니다. 종이는 저희 쪽에서 준비하겠습니다."

늙은 환관은 또다시 눈썹을 꿈틀하며, 작고 가늘게 자른 종잇조각을 물끄러미 바라보았다.

"옛날에도 비슷한 글을 쓴 적이 있었지. 그때는 뭐면 혼자 한 일이어서 나도 할 수 없이 도왔지만 말이야. 그런 녀석도 나이를 먹으니 사람을 이용하는 방법을 좀 배운 모양이구먼. 그때 돕느라 힘들었던 일에 비하면 이 부탁 정도는 아무것도 아니지."

"…예전에도 이렇게 글을 쓴 적이 있었다고요?"

"그래. 이렇게 써서 후궁 곳곳에 잔뜩 붙여 놓았어. 나는 너무 많이 썼기 때문인지 두 번 다시 보기 싫고 지긋지긋해서 내 주위에는 하나도 안 붙여 놓았지만."

정말로 싫다는 듯 늙은 환관은 고개를 절레절레 저었다.

마오마오는 종이에 적혀 있는 주의 사항을 내려다보았다. 독이 든 백분에 대한 이야기도 단적인 문장으로 적혀 있었다.

'옛날에도 이런 글을 써서 붙여 놓았다고?'

그 이야기에서는 위화감이 느껴졌다. 마오마오는 아무래도 사실 관계를 확인해 봐야겠다는 생각에 종이를 문진으로 눌러 놓고 자리에서 일어섰다.

궁금증을 풀러 가야겠다.

"그럼 조만간 종이를 갖고 오겠습니다."

"저런, 차 한 잔도 안 들고 가는 거니?"

"네, 급해서요."

마오마오는 늙은 환관의 방을 나섰다.

그리고 향한 곳은….

약사의 혼잣말

8 화 : 도사리고 있는 악의 후편

진료소에서는 늘 그렇듯 나이 든 궁녀들이 바쁘게 일하고 있었다. 젊은 환관들의 모습도 드문드문 보였다. 바로 옆에 있는 빨래터에서는 환관들이 돌바닥 위에 침대보를 올려놓고, 첨벙첨벙 우물물을 끼얹어 맨발로 꾹꾹 밟아 빨고 있었다.

마오마오는 그 모습을 본체만체하며 걸어가 진료소 문 앞에 섰다. 마오마오를 아는 궁녀가 무슨 일인가 싶어 밖으로 나왔다.

"몸이 안 좋니?"

"아뇨."

마오마오는 어떻게 할까 잠시 고민하며 궁녀 쪽을 흘끗 쳐다보았다. 여기에 묻는 게 과연 옳은 일일까 싶었지만, 그냥 내버려 둘 수도 없었다.

무엇보다 불안한 건 이곳의 누가 그 생각을 해 냈느냐였다.

마오마오는 일단 핑계를 대기로 했다.

"여기서 소독할 때 술을 사용한다고 들었는데, 이건 어떨까 싶어서요."

마오마오는 그렇게 말하며 천 꾸러미에서 작은 병을 하나 꺼 냈다. 약쑥과 함께 만들어서 저장해 두었던 주정이었다. 그렇 지 않아도 조만간 진료소에 가져올 생각이었는데 어쩌다 보니 이래저래 미뤄지던 참이었다.

"이게 뭔데?"

마오마오는 병의 마개를 뽑아서 궁녀에게 들이밀었다. 궁녀 는 손을 휘휘 저으며 내용물의 냄새를 맡아 보았다.

"소독할 때는 이게 더 잘 들을 것 같아요."

"…좀 물어봐야겠다."

궁녀는 그렇게 말하며 마오마오를 진료소 안으로 데리고 들 어갔다.

마오마오가 안내된 방 안에 있는 의자에 앉자 지난번의 고집 센 중년 궁녀 셴뤼가 나타났다. 그래도 손님 취급은 해 주는 건 지, 마오마오는 새콤한 과일 음료를 대접받았다.

"이걸 주겠다니 참 고마운 일이네. 하지만 정말 받아도 괜찮 을까?"

술 자체가 후궁 안에 그리 흔히 나도는 물건이 아니다. 심지 어 그것을 증류하여 독하게 만든 주정이라면 더욱 그렇다.

"이것 말고도 더 있어서 괜찮아요."

천 꾸러미 속에는 주정이 든 병이 하나 더 있었다. 그리고 의국에도 아직 남아 있고, 다 떨어지면 또 만들면 된다.

"또 가지고 올게요."

"고마워."

셴뤄는 고개를 숙이며 말했다. 마오마오가 교쿠요 비에게 소속된 궁녀라는 사실을 알았기 때문인지 말투가 다소 조심스러워진 듯했다.

"아뇨, 많이 만들었으니까 괜찮아요. 그런데…."

마오마오는 최대한 자연스러운 태도를 유지하려 했지만 연기를 잘하진 못했기에 자신의 말투에서 위화감이 느껴지는지 안 느껴지는지 스스로는 알 수가 없었다. 그래도 가능한 한 평정을 가장하려 애썼다.

"여기 궁녀분들은 모두 유능하신가 봐요."

"갑자기 그게 무슨 소리야?"

셴뤄가 미심쩍은 표정으로 물었다.

역시 어색했던 모양이라고 생각하며 마오마오는 시치미를 뚝 뗐다.

"아뇨, 후궁에서는 대부분 2년이면 봉공 기간을 마치고 나가는데 여기 분들은 꽤 오래 계시는 것 같아서요."

셴뤄가 입술만 살짝 비틀며 웃었다.

"그래, 순 아줌마들밖에 없지 뭘."

"……."

"그 점은 부정하지 않는구나."

10대 중반, 늦어도 20대에 후궁에 들어왔다 해도 이미 20년 이상은 이곳에 있었다는 말이 된다. 그렇다면 이상한 점이 생긴다.

그 부분을 거론할까 말까 마오마오가 고민하고 있는데 셴뤼의 눈빛이 공허해졌다.

"우리도 예전에는 젊었어. 들어왔을 땐 아직 열 살밖에 안 되었었는걸."

"……."

"여기 있는 궁녀들은 모두 그 정도 나이쯤에 들어온 사람들이야."

지금의 후궁에서는 그렇게까지 어린 아이를 궁녀로 들이진 않는다. 아무리 어려도 세는나이로 열네 살 정도는 되지 않으면 들어올 수 없다.

하지만 셴뤼를 비롯한 이곳 궁녀들이 들어온 것은 선대 황제 시절의 일이었다.

"그리고 지금도 나가지 못하고 있지."

진료소는 본래 현재의 황태후가 만든 시설이다. 마오마오는 전에 황태후가 직접 진료소에 가는 모습을 본 적도 있다.

맨 처음에 마오마오는 황태후가 인정 많은 성격이어서 이런 시설을 만들었다고 생각했다. 노예 제도와 환관 수술을 폐지시킨 일 역시 황태후의 의사가 황제를 통해 실현된 선구적인 사건인 줄 알았다.

하지만 이 일은 달랐다.

"우리를 데리러 와 줄 사람은 아무도 없었거든."

본래 황제, 즉 천상인의 승은을 입는다는 말은 바로 후궁을 결코 나갈 수 없는 몸이 된다는 것을 뜻한다. 가신에게 하사되거나 타국으로 시집가는 경우도 있지만, 그것은 지위가 높은 일부 궁녀에 한한 일이다.

시대에 따라서는 황제와 함께 순장당하는 일도 있었을 것이다. 그런 일을 겪지 않은 것만 해도 행운이라고 말하기에는, 마오마오는 이 궁녀들과 입장이 너무나 달랐다.

'아아, 그렇구나.'

후궁에 도사리고 있는 악의는 바로 이곳에 있었다.

이곳 궁녀들이 후궁이라는 장소를 증오하고, 무엇보다 황제의 총애를 받으며 행복하게 사는 사람들을 미워하게 되는 것도 이상한 일은 아니다. 철도 들지 않은 어린 나이에 후궁으로 끌려와 선제의 독 이빨에 물린 사람들. 그 때문에 더는 성의 외벽 밖을 내다볼 수조차 없게 된 궁녀들의 심경은 과연 어떨까.

그들 모두가 자포자기하지 않고 올곧게 살아갈 수 있을 만큼 굳센 마음을 지닌 사람들은 아니다.

선뤼는 예전에 병에 걸려 쓰러진 수정궁의 어느 하녀가 걱정이 된다며, 마오마오에게 병문안을 가 달라고 부탁했다.

참 눈치 빠른 궁녀라고 마오마오는 감탄했지만 역설적으로 이렇게 생각할 수도 있다.

리화 비의 전직 시녀장 싱에게 낙태약의 재료를 가르쳐 준 사람이 바로 선뤼가 아니었을까. 직접 가르쳐 준 게 아니라 간접적으로, 그 창고에서 병에 걸려 앓아누워 있던 하녀를 이용하여 알려 주었다고 한다면 지금까지 복잡하게 뒤엉켜 있던 문제가 갑자기 술술 풀린다.

그 하녀는 틀림없이 수다쟁이였을 것이다. 선뤼는 하녀의 이야기 구석구석에서 싱과 리화 비의 관계를 읽어 내고, 리화 비가 임신했다는 사실도 눈치를 챘다.

"자, 이걸 시녀장 책상 위에 올려놓도록 해. 비전하를 위한 일이기도 하니까."

이렇게 말하면 순진한 하녀는 시키는 대로 할 것이다. 거기에 적혀 있는 내용은 온통 임산부에게 나쁜 것들뿐이다. 이것을 피하라는 의미로 받아들인다면 비를 위한 일이 된다. 하지만 비에게 악의를 가진 사람이 있다면 그 의미는 완전히 정반대가 된다.

그 즈음 때마침 대상이 찾아와 그 재료를 팔았다면 싱이 사지 않을 리가 없다.

대상이 어떻게 그 재료들을 전부 갖춰 가지고 올 수 있었는지, 그 경위를 이렇게 추측할 수 있다.

"이번에는 이런 향을 갖다 주세요."

일 년에 몇 번 오는 상인에게 꾸준히 그런 부탁을 하면 된다. 그 일이 몇 십 년 동안 반복되면 상품들은 자연스럽게 부탁받은 물건들로 이루어지게 된다.

살의라고 하기는 좀 애매한 악의, 바로 그것이 사건의 원흉이라고 마오마오는 생각했다. 그래서 그 악의는 몹시도 에둘러 가는 방법으로, 후궁을 아주 조금씩 갉아먹으면서 이 안에 깃들 수 있었던 것이다.

독이 든 백분 역시 그 수단 중 하나였다. 이곳 궁녀들은 진상을 알고 있었을 것이다. 아버지가 후궁에 있었던 시절 벽에 붙였던 글씨를 읽을 수 있는 사람도 틀림없이 있었으리라. 실제로 이 방 안에 있는 서가는 궁녀들이 때때로 공부를 하고 있다고 추측하기에 충분한 근거였다.

'추궁해 볼까?'

아니, 그만두는 게 좋겠다고 마오마오는 생각했다.

그러면 이 궁녀들은 어떻게 될까. 증언도 증거도 없는 애매한 말을 자신의 입으로 내뱉고 싶지 않다는 이유도 있었지만, 무엇보다 후궁의 다른 궁녀들을 위해서이기도 했다. 마오마오가 그 말을 했다가는 진료소가 사라질 가능성도 있다. 그 일은 피하고 싶었다.

　진료소 궁녀들의 악의는 계속 쌓이기만 할 뿐이다. 하지만 그건 어쩔 수 없는 일이다. 마오마오가 할 수 있는 일은 그 악의가 주위에 영향을 끼치지 않게 노력하는 것뿐이다.

　그것밖에 할 수 없다. 더 좋은 방법이 있을지도 모르지만 마오마오의 머리는 그것을 발견할 수 있을 만큼 좋지가 않다.

　'이 이상 이곳에 있어 봤자 아무 소용도 없겠어.'

　마오마오는 천 꾸러미를 집어 들고 자리에서 일어서며 서가 쪽을 흘끗 쳐다보았다. 책을 놓아둘 수 있다는 건 그만큼 녹을 후하게 받고 있다는 뜻이다. 마오마오는 자리 분위기를 얼버무리기 위해 그 앞으로 다가가 섰다.

　"책이 궁금하면 빌려 가도 돼. 하지만 나중에 꼭 돌려줘야 해."

　그런 말까지 듣고서 책을 훑어보지도 않는 건 실례가 될 것 같다.

　"돌려주기만 하는 거라면 다행인데 가끔 그 책장에 책이 늘어날 때도 있으니 참 신기하단 말이야."

　"거치적거려서 그런 걸까요? 참 사치스러운 일이네요."

　하기야 마오마오가 보기에도 별로 재미가 없어 보이는 책들이 늘어서 있었다. 정숙한 아내가 되는 방법에 관한 서적이 많은 걸 보니, 유복한 가문 출신의 궁녀들이 방에 자리만 차지하고 있는 책들을 이곳에 가져다 놓은 모양이었다.

'조금이라도 재미있는 책이 있으면 좋을 텐데.'

마오마오는 그렇게 생각하면서 제일 두꺼운 책 한 권을 집어 들었다.

그것은 이 서가 속에서는 보기 드문 도감이었다. 심지어 이렇게 두껍다면 가격도 상당히 나갈 거라고 마오마오는 생각했다.

'심지어 벌레 책이잖아.'

마오마오는 쓴웃음을 지었다. 시스이가 보면 좋아할 듯했다. 이런 도감을 볼 만한 사람은 아마 시스이 말고는 없을 거다.

그때 책장 틈새에 종이가 꽂혀 있는 것을 알아차린 마오마오는 그 장을 펼쳐 보았다.

"……."

거기에는 이국의 나비가 그려져 있었다. 연푸른색이라고 해야 할지, 연녹색이라고 해야 할지 무어라 표현하기 힘든 아름다운 밤 나비. 그것을 온몸에 두른 사람은 마치 달의 여신처럼 성스러워 보인다.

그러고 보니 시스이는 도감에서 그 벌레를 본 적이 있다고 말했다. 혹시 이 책을 말하는 걸까?

"이 도감도 누가 가져다 놓은 건가요?"

"그거? 그건 한 달쯤 전이었나, 아무도 모르는 사이 놓여 있었던 책이야."

한 달 전. 특사 때문에 열린 연회는 진작 다 끝난 후의 일이다.

그때까지는 없었던 물건이라면 시스이가 갖고 있던 책이라고 생각하는 게 타당하리라.

'일개 궁녀가 이런 걸 소유할 수가 있을까?'

아니, 소유할 수 있을 리가 없다. 이만큼 두꺼운 책을 서민이 손에 넣는 건 불가능하다. 그렇다면 시스이는 유복한 상인 가문의 딸이라는 말일까. 그러고 보니 시스이가 벌레 그림을 잔뜩 그렸던 종이 다발 공책은 과자 포장지 뒷면을 재활용한 물건이었다. 아무리 뒷면이라고는 해도 그런 종이를 이 후궁 안에서 그만큼 대량으로 모을 수는 없다.

게다가 글을 읽을 줄도 안다. 그런 소녀가 고작 일개 빨래 담당 하녀로 끝날 리가 없다. 아니, 본인의 성격이 원인이라면 뭐 이해 못 할 것도 없지만.

하지만….

덜컥 소리를 내며 방문이 열렸다. 그 너머에는 환관 한 명이 서 있었다.

"셴뤼."

높은 목소리였다. 남자치고는.

"조심하는 편이 좋겠어."

낮은 목소리였다. 여자치고는.

눈앞에 나타난 환관은 길고 날카로운 눈매를 지녔고, 남자에

굶주린 궁녀들이 보면 환성을 지르기에 딱 알맞은 용모를 갖고 있었다. 키는 남자치고는 작고, 여자치고는 컸다. 뺨도 남자치고는 부드럽고, 여자치고는 홀쭉했다.

그리고 왼팔은 축 늘어진 채 대롱대롱 매달려 있었고, 손가락은 왠지 덜덜 떨리는 것 같았다.

'이게 어떻게 된 일이지?'

이자의 얼굴에 눈썹먹으로 희한한 모양의 눈썹을 그려 넣어 보자. 그리고 시대에 뒤처진 연지를 바르고, 뚱한 표정은 그대로 내버려 두고, 차분한 관녀복을 입혀 보자.

그러자 한차례 죽었던 여자, 스이레이가 나타났다.

사람 얼굴을 잘 기억하지 못하는 마오마오조차 또렷하게 그 인상이 머릿속에 남아 있다. 스이레이는 그만큼 강렬한 여자였다.

"방금 한 그 말 때문에 쟤가 대충 눈치를 챘잖아."

셴뤼가 눈을 휘둥그렇게 뜨고 마오마오를 쳐다보았다.

"덕분에 난 시체가 되다 말았고."

담담한 그 말투 때문에 스이레이는 더더욱 여자로 보이지 않았다.

문은 닫혔고 그 자리에는 세 사람밖에 없었다. 창에는 격자로 칸막이가 쳐져 있어 도망치는 일은 불가능했다.

'소리를 지를까?'

하지만 스이레이는 손에 바늘 여러 개를 들고 있었다. 번들번들 빛나는 바늘 표면에는 무슨 독이 묻어 있는 모양이었다.

'무슨 독인지 궁금하긴 한데….'

그런 걸 신경 쓸 때가 아니었다. 살짝 찔러 달라고 해서 어떤 증상이 나타나는지 알아볼 여유는 없을 듯했다.

점점 가까이 다가오는 스이레이 앞에서 마오마오는 한 걸음, 또 한 걸음 뒤로 물러섰다. 발뒤꿈치가 벽에 닿았다.

'어떻게 할까?'

천 꾸러미 속에는 주정이 든 병과 약쑥이 들어 있다. 주정을 눈에 뿌리고 그 틈에 도망칠까, 아니 그렇게 해서 정말 도망칠 수는 있을까, 머릿속으로 생각이 뱅뱅 돌았다.

왜 이런 곳에 스이레이가 숨어 있었는지, 그리고 도대체 목적이 무엇인지, 캐묻고 싶은 게 너무나 많았다.

지금 마오마오는 언뜻 불리해 보이는 입장 같지만, 사실 그렇지만도 않다.

"여기서 저를 처치해 봤자 금방 들킬 텐데요."

마오마오는 교쿠요 비의 직속 독 시식 담당 시녀다. 다른 궁녀라면 모를까 사라질 경우 그냥 내버려 두진 않을 것이다. 아버지라면 의국을 나간 뒤 마오마오가 어떤 행동을 했을지 바로 추측할 수 있으리라. 교습소까지는 흔적을 더듬어 찾아온다 치고, 문제는 그 후로 마오마오가 진료소에 갔다는 사실을 누군가가 알아차릴지 어떨지다.

"나도 가능하면 조용히 해결하고 싶어."

남장을 한 탓인지 스이레이의 말투는 몹시 딱딱해서 아무도 여자라는 사실을 알아차리지 못할 정도였다. 하지만 그 왼손은 떨리고 있었다.

"되살아나는 약의 후유증인가요?"

한차례 그 육체를 죽였던 약이다. 되살아난다 한들 원래 상태로 회복된다는 보장은 없다. 스이레이도 그 사실은 알고 있었으리라. 하지만 황제마저도 속여 넘기기 위해 강행할 수밖에 없었던 일이다.

"그게 뭐 어쨌다는 거지?"

스이레이는 들고 있던 바늘을 집어넣지 않았다. 어차피 그런 게 없어도 힘없고 약한 마오마오는 둘이서 덤벼들어 제압하면 꼼짝도 못 할 텐데 말이다.

"그보다 나도 용건이 있어."

"뭐죠?"

심장이 펄떡펄떡 뛰었다. 비지땀이 삘삘 흐르고 몹시 긴장이 되었지만, 그런 상태에서도 차가운 목소리가 나온다는 게 마오마오의 단점이자 장점이었다. 상대가 어떻게 행동할지를 가만히 지켜보며 마오마오는 생각에 잠겼다. 이 국면을 과연 어떻게 헤쳐 나갈 것인가.

"뭐 도망칠 수단을 갖고 있는 모양인데, 그냥 포기하는 게 좋을 거야."

스이레이는 닫았던 문을 천천히 열며 말했다. 그 너머로 하얀 손이 보였다. 스이레이는 그것을 꽉 잡고 있는 힘껏 방 안으로 잡아당겼다.

눈앞에는 키가 큰 궁녀가 있었다. 큰 키에 비해 얼굴은 앳된 궁녀였다.

"미안해, 마오마오."

시스이였다.

스이레이는 시스이의 목을 오른팔로 결박하고, 떨리는 왼손으로 바늘을 들이댔다.

비통한 표정의 시스이가 인질로 잡혀 있었다. 이 상황 앞에서 마오마오는 그저 입술을 깨무는 수밖에 없었다.

"이 계집애가 어떻게 되어도 상관없어?"

스이레이는 마치 대중 연극의 악역이 내뱉는 상투적인 대사 같은 말을 내뱉었다. 마오마오의 꽉 쥔 주먹 속에서 손톱이 손바닥 살을 파고들었다. 이 주먹을 휘둘러 해결할 수만 있다면 얼마나 쉬울까.

"도대체 목적이 뭐죠?"

"여기서 함께 나가 줘야겠어."

"그게 정말 가능하다고 생각하나요?"

마오마오를 방패 삼아 협박해 봤자 큰 도움은 안 될 것이다. 게다가 좀체 영문을 알 수 없는 것이, 일부러 환관 변장까지 하고 후궁으로 들어왔으면서 왜 굳이 밖으로 나가려 한단 말인가.

스이레이는 인형 같은 얼굴로 고개를 끄덕였다.

"가능해. 게다가…."

스이레이는 덧붙였다.

"너는 반드시 나를 따라오게 되어 있어."

완곡하면서도 확신에 찬 그 말에 마오마오는 눈을 가늘게 떴다. 인질 따위가 자신에게 통할 거라고 생각하는 걸까. 후궁을 나가면 처벌을 면치 못한다. 환관을 가장하고 들어온 스이레이 역시 마찬가지 신세일 터.

그런 얄팍한 생각을 근거로 움직일 자로는 보이지 않았는데, 하고 마오마오가 다소 낙담하고 있는데 스이레이가 드물게도 입술을 일그러뜨리며 웃었다.

"죽음에서 되살아나는 비약을 만드는 방법, 알고 싶지 않아?"

그 순간 마오마오의 심장이 크게 요동쳤다.

'정말 보통내기가 아니라니까.'

역시 이 여자는 만만치 않은 상대라고, 마오마오는 스이레이를 바라보며 생각했다.

9 화 ⠿ 너구리와 여우의 둔갑술 겨루기

궁중에는 서쪽과 동쪽에 각각 너구리와 여우가 있다고들 한다. 이 나라에는 동쪽에 군부가 있는 탓에 동쪽을 무관, 서쪽을 문관으로 빗대어 야유하는 경우가 많다.

짐승이 오래 묵으면 영물이 된다고 하는데 혹시 이자들도 그런 게 아닐까. 바센은 때때로 그런 생각을 했다.

서쪽의 너구리는 시쇼, 즉 나라 북쪽에 있는 자북주를 다스리는 왕의 아들이다. 아들이라고는 해도 사실 양자이며, 그 처가 양부모의 딸이니 실질적으로는 데릴사위라고 해야 마땅할 것이다.

집안도 집안이거니와 시쇼는 여제의 눈에 들어 젊은 시절부터 주위에서 높이 평가받던 인물이기도 했다. 여제가 세상을 떠난 지 오래인 지금조차도 시쇼는 그 불뚝한 배를 흔들며 궁중을 활보하고 다닌다.

동쪽의 여우는 라칸, 즉 군사라는 호칭으로 잘 알려진 사내다. 라칸도 오랜 역사를 지닌 명문가 출신이지만 그 권력은 시쇼에게는 미치지 못한다. 그러나 모든 관리들 사이에는 이 사내에게는 결코 싸움을 걸면 안 된다는 것이 암묵적인 규칙으로 자리 잡고 있었다.

자신의 취향 때문에 좋아하는 사람과 싫어하는 사람을 구분해서 대하면 안 된다고 아버지는 가르쳤지만, 세상에는 어쩔 수 없는 일도 있다.

바센은 너구리와 여우 앞에서 몸이 떨리는 것을 꾹 참고 서 있었다.

도대체 뭘 하고 싶은 걸까.

속으로 그렇게 중얼거리며 바센은 주인을 바라보았다. 아니, 차라리 진짜 주인이었다면 그래도 이렇게까지 긴장하진 않았을 것이다. 복면을 쓴 그 사람은 후궁 내에서 진시라는 이름으로 통하는 분이 아니다.

긴 옷자락 속에 숨겨진 신발은 3치*쯤 굽을 높였다. 옷 어깨에도 솜을 넣어, 어깨 폭을 넓히고 본래의 몸집을 숨긴 채로 앉아 있었다. 체격으로는 한참이나 부족한 그분은 지극히 자연스러운 태도로 진시의, 아니 왕제의 대리 역을 수행하고 있었다.

※3치 : 약 9센티미터.

태도도 당당해 보였다. 아니, 얼핏 보기에는 자세도 구부정하고 어쩐지 겁을 먹고 어쩔 줄 몰라 하는 분위기가 풍겼다. 그 분위기는 왕제 그 자체였다. 왕제라고 한다면 누구나 다 납득할 것이다.

그러나 그 본래 성질은, 저쪽이 너구리와 여우라면 이쪽은 개일지도 모른다. 물론 개라 해도 비천한 잡종이 아니라 늠름한 사냥개에 가깝다.

"무슨 볼일이신지요."

가짜 주인을 대신하여 바센이 대답했다. 주인은 사람들 앞에서는 웬만하면 말을 하지 않는다. 그런 걸로 되어 있다. 복면을 쓰고 다니는 이유는 어린 시절 입은 화상 때문이라고 하고 있다. 목소리가 다르게 들리는 것도 그 변명으로 어느 정도 얼버무릴 수 있다.

왕제가 아침 회의에 출석한 것도 한 달만의 일이다. 평소에는 방에 틀어박혀 서류 작업을 하고 있는 걸로 되어 있다. 오늘도 그냥 자리에 앉아 있기만 할 뿐, 발언다운 발언은 하지 않았다.

그걸로 충분하다. 아니, 그렇지 않으면 곤란하다.

본래 아침 회의에 대역 따위를 세울 필요도 없다. 있어도 그냥 늘 그렇듯 방에 틀어박혀 일만 한다는 뉘앙스만 풍기면 그만이다.

왕제 역할은 멍청하면 멍청할수록 좋다. 왕제 스스로가 그것을 바라고, 주상 또한 허락한 일이다. 바센은 그 이유가 무엇인지 깊이 파고들 만한 위치까지 오르진 못했다.

"아니, 그것 참. 웬일로 뵙기 힘든 분이 다 와 계시기에. 마침 기회가 되었으니 차라도 한 잔 나눌까 싶어서요. 군사 회의까지는 아직 시간이 있으니."

라칸이 말했다. 아니, 시간이 있는 사람은 라칸 자신일 뿐이지 아직 이쪽에 시간이 있다고는 말하지 않았다. 하지만 이 사내에게 그런 배려심 따위는 없다.

"기왕이면 시쇼 님도 함께 가시지요."

라칸의 뒤에 서 있는 종자가 뭔가 병을 들고 있었다. 수입품 포도주인 듯 보였지만 그 내용물은 단순한 과일 음료일 것이다. 이 외알 안경의 괴짜는 술이 굉장히 약하다고 아버지가 말한 적 있었다.

"저도 함께 가는 건가요?"

너구리 영감은 싱글싱글 웃고 있었다. 그 불룩한 뱃속에 도대체 뭐가 들어 있을지 바센은 알 수가 없었다. 그저 이쪽에 해를 끼칠 존재인지 아닌지 항상 눈에 불을 켜고 지켜볼 뿐이다. 평소대로라면 이 사내가 알아서 대충 능구렁이처럼 빠져나갈 것이다. 아무리 괴짜 군사라도 자신보다 입장이 우위인 사람을 어떻게 할 수 있을 리는 없다…고 믿고 싶다.

하지만 너구리는 의외로 적극적인 태도를 보였다.

"딱히 재미있는 이야깃거리는 없지만, 그래도 괜찮다면야."

이쯤 되니 곤란한 건 바셴이었다. 하지만 여기서 자신이 확실히 거절해야 한다는 생각에 입을 열려 한 순간, 누군가가 소맷자락을 붙잡았다.

복면을 쓴 왕제 대리가 말리고 있었다. 이대로 이야기를 진행시키라는 뜻일까. 상대의 의향이 그렇다면 아무리 왕제 대리라 해도 시키는 대로 할 수밖에 없다. 바셴은 한 걸음 물러섰다.

"그럼 중앙 정원으로 가시지요."

도대체 무슨 생각일지 궁금하긴 했지만 종자 된 입장으로서는 따르는 수밖에 없다. 중앙 정원에는 가을의 기색이 가득했다. 금목서가 진한 향기를 내뿜고 있었다. 달콤한 향기였지만 바셴은 별로 좋아하지 않았다. 그러나 괴짜 군사가 선택한 장소는 금목서가 근처에 나 있는 정자였다. 군사는 부하를 불러 은잔을 가져오게 했다.

세 사람은 동그란 돌 탁자에 서로를 견제하듯 삼각형으로 앉았다. 바셴은 복면을 쓴 주인 뒤에 섰다.

"사실 이건 얇은 유리잔에 따라서 마셔야 향도 좋고 보기에도 더 아름다운데 말이지요."

라칸은 병에 든 과일 음료를 은잔에 따르며 말했다. 병 속에서 옅은 녹색 액체가 흘러나왔다. 달콤한 음료 향기가 금목서의 단내와 뒤섞였다.

바센은 이럴 경우 독이 들었는지 확인해야 하는 것 아닌가 하는 생각이 들었지만 라칸은 아마도 그 수고를 덜기 위해 일부러 은잔을 준비시킨 모양이었다. 군사는 세 개의 잔에 음료를 각각 따르고 두 사람에게 먼저 잔을 고르게 한 뒤, 마지막 남은 잔의 내용물을 단숨에 들이켰다. 그리고 후우, 하고 숨을 내쉰 뒤 다시 한 잔 따랐다.

눈앞에서 그러는 모습을 보니 음료를 마시지 않을 도리가 없었기에 너구리와 가짜 주인도 일단 잔에 입을 댔다. 가짜 주인은 복면을 들추고 음료를 마신 뒤 바센의 소맷자락을 잡아당겼다.

"차가워서 매우 맛이 좋다고 말씀하십니다."

웬만한 규중처녀도 이렇게까지 수줍음을 타진 않을 것이다. 바센은 쓴웃음을 짓고 싶었지만 주인이 이곳에서 목소리를 낼 경우 정체를 들키게 되니 어쩔 수가 없다.

그나저나 라칸은 아까부터 재미있다는 표정으로 복면 쓴 가짜 주인의 얼굴을 바라보고 있었다. 무슨 장난이라도 꾸미고 있는 표정 같은데, 대체 어쩌려는 걸까.

너구리 영감도 음료의 향을 즐기는 듯 잔을 돌리며 음료를 마셨다. 그러다 한순간 얼굴을 찡그린 듯 보였는데, 역시 유리잔이 아니다 보니 향이 좀 떨어지는 모양이었다.

두 사람이 잔을 내려놓자 라칸은 품에서 종이 한 장을 꺼냈다. 무엇인가 싶어 고개를 빼고 들여다보았더니 라칸은 싱긋 웃으며 종이를 펼쳐 보여 주었다.

"?!"

라칸이 펼친 종이를 보고 바센은 저도 모르게 소리를 지를 뻔했지만, 간신히 냉정한 척하며 주위를 둘러보았다. 이곳에는 너구리, 여우, 개 외에 각각의 종자 하나씩밖에 없었다.

이런 걸 도대체 왜 이렇게 당당히 내놓는 거지.

펼쳐진 종이에는 아주 세밀한 그림이 그려져 있었다. 페이파의 설계도였다. 심지어 바센이 다뤄 본 적 있는 기존의 페이파가 아니라 소형화 및 경량화가 된 최신식 물건이었다. 아마 얼마 전 자신의 진짜 주인이 생명의 위기에 처했을 때 사용되었던 물건을 해체해서 설계도를 그려 본 모양이었다.

"이것 참, 이게 아무리 봐도 서방의 최신형 물건 같단 말입니다. 종래에 사용하던 화승식이 아니라, 이곳이 요점인 것 같아요."

라칸은 방아쇠를 가리켰다. 격철 끝에 화승*이 아니라 다른 무언가가 달려 있는 모양이었다. 바센은 저도 모르게 고개를 갸웃거렸다.

"그림으로는 알아보기 힘들겠지만, 여기 달려 있는 건 불을

※화승 : 도화선.

댕기는 돌입니다."

라칸은 외알 안경 속의 눈을 더욱 가늘게 뜨며 말했다.

"이게 있어서 화승을 사용하지 않아도 될 수 있다는 뜻이지요. 불발도 적고, 구조도 의외로 간단합니다."

"그거 대단하군요."

시쇼가 수염을 쓰다듬으며 말했다. 읽기 힘든 표정이었다.

"네, 이것을 대량으로 생산할 수 있다면 지금까지와 전혀 다른 형태로 부대를 편성할 수 있게 되겠지요. 이게 있으면 더욱 밀집된 부대를 구성해도 아무 문제가 없고, 이동하기도 쉬워지니 아주 편리하겠습니다. 마치 횡으로 이동이 가능한 창이 늘어난 것 같군요."

라칸이 말하는 '창'이란 장기의 말, 향차香車를 뜻한다. 똑바로 앞밖에 공격하지 못하던 말이 옆으로 움직일 수 있게 된다면 얼마나 위협적인 존재가 될지는 쉽게 상상할 수 있다.

"그런데 동궁 전하의 목숨을 위협하는 불순한 자의 손에 그런 것이 들어가다니…."

고개를 절레절레 흔들며 슬퍼하는 척하긴 했지만 입에는 여전히 웃음이 떠올라 있었다. 즐기고 있군, 이 인간. 한껏 즐기고 있어. 아무리 둔한 바셴이라도 그 부분은 쉽게 알아챌 수 있었다.

"참 기묘한 이야기란 말입니다. 이 무기는 도대체 어떤 경로를 통해 들어왔을까요?"

"글쎄요, 잘 모르겠군요. 그것을 조사하는 게 그쪽의 역할 아닙니까?"

라칸의 물음에 시쇼가 대꾸했다.

"그건 그렇지만 말입니다. 참 난감하게도 담당 부서에 소속된 자가 아무래도 도가 좀 지나친 행동을 했는지, 그 경로를 아는 자가 아무 말도 하지 못하게 되어 버렸단 말입니다."

그 행동 자체가 무엇인지는 대충 추측할 수 있다. 죄인, 그것도 황족을 암살하려 시도한 범인에게는 아무런 권리도 없다.

하지만 아무리 입을 열게 하기 위한 목적이라 해도 그 고문이 도가 지나쳤다면 큰 과실이 된다. 그쪽 부서 사람은 일 처리가 그렇게 허술한가 싶을 정도다.

"출처만 알아내면 될 거라고 생각했는데 말이지요."

라칸이 그렇게 말하며 팔짱을 끼는가 싶더니 소맷자락 속에서 종이 꾸러미 하나를 꺼냈다. 월병 조각인 모양인지 라칸은 그것을 입 속에 쏙 집어넣고 우물우물 씹어 꿀꺽 삼켰으나 덥수룩한 턱수염에 과자 부스러기가 너저분하게 붙어 버렸다. 뒤에서 종자가 그 모습을 한심한 듯 쳐다보고 있었다.

"뭐 쓸 만한 이야기를 들으신 바는 없으십니까?"

금목서와 과일 음료와 간식의 달콤한 냄새가 잔뜩 피어오르는 가운데 라칸이 말했다. 라칸의 눈은 번들번들 빛나며 재미

있다는 듯 웃고 있었다.

"그런 걸 알고 있었다면 진작 보고했겠지요."

시쇼는 잔을 들고 내용물을 흔들며, 그것을 물끄러미 바라보기만 하면서 말했다.

"그렇군요, 유감입니다."

라칸은 그렇게 말한 뒤 크게 한숨을 내쉬었다. 그리고 펼쳐놓았던 종이를 접어 다시 품에 집어넣고 이번에는 새로운 종이를 꺼냈다.

"그럼 본론으로 들어가지요."

방금 그 이야기는 본론이 아니었단 말인가, 하고 바센은 놀랐다.

이 여우 같은 군사는 대체로 간담이 서늘해지는 짓을 곧잘 저지르곤 한다. 이번에는 또 무슨 짓을 하려나 가만히 지켜보고 있자니 라칸은 또다시 종이를 펼쳤다. 이번에는 검은색과 하얀색 동그라미 속에 숫자가 적혀 있는 그림이었다.

"…이, 이건…?"

바센은 저도 모르게 물었다. 어째서인지 라칸 뒤의 종자는 멍한 눈으로 하늘만 쳐다보고 있었다. 왠지 아버지 가오슌이 떠올랐다. 분명 저 종자도 몹시 고생하는 팔자일 거라고 생각하며 바센은 진심으로 동정했다.

"어제 내 처와 둔 바둑 기보인데."

"처, 처라고요?"

그러고 보니 전에 들은 적이 있었다. 저 괴짜 라칸이 유곽에서 유녀를 낙적해 데려오면서 그야말로 성이라도 하나 지을 수 있을 정도로 어마어마한 액수의 낙적료를 지불해, 유곽에서는 꼬박 열흘 동안 축제가 벌어졌다는 이야기 말이다.

라칸이 팔불출 바보처럼 주책없는 표정을 지었다. 그 헤벌쭉한 얼굴에 다른 사람들까지 당황하고 기겁하는 분위기가 느껴졌다. 복면을 쓴 가짜 주인은 어깨를 부르르 떨고, 너구리 영감도 여기서 어떻게 도망가야 좋을지 고민하는 눈치였다.

"글쎄 이게 아주 날카롭게 잘 벼린 날붙이 같은 솜씨가 아닙니까. 바둑을 두는 내내 몇 번이나 오싹오싹한 느낌을 받았는지…."

바센은 아직 남녀 간의 사정에는 어둡지만, 적어도 이 사내가 말하는 그것이 일반적인 남녀 사이 이야기가 아니라는 사실은 알 수 있었다.

"설마 중반의 이 수가 여기서 올 줄은 생각도 못 했지요. 모가지가 가죽 한 장으로 아슬아슬하게 붙어 있는 상태에서 간신히 도망쳤더니 또 그다음 수로 공격하지 뭡니까."

라칸은 얼굴에 홍조를 띠고, 잔뜩 흥분한 상태로 이야기를 늘어놓았다. 하지만 말하는 내용이 바둑 이야기였기 때문에 바둑이나 장기 같은 놀이에 별로 관심이 없는 바센은 하나도 알아들을 수가 없었다. 도대체 어느 요소가 그렇게 흥분이 되는지 통 모르겠다.

바센이 언제까지 저 이야기가 이어질까 생각하고 있는데 너구리가 문득 자리에서 일어났다.

"이야기를 중간에 끊어서 미안하지만 일이 있어서 그만 가 봐야겠군요. 잘 마셨습니다."

"그거 유감이군요. 매우 훌륭한 시합이었는데 말이지요. 후일 이 기보의 사본과 실황을 적은 책자를 보내 드리도록 하겠습니다."

"…아니, 그럴 필요까지는….'

아무리 너구리라도 그건 귀찮은 모양이었다.

"아뇨, 사양하실 필요는 없습니다, 시쇼 님. 지난번 시합의 기보도 함께 보내 드릴 테니 확실하게 봐 주셨으면 합니다."

라칸은 정말이지 솔직히 필요 없는 것을 강제로 떠넘기는 사내다.

시쇼도 여기서는 그냥 고분고분 응하는 게 좋겠다고 판단했는지 고개를 끄덕였다. 라칸은 그것을 보고 싱긋 웃었다.

"하하하, 처음부터 사양하실 필요 없었는데 말입니다. 아, 그렇지. 겸사겸사 이것도 같이 보내 드릴까요? 꼭 유리잔으로 아름다운 **붉은색**을 만끽해 주셨으면 하는 바람이 있어서 말이지요. 당신과는 이야기가 잘 통할 것 같군요. 느긋하게 제 아내

이야기를 나누고 싶은데요."

"글쎄요."

"그러니 다시 한번 생각해 주셨으면 합니다."

바센은 고개를 갸웃거렸다. 복면 쓴 가짜 주인도 같은 생각을 했는지 어깨가 살짝 흔들렸다.

하지만 시쇼는 아무 말 없이 정자를 나가 버렸다. 바센은 돌탁자 위에 남겨진 시쇼의 은잔을 슬그머니 쳐다보았다. 거기에는 과일 음료가 한 모금 남겨져 있었다.

"신기한 색이지? 세상에는 녹색을 띤 포도도 존재한다네."

과일 음료는 녹색이었다. 붉은색일 리가 없다.

"숙부님이 말씀하셨던 대로로군."

라칸은 남은 월병 조각을 입에 넣고는 잔에 남은 과일 음료를 훌쩍 들이켰다. 그리고….

"그럼 180수부터 다시 시작하지요."

하고 해설을 이어 갔다.

그 자리에 남겨진 네 사람 중 세 사람이 넋 나간 눈길로 먼 하늘만 쳐다보고 있었다.

바센과 가짜 주인이 집무실로 돌아온 건 그로부터 한 시간 후의 일이었다. 별로 대단한 일을 한 것도 아닌데 몹시 지치는 기분이었다.

"머리를 좀 정리해도 될까?"

"그러시지요. 망을 보고 있을 테니 천천히 하십시오."

집무실에는 바셴과 복면의 주인밖에 없었다. 복면의 주인이 오늘 처음으로 겨우 낸 그 목소리는 남자라고 하기에는 다소 높았다.

복면을 벗으니 깔끔하게 묶어 올린 머리에서 머리카락 한 가닥이 빠져나와 뺨에 달라붙어 있었다. 선이 갸름한 그 옆얼굴은 상당히 아름다웠다. 연령으로 치면 아버지 가오슌과 크게 다를 바 없다고 하는데 얼굴만 봐서는 열 살은 어려 보였다. 신발 속에 깔창을 넣긴 했지만 그것이 없어도 키가 5척 7촌*은 될 것이다. 등을 곧게 펴고 있는 그 모습은 그야말로 미장부 문관으로밖에 보이지 않았다.

이런 사람이 작년까지 후궁에 있었으며, 심지어 사부인 중 한 명이기도 했다고 하면 도대체 누가 믿을까.

그렇다. 한때는 상급 비였던 사람, 아둬가 그곳에 있었다.

"여우가 너무 괴짜라 그런지 오히려 너구리는 보통 사람 같더군."

아둬는 솔직한 감상을 늘어놓으며 집무 책상에 앉아 거기에 놓여 있던 서류를 들여다보았다. 그 속에는 이 자리의 본래 주

※5척 7촌 : 약 171센티미터.

인이 해야 할 일 말고도 황제가 슬그머니 보낸 일이 섞여 있었다.

"군사님을 이길 사람은 아무도 없습니다."

"부인한테는 무른 것 같은데."

"…딸에게도 무른 모양이더군요."

그 딸을 떠올리며 바센은 깊은 한숨을 내쉬었다. 아버지 같은 관리가 되고 싶지만, 아버지 같은 고생 체질이 되고 싶진 않다. 하지만 아무래도 바센 역시 그 소질이 있는 모양이었다.

주인이 그 소녀에게 자꾸 집적거리는 이유는 아마 소녀의 아버지 때문일 것이다. 딸은 첩실 소생이지만 그 부친의 정식 핏줄은 양자로 삼은 조카밖에 없다. 딸을 자기편으로 끌어들이면 앞으로 그 여우 같은 군사에게 대항할 수단이 생긴다.

하지만 일이 그렇게 잘 풀릴 리가 없다. 애당초 장본인이 다른 사람도 아니고 바로 그 괴짜 군사의 딸이니 그리 쉽게 다룰 수 있는 존재가 아니다. 오늘 아침부터 아둬가 갑자기 주인의 대리 노릇을 하게 된 이유도 거기에 있었다.

어제 저녁, 마오마오라는 소녀가 돌아오지 않는다는 보고가 교쿠요 비에게서 날아왔다.

"들키면 어떻게 될지 모르겠군."

"그런 말씀 마십시오."

아둬의 가벼운 말투에 바센은 자기 머리만 부둥켜안을 수밖

에 없었다. 이러면서 점점 후퇴하는 이마선 걱정을 하게 된다
면 아버지와 같은 길을 걷게 될 게 뻔했다.

10 화 ⋮ 발자취

「마오마오가 돌아오질 않습니다.」

요약하자면 그런 내용의 편지가 진시에게 도착한 것은 어제 저녁의 일이었다. 입장상 더 격식을 차린 말투를 사용하긴 했지만 필적에서 약간의 동요가 엿보였다. 편지를 쓴 사람은 시녀장일 테니 정말이지 어지간히도 큰일이 벌어진 모양이었다. 비취궁의 시녀장은 진시의 유모인 스이렌이 "그 시녀장은 보통이 아니에요."라고 얼마 전 평했을 정도로 유능한 시녀다. 참고로 스이렌은 얼마 전 마오마오를 돌려받은 대신 비취궁에 갔던 적이 있었다.

솔직히 하룻밤 정도 행방불명이 되더라도 그 소녀라면 별문제 없을 거라고 여겼던 모양이다. 평소에도 밤에 몰래 빠져나갔다가 아침에 돌아와 있는 경우가 있었다고 했다. 마오마오가 밤중에 슬그머니 나와 있는 모습을 여러 번 목격했던 당사자인 진시는 의외라고 생각했다.

비취궁에 도착하니 예전부터 있던 시녀들이 불안한 표정으로 진시를 바라보았다.

다들 형식적으로 손을 움직여 일은 하고 있었지만 마음은 딴 곳에 가 있는 표정들이었다. 대신 신입 시녀들이 열심히 일하고 있었다.

거실에 들어가니 긴 의자에 편안하게 앉은 교쿠요 비가 기다리고 있었다. 링리 공주는 다른 방에서 놀고 있는 모양이었다.

시녀장 홍냥의 표정이 다소 굳어 있었다. 교쿠요 비는 부채로 입가를 가리고 평소와 다름없는 태도를 취했다.

"평안하시온지요."

"그럴 리가 있나요."

교쿠요 비는 그냥 형식적인 인사조차도 나누지 않고 이야기를 진행시킬 모양이었다. 비의 태도만큼 상황이 낙관적이지는 않은 눈치였다.

"나는 또 당신이 마음대로 데리고 나간 줄 알았는데, 그게 아니었나 보네요."

"제가 그렇게 무례한 행동을 한 적이 있었습니까?"

솔직히 마음이 편치 않은 건 진시도 마찬가지다.

"또 무슨 골치 아픈 일에 끼어든 걸까요?"

"마지막 흔적은 찾아내셨습니까?"

"그저께 점심때까지는요…."

홍냥이 입을 열었다.

마오마오는 의국에 가서 뜸을 뜰 때 쓸 약쑥 준비를 했다고 한다. 그때 뤄먼이 건강상의 주의 사항을 글로 적어서 후궁에 비치해 놓자는 이야기를 했고, 마오마오도 적극적인 태도를 보였다고 했다.

"혹시 교습소 쪽으로 간 게 아닐까 싶군요."

그것은 뤄먼의 말이었고, 예상대로 교습소의 늙은 환관이 마오마오가 다녀갔다고 말했다. 하지만 그 지점을 경계로 마오마오의 소식은 뚝 끊어져 버렸다.

약쑥을 만들러 의국에 갔다가, 교습소에 들렀다. 그다음은 어디로 간 걸까.

"무슨 문제에 말려들었다고밖에 생각할 수가 없어요."

홍냥이 말했다. 냉정을 가장하고는 있지만 홍냥의 태도에서는 약간의 초조함과 마오마오를 걱정하는 모습이 엿보였다.

"혹시나 싶어 수상해 보이는 장소를 한 바퀴 돌아보았지만 아무것도 없었습니다."

무엇보다 마오마오는 교쿠요 비의 시녀다. 일을 크게 만들 수가 없었기에 진시에게 부탁했을 것이다.

진시는 팔짱을 끼고 생각에 잠겼다. 마오마오가 자기 의지로 돌아오지 않는다고 생각하긴 어렵다. 다소 폭주하는 경향이 있다고는 하나 마오마오는 자신의 입장을 잘 알고 있는 소녀다. 또한 툭하면 자신의 가치를 과소평가하곤 하지만 무단으로 주인 곁을 떠났다가는 처벌을 받는다는 사실 정도는 알고 있을 터였다.

돌아오고 싶어도 돌아올 수 없는 상황이거나, 아니면 돌아오지 못하게 되었거나. 진시는 최악의 상황을 생각했다.

"누군가의 원한을 산 게 아닐까요?"

교쿠요 비가 고개를 갸웃하며 물었다.

후궁에는 2천 명의 궁녀와 천 명의 환관이 있다. 그중에 성격이 맞지 않는 사람이 한둘 있다 해도 이상한 일은 아니고, 그 때문에 가끔 유혈 사태가 일어나는 일도 아주 드물지는 않다.

"원한 자체라면 상당히 많을 텐데요."

홍냥이 말했다.

""".......""

전원 아무 말이 없었다. 부정할 수 없다는 게 무섭다.

특히 수정궁 시녀들은 마오마오에게 상당히 뿌리 깊은 원한을 품고 있을 터였다.

"아무리 마오마오라도 폭행을 당하기라도 한다면 저항할 도리가 없겠네."

독에는 조예가 깊지만 마오마오는 몸집도 작고 아무 힘도 없는 소녀다.

"여럿이 덤벼들어 마구 때리면 죽을 수밖에 없겠지."

"그건 그렇습니다만…."

가오슌이 미간에 주름을 잡았다.

"황천길 동무도 끌고 가지 않고, 혼자서 가만히 당하기만 할 아이는 아니라고 생각합니다."

""""…….""""

모든 사람들이 마오마오를 어떻게 생각하고 있는지 잘 알 수 있었다. 마오마오는 멍석말이를 당하는 꼴이 되더라도 손 놓고 일방적으로 당하기만 할 정도로 만만한 인간이 아니다. 어떻게든 꾀를 짜내서 물귀신처럼 상대를 끌고 들어갈 방법을 생각해낼 것이다. 하지만….

"이대로 아무 이유도 없이 계속 사라진 상태라면 처벌을 내리지 않을 수가 없지."

진시가 말했다. 마오마오에게는 이미 다양한 특별 대우를 해주고 있었지만, 그래도 선을 그을 곳에서는 확실히 그어야만 했다.

"하지만 그 전에 일단 찾아내는 게 먼저다."

그렇게 말한 진시는 다시 한번 마오마오의 족적을 뒤쫓기로 했다.

의국에 가니 궁상맞은 인상에 수염이 난 의관이 차를 대접해 주었지만 어쩐지 기운이 없어 보였다. 뤄먼은 차분한 태도로 무언가 글을 쓰고 있다가, 진시와 가오슌이 들어오자 한 다리를 질질 끌며 나와 맞이해 주었다.

"마오마오 때문에 오셨군요."

뤄먼은 눈치가 빠르다. 겁먹고 어쩔 줄 몰라 하는 의관보다 훨씬 쓸 만한 이야기를 들을 수 있을 듯했다.

"다시 한번 이야기를 들었으면 하는데."

"알겠습니다."

뤄먼은 이해하기 쉽게 당시의 상황을 설명해 주었다. 하지만 비취궁에서 들은 것 이상의 이야기는 나오지 않았다.

"그게 전부인가?"

"그게 전부입니다."

진시는 점점 짜증이 났고, 가오슌이 쿡쿡 찌르고 나서야 겨우 자신이 신발로 타닥타닥 바닥을 울리고 있었다는 사실을 알아차릴 수 있었다. 이대로는 안 되겠다는 생각에 진시는 의국 주위를 둘러보았다.

"…오늘은 마오마오毛毛가 없나 보군."

"산책을 나간 모양입니다."

어째서인지 가오슌이 아쉬운 표정으로 대답했다. 최근 후궁에 올 때마다 가오슌이 잔생선을 챙긴다는 사실은 진시도 알고 있었다.

그 털 뭉치라도 쓰다듬고 있으면 마음이 좀 진정될 것 같은데, 하필 이럴 때 없다니.

"평소에는 이 시간쯤 밥 달라고 조르러 오는데 말이지요."

"조금 늦는 것 같은데?"

의관과 뤄먼이 서로 얼굴을 마주 보았다.

"그러고 보니 아가씨가 여기서 나갈 때 마오마오가 유난히 딱 달라붙어 따라가던 것 같았는데…."

의관이 턱을 쓰다듬으며 말했다.

처음 듣는 이야기였지만 별로 대단한 소식은 아니었다. 새끼 고양이는 원래 그렇게 사람에게 매달려 애교를 부리는 법이니 당연한 거라고 생각했지만, 의외로 뤄먼이 반응을 보였다.

"그랬던가요?"

"응, 그냥 장난을 치는 것치고는 좀 끈질기게 매달리던걸. 마침 뤄먼 씨가 측간에 갔을 때였을 거야. 비전하께서 요즘 잠을 얕게 주무신다는 이야기를 했던 것 같은데."

"……."

뤄먼은 입을 다물더니 약서랍이 가득한 옆방으로 가서 수없이 늘어선 서랍들을 둘러보았다. 그리고 그중 하나를 열고는, 동그란 모양의 말린 나무 열매 씨앗을 꺼내 약 봉투 위에 올려서 내보였다.

"혹시 이걸 가져가지 않았던가요?"

"음, 그것까지는 생각이 잘 안 나는데."

의관은 그렇게 말하며 서랍 속을 들여다보았다.

"전에는 더 많았던 것 같은데, 그 애가 가지고 나갔나?"

의관의 말에 뤄먼이 말없이 고개를 끄덕이고는 진시 쪽을 돌아보았다.

"죄송하지만 마오마오ㅌㅌ를 찾으러 나가 봐도 될까요?"

그리고 덧붙였다.

"그러다 보면 마오마오猫猫도 찾을 수 있을지 모릅니다."

뤄먼은 온화한 표정으로 말했다.

무슨 생각이 있는 모양이었다.

이런 부분에서 마오마오는 제 양부를 닮은 것 같다고, 진시는 생각했다.

"고양이 찾는 일이 무슨 도움이 된다는 거지?"

"도움이 될지도 모르고, 안 될지도 모르지요."

뤄먼은 그렇게 말하고 다리를 질질 끌며 걸어 나갔다. 이 환관은 후궁에서 쫓겨날 때 한쪽 무릎뼈를 빼는 형벌을 받았다고 들었다. 당시 동궁의 아들, 즉 현 황제의 첫 번째 아이가 죽은 일로 죄를 물어 처형을 당했다는 모양이다.

갓난아기의 죽음은 어디서나 흔히 일어나는 일이다. 그것 때문에 처벌을 받고 추방을 당했다면 정말이지 재수가 없었다고

밖에 표현할 도리가 없다.

뤄먼은 손바닥에 기묘한 나무 열매를 올려놓고 빤히 들여다보았다. 약서랍에서 꺼낸 생약이었다.

"좋은 약이군요. 아직 신선하고 향기도 짙어요."

뤄먼은 그렇게 말하며 주위를 둘러보았다. 가오슌은 진시 뒤에서 잔생선을 든 채 돌아다니고 있었다. 가끔 "야옹." 하고 낮은 목소리로 중얼거리곤 했지만 그건 못 들은 척하기로 했다. 바셴이 보았다가는 얼굴이 새파래질 게 분명한 광경이었다. 가오슌은 아들 앞에서 최대한 엄격한 아버지를 연기하고 있으니 말이다.

다른 환관들도 모두 흩어져서 고양이를 찾으러 나갔다.

"고양이의 행동반경이란 본래 그렇게 넓지도 않을 텐데 말이지요."

아무리 넓어 봤자 반 리*도 채 안 될 것이다. 물론 개체차가 있긴 하다.

"발정기가 되면 조금 더 넓어집니다. 아직 어리기 때문에 발정기가 오기엔 좀 이를지도 모르지요. 하지만…."

뤄먼이 계속 말을 이으려 하는데 뒤에서 목소리가 들렸다.

"진시 님, 찾았습니다."

※반 리 : 약 2백 미터.

흩어져서 찾으러 나갔던 환관 한 명이 고양이를 찾아냈다고 한다. 그 뒤를 따라가 보았다.

장소는 후궁 북측이었다. 하지만 남측과 벽 하나로 가로막혀 있는 장소였고, 벽에는 새끼 고양이 한 마리가 충분히 빠져나갈 수 있을 정도의 작은 구멍이 나 있었다. 새끼 고양이 마오마오가 맨 처음 발견됐다고 보고되었던 장소와, 벽 하나를 사이에 두고 그리 멀지 않은 위치였다.

마오마오는 땅바닥에 널브러져 있었다. 나무뿌리 옆에 한심스러운 모습으로 벌렁 드러누운 채 발견되었다고 했다. 나무뿌리에는 발톱으로 할퀸 흔적이 있었고, 고양이 옆에는 작은 나무 열매가 굴러다녔다.

진시는 쪼그리고 앉아 마오마오의 털을 어루만졌다. 그러자 마오마오는 눈을 가늘게 뜬 채 몸을 뒤척였다.

"자고 있다고 해야 하나…."

취한 것 같아 보이기도 했다.

"이건…."

떨어져 있던 나무 열매를 주워 들고 보니 아까 뤄먼이 보여주었던 생약과 똑같은 물건이었다. 뤄먼은 그 나무, 특히 발톱 자국이 뚜렷이 난 부분을 뚫어져라 쳐다보고 있었다. 나무에 난 구멍 속에 또 하나의 열매가 끼워져 있었기에, 그것을 꺼내 보았더니 속에서 구깃구깃한 종잇조각이 나왔다.

"아마 마오마오가 넣어 두고 갔을 겁니다."

뤄먼은 종이를 펼쳐 보았으나 거기에는 아무것도 적혀 있지 않았다.

"무슨 말을 하고 싶은 거지?"

"그건 일단 의국에 돌아가 봐야 알 수 있겠군요."

뤄먼은 축 늘어진 새끼 고양이를 안고 의국으로 향했다.

마오마오와 뤄먼의 공통점은 다음에 무슨 짓을 저지를지 전혀 상상도 할 수 없다는 점이다. 둘 다 미리 말로 설명하기보다는 그냥 실물을 보여 주고 이해시키는 게 빠르다고 생각하는 모양이었다. 하기야 지혜가 있는 자가 없는 자에게 설명을 할 때는 말로 열심히 떠드는 것보다 그러는 편이 훨씬 낫긴 하다.

"이것은 개다래나무입니다. 고양이는 이것을 매우 좋아해서 향에 취해 정신을 못 차리곤 합니다. 이것을 차로 끓이면 냉한 체질에 효능이 있고, 숙면을 취하는 데에도 도움이 됩니다."

그래서 마오마오는 교쿠요 비에게 이것을 가져다주려 했던 모양이었다.

그리고 예측하지 못한 상황에 처한 마오마오는 이것을 이용했다. 이쪽에서 발견할 가능성은 낮다. 어쩌면 아예 발견하지 못했을지도 모른다. 하지만 지금 눈앞에는 이렇게 마오마오가 남기고 간 것이 버젓이 존재했다.

뭐먼이라면 알아차릴 수 있을 거라고 생각하고 벌인 행동인 듯했다. 진시는 마오마오가 뭐먼이라는 인물에게 그토록 심취한 이유를 알 수 있었다.

뭐먼은 아까 그 종이를 꺼냈다. 아무것도 적혀 있지 않은 종이였지만 거기엔 무슨 의미가 있는 모양이었다.

"이것은 옛날에 그 아이가 즐겨 하던 장난입니다."

뭐먼은 초에 불을 붙였다. 석면으로 감싼 불씨에서 초로 불을 옮겨 붙이자 달콤한 꿀 냄새가 주위에 가득 퍼졌다.

그리고 아까 그 종이를 살짝 불 위에 가져다 대자 종이 위에 천천히 글씨가 떠오르기 시작했다. 촛불이 너무도 힘차게 활활 타올랐기에 뭐먼은 금세 불 위에서 종이를 치웠다.

"과일즙이나 차에 붓을 적셔서 종이에 글을 쓰면 이렇게 불에 쪼였을 때 그 부분만 더 타기 쉬워집니다. 이번에는 술을 이용한 모양입니다."

"그러고 보니 주정을 가지고 나갔었지."

의관이 덧붙였다. 그런 얘기는 처음부터 해 줬어야지.

즉, 글씨가 적혀 있는 부분만 종이가 먼저 타서 글자가 떠오르게 된다는 말이다.

그리고 종이에 적혀 있는 글씨는.

"'사당 사祠'? 그리고 또 하나 뭐라고 적혀 있는데 지저분해서 읽기가 힘들군. 너무 많이 태운 것 같은데."

"죄송합니다."

뤄먼이 사과했다. 이건 어쩔 수 없는 일이었으리라.

'사당 사祠'와 또 하나. 두 개의 한자가 적혀 있었다. 시간이 없어서 이것밖에 적지 못했을 거라고 추측할 수 있다.

마오마오는 역시 자신의 의지가 아닌 이유로 돌아오지 못하고 있는 모양이었다. 그리고 그 상황을 전하기 위해 이렇게 번거로운 방법을 이용한 듯했다.

"그 장소 근처에 사당이 있었던가요?"

"…찾아보게끔 하지."

북측에 있는 선택의 사당도 그렇고, 낡은 건축물은 생각보다 곳곳에 제법 있다. 사당 한두 개쯤 있기야 하겠지만 후궁에 몇 년을 드나든 진시도 그 실태를 확실하게 파악하고 있지는 못하다.

그리고 또 하나의 글자. 이것은 읽을 수 있을 것 같으면서도 영 읽을 수가 없는 글자였다. 시간을 단축하기 위해서였는지 간체자*인지 뭔지 알 수 없는 글자를 써 놓았는데, 중간에 그을음이 너무 크게 번졌다.

"뭐라고 쓴 걸까?"

"전혀 알아볼 수가 없군요."

※간체자 : 중국에서 본래의 복잡한 한자 점획을 간단하게 변형시켜 만들어 낸 것. 본래의 복잡한 한자는 번체자라고 한다.

이 글씨는 비취궁에 가져가서 교쿠요 비와 그 시녀들에게도 물어봐야겠다.

그나저나….

"어찌할 도리가 없는 상황에 처해 있는 걸까?"

"글쎄요, 어떨까요?"

뤄먼은 촛불을 불어 끄고는 태평한 동작으로 뒷정리를 했다. 조마조마한 표정의 의관과는 달리 묘하게 차분한 태도였다.

"…걱정이 되지 않는 건가?"

진시가 물었다. 뤄먼이라는 환관은 겉으로는 온화해 보이지만 사실 냉정한 성격이었던 게 아닐까.

"걱정은 되지만, 저는 제가 할 수 있는 일을 할 뿐입니다. 애만 태우느라 다른 일에 지장이 가서는 곤란하지요."

뤄먼은 약을 꺼내며 말했다.

"게다가 전에도 1년 가까이 행방불명이 되었던 적이 있으니까요."

"……."

궁녀 사냥을 당했을 때의 이야기인 모양이었다. 그 이야기를 꺼내면 진시는 할 말이 없다.

하녀였을 때, 유곽에 연락도 하지 못하고 묵묵히 일만 하던 마오마오의 모습이 떠올랐다. 역시 묘한 데서 닮은 부녀였다.

이런 상황이라면 마오마오가 없어도 교쿠요 비의 출산에 대해서는 큰 문제가 생기지 않을지도 모른다. 만일 독 시식 담당 시녀가 필요하다면 또다시 스이렌을 출장 보내면 된다. 하지만 비취궁 궁녀들의 반응을 볼 때 거절당할 가능성도 있었다. 저 야무진 홍냥이 겁먹은 태도를 보였을 정도다.

진시는 의국을 나와, 걸음을 조금 서둘러 비취궁으로 돌아가려 했다.

"진시 님."

가오순이 심각한 표정으로 진시를 지켜보고 있었다.

"알고 있어."

진시는 몸가짐을 고쳐, 다시 천천히 우아하게 걸었다. 그리고 길을 가는 궁녀들에게 때때로 미소를 지어 주면서 귀인으로서의 행동거지를 유지했다.

"글씨를 너무 못 썼군요."

홍냥이 미간에 주름을 잡은 채 말했다.

"못 쓴 글씨라기보다는 너무 당황한 상태였고, 제대로 글을 쓸 수 있는 상황도 아니었던 것 같은 느낌이네. 타서 번진 것도 문제지만 서체 자체가 완전히 무너져 있어."

교쿠요 비는 냉정하게 비평했다. 발밑에서는 링리 공주가 나무토막을 가지고 놀고 있었다.

"으음, 도대체 뭐라고 쓴 걸까?"

교쿠요 비가 고민에 빠져 신음했다.

"날개 익翼이라는 글자로 보이기도 하는데요…."

"어머, 그건 아니야. 아랫부분이 그렇게까지 복잡하진 않아."

"으음, 마오마오 글씨도 그 특유의 버릇이 있으니까요."

특유의 버릇이 있으니 여러 사람들에게 보여 줘야 한다.

홍냥은 재빨리 다른 시녀들을 불러 왔다.

"어머, 이건 다음 익翊 아닐까?"

"글쎄, 비슷하지만 좀 다른 느낌인데."

"그러게. 거기에 획수가 몇 개 더 추가된 느낌이야."

고참인 세 시녀들 사이에서도 의견은 분분했다. 지푸라기라도 잡는 심경으로 다음으로는 신입 셋을 불러들였다.

"저도 날개 익翼이나 다음 익翊으로 보이는데요."

"저도 언니랑 같은 의견이에요."

하얀색과 검은색 머리끈을 한 시녀 둘이 말했다. 다른 한 명, 빨간 머리끈을 맨 시녀는 물끄러미 종이의 탄 부분을 바라보았다.

"이건 푸를 취翠가 아닐까요?"

빨간 머리끈의 시녀가 말했다.

"보세요, 여기. 얼핏 보기엔 옆으로 비스듬한 것 같지만 사실은 반듯하게 내려와 있어요."

"하긴 그렇게 보이기도 하네. 하지만 그럼 그게 도대체 무슨 뜻일까?”

홍냥이 고개를 갸웃거렸다.

“여기가 비취궁이어서인가?”

“글쎄, 새삼스럽게 이곳 이름을 적을 이유도 없을 것 같은데.”

갑론을박이 벌어졌다.

그런 가운데 빨간 머리끈의 시녀는 혼자 콧잔등에 주름을 잡고 있다가,

“…시스이?”

하고 중얼거렸다.

전원의 시선이 그 시녀에게 쏠렸다. 시녀는 어깨를 움찔했다.

“그게 뭐지?”

“어, 저어, 예전에 마오마오랑 함께 있던 하녀 이름인데요.”

시스이라는 이름은 한자로 ‘紫翠’일까, 아니면 ‘仔翠’일까. 어쨌든 둘 다 드문 이름은 아니다. 너무 흔한 이름이라 엄청나게 많다.

하지만 ‘취’라는 글자에 진시는 짚이는 점이 하나 더 있었다.

“그리고 샤오란이라는 이름의 아이도 있었는데, 셋이 자주 어울려 노는 모양이었어요.”

그 궁녀는 여러 번 본 적이 있다. 붙임성 좋은 성격에 다람쥐처럼 생긴 궁녀였다. 그 궁녀 말고도 마오마오에게 사이좋은 궁녀 친구가 또 있었다는 건 의외였지만 말이다.

"그 하녀를 당장 찾아 와!"

진시는 옆에 있던 환관에게 명령했다. 이런 상황에 익숙한 환관은 재빨리 방을 나갔다.

"진시 님."

가오슌이 말을 걸었다.

진시는 문득 자신의 얼굴이 몹시 굳어져 있고, 주먹을 너무 세게 쥔 나머지 손바닥에 손톱 자국이 났다는 사실을 깨달았다.

우아한 귀인의 가면을 쓰려 했지만 제대로 고쳐 쓰기가 힘든 상황이었다.

얼마 후 고양이 마오마오가 취해서 뒹굴던 장소 근처에서 오래된 사당이 발견되었다. 노후화되고, 창고 뒤에 숨겨져 있던 그곳은 일부러 찾지 않으면 눈에 잘 띄지 않는 건물이었다.

그 사당을 입구로 하는 통로도 발견되었다. 오랫동안 사용하지 않은 수로를 이용한 탈출구였다.

그리고 세키우가 말했던 궁녀는 후궁에 등록되어 있지 않다는 사실이 밝혀졌다.

그 모습은 새로 들어온 환관 하나와 함께 사라지고 없었다.

11화 ⠿ 여우의 마을

실려 가고 있구나, 하고 마오마오는 생각했다.

'엄청 흔들리네.'

울렁거리는 속을 간신히 참고 기둥에 몸을 기댔다. 이곳은 아마도 갑판 아래에 있는 짐칸인듯, 짐이 잔뜩 쌓여 있었고 축축한 냄새가 주위에 가득했다.

"어디로 가는 걸까?"

앳된 말투로 시스이가 말했다.

"글쎄."

팔다리는 자유로웠지만 방 밖에는 감시자가 있었다. 여전히 남장을 한 스이레이였다.

마오마오와 시스이는 궁녀복 차림이 아니라 보통 여염집 처녀들이 입는 수수한 옷을 입고 있었다. 스이레이는 뱃사람들에게 이 두 소녀에 대해, 입을 줄이기 위해 팔려 가는 딸들이라고 설명해 놓았다. 인신매매, 하기야 지금은 그것이 가장 무리 없는 설정이리라. 이렇게 짐칸에 처박혀 있어도 의심받지 않는 것을 보면 알 수 있다.

이곳은 배 안. 즉 후궁이 아닌, 그 밖이다.

진료소에서 마오마오는 스이레이의 조건을 받아들이기로 했다. 그 자리에 마오마오를 구해 줄 사람은 없었고, 만일 거절했다면 시체가 되는 길 말고는 후궁을 나갈 방법이 없었을 것이다. 결코 되살아나는 약에 낚여서 따라 나온 것은 아니다.

스이레이 일행은 마오마오를 끌고 갔다. 환관들은 일하느라 바빠 마오마오를 보지 못했고, 그냥 자연스럽게 걷고 있으면 후궁 안을 돌아다니는 궁녀가 수상하게 보일 일은 없다.

그리고 끌려간 곳은 예전에 새끼 고양이 마오마오를 발견한 장소 근처였다. 벽 하나를 사이에 둔, 바로 그 뒤편이었다. 마오마오는 잘됐다고 생각했다. 스이레이는 사당에서 무언가 바쁘게 작업하고 있었고 그사이 셴뤼는 주위에서 망을 보고 있었다.

그러는 동안 마오마오는 종이에 주정으로 글씨를 썼다. 나올 때 남몰래 품에 숨겨 두었던 물건이었다.

"마오마오?"

하지만 시스이가 갑자기 말을 거는 바람에 두 번째 글씨는 다 뭉개지고 긁히고 난리도 아니었다. 다시 쓰려고 주정에 손가락을 담갔으나 이번에는 스이레이가 뒤를 돌아보았다.

당황한 마오마오는 근처에 있던 나무 구멍에 종이를 구겨서 쑤셔 넣고 개다래나무 열매로 뚜껑을 덮듯 막았다.

'아버지가 알아차려 주면 좋을 텐데.'

만일 뭔가 조금이라도 석연치 않은 점이 느껴진다면 아버지는 분명 찾아낼 것이다. 아버지는 그런 사람이니까. 하지만 마오마오가 개다래나무 열매를 가지고 나가는 모습을 본 사람이 돌팔이 의관뿐이었다는 점이 불안했다. 돌팔이는 돌팔이니까 어쩔 수 없긴 하지만.

사당 밑에는 사람 하나가 들어갈 수 있을 크기의 작은 구멍이 있었다.

그제야 새끼 고양이 마오마오가 도대체 어디서 튀어나왔는지 확실히 알 수가 있었다.

얼핏 보기에는 어두컴컴하고 다 무너져 가는 수로 같았지만, 단순한 수로치고는 꽤 컸다. 아마 옛날에 지하 수로를 만들 때 비상구로 함께 파 놓은 길일 거라고 추측할 수 있었다.

그 길을 지나 후궁 밖으로 나가니 미리 준비되어 있던 마차가 보였고, 마오마오와 시스이는 그 마차에 실려 항구까지 끌려가게 되고 말았다.

그리고 바다로 나와 지금 이렇게 파도에 흔들리고 있는 것이다.

'어떻게 되려나….'

마오마오는 어떻게 할까 고민하면서 시스이 쪽을 흘끔 쳐다보았다. 이런 경우 둘이서 함께 도망칠 수단을 생각해야 하는 걸까.

'아니….'

마오마오는 옆에 놓여 있던 범포를 잡아당겼다. 먼지가 조금 쌓여 있고 딱딱하긴 하지만 그것을 둘둘 말면 베개로 쓸 수 있었다. 진드기가 있을 것 같았기에 그냥 형식적으로 몇 번 툭툭 쳐 뒀다. 소독용 주정은 옷을 갈아입을 때 전부 빼앗기고 말았지만, 비녀는 아직 머리에 꽂혀 있다.

"자려고?"

시스이가 물었다.

"응."

"나도…."

시스이도 범포 한구석에 머리를 뉘였다. 평소의 수다스럽고 활발한 태도는 다 어디로 갔는지, 시스이는 거짓말처럼 조용했다.

배가 바다에서 강으로 접어들었는지 소금 냄새가 옅어지고 흙냄새가 가까워졌다. 강폭이 좁아짐에 따라 일행은 배를 두 번 갈아탔고, 겨우 육지로 올라왔나 싶었더니 그곳은 숲속이었다. 강이 숲속을 파고드는 형태로 흐르고 있었고, 그 너머에 선착장이 보였다.

"조금 걸어야 해."

스이레이는 짤막하게 말했고 마오마오와 시스이는 그 말에 따랐다. 만일을 대비했는지 스이레이는 두 사람의 손목을 밧줄로 묶어 놓았다. 칼이 없으면 풀 수 없을 정도로 단단한 매듭이었다.

스이레이 말고도 호위로 보이는 남자가 두 명 더 있었다. 손목이 묶여 있지 않아도 어차피 도망칠 수가 없다.

'이상한걸.'

태양의 위치와 바깥 공기의 온도 변화로 미루어 볼 때 마오마오는 배가 북상하고 있다고 생각했다. 하지만 숲속을 걷는 사이 점점 더워지는 느낌이 들었다. 그리고 공기도 묘하게 습해졌다.

"이쪽이야."

남장을 한 스이레이는 그림 두루마리 속에서 튀어나온 미장부 같은 모습이었다. 입을 다물고 얌전하게 있으면 그냥 예쁜 소녀인 시스이와 나란히 서 있을 때 잘 어울릴 것 같았다.

시스이는 주위를 날아다니는 벌레들을 흘끔흘끔 쳐다보며 걸었다.

마오마오도 시스이만큼은 아니지만, 뭔가 재미있어 보이는 약초라도 나 있지 않을까 둘러보며 걸어갔다. 그러던 중 스이레이가 움찔하면서 살짝 몸을 왼쪽으로 기울이고 걷는 모습이 보였다.

'왜 저러지?'

그에 반해 시스이는 그 반대쪽으로 이동하여 걸었다.

'…….'

나무들 틈새로 뱀이 기어 나왔다. 월동 준비를 열심히 했는지 살이 찐 뱀이었다.

'뱀이 무서운가?'

그건 이해할 수 있다. 아무리 냉정한 척하는 사람에게도 싫어하는 것 한두 가지쯤은 있는 법이다. 하지만 마오마오는 그보다 시스이의 행동이 더 신경 쓰였다.

우연일지도 모른다. 하지만 마오마오의 마음속에는 이미 확고한 예감이 자리 잡고 있었다.

정신을 차리고 보니 마오마오는 길을 벗어나, 꾸불꾸불 기어가는 뱀을 덥석 움켜쥐고 있었다. 호위가 반응할 틈도 없이 마오마오는 그것을 스이레이에게 집어 던졌다.

"……."

스이레이의 발밑에 뱀이 떨어졌다. 스이레이는 얼굴이 새파래진 채 천천히 주저앉았다.

"마오마오!"

재빨리 그 뱀을 집어 들고 내던진 건 다름 아닌 시스이였다. 그리고 시스이는 창백해진 스이레이의 등을 토닥토닥 쓸어내려 주었다. 스이레이는 상태가 이상했다. 호흡이 가쁘고 동공이 몹시 확장되어 있었다.

　'이거 큰일인걸.'

　마오마오도 스이레이의 등을 만졌다. 쓸어내려 주는 게 아니라 천천히 두드려, 그 박자에 호흡을 맞추도록 유도하는 과정이었다. 스이레이의 호흡이 천천히 정상으로 돌아왔다.

　호위가 다가오려 하자 시스이가 손으로 막았다.

　마오마오는 이걸로 확신할 수 있었다.

　"왜 그런 거지?"

　겨우 침착해진 스이레이가 물었다.

　"그냥 심술을 좀 부린 건데요."

　"그것 하나만은 아닌 것 같던데."

　스이레이가 자리에서 일어나 주위를 둘러보았다. 그리고 이젠 뱀이 없다는 사실을 알자 크게 숨을 내쉬었다.

　"시스이와는 원래부터 알고 지내던 사이였군요."

　생각지도 못한 말에 스이레이는 무표정한 채로 대꾸했다.

　"무슨 소리지?"

　"시스이는 보기보다 고등한 교육을 받은 것으로 여겨집니다. 그리고 행동거지 곳곳에서 귀한 태생의 흔적이 엿보였고요."

그런 소녀가 세탁 담당 따위의 말단 하녀 노릇이나 하고 있을 리가 없다. 벌레를 좋아하고, 욕탕에서 안마를 하는 등 도무지 귀한 태생이라고는 생각할 수 없는 행동들을 줄줄이 하곤 했지만.

"그런 하녀는 얼마든지 있겠지. 너처럼."

'나처럼….'

마오마오의 출신에 대해서도 이미 조사를 한 모양이었다.

"숨겨진 통로에서 갑자기 새끼 고양이가 튀어나오는 바람에 깜짝 놀랐겠지요. 다급히 쫓아 나오다가 다른 궁녀에게 들키는 실수를 범할 정도로."

"…하하하하, 마오마오는 참 날카롭네. 그래서 그걸로 떠본 거였구나. 하지만 다음부터는 절대 그러지 마. 우리 언니는 뱀 진짜 싫어하거든."

시스이가 동아줄로 묶인 손으로 뺨을 긁적거렸다.

스이레이의 표정이 처음으로 부드러워진 느낌이 들었다.

"그러니까 이름을 너무 성의 없이 지었다고 하지 않았니?"

스이레이가 타이르듯 말했다. 전혀 동요한 기색은 없었고, 오히려 마오마오에게 알려진들 아무 문제도 없다는 태도였다.

"으응? 다른 아이들은 하나도 눈치 못 챘단 말이야."

하녀들 중에는 글씨를 못 읽는 사람도 많으니, 그 속에 섞여 있으면 아무도 그렇게까지 깊이 생각하진 않았을 것이다. 다양한 지방 출신들이 많으므로 발음도 제각각이다.

그런저런 점을 전부 고려하여 일부러 그 이름을 선택했을 테니, 정말이지 대담한 성격이라고 할 수 있겠다.

마오마오는 또 한 가지 떠오른 생각을 입 밖에 내려다 그만두었다. 아직 확신이 없었기에 그 부분은 빼고 이야기를 진행하기로 했다.

시스이와 맨 처음 만났던 곳은 새끼 고양이를 발견한 장소 근처였다. 결국 새끼 고양이 마오마오가 어디로 들어왔는지에 대한 의문은 유야무야되고 말았지만, 후궁에 있었던 숨겨진 통로로 들어왔다고 생각하면 납득이 간다. 마오마오가 지나온 그 낡은 지하 수로 밖에 고양이들이 자리를 잡고 살고 있었는데, 시스이가 그 통로로 들어올 때 우연히 새끼 고양이 마오마오가 길을 잃고 함께 따라 들어온 모양이었다.

게다가 하녀치고는 출신이 지나치게 좋다는 인상이 들었다. 본인은 조심하고 있었던 모양이지만 위장이 완벽하지는 못했다. 물론 그렇게까지 유심히 주시하는 사람은 없을 거라고 생각했다면 그 정도로도 충분했겠지만 말이다.

시스이가 샤오란과 마오마오를 데리고 욕탕에 다니기 시작했던 이유도 때마침 그 즈음 환관으로서 목욕물 공급 일을 맡았던 스이레이와 쉽게 접촉하기 위해서였다.

보기 좋게 이용당한 셈이었다.

"끄응, 밀정 실격이었네."

"다음에 조심하면 되지."

둘이서 그렇게 가벼운 농담을 주고받거나 말거나 마오마오의 처지는 변하지 않는다. 도대체 이 둘은 자신에게 무슨 짓을 시키려고 여기까지 끌고 온 걸까?

'그 남자를 견제하는 데 쓰려는 건가?'

외알 안경의 군사를 떠올린 마오마오는 잔뜩 싫은 표정을 지었다. 그런 짓을 해 봤자 그냥 긁어 부스럼만 될 뿐, 결코 좋은 결과가 되진 않을 텐데.

그 점을 알고는 있는 걸까.

"거기까지 알면서 따라온 이유는 뭐지?"

"데려온 이유는 뭔데요?"

이 정도 고집은 부려도 될 터였다. 적어도 이 자리에서 바로 죽이지는 않을 거라는 생각에 마오마오는 허세를 부려 보았다.

"……."

스이레이는 말없이 다시 걷기 시작했다. 마오마오도 그 뒤를 따랐다. 일단 이 건은 보류해 줄 모양이었다. 그래도 손목을 묶고 있던 동아줄은 끊어 주었다. 도망쳐도 된다는 의미가 아니라, 도망쳐 봤자 소용없다는 뜻으로 보였다.

잔가지와 낙엽을 밟으며 걷다 보니 드문드문 집 비슷한 것들이 나타나기 시작했다. 주위에 밭도 있었다. 숲을 나왔는지 나무도 점점 줄어들고, 나무 울타리로 둘러싸인 장소가 보였다.

'숨겨진 마을인가?'

분위기로 봐서는 그런 느낌이었다. 이런 숲속에 사람 사는 마을이 있을 거라고는 생각지도 못했는데 틀림없이 존재했다. 심지어 짐승이 침입하지 못하도록 수비를 상당히 강화하여 지은 시설로 보였다.

주위에 해자까지 파 놓은 모습을 보니, 규모는 달라도 후궁과 몹시 비슷한 느낌이 들었다.

스이레이는 품에서 붉은 천을 꺼내 망루 위에 있는 자를 향해 세 번 흔들었다.

잠시 후 문이 열리고 다리가 내려왔다.

스이레이와 시스이의 뒤를 따라 마오마오도 마을 안으로 들어갔다.

그 순간 뭉게뭉게 피어오르는 습한 기운이 온몸을 감쌌다.

'어쩐지 이상하게 따뜻하더라.'

동네 곳곳에서 김이 피어오르고 있었다. 수로가 주위를 가득 메우고 있었고, 거기서 열기가 뿜어져 나왔다.

"온천인가요?"

"응, 그렇지 않고서야 이런 곳에 마을이 생길 리가 없잖아."

시스이가 지극히 당연한 대꾸를 했다.

조금 특수한 장소라는 사실을 제외하면 마을 안은 굉장히 평범한 온천 마을처럼 생겼다. 촌스러운 느낌이 드는 건물이 드문드문 보였고, 욕의를 입은 사람들이 수건을 들고 걸어 다니고 있었다. 그런 가운데 유난히 눈에 띄는 인물이 하나 있었다.

'이국인인가?'

얼굴에 면사面紗를 쓰고 있었으나, 체격과 특이한 머리카락을 보면 한눈에 이국 출신의 인물이라는 사실을 알 수 있었다. 무엇보다 몸에 지닌 장식품들이 하나같이 서방의 물건들이었다. 그중에서도 마오마오의 시선을 잡아끈 것은 면사 밖으로 튀어나와 있는 머리끈이었다. 붉은 머리끈. 예전에 이 나라에 왔던 특사가 떠올랐다.

'설마.'

엉뚱한 곳을 보며 걸었기 때문인지, 마오마오는 누군가와 콰당 부딪히고 말았다.

"똑바로 보고 걸어!"

부딪힌 상대는 마오마오보다 덩치가 작은 어린아이였다. 열 살을 조금 넘었을까, 건방져 보이는 꼬맹이였다.

"가만히 서 있지 말라고!"

울컥 화가 치솟았다. 이곳이 유곽이었다면 앞뒤 가리지 않고 주먹이 날아갔겠지만 마오마오도 여기서는 일단 참기로 했다. 어른스럽게 굴어야지. 하지만 마오마오가 손을 뻗지도 않았는데 건방진 꼬맹이의 머리통에 누군가의 주먹이 날아들었다.

"아얏!"

"네가 앞을 제대로 안 본 게 잘못이지."

시스이였다.

"누나!"

둘이 서로 아는 사이였던 모양이다. 건방진 꼬마는 방금 얻어 맞았다는 사실도 잊고 마치 강아지처럼 시스이의 주위를 빙글 빙글 돌았다.

"잠깐, 스이레이 누나였어? 그 옷 뭐야? 엄청 잘 어울리잖아."

"시끄러워."

스이레이는 부루퉁한 표정을 지었으나 건방진 꼬마는 전혀 개의치 않았다.

"앞으로는 누나 절대 못 만날 거라고 그랬었는데, 근데 그건 할멈이 거짓말한 거였구나? 그치?"

건방진 꼬마는 태도가 악동 같아서 그렇지 사실은 좋은 집안 도련님인 모양이었다. 입고 있는 옷도 깔끔하고 질이 좋았으며 머리도 야무지게 묶어 올렸다. 하지만 앞니 두 개가 빠진 모습 이 좀 우스꽝스러워 보였다.

"아, 축제 때문인가? 그래서 돌아올 수 있었던 거야? 내일부 터 축제니까."

"그래. 정말 이렇게 딱 맞춰 오게 될 줄은 몰랐어."

시스이는 앳된 얼굴에 환한 미소를 지으며 마을을 돌아보았다.

그리고 보니 집집마다 처마 끝에 풀 다발이나 초롱이 매달려 있는 모습이 보였다. 욕의 차림의 온천 손님 외에는 다들 바쁘게 무언가를 준비하고 있는 눈치였다.

"축제용 초롱은 준비했어?"

"지금 막 돌아온 참이야. 뭐 좋은 게 남아 있으려나 모르겠네."

"그럼 날 따라와."

건방진 꼬마는 시스이의 손을 잡아끌며 마을 안쪽으로 향했다. 마오마오는 그 뒤를 따라가는 수밖에 없었다.

따라간 곳은 소박한 집들이 늘어선 가운데, 어울리지 않을 정도로 으리으리한 건물이었다. 촌장의 집인 줄 알았지만 잘 보니 여관인 듯, 오래된 간판 하나가 걸려 있었다. 주위의 다른 집들에 비해 규모가 으리으리한 이유는 아마 이곳에서 중요한 손님들이 드나드는 온천 역할도 겸하고 있기 때문인 것 같았다.

애당초 목적지가 이곳이었던 모양인지 스이레이는 자연스럽게 여관 주인에게 인사를 건넸다. 주인은 잔뜩 움츠러든 태도로 정중하게 스이레이를 응대하고 있었다.

'역시 아까 그건 그 특사였나?'

여관 앞에는 특이하게 생긴 가마가 놓여 있었는데 그것을 손질하는 남자의 얼굴도 낯이 익었다. 특사들이 데려왔던 호위 중 하나였다.

'그 특사가 왜 여기에….'

"왜 특사가 여기 있는지 궁금하겠지?"

스이레이가 여관 주인에게서 열쇠를 받아 들고 이쪽으로 다가왔다. 마오마오는 스이레이를 돌아보았다. 너무 놀라서 하마터면 몸이 움찔할 뻔했지만 간신히 참았다.

"특사라는 사실을 알고 있었나요?"

절대 고분고분 '네' 하고 대답하지 않고, 꼭 건방지게 한마디 말대꾸를 하는 게 마오마오다.

"시체가 된 후에도 이래저래 할 일이 많았으니까."

죽어서도 도무지 한가하질 못했단 말이야, 하고 스이레이는 드물게도 농담을 했다. 왠지 전에 만났던 관녀 스이레이와는 분위기가 다른 느낌이었다. 한번 죽고 나니 무슨 응어리를 털어 내기라도 한 걸까.

마오마오는 그런 생각을 하며 여관으로 들어갔다.

안내받은 방은 매우 훌륭했다. 도대체 어떻게 이런 오지에 있는 마을에서 이 정도 건물을 지을 만한 재료를 긁어모을 수 있었는지 궁금해질 정도였다. 방은 세 칸으로 나뉘어져 있었고, 침실이 둘에 거실이 하나였다. 침대는 한쪽에 하나, 다른 한쪽에 두 개가 있었다. 하나 있는 방의 침대에는 천개가 달려 있었기에 이것이 주인의 방, 반대쪽이 종자들이 쓰는 방이라는 사실을 알 수 있었다.

시스이는 아까 그 건방진 꼬맹이의 방으로 후다닥 뛰어갔다.

"마오마오도 같이 가자."

마오마오는 침대에 드러누워 편히 쉬고 싶었지만 시스이가 그렇게 말하니 할 수 없이 따라가야만 했다. 스이레이는 다른 볼일이 있어 보였고, 마오마오를 혼자 방치해 둘 수는 없는 모양이었다.

여관의 중앙 정원으로 나가자 아까 그 건방진 꼬마가 하녀들을 시켜 이런저런 준비를 하게 만들고 있었다.

"도련님, 이 정도면 충분하지요?"

"으응, 어. 그 정도 있으면 되겠다."

뭘 하나 봤더니 거기에는 여러 개의 가면, 그리고 풀과 꽃이 다발로 놓여 있었다. 가면은 전부 여우 모양이었고, 크기 차이가 나긴 했지만 하나같이 하얀색이었다. 풀과 꽃으로는 억새와 벼 이삭, 보리 외에도 계절에 맞지 않는 꽈리가 있었다. 꽈리는 이미 오래전에 시들어 말라 버렸지만 그 빛깔은 여전히 선명하고 또렷했다.

시스이는 눈을 가늘게 뜨고 그 꽈리를 집어 들었다.

건방진 꼬마가 그 모습을 보고는 "에헤헤." 하고 쑥스러운 듯

코 밑을 훔치며 웃었다.

"누나가 그거 좋아하는 거 내가 알고 있어서, 열심히 찾아다 놓은 거야."

'뭐, 직접 찾아다 놓은 건 시녀겠지만.'

그런 생각을 하며 마오마오는 하얀 여우 가면을 내려다보았다. 나무로 만들어져 있었고, 표면은 정성스럽게 반질반질 깎아 놓았다. 옆에 붓과 안료가 놓여 있는 걸 보니 마음대로 색칠하라는 의미인 모양이었다.

"응, 고마워. 하지만 쿄우響迂 네가 직접 찾아 온 건 아니지?"

마오마오가 하고 싶은 말을 시스이가 대신 했다. 쿄우라고 불린 꼬마는, 이번에는 한층 더 멋쩍은 얼굴로 하녀들 쪽을 돌아보면서 "고마워." 하고 작은 소리로 말했다.

'호오.'

건방진 꼬마에서 그냥 꼬마로 승격시켜 줘야겠다고 마오마오는 생각했다. 조금은 고분고분한 데도 있는 모양이었다.

"아주 좋아."

시스이는 꼬마를 끌어안고 머리를 난폭하게 쓰다듬어 주었다.

"살살 좀 해! 아프단 말이야, 누나!"

그렇게 화를 내면서도 신난 표정을 짓고 있는 걸 보니 시스이의 가슴이 닿은 모양이었다. 꼬마는 꼬마라도 수컷 꼬마다.

마오마오는 둘이서 부둥켜안고 놀거나 말거나 신경 쓰지 않고 여우 가면의 얼굴을 그리기 시작했다.

12화 ⦂ 꽈리

그날 후궁에 가 보니, 분위기가 평소와 달랐다.

진시는 가오슌과 그 외 몇몇 환관들을 데리고 비취궁으로 향했다. 며칠 전부터 교쿠요 비의 용태가 쭉 나빴고, 오늘 아침부터 산기가 보이고 있다는 연락을 받았기 때문이었다.

마오마오의 양부인 뤄먼이라는 사내가 옆에 붙어서 지켜보고 있다는데 좀처럼 태어나질 않는다고 했다. 애당초 아이가 거꾸로 들었을지도 모른다는 의혹이 있었고, 그래서 뤄먼을 일부러 유곽에서 불러온 상황이긴 했다.

비의 출산은 아직 공공연히 밝혀진 사실은 아니었지만 비취궁 분위기 때문에 모든 이가 눈치채고 있을 터였다. 비취궁 앞에서 흘끔흘끔 상황을 살피는 궁녀들도 보였지만, 이들은 진시가 온 것을 보자마자 얼굴을 붉히며 재빨리 일을 하러 돌아갔다.

마오마오가 사라진 지 열흘이 지났다.

다소 퀭해진 얼굴의 홍냥이 맞이해 주는 가운데 진시는 비취궁 안으로 들어갔다. 복도에는 언제 출산이 시작되어도 상관없게끔 커다란 대야와 화로, 그리고 그 위에서 끓고 있는 주전자가 준비되어 있었다. 제때보다 이르게 태어날 가능성도 고려해야 했기 때문이었다.

"용태는 좀 어떻지?"

진시는 최대한 냉정하게 물었다.

시녀들은 어두운 표정만 지었고, 방 안에서 나온 노인이 설명해 주었다.

"현재 진통은 가라앉은 상태입니다. 아직 언제 태어날지 확실히 알 수는 없습니다."

다소 이르지만 아이가 태어난다 해도 이상하지는 않은 시기다.

"그래서 산모의 용태는?"

"비전하는 아직 지치지도 않으셨고, 진정되어 있으십니다. 아이가 거꾸로 태어날 걱정은 없을 것으로 여겨집니다."

마오마오의 치료가 효과를 발휘한 모양이었다. 덕분에 마음이 조금 놓이긴 했지만, 아직 완전히 안심할 수는 없다.

'아직'이라고 하는 걸 보니 이제부터 어떻게 될지 모른다는 모양이었다.

복도에는 의관복을 입은 미꾸라지 수염의 사내가 하나 더 있었다. 이자는 원래 후궁에서 의관 노릇을 하는 사람이었지만, 이곳에 있어 봤자 거치적거리기만 할 뿐이라며 시녀들에게서 버림받은 상황이었다. 그 발밑에는 고양이가 한 마리 있었다. 이제 새끼 고양이라기보다는 젊은 고양이라고 불러야 좋을 정도로 성장한 마오마오였다. 위생 면에서 고양이가 산모 근처에 있는 게 문제가 되지는 않을까 진시는 잠시 생각해 보았지만, 사실 마오마오는 자꾸 교쿠요 비 곁으로 가고 싶어 하는 링리 공주의 주의를 끄는 데 한몫을 톡톡히 하고 있었다.

솔직히 이 의관은 후궁에 있든 없든 큰 문제없는 존재지만, 지금 이곳에 있어 주어서 정말 다행이라고 진시는 생각했다. 감정 표현이 솔직한 이 의관은 자신도 무슨 일을 해야만 한다는 의무감과 아직 마오마오가 발견되지 않은 데 대한 걱정이 뒤섞인 표정을 짓고 있었다. 그 동요는 아주 초보적인 실수로 이어질 수 있기 때문에 비취궁 궁녀들은 의관에게 꼼짝도 하지 말라고 명령했을 정도였다.

자신보다 훨씬 노골적으로 동요한 사람이 눈앞에 있으니 오히려 마음에 평정이 돌아왔다. 진시는 자꾸 초조해지려는 마음을 그 덕분에 다잡을 수 있었다.

"알겠다. 그럼 나는 일단 이곳을 나갈 테니 혹시 무슨 일이 있으면 사람을 시켜 부르도록."

"분부대로 하겠습니다."

노파 같은 생김새의 환관은 천천히 고개를 숙였다.

"진시 님."

가오슌은 뤄먼이 들어가자마자 동시에 나타났다. 가오슌은 다른 문제 때문에 궁관장의 처소에 들렀다 온 참이었다.

"무슨 일이지?"

"저, 그게….."

가오슌은 슬쩍 주위 눈치를 보았다. 아무래도 자리를 피해서 대화를 나누는 편이 나을 것 같았다. 언제 또 산통이 올지는 모르는 일이지만 계속 여기에 있을 수도 없는 노릇이었기에, 진시는 환관 두 명을 남겨 두고 비취궁을 나섰다.

"그래서 무슨 일인데?"

"네, 그 사라진 환관에 대한 일입니다. 뭐든 좋으니 아는 대로 다 털어놓아 보라고 다른 환관들에게 물어보았더니….."

사라진 환관의 이름은 티엔ㅊ이라고 했다. 어디에나 있는 흔한 이름이다. 다른 환관들과는 그리 친하게 지내지 않았다고 한다. 이목구비가 수려하고 궁녀들에게 자주 둘러싸이곤 했으나, 그 본성에는 역시나 수상한 데가 있었다. 이민족에게 노예로 잡혀갔다가 풀려났다는 여러 환관들 가운데, 티엔 하나만은 다른 환관들과 전혀 면식이 없는 사이였다고 했다.

즉, 이곳에 오는 도중에 슬그머니 끼어들었을 가능성이 있다는 이야기였다.

처음부터 이런 목적을 가지고 잠입했다고 봐야 좋을 것 같았다. 그 누구와도 친하게 지내려 하지 않았던 데에도 그런 이유가 있었던 모양이었다. 그래서 진시는 지금껏 티엔에 대해 아무런 정보도 얻지 못한 채 계속 시간만 흘려보내고 있었다.

"환관들 중 하나가 티엔으로 보이는 환관이 예전에 사당 앞에서 합장을 하는 모습을 한 번 본 적이 있다고 했습니다."

"…그건 누구나 할 수 있는 일 아닌가?"

후궁 안에는 크고 작은 사당들이 많다. 신심이 깊은 자라면 그 정도야 얼마든지 할 수 있는 일이다.

"그게…."

가오슌은 품에서 후궁 겨냥도를 꺼내, 그중에서 후궁 북측에 있는 사당을 가리켜 보였다.

"거긴…."

그곳은 후궁 안에서 죽은 자들을 모시는 사당이었다. 예전에 징 비의 장례식이 치러졌던 장소이기도 했다. 후궁에서 죽은 자들은 기본적으로 고향으로 돌려보내지지만, 죽은 후에도 돌아가지 못하는 자들도 있다. 진시는 후궁 북측으로 걸음을 향했다.

"성묘를 하는 모습을 보았다고 합니다."

"누구의 묘인지 알 수 있겠나?"

"거기까지는 알아보지 못했다는군요."

진시는 흠, 하고 팔짱을 꼈다. 그리고 방금 들은 장소로 가 보기로 했다.

그 외에도 할 일은 많았지만 왠지 자꾸 신경이 쓰였다.

본래 후궁은 죽음을 꺼리는 장소다. 후궁은 다음 대의 천자가 태어나 자라는 장소이므로 죽음이라는 부정적인 인자를 줄이고자 하는 건 당연한 일이다.

하지만 한편으로, 권력자를 모시는 자들 사이에 인습이 생기는 일 역시 막을 수 없다.

황제의 승은을 한 번이라도 입은 사람은 평생 후궁에 속박되어 살아가게 된다. 물론 예외도 있다. 정치적인 이유로 비를 부하에게 내리는 경우도 있고, 보상으로 하사하는 일도 있다. 하지만 그런 경우의 대부분은 권력자의 딸들이다. 순결을 빼앗겼지만 아이를 낳지도 못한 하녀들은 이름도 기록에 남지 않은 채 이 화원에서 스러져 간다.

그리고 진시가 향한 곳에는 그 꽃들이 잠든 장소가 있었다.

무덤의 수는 열 개도 되지 않는다. 전부 선제 시대 궁녀들의 묘였다. 적은 건지 많은 건지 알 수가 없었다. 후궁의 관리인 입장으로서는, 이기적인 말이긴 하지만 땅에 매장해야 하니 너무 많이 늘어나도 곤란하다고 할 수밖에 없다. 무덤에는 먼저 온 손님이 있었다. 이름도 남기지 않은 궁녀들의 묘를 찾아오는 사람은 드물다. 멀찍이서 봐도 제법 나이가 든 궁녀라는 사실을 알 수 있었다. 그 궁녀는 제일 앞에 있는, 비교적 새롭게 만들어진 무덤 앞에 주저앉아 있었다.

다소 고집이 있어 보이는 얼굴의 궁녀였다. 나이는 사십을 넘었을까. 무덤 앞에는 어디선가 따 온 듯한 작은 꽃과, 또 그것과는 별개로 꽈리 가지가 놓여 있었다. 꽈리는 이 계절에는 맞지 않는 꽃이다. 이 궁녀가 오기 전에 누군가가 바치고 간 것일까.

궁녀는 자리에서 일어나다 진시와 가오슌의 존재를 알아차렸다. 그 눈은 아주 잠깐 커졌다가 금세 원래대로 돌아왔고, 궁녀는 천천히 고개를 숙인 뒤 자리를 뜨려 했다. 성묘를 오는 일 자체는 아무 문제도 없다. 그러니 그렇게 신경 쓸 일도 아니었다.

그럴 거라 생각했다.

하지만 궁녀가 스쳐 지나간 순간 진시의 코에 독한 술 냄새가 풍겼다. 마치 이국의 증류주처럼, 냄새를 맡기만 해도 현기증이 느껴지고 쓰러질 정도로 강한 냄새였다.

진시는 정신을 차리고 보니 궁녀의 손목을 붙잡고 있었다. 갑작스러운 진시의 행동에 궁녀는 놀라움을 감추지 못하는 표정을 지었다.

"무슨 일이신지요."

그래도 궁녀는 차분한 척하며, 목소리를 낮추고 진시에게 물었다.

아마 평소의 진시였다면 그래도 더 사려 깊은 행동을 할 수 있었을 것이다. 최소한 이런 식으로 느닷없이 궁녀의 손목을 잡는 행위는 결코 하지 않았으리라.

침착한 정신 상태를 유지하고 있는 줄 알았는데, 알고 보니 자신은 생각보다 훨씬 초조해하고 있었다. 진시는 그제야 그 사실을 깨달았다.

"마오마오는 어디 갔지?"

입에서 저절로 그 말이 튀어나왔다.

궁녀가 굳어지는 게 느껴졌다. 가오슌과 다른 환관들은 아무 말 없이 상황을 지켜보고 있었다.

진시는 '침착해, 침착해.' 하고 스스로를 다독였다. 그리고 목소리를 평소처럼 달콤한 음색으로 바꾸었다.

"주근깨가 난 궁녀에 대해서 알고 싶은데, 혹시 기억하는 바가 없는가?"

진시는 평소 궁녀들을 향해 지어 주는 미소를 띤 채 물었다. 하지만 이 궁녀는 헤벌쭉 넋 나간 표정을 짓기는커녕 오히려 안색이 새파래져 버렸다. 마치 유령이라도 본 듯한 얼굴이었다.

궁녀의 심록深綠 빛깔 눈동자가 한순간 커다래졌다. 그리고 붙잡힌 손목에서 맥박이 크게 한차례 뛰었다.

이 궁녀는 무언가를 알고 있는 게 분명하다고 진시는 확신했다. 진시는 궁녀가 도망가지 못하도록 붙잡은 손에 힘을 꽉 주었다.

궁녀가 눈을 또다시 크게 떴다. 이국의 피가 섞여 있는지 그 눈동자에는 녹색 빛이 돌았다.

"…오래된 기억이 떠올랐습니다."

궁녀는 망연자실한 얼굴로 진시를 바라보았다.

"다정한 목소리로 이름을 부르며, 제게 이국의 달콤한 과자를 주셨지요."

궁녀의 눈에서 커다란 눈물방울이 흘러넘쳤다.

진시는 이 궁녀가 갑자기 무슨 소리를 하는지 도무지 알 수가 없었다.

"젊은 시절의 그분이 어떤 모습이셨는지 아는 이는 이제 아무도 없는 모양이더군요. 말년에는 옛 모습을 전혀 찾아볼 수 없을 정도로 초라해지셨다고 들었습니다. 열네 살을 넘은 이후로는 저를 전혀 찾아 주지 않으셨기 때문에 저는 그 이후의 모습을 전혀 몰랐습니다."

대체 누구 이야기를 하는 걸까. 무슨 말을 하고 싶은 걸까, 이 궁녀는.

궁녀의 짙은 녹색 눈동자에는 그 빛깔보다 더욱 짙은 증오가 담겨 있었다.

"그분 또한 달콤한 벌꿀 같은 목소리와 천녀처럼 아름다운 얼굴을 갖고 계셨지요."

확신이 담긴 목소리였다.

"어째서 당신 같은 분이 환관 따위의 흉내를 내고 계신 건가요?"

진시의 손에서 순간적으로 힘이 빠졌다. 궁녀는 그 순간을 놓치지 않고, 재빨리 진시의 손을 뿌리치고 도망쳤다. 하지만 다른 환관들이 주위를 둘러싸고 있었기 때문에 빠져나가는 일은 결코 쉽지 않았다. 결국 궁녀는 금세 다시 붙잡혔다.

"진시 님, 어떻게 할까요?"

궁녀를 붙잡은 환관이 물었을 때였다. 궁녀는 품에서 작은 병을 하나 꺼내 마개를 뽑고는 그대로 내용물을 들이켜 버렸다.

"당장 토하게 해!"

진시보다 가오슌이 먼저 반응했다. 가오슌은 환관에게 물을 가져오도록 지시하고 나서 쓰러진 궁녀를 부축했다. 그리고 강제로 구토를 유도하기 위해 입 안에 손가락을 집어넣었다.

진시는 그 모습을 가만히 지켜보고만 있었다.

"…님, 진시 님!"

야단치는 듯한 가오슌의 목소리에 진시는 퍼뜩 놀랐다. 잠시 넋이 나갔던 모양이었다. 환관이 물을 가져와 궁녀에게 먹이고 있었다.

궁녀가 들이켰던 작은 병은 땅바닥에 그냥 굴러다니고 있었다. 진시는 그 병을 본 적이 있었다. 마오마오가 술을 증류해서 담아 놓았던 병이었다. 지나치게 독한 술은 독이 되는데 이 궁녀는 그것을 전부 마셔 버렸다.

바람이 불어 무덤 앞에 놓여 있던 들꽃이 날아다니고 꽈리 열매가 나부꼈다.

"진시 님, 지시를 내려 주십시오!"

가오슌이 단호하게 힘주어 말했다. 정신을 차리고 보니 미간에 주름을 잡은 그 얼굴이 바로 코앞까지 다가와 있었다.

"진시 님, 당신이 정신을 똑바로 차리고 계셔야 한다는 사실을 정녕 모르시겠습니까? 일개 궁녀의 실없는 짓 따위는 신경쓰실 필요도 없단 말입니다."

"실없는 짓?"

스스로 독을 먹는 게 과연 실없는 짓이란 말인가. 이것은 자신이 충동적으로 이 궁녀의 손목을 잡은 일이 바로 원인이 아니었던가.

이 궁녀가 말하는 사람은 바로 그분이 아니었을까.

"…가오슌, 내가 그분을 닮았어?"

이것은 진시가 어린 시절부터 줄곧 마음에 두고 있던 일이었다. 자신은 그분을 닮지 않았다. 형도 닮지 않았고, 어머니를 닮지도 않았다.

그렇다면 도대체 누굴 닮았단 말인가. 그래서 진시는 시녀들 사이에 떠돌던 근거 없던 소문을 믿었다.

자신은 부정한 관계에서 태어난 자식이라고 말이다.

웃음이 터질 것만 같았다. 도대체 자신은 무엇을 위해 이렇게 여자의 화원에 몸을 들였던가. 동궁이라는 지위를 버리기 위해, 형에게 부탁하여 환관으로서의 이름까지 얻었는데….

우스꽝스럽기 짝이 없는 일이었다.

진시는 멍한 기분으로 꽈리가 떨어져 있는 무덤 앞에 다가가 섰다. 스스로를 실컷 비웃어 주고 싶었지만, 아직 할 일이 남아 있었다.

진시는 천천히 쪼그리고 앉아 그 빨간 주머니를 집어 들었다. 계절이 지나 말라 버린 꽈리 주머니는 반 정도 찢어져서 속에 든 붉은 열매가 들여다보였다.

꽈리 또한 낙태약의 재료가 된다는 이야기를 들은 적이 있었다. 그것을 비석 앞에 놓아둔 이유는, 묘에 새겨져 있긴 하지만 얼마 지나지 않아 지워져 버릴 그 이름을 보면 알 수 있었다.

'타이호大寶'.

아주 흔한 궁녀 이름이었다. 요즘 도성에서는 별로 사용되지 않고, 시골 처녀들이나 쓰는 이름이다. 하지만 이곳에 새겨져 있는 동안에는 그 이름도 결코 잊히지 않는다.

그것은 작년에 죽은 궁녀의 묘였다. 폐쇄적인 후궁 안에서 괴담 수집만이 유일한 낙이었다는, 가엾은 여자였다.

그 여자에게는 피붙이가 없다고 했다. 단 한 명을 제외하면.

궁중 의관과의 불륜을 통해 태어난 아이, 그 딸이 살아 있다면 말이다.

'타이호'라는 이름의 궁녀. 사라진 환관과 하녀. 그리고….

아직 수수께끼의 조각들이 다 모이진 않았다. 하지만 그 빈 곳을 채울 수 있는 직감이 존재했다. 진시는 그 직감을 확신으로 바꾸기 위해 어떤 장소를 찾아갔다.

당시 태어난 아이가 아직 살아 있다면 황제보다 두 살 연상일 것이다.

아이는 추방된 의관이 거두어 데려갔다고 들었다. 그 후의 행방은 아무도 모른다고들 하지만, 그 말은 수상쩍었다.

그 문제 가운데 한 가지 마음에 걸리는 부분이 있었다.

타이호라는 궁녀는 당시 어떤 비를 섬기고 있었다. 그 비는 놀랍게도 러우란의 모친이자 시쇼의 처였다. 원래 러우란 비의 모친과 먼 친척 관계에 있었고, 시 일족과도 인연이 있는 처녀였다고 한다.

그렇다면 행방불명이 된 의관과 그때 태어난 아이에 대해서도 뭔가 알고 있을지도 모른다.

그 생각이 떠오른 진시는 발걸음을 석류궁 쪽으로 향했다.

작년까지의 군더더기 없고 소박했던 석류궁의 모습은 이제 온데간데없고, 그곳은 이제 이국의 정서가 흘러넘치는 현란하고 눈부신 장소가 되어 있었다.

진시는 다소 거친 손길로 문을 두드렸다. 금세 시녀가 문을 열어 주었다.

진시는 가볍게 한숨을 내쉬고 나서 평소와 마찬가지로 미소를 지으려 애썼다. 시녀는 수줍은 얼굴로 인사를 건네고는 진시를 안으로 들여보내 주었다.

화려한 나전 세공이 가득한 복도를 지나친 진시는 늘 그렇듯 응접실로 안내를 받았다. 이 궁의 주인은 평소와 마찬가지로 긴 의자에 반쯤 누운 채 나른하게 손톱 손질을 받으며 진시를 기다리고 있었다.

진시는 눈을 가늘게 떴다. 주위에는 시녀 여섯 명이 서서 바지런히 러우란 비의 시중을 들고 있었다. 모두 복장이 화려했고, 오늘은 동방의 섬나라에서 입는다는 민족의상 차림이었다. 여러 벌의 옷을 겹겹이 겹쳐 입은 그 의상은 그야말로 눈이 부실 정도였다.

시녀들도 체형을 알아볼 수 없을 정도로 잔뜩 껴입고 있었다. 그런데 오히려 눈에는 눈꼬리를 길게 빼는 화장을 하여 날카로운 인상을 만든 것이 우스꽝스러워 보였다.

마치 여우와도 같다고 진시는 생각했다.

왜 그렇게 화려하게 차려입는 건지 알 수가 없어, 진시는 고개를 갸웃거리고 싶어질 지경이었다. 그 화려함 때문에 황제도 진력을 내고 있다는 사실을 러우란 비도 분명히 알고 있을 텐데 말이다.

진시가 아는 러우란 비는 시쇼의 딸이며, 그게 무슨 뜻인지 충분히 잘 이해하고 있는 상급 비였다.

러우란 비가 깃털 부채로 입을 가리고 시녀에게 귓속말을 했다. 예전의 진시는 그 모습을 보고 뭐 저렇게 은밀한 방식으로 대화를 주고받느냐며 어처구니없어했지만, 생각해 보면 그럴 턱이 없었다.

지푸라기라도 잡는 심정으로 석류궁에 와 봤을 뿐인데, 반대로 그 때문에 평소였다면 신경도 쓰이지 않았을 사소한 일들이 하나하나 눈에 들어왔다.

비의 관자놀이에 검은 점이 보였다. 평소에는 화장으로 가리고 다니는 모양이었지만, 그것이 희미하게 비쳐 보이는 걸 보니 땀이 흘러 백분이 살짝 지워진 듯했다.

자신의 기억이 확실하다면 러우란 비에게 그 자리에 점은 없었다.

진시는 시녀가 가져다준 의자에 앉지도 않고 러우란 비에게 성큼성큼 다가갔다.

"왜 그러시죠? 아무리 진시 님이라 하셔도 이건 너무 무례한 일 아닌가요?"

눈꼬리를 올리는 화장을 한 시녀들 중 하나가 말했다. 이름이 뭐라고 했더라. 진시는 각각의 궁에 어떤 시녀가 몇 명 있는지, 이름과 출신지를 하나하나 머릿속에 다 기억해 두고 있었다. 하지만 석류궁 시녀들은 항상 다른 복장을 입고 화장도 늘 다르게 했으며 골치 아프게도 체형들이 모두 비슷비슷했다.

따라서 이름을 기억하고 있어도 얼굴과 일치시킬 수가 없다. 그래서 진시는 점과 눈 모양 등의 신체적 특징으로 석류궁 시녀들을 기억했다.

진시는 손을 뻗어 러우란 비가 들고 있던 부채를 빼앗아, 바닥에 던져 버렸다.

"무, 무슨 짓입니까!"

시녀 중 하나가 외쳤다.

러우란 비는 겁을 먹은 듯 진시에게 등을 돌리고, 시녀들이 그런 비를 감싸듯 나서서 가로막았다. 주인을 지키려는 충직한 행동으로 보였지만 실은 그렇지 않았다.

진시는 데리고 온 환관들에게 눈짓을 했다. 환관들은 시녀들을 붙잡아 러우란 비에게서 떼어 놓았다.

진시는 손에 살짝 힘을 주고 러우란 비의 어깨를 붙잡아, 자꾸만 피하려는 그 얼굴을 자기 쪽으로 돌렸다.

화려한 화장을 한 그 얼굴이 새빨갛게 달아올라 있었다.

"석류궁 시녀들은 전부 일곱 명이었지요."

진시가 확인하듯 물었다.

시쇼의 딸로 태어나 온갖 응석을 다 부리며 살아온 소녀는 후궁에 입궁할 때 쉰 명도 넘는 종자들을 끌고 왔다.

진시는 러우란 비의 얼굴을 붙잡고 눈꼬리의 화장을 손가락으로 지웠다. 속쌍꺼풀이 뚜렷한 눈이 드러났다. 관자놀이에 점이 있는 시녀의 이름이 무엇이었더라.

"소린双凜, 아니. 렌푸漣風였던가? 네 이름은."

진시는 얼굴에 분노가 드러나지 않도록 미소를 짓고 있었다. 하지만 러우란 비로 변장한 시녀의 빨갛던 얼굴이 새파랗게 질렸다. 시녀는 온몸을 덜덜 떨고 있었다.

"진시…."

시녀들 중 하나가 상황을 수습하려는지 또다시 끼어들려 했지만, 진시가 한 번 흘끗 쳐다보자 시녀는 몸을 움찔 뒤로 젖히며 굳어 버리고 말았다.

"진짜는 어디 갔지?"

모든 것이 처음부터 계획적으로 이루어진 일이었는지도 모른다. 후궁에 수많은 종자들을 데리고 들어온 것도, 자신과 비슷하게 생긴 시녀들만 골라서 데려온 것도, 그리고 항상 특이한 차림새를 하고 다녀서 사람이 바뀌더라도 알아볼 수 없게 했던 것도.

처음부터 이럴 목적이었다면.

그렇다면 지금 진짜는 어디에 가 있는 걸까.

"어디 갔지?"

"……."

러우란 비로 변장한 시녀는 덜덜 떨기만 할 뿐 아무 말도 하지 않았다.

진시의 손에 힘이 들어갔다.

"어디 갔지?"

세 번째 질문이 떨어짐과 동시에 아까 끼어들려 했던 시녀가 몸으로 부딪쳐 밀고 들어왔다. 시녀는 가짜 비를 감싸듯 끌어 안고 눈썹을 축 늘어뜨린 채 진시를 바라보았다.

"죄송합니다. 이 아이는 정말로 아무것도 모릅니다."

모두가 비슷한 차림새를 하고 다녀서 알아차리지 못했는데, 가짜 러우란보다 이 시녀가 몇 살 위인 모양이었다.

"제발 용서해 주십시오."

시녀는 난감한 표정으로 가짜 비의 발밑을 내려다보았다.

긴 치맛자락이 젖어 있고, 다리를 따라 흐른 물방울이 발끝에서 뚝뚝 떨어지고 있었다. 가짜 비는 실금을 할 정도로 무서웠던 모양이었다.

진시가 잡고 있던 턱을 놓아주자 가짜 비는 눈을 크게 떴다. 동공도 확장되어 있었고, 가쁜 숨을 헐떡이며 몸을 파들파들

떨기만 했다.

하얀 목과 턱에는 진시가 붙잡았던 흔적이 뚜렷하게 남아 있었다.

환관 진시로서는 결코 해서는 안 될 거칠고 난폭한 행동이었다.

후궁에 고관들의 딸을 입궁시키는 일은 사실 황제 측에도 이득이 되는 행위다.

고관들 입장에서는 딸이 임신을 하면 손자가 천자의 지위를 얻게 되는 셈이지만, 한편으로는 불리한 점도 있다.

모든 부모가 다 그렇다고 말할 수는 없지만 개중에는 그야말로 눈에 넣어도 아프지 않을 정도로 딸을 사랑하는 자도 있을 것이다. 후궁이라는 새장은 그만큼 가치가 있는 딸을 인질로 취급하는 장소였다.

후궁에 딸을 집어넣기 위해 시쇼가 그토록 집요하게 굴었던 일을 생각하면 그만큼 사랑하고 아끼던 딸이었던 듯 보이기도 한다.

그런 딸이 상급 비라는 위치에 있다. 이쪽에서 배려하고 존중해야 함과 동시에, 러우란 역시 최소한의 규범은 지켜야만 한다.

그러나 러우란은 이미 그 규범을 어겼기에 이젠 '비'라는 호칭을 붙일 필요도 없다.

"이젠 돌아오지 않겠다고 말씀하셨습니다."

아까 그 시녀가 엄숙하게 말했다. 러우란의 시녀장이라는 그 여자가 가짜 비 대신 진시의 질문에 답해 주고 있었다. 가짜 비는 숨도 제대로 쉬지 못했기에 도무지 대화를 나눌 수가 없는 상태였다. 아마도 러우란을 제일 많이 닮았다는 이유로 비 대역을 맡았을 뿐, 본인은 이 상황에 대해 전혀 아는 바가 없는 모양이었다.

그저 평소와 마찬가지로 러우란이 변덕을 부려 자신에게 대역을 시켰다고만 생각했으리라.

진시는 주먹을 꽉 부르쥐었다.

방금 전 그 행동은 틀림없이 자신의 실수였다. 늘 온화한 미소를 짓고 있는 환관 진시의 방식으로서는 잘못된 일이었다고 새삼 실감했다. 하지만 그 자리에서 다른 방법을 취할 수 있을 정도로, 진시의 심경은 차분하지 못했다.

이젠 돌아오지 않겠다는 그 말은 당사자가 후궁을 빠져나갔다고 받아들여도 될 터였다.

후궁에서의 도주는 때로 극형에 처해질 수 있을 만큼의 중죄다. 하물며 상급 비라면 그 죄는 한층 더 무거워진다.

기녀가 기루에서 도망치려는 것과 똑같은 일이라고, 예전에 약사 소녀가 말한 적이 있었다. 다음 황제가 태어나는 장소를 환락가와 똑같이 취급하는 부분은 정말이지 그 소녀답다는 생각에 진시는 쓴웃음을 지었다.

그 소녀 또한 아직 어디 있는지 찾아내지 못했다.

마오마오의 경우 당사자의 성격을 고려해 보면, 어쩌면 스스로의 의지에 의해 따라갔을 수도 있다. 하지만 거부할 틈도 없이 강제로 끌려갔을 가능성이 더 높다.

도대체 목적이 뭘까.

의문이 남아 있다.

아무리 추궁해도 시녀장은 고개만 가로저을 뿐이었다. 고문을 동원하는 방법도 있지만, 그래 봤자 별 소용이 없을 거라고 진시는 생각했다.

시녀장의 눈은 거짓을 말하는 눈빛이 아니었다.

석류궁의 시녀, 하녀, 그리고 환관에 이르기까지 러우란과 상관이 있는 사람들은 전부 한곳에 모아 가두어 놓았다. 지난번에 후궁 교실을 열었던 그 강당이 마침 딱 좋은 크기였다.

만일을 대비하여 환관들을 시켜 후궁에 있는 궁녀들을 하나하나 꾸준히 확인하는 작업도 이어 가고 있었지만, 아직까지 러우란으로 보이는 궁녀는 발견하지 못했다.

도저히 교쿠요 비의 출산에 입회할 상황이 아니었다. 진시는 미련이 남았지만 할 수 없이 가오슌에게 그 자리를 맡기기로 했다.

진시는 집무실에서 머리를 싸매고 앉아 있었다.

"방금 라칸 님께서 후궁에 쳐들어오려고 돌격하셨습니다."

긴급 사태이기 때문인지 바센이 진시 옆에 붙어 있었다.

"……."

얼굴 근육이 자꾸만 움찔거려 제대로 웃을 수도 없었다. 그 외알 안경 괴짜는 정말이지 온갖 기상천외한 짓을 다 저지르곤 하는 인간이다.

"어딘가에서 소식이 외부로 흘러나간 모양입니다. 그리고…"

바센이 벌레 씹은 얼굴로 말을 이었다.

"현재 시쇼의 행방을 전혀 파악할 수가 없습니다."

시쇼를 이름으로 막 부르는 이유는 명백했다. 딸인 러우란이 후궁을 나가 버렸으니, 그 아비인 시쇼 역시 주상에게 등을 돌린 자로 취급받게 된다.

그리고 그 일을 보고하면서 주정을 마신 궁녀 셴뤼 이야기도 겸사겸사 함께 보고되었다. 간신히 목숨은 건졌지만 아직 의식은 돌아오지 않았다고 한다. 셴뤼는 타이호라는 궁녀와 면식이 있었으므로, 그 인간관계 때문에 이렇게 모반에 가담했을 가능성도 충분히 있었다. 선제가 없는 지금 셴뤼의 분노는 후궁이라는 거대한 존재를 향하고 있을 거라고 진시는 추측했다.

진료소의 다른 궁녀들은 셴뤼가 도대체 누구의 꾐에 넘어갔는지조차 모르고 있었다. 그럼에도 불구하고 그저 아무 말 없이 협력했던 건, 셔뤼와 마찬가지로 이들 역시 선제의 피해자들이었기 때문이리라.

이런 곳에서 시간을 낭비할 때가 아니다. 진시는 지금 당장이라도 튀어 나가서 러우란을 찾아야만 한다는 조급한 마음으로 머릿속이 가득했다.

하지만 정보가 적어도 너무 적었다. 지금 튀쳐나가 봤자 사막에서 바늘 찾기나 다름없는 일이다. 먼저 시쇼의 행방을 뒤쫓아야 할까, 아니면 그 일은 이미 다른 누군가가 하고 있을까.

그래서 진시는 집무실 안에서 혼자 우왕좌왕하고 있을 수밖에 없었다.

"진시 님."

그런 가운데 바센이 진시 쪽을 흘끔 쳐다보았다. 집무실 앞에 손님이 찾아온 것 같으니 꼴사나운 모습 보이지 말라고 주의를 주고 싶은 눈치였다.

진시는 할 수 없이 의자에 앉아 아무렇지 않은 척했다.

바센은 방 한구석, 보이지 않는 곳에 설치해 놓은 거울을 쳐다보았다. 그리고 살짝 고개를 갸웃거리며 집무실 문 앞에 서서 방문자를 기다렸다.

안으로 들어온 손님은 몸집이 작은 문관이었다. 곱슬머리에 동그란 안경을 낀 인물로, 눈이 여우처럼 가늘게 찢어진 것과 머리가 곱슬곱슬하다는 것 외에는 이렇다 할 특징이 없는 청년이었다.

어디서 본 적 있는 듯한 분위기를 풍기는 청년은 소맷자락 속에 손을 집어넣은 채 고개를 숙여 인사했다. 진시는 그 허리띠에 무언가가 끼워져 있는 것을 발견했다. 눈을 크게 뜨고 잘 보니 주판 같기도 했다.

"처음 뵙겠습니다. 칸라한漢羅半이라고 합니다."

지극히 간단한 자기소개를 마친 청년이 싱긋 웃었다.

이름을 들으니 청년이 누굴 닮은 건지 확실히 알 수 있었다.

이것이 칸漢 가문 사람의 이름이라 한다면 누구나가 의아한 표정을 지을 것이다. 이 나라에서는 성을 다 세어 봐도 20개가 넘지 않는다. 따라서 가문을 가리킬 경우 대대로 물려받는 자字로 말하는 경우가 많고, 또 그것과는 별개로 아주 오래전부터 황족에게서 각각의 가문에 부여해 준 자를 쓰는 경우도 있다.

이 사내의 경우에는 이름의 '라'가 그것을 가리킨다. 이는 '라羅'를 내려받은 사람이라는 뜻으로, 외정 안에서 그 이름으로 통하는 자는 두 명밖에 없다. 라칸과 그 양자뿐이다. 그리고 또 있다고 한다면 얼마 전 후궁에 의관으로 들어온 뤄먼羅門이라는 사내가 있겠다.

라칸의 양자가 대체 무슨 볼일로 이곳을 찾아왔나 싶어 진시는 고개를 갸웃거렸다.

"그래, 내게 무슨 용건이지?"

관위官位로 따져 보면 진시가 더 높다. 느닷없이 찾아온 라한이라는 사내는 그 점에서 예의에 어긋나는 행동을 했다고 볼 수 있다. 하지만 이런 상황에서 매번 얼굴을 찌푸려서는 일이 잘 풀리지 않는다. 진시가 환관이라는 이유만으로, 더 무례한 태도로 말을 거는 관리도 있다.

"이것을 보여 드려야 할 것 같아서 찾아왔습니다."

라한은 소매 속에서 두루마리 하나를 꺼내, 대기하고 있던 바센에게 건넸다. 바센은 눈을 가늘게 뜨더니 그것을 진시에게 넘겨주었다.

라칸의 양자라는 신분을 고려해 볼 때 무슨 의미가 있는 것을 가져왔을 거라는 생각이 들어, 진시는 의심 없이 내용물을 확인해 보기로 했다.

가볍게 끈을 풀고 두루마리를 펼친 진시는 그 속을 들여다보았다.

"?!"

"왜 그러시지요?"

라한은 히죽 웃으며 심술궂은 눈길로 이쪽의 눈치를 살폈다.

어떻습니까, 엄청나죠? 하고 자랑하는 듯한 표정이었다. 실제로 두루마리 안에는 그 표정에 결코 뒤처지지 않는 내용이 적혀 있었다.

단순한 숫자와 단어의 나열. 하지만 그것은 보기에 따라서는 전혀 다른 내용이 된다.

"제 양아버지가 최근 들어 자꾸 신경이 쓰이니 조사하라고 말씀하셨던 일입니다. 페이파의 출처가 통 밝혀지지 않는 게 찝찝하신 것 같더군요. 그래서 우선 지난번 처벌을 받았던 관리들 주위부터 샅샅이 뒤져 보았습니다. 그러자 조금 재미있는 흐름이 보이기 시작했습니다."

그것은 금전출납부였다. 국고를 담당하는 부서에 소속되어 있으면 열람이 가능하며, 외부인이라 해도 수속을 밟으면 열람할 수 있게 되어 있다.

"실물을 직접 열람하시는 게 제일 좋겠지만 내용이 너무 방대했습니다. 그래서 제 눈에 띄는 범위 내에서 뽑아 왔습니다."

라한이 말하는 발췌라는 느낌보다는 오히려 전문가가 아닌 진시가 이해할 수 있도록 잘 정리해 온 쪽에 가까웠다. 여기서 알 수 있는 것은 최근 몇 년 동안 금액의 추이가 눈에 띄게 커진 부서가 있다는 점이었다.

"재미있지요. 요 몇 년 동안 그리 눈에 띄는 가뭄도 병충해도 없었는데 왜 갑자기 곡물 가격이 상승했을까요? 이상하다는 생각이 들어 시장에서의 가격도 조사해 보았는데, 그쪽은 최근 몇 년 동안 가장 안정적인 가격을 유지하고 있었습니다."

라한은 일부러 그러는 것처럼 과장된 말투로 말했다.

그리고 곡물의 가격 상승에 편승하여 다른 무언가도 매달 조금씩 가격이 오르고 있었던 모양이었다.

"그리고 또 한 가지. 어째서인지 철의 가격도 올랐습니다. 뿐만 아니라 국가 전체의 금속 가격이 오르고 있던데 어딘가에서 무슨 커다란 상像이라도 만들고 있었던 걸까요?"

라한이라는 사내가 무슨 말을 하고 싶은지, 진시는 알 수 있었다.

진시는 두루마리를 내려놓고, 자기 양부의 빈틈없는 성격을 꼭 닮은 눈앞의 청년을 바라보았다.

곡물 가격의 문제 자체는 그리 큰일이 아닌 듯하지만 양이 방대한 게 문제다. 가격이 뛰면 그 차액도 상당해진다.

라한은 그 차액을 누군가가 횡령하고 있다는 사실을 암시하고 있었다.

그리고 금속의 전체 가격이 올랐다는 말은 수요가 함께 뛰었다는 사실을 의미한다. 떠들썩한 사업을 벌일 경우, 그중에서도 특히 권력을 과시하기 위한 상징적인 무언가를 제작하는 경우에는 전국 각지에서 금속을 긁어 오게 된다. 냄비에 농기구까지 긁어모아서 녹여 사용할 정도로.

그 외에 철 가격이 오를 이유가 있다면….

"저라면 최근 몇 년 동안의 유통 상황을 더 자세히 조사할 수 있습니다. 그 흐름이 어디에 집약되어 있는지도요."

라한은 그야말로 진시가 원하는 바를 이야기했다.

마치 처음부터 그 말을 하기 위해 오기라도 한 것처럼.

진시는 라한의 눈이 무언가를 호소하고 있는 것 같다고 느꼈다. 라한이 진시에게 굳이 이런 제안을 하러 온 이유도 거기에 있을 것이다.

이런 부류의 인간은 어떤 식으로든 이해가 일치하지 않으면 움직이지 않는다.

"그래서 요구가 뭐지?"

진시가 단도직입적으로 물었다.

그 말을 기다리고 있었다는 듯 라한의 눈매에 미소가 번졌다.

라한은 다소 거북한 듯 조심스럽게 품에서 종이를 하나 꺼냈다.

"이 액수를 좀 참작해 주실 수 없을까 하고요."

그것은 후궁 담장 수리비가 적힌 견적서였다.

라한의 양부 라칸이 부순 바로 그곳인 모양이었다.

약사의 혼잣말

1 3 화 ⦂ 축제

마오마오가 받은 의상은 붉은 치마와 새하얀 상의, 홍백의 치마저고리였다. 그리고 얼굴에는 여우 가면을 쓰고, 억새와 벼 이삭이 달린 초롱을 들었다. 그 차림새로 마을 외곽에 있는 사당까지 걸어갈 예정이었다.

남자들은 파란 옷을 입었다. 아이들은 벼 이삭이나 억새 다발을 묶어서 마치 꼬리처럼 엉덩이에 매달았다.

호선胡仙, 즉 여우 신을 믿는 신앙을 갖고 있는 마을인 모양이었다. 여우는 풍작의 신이기 때문에 여우를 모시는 마을도 드물지는 않다.

풍성한 수확의 계절, 가을에 축제가 성대하게 열리는 일은 전혀 이상한 일이 아니다.

딸랑딸랑 방울 소리가 들렸다. 옆에는 여우인데도 눈 주위에 우스꽝스럽게 테두리를 그린 가면이 있었다. 보통 눈매를 물들이는 색은 붉은색인데, 이 가면의 눈가는 녹색으로 칠해져 있었다. 게다가 묘하게 처진 눈이었다.

"왠지 너구리 같아."

마오마오는 시스이의 가면을 보고 말했다.

벌레 그림은 잘 그리던데 짐승 그림 솜씨는 별로인 모양이다. 그런 생각이 들어 마오마오는 혼자 웃음을 터뜨렸다.

'웃고 있을 상황이 아니긴 하지만.'

하지만 아무리 고민해 봤자 소용없다고 생각할 수 있을 만큼, 마오마오는 긍정적인 성격이었다.

"마오마오는 고양이 같은걸."

시스이의 목소리가 들렸다. 시스이의 머리에 꽂은 비녀에는 방울이 달려 있어서 웃을 때마다 딸랑딸랑 울리는 소리가 났다. 그 소리는 예전에 시스이가 모으던 벌레가 내던 소리와 비슷하게 들렸다. 잘 보니 그 비녀 끝에는 옥으로 만들어진 벌레가 달려 있었다. 벌레를 정말 좋아하는 아이다.

"자, 마오마오도 잘 묶어야지."

시스이는 뒤에서 마오마오의 가면 끈을 꽉 묶어 주었다. 하지만 머리카락을 묶어 올린 위로 가면 끈을 묶으려니 잘 고정되지 않았다.

"아이, 다시 묶어야겠다. 앉아."

시스이는 마오마오를 여관의 난간에 앉혔다. 그리고 묶었던 머리를 풀어서 옆으로 모으고 다시 야무지게 묶었다.

"으음, 뭔가 부족한 느낌인걸. 머리끈만으로는 허전해."

"나는 상관없는데."

"아, 그래. 내 비녀 빌려줄게. 귀여운 거미집 모양 비녀가 있어."

정중하게 거절하고 싶다. 마오마오는 자신의 품을 뒤적뒤적 찾아보았다. 그 속에는 예전에 진시가 준 비녀가 들어 있었다. 수수하게 생겼지만 질은 좋은 물건이다. 평소 끈으로 머리를 묶고 다니는 마오마오는 웬만하면 빼서 품에 넣어 보관하고 있었다.

"이걸로 부탁할게."

"에이~"

돌아보지 않아도 시스이가 입을 삐죽거리고 있을 모습이 눈앞에 선명히 떠올랐다. 마오마오는 단호하게 자기 비녀를 건네주었다.

"마오마오, 굉장히 좋은 물건을 갖고 있었구나."

"누가 준 거야."

정말이지 이렇게 고급스러운 물건을 참 쉽게도 건네주는 인간이 다 있다.

"있잖아, 이거 내가 달라고 하면 줄 거야?"

"…안 돼."

마오마오는 정중하게 거절했다. 전에 그걸 다른 사람에게 주려 한 적이 있었지만, 결국 아무에게도 주지 못했던 일이 떠올랐다. 남에게 줘 버릴 경우 그 환관 나부랭이가 또 눈꼬리를 잔뜩 치켜 올리며 무슨 소리를 늘어놓을지 모르는 일이다.

'아무 말 안 하면 모르겠지만.'

진시는 묘하게 마오마오의 표정을 읽는 데 능하다. 알고 지낸 지 제법 됐기 때문이기도 하겠지만, 아무리 그래도 사소한 표정 변화에 지나치게 민감하다. 마오마오는 표정 근육을 쓰는 데 서투르기 때문에 기껏해야 뺨이 움찔움찔 떨리는 게 전부인데 말이다.

물론 여기서 시스이에게 비녀를 준다 해도, 무사히 도성으로 돌아갈 수 있을지 없을지 모르니 사실은 걱정할 필요가 없을 수도 있다.

"자, 다 됐어."

시스이가 어깨를 툭 치자 마오마오는 자리에서 일어났다. 시스이는 가면을 쓰기 편하도록 머리를 오른쪽 귀 뒤편에서 묶어 놓았다. 가면의 작은 눈구멍을 통해 마을을 바라보니 세상이 완전히 달라 보였다. 밤이어서 그럴지도 모르고, 횃불 불꽃이 일렁거려서 그럴 수도 있었다. 이곳저곳 흩어져 있는 가면 쓴 사람들이 진짜 여우처럼 보였다.

마오마오의 옆에는 녹색 너구리가 서 있었다.

눈매에 녹색 칠을 한 건 시스이 하나뿐이 아니었다. 가끔 녹색 눈매를 지닌 여우와 스쳐 지나갈 때도 있었다. 그 대부분이 파란 바지를 입은 남자들이었다.

녹색 눈매에 무슨 의미가 따로 있는지도 모른다.

"다른 세상에 온 것 같아."

"그러게."

그 말대로다.

"왠지 음침하지 않아?"

"해 봤자 본전도 못 찾을 소리 하지 마."

하지만 같은 의견이었다.

발에는 늘 신는 신발이 아니라 나막신을 신고 있어 걸을 때마다 딸각딸각 소리가 났다. 거기에 딸랑거리는 방울 소리가 섞이고, 숲 쪽에서는 부엉이 우는 소리가 들렸다. 그 모든 소리들이 한데 뒤엉키자 신기하게도 캐앵, 캐앵, 하고 여우 우는 소리가 나는 듯한 기분이 들었다.

여우 울음소리가 울려 퍼지는 가운데, 행렬은 꽈리와 벼 이삭으로 장식한 초롱 불빛을 받으며 걸어갔다.

숲을 개간하여 만든 논 사이로 난 외길을 걸어가다 보니 때때로 파드득거리는 불길한 소리가 들렸다. 날아서 불 속으로 뛰어들기라도 한 걸까, 길옆에 일정한 간격으로 놓여 있던 횃불에 벌레들이 타 죽고 있었다. 심지어 상당히 많은 곳에서.

"올해는 황충*이 많은가 봐."

그렇기 때문에 축제도 성대하게 열어야만 한다. 축제란 그런 바람을 담아 여는 행사다.

"알아? 여기서 모시고 있는 신령님이 왜 여우이고, 여우가 왜 풍요의 신이 되었는지."

"몰라."

딸랑딸랑 소리를 내며 걷던 시스이가 말했다.

"옛날에는 이 지역에 하나의 민족이 살고 있었대."

하지만 서쪽에서 다른 나라 백성들이 찾아왔다. 물론 이를 바로 받아들여 줄 만큼 인간이란 단순한 존재가 아니다. 대부분의 마을은 외지인을 거부하고 내쫓았다.

하지만 극히 일부의 마을에서는 그들을 받아들였다.

"서쪽에서 온 사람들에게는 지식이 있었거든. 그 지식의 가치를 알아볼 줄 아는 사람들이었던 거지."

논밭을 비옥하게 만드는 지식, 해충을 구제하는 지식. 거기에 얼마만큼의 가치가 있는지를 아는 사람들이었다.

하지만 그것을 달갑게 여기지 않는 사람들도 많았다. 외부인들이 터를 잡고, 현지 사람들과 결혼을 해서 아이를 낳고 살고 있을 무렵 근린의 다른 사람들이 논밭을 빼앗으러 쳐들어왔다.

※황충 : 풀무치.

그런 일이 여러 번 반복되는 사이 그 자손들은 누구에게도 삶의 터전을 빼앗기지 않고, 누구에게도 들키지 않고 살기 위해 남몰래 마을을 만들었다. 따스한 샘물이 펑펑 솟아나는 그 장소에.

그것이 바로 이 마을이었다. 그리고 여우란 이 지역에 최초로 찾아왔던 다른 나라 사람들을 지칭하는 말이었으리라. 다른 민족을 짐승 이름으로 부르는 건 흔한 일이다.

따라서 이 마을의 신이란 마을 사람들의 선조이며, 또한 마을 사람들 스스로가 바로 여우 신인 셈이었다.

"여기 여우는 하얀 여우래. 그러니까 그 가면도 처음에는 새하얀 색이었을 거야. 하지만 이곳에 정착하고 사는 사이 점점 색이 물들기 시작한 거야."

하얀 여우. 그건 혹시 하얀 피부를 가리키는 말이 아니었을까. 그리고 혼혈이 되어 감에 따라 피부색이 짙어졌다고 해석할 수 있다.

'어디서 들은 적 있는 이야기 같은데.'

그리고 그 답을 시스이가 가르쳐 주었다.

"이 마을 남자들 중에는 색을 구분하지 못하는 사람이 많대."

"색을 구분하지 못한다고?"

"응, 여자들 중에도 극히 드물게 있대."

'그래서 그랬군.'

눈매를 녹색으로 칠한 가면이 많았던 이유를 알 수 있었다. 녹색 가면을 쓴 남자가 많았던 것도.

그리고 시스이 또한 녹색 눈매를 가지고 있었다.

시스이는 초롱에 매단 꽈리 주머니를 집어 들었다. 그리고 그 주황색 주머니를 찢어 속에 들어 있던 동그란 열매를 꺼낸 뒤, 표면을 소맷자락으로 벅벅 문질러 입에 넣었다.

"그거 맛없는데."

"알아."

"독이 있어."

"알아."

꽈리는 기녀들의 낙태약 재료가 된다. 먹는다고 죽지는 않지만 별로 먹을 만한 음식은 아니다.

서쪽에서 도망쳐 온 사람들 가운데 지금의 도성이 있는 곳으로 옮겨 간 사람들은 현 황제의 선조가 되고, 북쪽 대지에 터를 잡은 사람들은 이 마을의 선조가 되었다.

딸각딸각 나막신 소리가 울려 퍼졌다. 길에 드문드문 늘어선 초롱 불빛은 아름다운 동시에 음산해 보였다. 이대로 계속 걸어가다 보면 어딘가 다른 세계로 이어질 것 같은 기분이었다.

하지만 그 신기한 기분도 점점 옅어져 갔다. 사당에 가까워지니 노점이 보이기 시작했다. 맛있는 꼬치구이 냄새가 났다. 달콤한 사탕 냄새도 났다. 가게 사람들도 모두 여우 가면을 쓰고 있었지만, 음식을 사고 나뭇잎으로 값을 지불하면 절대 받아 주지 않을 분위기였다.

시스이는 갑자기 멈춰 서더니 가면을 올리고 입을 우물거리 다 풀숲에 꽈리 껍질을 퉤 뱉었다.

"더러워."

"미안~"

시스이는 그렇게 말하며 가벼운 발걸음으로 노점을 향해 다 가갔다.

"뭐 먹을래?"

"시스이 네가 사는 거라면."

마오마오는 꼬치구이 노점 쪽으로 따라갔다. 기름기 많은 닭 고기를 보니 침이 주르륵 흘러내렸다. 하지만 그 옆에는 개구 리와 메뚜기 꼬치가 함께 놓여 있었다.

"······."

"요즘 시기에는 메뚜기가 살이 통통하게 쪄서 맛있어."

시스이는 망설임 없이 꼬치에 꿴 벌레를 먹어 치웠다.

"나는 닭고기로 할래."

마오마오도 메뚜기를 못 먹는 건 아니었으나, 기왕 먹을 거라 면 닭고기를 먹고 싶었다.

"개구리는?"

"개구리는 당분간 먹기 싫어."

"마오마오, 왜 그렇게 넋 나간 눈빛을 짓는 거야?"

여우 가면 너머로도 보이는 모양이었다. 시스이는 알았다면서 가게 주인아저씨에게서 닭고기 꼬치를 받아 들고 마오마오에게 건넸다.

마오마오는 가면을 살짝 들추고 꼬치구이를 베어 물었다. 고급 소금을 썼는지 짠맛은 은은했고, 대신 향초가 뿌려져 있었다.

"응?"

"왜 그래?"

시스이가 얼굴을 찌푸리고 있었다. 그러고는 풀숲을 향해 또다시 입 안에 들어 있던 것을 다 뱉어 냈다.

"그러니까 더럽게 자꾸 왜 그래?"

은근히 허술한 데도 있는 애라고 마오마오는 생각했다. 지금 뱉은 것은 방금 전 사 먹은 메뚜기일 텐데 말이다.

"최악이야. 저 가게, 제대로 된 음식을 파는 곳이 아니야. 황충이 섞여 있었어."

"아니, 다 똑같아 보이던데?"

"달라. 다리랑 날개를 뜯어내긴 했지만 맛은 완전히 다르단 말이야."

시스이는 입가심으로 남은 메뚜기를 먹었다. 그건 맛이 괜찮은지 야무지게 꼭꼭 씹어 먹었다.

마오마오는 뱀이나 개구리를 먹어 본 적은 있어도 벌레를 먹어 본 일은 별로 없었다. 농촌에서는 해충 구제도 겸하여 벌레를 먹는 일이 있다고 하지만, 유곽은 그래도 도성의 한 구획에 있다. 벌레보다 맛있는 음식이 훨씬 많으므로 식량으로서 메뚜기가 유통되는 일은 그리 많지 않았다. 하지만 해충이 많은 해에 농민들이 생활에 어려움을 겪다가 메뚜기를 잡아서 팔러 오는 일은 간혹 있었다.

사당은 높은 곳에 있었다. 마오마오와 시스이는 돌계단을 올라갔다.

주위를 내려다볼 수 있을 정도로 높은 위치에 오르자, 숲을 벗어난 평야가 눈앞에 펼쳐졌다. 넓은 들판 너머에는 산맥이 있는 모양이었다.

'마을인가?'

별빛 말고도 다른 빛이 보였다.

"마오마오, 가자."

한눈팔고 있던 마오마오의 손을 시스이가 잡아끌었다.

줄지어 있던 사람들이 모두 가면을 벗어 사당 앞에 놓아두고 들어갔다. 사당 안에서는 붉은 격자 너머로 사람 그림자가 보였다. 하얀 가면에 하얀 옷을 입은 아이가 미동도 하지 않고 앉아 있었다. 얼굴은 보이지 않지만 그 가면은 낯이 익었다. 아까 그 건방진 꼬마 쿄우가 그림을 그리던 가면이었다. 성격이 거칠어 보이던 쿄우가 매우 섬세하게 붓을 놀려 멋진 가면을 완성시키던 모습이 떠올랐다.

"매년 아이들을 뽑아서 저렇게 신의 대리를 맡기곤 해."

"용케 얌전히 앉아 있네."

"후후, 다들 하고 싶어 하는 일인걸. 하지만 지치는 일이니까, 다리가 저리기 전에 다들 시간에 맞춰 교대하곤 해. 그래도 좋은 추억이 되는 걸까?"

어째서인지 시스이가 아련한 눈빛으로 그렇게 중얼거렸다.

"이제 곧 끝날 것 같으니까 조금만 기다리자."

시스이는 그렇게 말하며 사당 뒤로 돌아갔다.

뒤에는 아이 세 명이 있었다. 순서를 기다리는 아이들이었을까, 자기들끼리 무슨 이야기를 주고받고 있었다.

"왜들 그래?"

시스이가 아이들 사이로 끼어들었다.

"이거 말이야."

아이들 중 하나가 벼 이삭 뭉치를 보여 주었다. 잘 보니 그 끝에는 낟알이 별로 달려 있지 않았고, 색깔도 왠지 모르게 푸르스름했다.

"왜 나한테만 이런 게 온 거야?"

"제대로 안 보고 골라 왔으니까 그렇지."

시스이는 어이가 없다는 듯 말했다.

"쩨쩨한 사람도 있잖아."

낟알이 제대로 열린 벼 이삭을 제사용으로 쓰기는 아깝다며 일부러 부실한 벼 이삭을 건네주는 사람도 있다고 한다.

마오마오는 그 벼 이삭을 들여다보았다. 이파리는 건강해 보였지만 낟알이 **쭉정이**, 즉 속이 텅텅 비어 있는 상태였다. 하지만 그건 속이 덜 찼다기보다는 그냥 아직 성장이 덜 된 벼 이삭인 듯 보이기도 했다.

"촌장님한테서 받은 거란 말이야."

"아, 그래서 그랬네."

아이들 중 하나가 고개를 가로저었다.

"촌장님네 논에는 해마다 늦게 자라는 부분이 있거든. 인색한 사람이라 항상 거기서만 뽑아다 주더라고."

"뭐야, 그거. 그러다 여우한테 저주받는다."

"그러고 보니 넌 작년에 이 마을에 왔지. 이 동네 애들은 다 아는 일이야. 이번에는 그냥 한 가지 배웠다고 생각하고 포기해."

아이가 실망한 듯 어깨를 축 늘어뜨렸다. 마오마오는 자신이 가지고 있던 벼 이삭을 흘끗 쳐다보았다. 낟알이 단단하게 꽉 차 있었다. 마오마오는 초롱에서 벼 이삭을 **빼내어** 아이에게 건넸다.

"진짜 주는 거야?"

"응."

마오마오는 그렇게까지 신앙심이 깊은 것도 아니니 뭘 들고
있든 상관없었다.

아이는 눈을 반짝반짝 빛내며 고개 숙여 감사 인사를 했다.

"누나, 어땠어?"

사당에서 나온 쿄우가 시스이를 보자마자 물었다.

대신 새 벼 이삭을 든 아이가 설레는 표정으로 사당 안에 들
어갔다.

"잘했어, 잘했어."

"헤헤헤헤."

도대체 뭘 잘했다는 걸까, 그냥 사당 안에 얌전히 앉아 있기
만 하면 되는 것 아닐까, 하고 생각하면서도 마오마오는 아무
말도 하지 않았다.

"어머님도 봐 주셨다면 좋았을 텐데."

쿄우가 조금 섭섭한 표정으로 말하자 시스이가 그 머리를 토
닥토닥 두드렸다.

"자, 자, 빨리 봉납하고 나서 불 보러 가자."

시스이는 그렇게 말하며 망루를 가리켰다. 올라온 사당 계단
반대편으로 내려가 보니 망루가 잘 보였다. 그런데 그것이 서
있는 장소가 조금 이상했다.

"저게 뭐야? 샘?"

"연못일 거야."

수면 위에 망루가 서 있었다. 아래가 뗏목으로 이루어져 있는 듯했다.

쿄우는 재빨리 가면 봉납을 마치고 따라왔다.

일행은 온 방향의 반대편에 있던 계단을 내려갔다. 거기에는 이미 봉납을 끝낸 사람들이 모여 있었다.

망루 주위에는 짚이 쌓여 있었다. 화톳불이 드문드문 그 모습을 비추고 있었다. 눈을 비비고 잘 보니 하얀 가면 같은 것들도 보였다.

"가면은 1년 동안 봉납한 다음에 망루랑 같이 태우거든. 그때 소원을 적은 가면이 다 타서 하늘로 올라가면 소원이 이루어진다고 해."

"난 소원 안 썼는데?"

"마오마오는 그런 미신 믿어?"

하긴 그도 그러네, 하고 생각하며 마오마오는 망루를 바라보았다. 거기다 소원을 비느니 차라리 평소에 뚜렷한 목적을 세우고 그것을 이루기 위해 행동하는 게 더 빠르다.

"미신 아니야!"

쿄우가 뾰로통한 얼굴로 주장했다.

"그러면 반드시 이루어진단 말이야. 작년에도 가면에 그림을 예쁘게 그리고 소원을 잘 적었다고. 안 이루어질 리가 없잖아."

쿄우는 거친 콧김을 내뿜으며 말했다. 그렇게까지 해서 이루고 싶은 간절한 소망이 있는 걸까.

"무슨 소원 빌었는데?"

"말 안 해!"

"그럼 됐어."

별로 관심은 없다. 그냥 예의상 한번 물어봤을 뿐이었다. 하지만 마오마오가 너무 쉽게 물러나자 그것도 마음에 들지 않았는지 쿄우가 이쪽을 흘끔흘끔 쳐다보았다.

"봐, 이제 불이 올 거야."

시스이가 가리키는 방향에는 횃불을 든 아이들이 있었다. 꼬리처럼 풍성한 벼 이삭을 엉덩이에 매단 아이들이었다. 가면의 모양을 보니 아까 마오마오가 벼 이삭을 바꿔 준 그 아이들 일행이라는 사실을 알 수 있었다.

"쿄우 너도 저거 하고 싶었던 거 아니야?"

"흥, 난 어린애가 아니니까 저런 건 다른 애들한테 시켜도 돼."

말은 그렇게 하면서도 실은 좀 부러운 눈치였다.

아이들이 가져온 횃불은 가면을 쓴 어른들이 받아 들었다. 어른들은 화살촉에 그 불을 옮겨 붙인 뒤 옆에 있던 활을 든 다른 어른에게 건넸다.

팽팽하게 당겼던 활시위를 놓자 불화살이 천천히 대각선 위로 날아올랐다가 중간에 아래로 떨어졌다. 망루 뿌리 부근에 정확히 꽂힌 것을 보니 실력이 대단한 모양이었다.

망루에 기름칠을 해 놓았는지 단숨에 불길이 화르르 솟아올랐다. 불에 휩싸인 망루가 타닥타닥 소리를 내며 타올랐다.

"참 신기하단 말이야. 위쪽의 망루는 잘 타는데 아래에 있는 뗏목은 거의 안 타니까 말이야."

아마 그 밑에 물이 있기 때문이리라. 물 때문에 뗏목의 온도는 일정 이상으로 올라가지 않아, 불에 타지 않는다.

뗏목을 제외한 망루 부분만이 솟구치는 불기둥 속에서 활활 탔다. 여기저기에 놓여 있던 여우 가면도 함께 타올랐다. 그 연기가 사람들의 소원을 하늘에 전달해 주리라.

"앗…."

쿄우가 넋이 나간 채 소리를 질렀다. 망루가 무너지고 가면들이 물 위로 첨벙첨벙 떨어졌다. 쿄우는 그 가면들 중에 자신의 것이 있는지 뚫어져라 지켜보고 있었다. 하지만 이렇게 멀리 떨어진 곳에서는 알아보기 힘들었다.

깨끗하게 불타서 연기가 되어 하늘로 올라가는 가면은 반도 되지 않으리라.

"이루어지지 못하는 소원은 연못 바닥에 가라앉아 은혜의 양분이 되지."

혼잣말처럼 시스이가 중얼거렸다.

"벌레는 겨울을 나지 못하고, 그저 자손만을 남길 뿐."

그 눈은 아득한 빛을 띤 채 아직도 타오르는 불꽃을 바라보고 있었다.

마오마오는 그때 그 말의 의미를 전혀 이해하지 못했다.

1 4 화 ⦂ 거래 현장

　여관으로 돌아오니 스이레이가 기다리고 있었다. 스이레이는 낮에 잠깐 외출한 줄 알았더니 내내 자리를 비웠었다. 탁자 위에는 책이 몇 권 놓여 있었고, 스이레이는 그것을 읽고 있다가 마오마오 일행이 돌아온 모습을 보고는 읽던 책장을 살며시 덮었다. 그 바람에 등불이 흔들렸다.

　"야식 어떻게 할래?"

　"있으면 먹을래."

　시스이가 대답하자 스이레이는 선반에서 바구니를 꺼내 왔다. 그 속에는 유조*가 들어 있었다. 스이레이는 두 개의 잔에 두유를 따라 주었다. 마오마오 앞에도 놓아 준 것을 보니 함께 먹어도 된다는 뜻인 모양이었다. 마오마오는 식어서 다소 딱딱

※유조 : 밀가루 반죽을 발효시켜 기름에 튀긴 중국의 빵.

해진 유조를 두유에 푹 찍어서 입에 넣었다. 사치스럽게도 벌꿀을 넣었는지 두유는 달콤한 맛이 났다.

두유는 두부를 만들 때 생기는 부산물인데 마오마오는 사실 그 냄새가 역해서 별로 좋아하지 않았다. 그러나 역한 냄새를 없애기 위해서 생강을 넣었는지 이 두유는 마시기 편했다.

원탁에 삼각형으로 앉아 마오마오는 묵묵히 음식을 먹고 스이는 축제에서 있었던 일을 이야기했다. 스이레이는 무표정한 얼굴로 책을 보고 있었다. 마오마오는 처음에 그 책을 보고 혹시 약학에 관련된 서적인가 싶어 눈을 빛냈지만 알고 보니 그것은 벌레 도감이었다. 인쇄된 책은 아니었고, 그 그림에는 손으로 여러 번 덧그린 흔적이 남아 있었다. 책이라기보다는 공책에 가까웠다.

마오마오는 스이레이를 물끄러미 바라보았다.

"왜 그러지?"

"아뇨, 슬슬 약속을 지켜 주셨으면 해서요."

"…되살아나는 약 말인가?"

스이레이의 눈치가 빠른 게 이럴 땐 참 고맙다.

"자기가 지금 어떤 입장에 처해 있는지 알긴 해?"

형태로 치면 인질이라고 할 수 있겠지만, 속박은 상당히 느슨한 편이었다. 물론 이곳에서 도망친다 해도 금세 잡힐 테고 무사히 도망에 성공한다 해도 도움을 청하러 갈 도시나 마을까지

갈 수단이 없는 것도 사실이었다. 마오마오는 빠르게 달리는 말에는 타지 못한다.

하지만 아무리 그래도 인질이라면 어딘가에 가두거나 묶어 두거나 해야 할 텐데 말이다.

이 두 사람의 행동에서는 온통 위화감만이 느껴졌다.

도대체 목적이 무엇일까. 물어보면 대답해 줄지도 모른다. 하지만 지금 마오마오가 그보다 더 궁금한 것은….

"만다라화와 복어인가요? 배합 비율이 어떻게 되죠? 그 외에 또 무엇을 넣나요? 양은 어느 정도가 적정량인가요?"

"……."

"그리고 되살아난 직후의 몸 상태에 대해서도 가르쳐 주세요. 바로 움직일 수는 없을 거라고 생각되는데요."

정신을 차리고 보니 마오마오는 스이레이에게 몸을 바짝 들이대고 있었다. 스이레이의 얼굴이 살짝 일그러졌다. 손도 움찔 움찔 경련하고 있었다. 전에는 한 번도 본 적 없는 모습이었다.

"…만다라화는 필요 없을 거야."

"필요 없다고요?"

마오마오가 되물었다.

"이국의 조합서에 쓰여 있었어. 하지만 그 조합서에 적혀 있는 약은 혼수상태를 지속시키는 효능이 있어서, 아마도 인공적으로 노예를 만들 때 의식을 잃게 만드는 데 사용되는 약이 아닐까 추측할 수 있었어. 원래 그런 목적으로 만들어진 약이라는 이야기를 들은 적도 있었고."

스이레이는 자신의 떨리는 왼손을 바라보았다. 예전에는 멀쩡하게 움직이던 손이었지만, 되살아나는 약의 부작용 때문에 그렇게 되었다.

"나는 이 정도로 끝났지만 실패했을 경우 기억까지도 잃어버려."

'잃어버린다'고 단언하는 걸 보니 스이레이 이외에도 피험자가 있었던 모양이었다. 약을 만들려면 시험해 볼 대상이 필요하다. 시행착오를 거듭해 보고 나서 무엇이 옳은 길인지를 선택해야만 한다.

거기에 인체 실험이 포함되어 있다는 사실은 마오마오도 몹시 잘 알고 있었다. 하지만 그보다 훨씬 더 격렬하게 솟구치는 감정을 억누를 수는 없었다.

전신에 오싹오싹 소름이 끼쳤다. 마오마오는 눈을 커다랗게 뜬 채 스이레이에게 천천히 다가갔다.

"그럼 그 약을 개량하면 어떻게 되죠?"

"···그건 아직 동물들에게밖에 시험해 보지 않았어."

사람에게는 아직 시험해 보지 않았다는 말이었다. 추측이 어긋나, 만다라화를 넣어야만 소생의 기능이 작동하는 것일 수도 있다. 그러니 짐승에게 먼저 시험해 보는 건 당연한 일이었다.

마오마오는 눈을 반짝반짝 빛내며 스이레이의 코끝까지 얼굴을 들이밀었다. 빈약한 가슴 위에 오른손을 얹고, 여기 마침 딱 좋은 실험체가 있다는 뜻을 내비치고 있었다.

"너를 가지고 실험하진 않을 거야."

"왜죠? 사양하지 않아도 되는데요!"

"인질이라고 했잖아."

스이레이는 딱 잘라 말했다. 마오마오는 스이레이의 멱살을 잡고 흔들며 당장 자신에게 약을 먹이라고 채근하고 싶은 마음을 간신히 참았다. 여기서 아무것도 알아내지 못하게 된다면 따라온 보람이 없다.

지금은 얌전히 물러나야겠다는 생각에 마오마오는 스이레이에게서 몸을 뗐다.

"후후후후, 둘이 사이가 좋아져서 다행이야."

시스이는 태평한 소리를 하며 유조만 집어 먹고 있었다.

"언니도 마오마오도 친구 별로 없잖아."

"시끄러워." "입 다물고 있어."

무심코 둘이 한 목소리로 말하고 말았다.

마오마오는 스이레이와 한방에서 잤다. 시스이는 다른 방, 침대가 하나 있는 쪽에서 잤다. 시스이도 같은 방에서 자고 싶다며 떼를 썼지만 스이레이가 쫓아내는 바람에 할 수 없이 혼자

자기 방으로 돌아갔다.

같은 방에서 함께 잔다 한들 딱히 나눌 이야기는 없었다. 어젯밤에도 그랬다.

솔직히 이야기하고 싶은 게 없는 건 아니었지만, 물어본다 한들 스이레이는 대답해 주지 않을 터였다.

도대체 이 자매는 무슨 목적을 갖고 움직이고 있는 걸까. 그것은 본래 맨 처음에 물었어야 할 일이었지만, 마오마오는 아직 그 의문을 입 밖에 내지 않았다. 그 정도는 한번 물어볼까 생각했지만 입으로 튀어나온 건 다른 말이었다.

"시스이랑 사이가 좋으신가 보네요?"

"그렇게 보여?"

"네."

대화는 거기서 끝났다. 눈 깜짝할 순간의 일이었다. 완충재 역할을 해 주는 시스이가 없으면 그게 한계인 모양이었다.

다음 날 아침에 일어나 보니 탁자 위에 수많은 책들이 놓여 있었다. 세밀한 삽화가 가득 들어 있는 약초 도감이었다. 마오마오가 모르는 식물들이 잔뜩 실려 있는 이국의 책도 있었다. 반 이상은 의미를 이해할 수가 없었지만, 책 곳곳에 주석과 보충 설명이 적힌 종이가 끼워져 있었다.

"잠깐 나갔다 올 거야. 밖에 감시하는 사람이 있으니까 도망칠 생각은 꿈도 꾸지 마."

스이레이는 그 말을 남기고 방을 나섰다.

"도망은 안 칠 것 같은데~"

아침 식사로 나온 죽을 먹으며 먼저 일어나 있던 시스이가 말했다.

"감시를 붙여? 도대체 무슨 짓을 저지른 거야?"

어째서인지 건방진 꼬마 쿄우도 함께 앉아서 죽에 유조를 적셔 먹고 있었다.

짜증나는 꼬마이긴 하지만 굳이 신경 쓸 정도는 아니었고, 무엇보다 마오마오는 그런 것보다 눈앞에 쌓여 있는 보물 더미를 파헤치며 읽어 대는 일이 더 중요했다.

"어? 안 먹어?"

"나중에 먹을게."

책장을 넘기는 게 먼저였다. 하지만 시스이는 그런 마오마오의 입에 죽에 적셔 부드러워진 유조를 쑤셔 넣었다. 마오마오는 할 수 없이 우물우물 받아먹었다.

"옷은 안 갈아입어? 계속 잠옷 입고 있을 거야?"

"나중에 할게."

"내가 신경 쓰여."

시스이는 마오마오의 잠옷 허리끈을 풀고 강제로 윗옷을 입혔다. 마오마오는 할 수 없이 손을 뻗어, 책을 계속 읽으면서 자신에게 옷을 입혀 주는 시스이에게 몸을 맡겼다.

"우와~ 진짜 거만하다. 뭐 높은 사람이라도 돼? 션메이神美 님처럼."

그것을 보고 쿄우가 말했다.

'션메이?'

그게 누구야, 하고 마오마오가 생각하고 있는데 시스이가 허리를 툭 쳤다. 마오마오는 의자에서 일어나 다리를 들고 치마를 입었다.

"자, 자. 쿄우 너는 식기 좀 치워 줘."

"왜 나한테 그래? 하인들 시켜."

"하인들한테 의지하지 않으면 아무것도 못 하는 거야? 후후, 아직 어린애구나."

'애 다루는 법을 잘 아는걸.'

그런 말을 들으면, 어엿한 한 사람 몫을 하고 싶어 하는 도련님은 욱할 수밖에 없다. 쿄우는 쟁반 위에 달그락달그락 난폭하게 접시를 담아 가지고 방을 나가 버렸다.

마오마오는 그 모습을 곁눈질로 훔쳐보며 흐응, 하고 고개를 끄덕였다.

"좋은 집안 도련님 아니야?"

"헤헤, 먼 동쪽 나라에는 성자필쇠盛者必衰라는 말이 있대."

아무리 강한 자도 언젠가는 늙고 쇠약해진다. 그 어떤 명문

가문이라도 언젠가는 쇠퇴한다는 말을 하고 싶은 걸까.

마오마오는 책장을 팔랑팔랑 넘기며, 시스이에게 이번에는 머리를 온전히 내맡겼다.

"마오마오, 어제 그 비녀는?"

마오마오는 말없이 침실 쪽을 가리켰다. 시스이는 타닥타닥 종종걸음으로 뛰어가 머리맡에 놓여 있던 비녀를 가지고 왔다.

시스이는 빗으로 마오마오의 머리를 꼼꼼히 빗어서 위로 올렸다. 그리고 귀 옆으로 한 줌씩 머리카락을 남겨 늘어뜨리고 머리끈으로 묶었다.

"이거 진짜로 좋은 물건이니까 너무 아무렇게나 막 다루면 안 돼. 누가 훔쳐다가 팔아 치울지도 몰라."

"비싼 값에 팔 수 있을까?"

"그렇다기보다는…."

시스이는 마오마오의 눈앞에 비녀를 들이밀었다.

"이 비녀를 만든 직공의 기술이 엄청 대단한 것 같아. 도성에도 이 정도 수준은 별로 없을 테고, 눈 밝은 사람이 보면 어느 직공이 만든 물건인지 바로 알아볼 수 있을 거야. 그럼 누구의 주문으로 만들어진 물건인지도 알 수 있겠지. 여기 새겨져 있는 아주 세밀한 문양도 그렇고, 눈에 잘 띄지 않는 부분까지 굉장히 집요하게 세공되어 있어."

마오마오는 예전에 기루에서 어떤 기녀가 손님에게 받았던 장식품을 팔았더니 또 다른 손님이 그것을 사서 같은 기녀에게 선물했던 일을 떠올렸다. 그건 굉장히 거북한 상황이었다. 이 비녀를 준 사람 역시 매우 집요한 성격을 갖고 있으므로, 팔아도 다시 돌아올 것 같아 무섭다.

"…안 팔게."

"굳이 팔고 싶다면 부숴서 금속으로 파는 수밖에 없어."

아무리 그래도 그건 너무 아깝다고 마오마오는 생각했다.

"으음, 뭔가 좀 허전한데."

시스이는 자신의 머리를 더듬더니 비녀 하나를 뽑아서 마오마오의 머리에 꽂았다.

"좋아, 이걸로 완성."

"익숙한가 보네."

"익숙해져야지. 느리면 얻어맞는걸."

시스이는 아무렇지도 않게 말했다.

"얻어맞아?"

"응, 얻어맞아."

허드렛일을 하다 보면 주인에게 체벌을 받는 일은 드물지 않다. 그러나 마오마오는 의외라고 생각했다.

"안마도 제대로 못 하면 막 뜨거운 물을 끼얹고 그래. 진짜 무섭다니까."

"정말 무섭다. 쓰레기 같은 주인이네."

마오마오도 녹청관 할멈에게 자주 야단을 맞곤 했지만 그래도 할멈은 정도를 아는 인간이었다. 때릴 때도 밖에서 보이지 않는 곳을 때리고, 꼬집을 때도 상처가 남지 않을 정도로만 했다. 상품 가치를 떨어뜨리지 않기 위한 수단이라고 생각할 수도 있었지만 그래도 어느 정도 힘 조절을 해 주었음은 분명했다.

"후후, 사실 어머님이셨어."

시스이가 웃으며 말했다.

"별로 얼굴을 마주치고 싶은 사람은 아니네."

말을 그렇게 험하게 다룬단 말인가, 하고 마오마오는 생각했다.

'아니, 더한 사람도 있긴 있다.'

마오마오는 자신의 일그러진 왼손 새끼손가락을 내려다보며 생각을 정정했다.

"그래, 그렇지. 그러니까 마오마오는 얌전하게 가만히 있어야 해."

시스이는 그렇게 말하며 빗을 정리했다.

"오늘은 나도 나갔다 올 거야."

그리고 시스이는 방을 나갔다.

그 후로 여섯 시간쯤 지났다. 출출해지면 여관의 급사가 방으로 식사를 날라다 주었고, 읽을 책은 산더미처럼 많았다. 그래도 측간에 다녀올 때마다 매번 감시하는 남자가 따라오는 것만 큼은 마오마오도 쓴웃음을 짓는 수밖에 없었다.

책을 구석구석 꼼꼼히 읽어 머릿속에 다 집어넣은 뒤, 마오마 오는 크게 기지개를 켰다. 계속 앉아 있었더니 온몸이 뻐근했 다. 마오마오는 바깥 공기라도 쐴 생각에 창으로 고개를 내밀 어 보았다. 이 방은 3층 건물의 3층 부분에 해당한다. 마을 안 에 이 여관보다 높은 건물은 없었기에 전망은 탁 트여서 아주 보기가 좋았다.

마을 곳곳에 김이 피어오르는 온천이 보였다. 물론 울타리가 쳐져 있었으므로 안까지 들여다보이진 않았지만 그래도 마을 안 풍경을 대략 둘러볼 수는 있었다. 마을 전체를 둘러싼 담벼 락 너머로 강을 따라 논이 펼쳐져 있었고, 그것을 뒤덮어 가려 주는 형태로 숲이 자리 잡고 있었다. 논의 대부분은 이미 수확 이 끝나고 한창 짚단을 말리는 중이었다.

'응?'

논 가운데 수확이 덜 끝난 곳이 딱 한 구역 보였다. 남겨져 있 는 그 극히 일부의 구획은 아직 벼도 새파랬다. 정확히 건물 그 림자에 가려지는 부분이었다. 그 건물은 쌀 저장고인 것 같았 는데, 상당히 크고 그럴듯해 보였다.

그러고 보니 어제 아이들이 했던 이야기가 생각났다. 벼가 늦 게 자라는 부분이 한 군데 있다고 했던가. 어쩌면 어차피 잘 자라지 못하는 곳이니 그냥 저대로 벼가 익기를 내버려 두고 있는 건지도 모른다.

마오마오는 흠, 하면서 턱을 어루만졌다.

영양분이 편중되어 있는 건 아닌 모양이었다. 무엇보다 남겨진 부분의 모양이 이상했다. 깔끔하게 사각형으로 남아 있으니 말이다. 건물 그림자 속에 쏙 들어가게끔.

'혹시….'

몸을 창밖으로 반쯤 내밀고 그 구획을 물끄러미 바라보고 있는데 콰 소리가 요란하게 났다. 마오마오는 깜짝 놀라 창에서 떨어질 뻔했다. 다급히 창틀을 붙잡고 버틴 마오마오는 가쁜 숨을 헐떡였다.

"뭐 하는 거야?"

그 정체는 건방진 꼬마가 있는 힘껏 문을 열어젖히는 소리였다.

마오마오는 아무 말 없이 쿄우 앞으로 가서는 문답무용으로 관자놀이를 주먹으로 꾹꾹 짓눌러 댔다.

"아악! 아야야야얏! 뭐 하는 거야!"

"방에 들어올 때는 좀 조용히 들어오란 말이야."

반 정도는 분풀이이긴 했지만 어쩔 수 없다. 녀석이 여태껏 건방지게 군 탓이기도 하다.

풀려난 쿄우는 눈물을 글썽이며 원망스러운 얼굴로 마오마오를 노려보았다.

"야, 너. 누나는 어디 갔어?"

"몰라."

시스이는 목적지를 말해 주지 않았다.

"그 정도는 좀 물어보란 말이야."

물어봤다고 가르쳐 줬을지 어땠을지는 모르는 일이다. 그보다 지금은 저 논이 더 궁금했다.

"뭔데? 왜 계속 바깥만 쳐다보고 있어?"

"저 건물이 뭔지 알아? 창고야?"

"어?"

마오마오는 마을 밖에 있는 건물을 가리켰다. 여러 개 있는 건물들 중 가장 크고 훌륭한 곳이었다.

"촌장님 창고 아냐? 저 근방 논은 전부 촌장님네 거라고 들었는데."

"창고군."

"응. 하지만 저긴 잘 안 쓴대."

우스꽝스럽게 앞니가 빠진 입을 벌리고 쿄우가 말했다.

"쥐가 나오거든. 그래서 바닥이 높은 다른 창고에다 쌀을 저장해 둔대. 지금은 아예 안 쓰는 건물일걸?"

"쓰지도 않는 건물을 저렇게 내버려 두고 있다고?"

"촌장님은 구두쇠라서 아마 부수는 데 들이는 돈도 아까워할

걸.”

“흐응.”

마오마오는 성의 없이 대꾸했다.

‘응?’

마오마오는 창에서 몸을 떼고, 아까 다 읽은 책을 난폭하게 뒤적거리기 시작했다.

‘분명 이쯤에….’

팔랑팔랑 책장을 넘기던 마오마오는 유난히 보충 설명 종이가 많이 첨부돼 있는 부분을 찾아냈다.

그리고 마른침을 꿀꺽 삼켰다.

책을 이만큼 잔뜩 쌓아 놓으면 마오마오가 얌전히 있어 줄 거라고, 스이레이도 시스이도 생각한 모양이었다. 하지만 안타깝게도 마오마오의 호기심은 그 정도로 충족될 수준이 아니었다.

몸속 깊은 곳에서 오싹오싹 솟구치는 감정을 도무지 억누를 수가 없었다. 이 방에 얌전히 앉아서 책만 읽고 있기에는 몸이 너무 근질거렸다.

“가, 갑자기 왜 그래? 너 표정 진짜 이상하다.”

쿄우가 마오마오의 얼굴을 쳐다보았다.

이러면 안 된다. 평소 습관이 튀어나오려 한다. 그리고 이성적으로는 그렇다는 사실을 알고 있어도 참기가 힘들다. 그것이 아무리 어리석은 선택이라 하더라도.

그렇지 않고서야 마오마오라는 생물이 아니다.

"저기 가고 싶어?"

하지만 밖에는 감시하는 사람이 있다. 창으로 나가려 해도 이
곳은 3층이라 지나치게 눈에 띈다. 물론 내려가려고 마음만 먹
으면 침대보를 찢어서 밧줄로 만들어 쓸 수도 있고, 하려고 마
음만 먹으면 벽을 타거나 뛰어내리는 일도 가능은 하다. 하지
만 큰길에 면한 창이기 때문에 금방 들켜서 붙잡힐 게 뻔했다.

"갈 수 있어?"

마오마오는 크게 기대도 하지 않고 물었다.

그러자 쿄우가 히죽 웃었다.

"못 할 것도 없지."

"…어떻게?"

마오마오는 눈을 동그랗게 뜨고 물었다. 그 반응이 마음에 들
었는지 쿄우는 재빨리 옆방으로 뛰어갔다. 시스이가 쓰는 침실
이었다.

"야, 이것 좀 같이 해."

뭘 도우라는 건가 했더니 쿄우는 놀랍게도 장롱을 밀고 있었
다. 마오마오가 영문을 모른 채 같이 밀자 장롱은 끽끽 소리를
내며 조금씩 밀렸다. 그리고 장롱 뒤로 문이 나타났다.

"여기, 사실은 옆방이랑 이어져 있어. 그리고 옆방은 내 방이
고."

큰 방을 나눌 때 이렇게 커다란 장롱을 놓아서 문을 가린 모양이었다. 하기야 이렇게 하면 얼마든지 방을 나눠 쓸 수 있다.

"옆방에도 장롱이 있는 거 아냐?"

"이미 치워 놨으니까 괜찮아. 사실은 누나를 깜짝 놀라게 해 주려고 했는데, 이쪽에서도 막혀 있어서 못 했지 뭐야."

쿄우는 철컥 소리를 내며 문을 열었다. 설마 양쪽 장롱을 다 치우고 문을 열 사람이 있을 거라고는 생각하지 못했는지 문이 딱히 잠겨 있지는 않았다.

쿄우의 방은 마오마오 일행의 방과 구조가 같았다. 침대 위에는 종이와 붓이 잔뜩 흩어져 있었다. 여우 가면 때도 느꼈지만 이 꼬마는 보기와 다르게 그림 그리기를 좋아하는 모양이었다.

"이쪽이야, 이쪽."

쿄우가 가리킨 곳은 방의 출구가 아니었다. 침실은 옆방과 구조가 같았지만 거실은 조금 달랐다. 마오마오와 스이레이가 사용하는 방에는 장식창이 있는 데 반해, 이곳에는 커다란 문이 있었고 그 너머로 노대[*]가 만들어져 있었다.

노대는 옆방, 또 그 옆방까지 쭉 이어져 있었다. 방마다 칸막이가 있긴 했지만 그 칸막이는 사이사이로 충분히 빠져나갈 수 있는 격자로 되어 있었다.

※노대 : 발코니.

"여길 따라 끝까지 가면 바로 아래 별채와 이어져 있는 구름다리 지붕이 보일 거야. 거기서 뛰어내리면 바로 나갈 수 있어."

별채는 여관 뒤쪽에 있기 때문에 조심하기만 하면 남의 눈에 띄지 않을 수 있다.

"어떻게 그렇게 잘 알아?"

"헤헤, 나 혼자만 공부 같은 걸 하고 있을 순 없잖아."

즉, 이 녀석은 탈주 상습범이라는 이야기였다. 여관에 체재하고 있는데도 이 마을에 대해 잘 아는 걸 보니 꽤 오랫동안 머무른 모양이다. 온천 마을에는 병을 치료하기 위해 장기적으로 숙박하는 손님이 오는 일도 그리 드물지 않다. 하지만 쿄우의 모습을 봐서는 무슨 병에 걸린 것 같지는 않았다.

깊이 캐물을 일은 아닌 것 같다고 느낀 마오마오는 우선 격자 틈새를 빠져나갔다. 자신이 비쩍 마른 체형이라 정말 다행이라고 생각했다.

그런 마오마오의 뒤를 쿄우도 따라왔다. 도대체 왜 따라오는 거냐는 눈으로 쳐다보자,

"기왕 이렇게 된 거 나도 같이 가 줄게."

하고 쿄우는 거만하게 대꾸했다.

'뭐, 상관은 없으니까.'

이리하여 마오마오는 무사히 탈주에 성공했다.

여관에서 나오니 그 뒤로는 간단했다. 마을에 들어올 때와 다르게 문지기는 마오마오를 너무나도 쉽게 밖으로 내보내 주었다. 들어올 때는 이미 어두워진 후였기에 더 까다롭게 굴었는지도 모른다. 논은 탁 트인 공간이기 때문에 사람 기척을 쉽게 감지할 수 있어, 낮에는 짐승도 쉽게 마을로 내려오지 않을 것이다.

"야, 뭐 해?"

"좀 확인해 보고 싶은 게 있어."

마오마오는 문제의 장소 앞으로 다가가 섰다. 아직 벼 이삭이 제대로 여물지 않은 논의 한 구획, 바로 그곳이었다.

쿄우는 그 벼 이삭을 쥐어뜯었다.

"여기만 영양분이 부족한 건가?"

"아마 아닐 거야."

마오마오는 그 논 앞 창고를 바라보았다. 회반죽벽에 커다란 창이 나 있었다. 격자 창살도 없는 간소한 창이었고, 지금은 꽉 꽉 닫혀 있었다. 마오마오는 근처에 떨어져 있던 나뭇가지를 집어 들고, 창틀 너비와 벼가 남겨져 있는 구역의 너비를 대 보았다. 벼 구역의 폭이 조금 더 넓은 듯했다.

"이 벼는 아마 밤에도 내내 빛을 받고 있었나 봐."

"응? 그게 무슨 말이야?"

식물을 키우다 보면 주위 환경의 변화에 의해 생장이 영향을 받는 경우가 있다. 마오마오가 예전에 파란 장미를 만들 때 장미가 계절을 착각하여 원래 제철도 아닌 시기에 꽃을 피웠던 것처럼 이 벼 역시 외부 요인에 의해 비정상적인 생장을 한 작물이었다.

보통 빛을 많이 받으면 식물이 잘 자란다고 생각하기 쉽다. 하지만 그 반대로 오히려 제대로 자라지 못하는 경우도 있다. 이 벼의 경우 밤에 계속 환한 빛을 받은 탓에 벼 이삭이 열리는 게 늦어졌다고 생각할 수 있다. 밤에도 잠들지 않는 유곽 거리 주변에서는 가끔 발생하는 일이다.

"이 주위가 계속 환했기 때문에 못 자랐다는 말이야?"

"응, 내 추측이긴 하지만."

하지만 창의 위치와 폭을 감안해 볼 때 그 생각은 틀리지 않은 듯했다. 창에는 격자도 없으니 더운 여름에는 내내 창을 열어 놓고 작업했을 터였다.

하지만 이젠 사용하지 않는 창고라는데 도대체 왜 밤마다 불을 환하게 밝혀 놓았을까 하는 의문이 남는다.

그 점에 대해서는….

"여기, 쥐가 나온댔지?"

"응, 나와. 아무리 쥐덫을 놓아도 계속 나온대."

"즉, 잡고 싶은 만큼 마음껏 잡을 수 있다는 말이군."

스이레이가 했던 말이 떠올랐다. 새로운 약은 아직 인체 실험을 해 보지는 않았다는 이야기. 그것은 다른 동물로는 해 보았다는 말이고, 그 실험에 사용할 동물이라 하면 아무래도 구하기 편한 작은 동물을 먼저 떠올릴 수 있다. 그리고 오늘 읽은 서적에는 쥐를 사용한 실험 결과가 여러 개 실려 있었다.

그 책 자체가 스이레이 혼자서 들고 다닐 수 있는 양이 아니었으니, 아마 이 마을 어딘가에서 조달해 왔다고 간주하는 게 타당했다.

마오마오는 창고 주위를 한 바퀴 돌았다. 창 말고 문이 하나 더 있긴 했지만 그 문은 잠겨 있었다.

"좀 비켜 봐."

쿄우는 어딘가에서 철사를 가져와서는 열쇠 구멍을 찰칵찰칵 쑤셨다. 단순하게 생긴 문은 금세 열렸다.

'진짜 못돼 먹은 꼬마 놈이네.'

하지만 그 덕분에 어쨌든 도움을 받은 마오마오는 창고 안으로 들어갔다. 안에는 방이 두 개 있었고, 마오마오는 우선 창이 있는 방으로 들어갔다.

그러자….

예상 범위 내에 들어가는 것과, 그리고 그 범위를 뛰어넘는 것이 있었다. 예상 범위 내에 들어가는 것은 바구니에 담겨 있는 쥐들과 무언가를 열심히 갈겨 적은 대량의 종이, 그리고 수상쩍은 짐승 뼈와 말린 풀, 무언가의 간으로 보이는 물건들이었다. 독특한 냄새가 짙게 배어 있었다.

선반에는 작은 병 여러 개가 놓여 있었다. 병에는 종이가 붙어 있었는데 거기에는 날짜와 병 속에 들어 있는 재료, 그리고 분량이 적혀 있었다. 쿄우는 재미있다는 표정으로 그것을 들여다보았다.

마오마오도 그것을 찬찬히 관찰하고 싶은 충동에 사로잡혔으나, 그보다 더 사람의 간담을 서늘하게 만들 만한 물건이 이 장소에 천연덕스럽게 놓여 있었다.

그것은 마치 금속 대롱처럼 생긴 물건이었다. 전부 분해되어 있어서 하나하나만 봐서는 그것이 무엇인지 모른다. 하지만 마오마오의 눈에 그 물건은 낯이 익었다.

얼마 전 진시의 목숨을 노렸던 자객들이 갖고 있었던 페이파였다.

'왜 이런 게….'

페이파가 여기에 있음으로 인해 많은 의문들의 실마리가 풀렸다. 하지만 생각을 정리할 시간은 없었다. 밖에서 달각거리는 소리가 들렸기 때문이었다.

마오마오는 쿄우의 입을 틀어막고 방 한구석에 숨었다.

"…어머, 누가 있는 걸까?"

태평한 여자 목소리가 들리고, 또각또각 발소리가 났다.

"누가 문 잠그는 걸 잊어버렸니?"

"아니요, 그럴 리는 없었을 겁니다."

대답하는 소리는 남자 목소리였다. 하지만 발소리는 두 개가 전부가 아니었다.

"하지만 열려 있었는걸. 문단속을 한 게 누구지?"

느긋하고 부드러운 말투로 여자가 말했다. 하지만 어째서인지 그 목소리를 들은 마오마오는 등골에 오싹 소름이 끼쳤다. 그리고 그 감각을 느낀 건 마오마오 혼자만이 아닌 모양이었다.

품속에 안겨 있던 쿄우가 떨고 있는 것이 느껴졌다. 마오마오는 틀어막고 있던 입에서 조심스럽게 손을 뗐다.

"…났다…."

"?"

"큰일 났어. 그 사람이야…."

쿄우가 얼굴을 일그러뜨렸다.

발소리가 가까워져 왔다. 독특한 냄새가 가득한 공간 안에 또다시 희한한 향이 뒤섞였다. 옷깃 스치는 소리로 미루어 볼 때 좌우를 둘러보고 있는 모양이었지만 마오마오의 시점에서는 발밑밖에 보이지 않았다.

여자 다리 여섯 개, 남자 다리 네 개.

아니, 남자 다리는 둘일지도 모른다. 남자 옷을 입고 있지만 그 옷은 낯이 익었다. 아침에 스이레이가 입고 나갔던 옷과 똑같았다.

"문제가 있습니까?"

여자 중 하나가 물었다. 특이한 억양이 섞인 말투였다. 이 역시 귀에 익었다.

전신이 덜덜 떨리고 비지땀이 흐르는 가운데 마오마오는 그것을 확인했다. 얇은 비단 천 뒤에 감춰진 눈이 보였다. 머리카락은 비단 천으로 감출 수 있어도 눈동자 색은 숨길 도리가 없다. 파란색, 이방인의 눈동자였다.

"아무것도 아니네. 그냥 기분 탓이었나 보다."

여자는 뒤로 돌아 창고를 나가려 했다. 마오마오는 안도가 되어 작은 한숨을 내쉬었다.

하지만.

여자의 손이 호위로 보이는 남자의 허리춤으로 뻗었다.

"?!"

그 순간 마오마오의 머리카락이 잘려서 바닥으로 후드득 떨어졌다. 벽에 칼날이 꽂히고 도신이 파르르 떨렸다. 한순간 벌어진 일이었기에 도무지 영문을 알 수가 없었다. 그러나 정신을 차리고 보니 장막이 젖혀지고, 연배가 있어 보이는 여성이 마오마오를 내려다보고 있었다. 아름다웠지만 그래도 노화에는 이길 수가 없다. 화려한 화장과 화려한 차림새를 갖춘, 쉰 정도 되어 보이는 여자였다.

여자는 화려한 머리 장식을 하고 화려한 옷을 입고 있었다. 약손가락과 새끼손가락의 손톱을 2치* 정도 길러서는 그 위에 별갑으로 된 손톱 장식을 붙이고, 붉은 연지를 바른 입술에는 온화한 듯 뒤틀린 미소가 떠올라 있었으며 그 눈은 웅크리고 있는 비쩍 마른 소녀를 경멸하듯 내려다보고 있었다.

"그냥, 쥐가 있었나 봐."

정말로 쥐를 내려다보는 듯한 표정이었다.

"스이레이."

"네."

스이레이가 한 발 앞으로 나서자, 여자는 들고 있던 부채로 스이레이를 있는 힘껏 후려갈겼다.

'?!'

"쥐 정도는 네가 알아서 잘 관리했어야지."

"죄송합니다."

스이레이가 고개를 숙이며 말했다.

"어머? 이 어린애는 어디서 본 적이 있는 것 같은데."

"…선메이 님, 죄, 죄송, 합니….."

쿄우는 덜덜 떨고 있었다. 목소리를 쥐어짜 그렇게 말하는 것도 벅차 보였다.

※2치 : 약 6센티미터.

"시로子鄕 님의 아드님이십니다."

얼굴을 감싸 쥔 채 떨던 스이레이가 대답했다.

여자는 "흐응…." 하고 별 관심 없다는 듯 대꾸하며 다른 여자 쪽을 돌아보았다. 그 여자는 딸이라고 해도 좋을 정도로 어렸으며, 선메이라 불린 여자만큼 화려한 화장을 하고 있었다.

"어머님, 어린애들 장난인 것 같습니다. 빨리 가시지요."

평소의 앳된 말투는 손톱만큼도 느껴지지 않았다. 시골 처녀 같은 옷을 벗고, 사치스럽고 아름다운 의상을 입고 있었으며 머리는 높이 묶어 올렸다. 이국 새의 깃털 장식이 머리 위에서 흔들흔들 나부꼈다.

'…역시 그랬구나.'

마오마오는 굳이 캐묻지 않았다. 맨 처음 스이레이와의 관계에 대해 언급했을 때 물으려다 그만두었던 내용이었다.

자신이 알아 봤자 무슨 소용이랴, 하고 생각했었지만 아무래도 조금 더 신중하게 행동했어야 할 일인 모양이었다.

'세상에 저런 너구리가 다 있나.'

"후후후, 그러게. 하지만 기왕 이렇게 마주쳤으니 데리고 가자꾸나."

선메이라 불린 여자가 말했다. 나이 때문에 그 용모는 이제 상당히 빛이 바랬지만, 젊었을 때는 얼마나 아름다웠을지 상상도 되지 않는다.

마오마오는 셴메이의 미소 앞에서 심장을 덜컥 붙잡힌 기분이었다.

"너도 같은 생각이겠지, 러우란?"

셴메이는 시스이를 향해 그렇게 말했다.

약사의 혼잣말

15화 ⦂ 요새

온천 마을을 나와 마차를 타고 흔들리기를 반나절. 마오마오는 마치 요새 같은 곳에 끌려와 있었다. 그리고 지금은 그 요새 안의 어느 방 안으로 안내되어 있다.

"여기까지 데려올 생각은 아니었는데."

스이레이가 말했다. 그 뺨은 빨갛게 부어 있었다. 차분하고 심지가 굳은 사람이라고 생각했는데, 지금 스이레이의 표정은 마냥 어둡기만 했다. 원래 밝은 성격은 아니었지만 지금은 그야말로 절망의 구렁텅이에 빠진 얼굴이었다.

마오마오는 온천 마을 창고 안에서 벌어졌던 대화를 통해 그 이유를 충분히 이해할 수 있었다.

마오마오는 몰래 숨어들어 갔던 창고 안에서 선메이라는 이름의 중년 여성에게 존재를 들켰다. 그리고 그 여자는 시스이를 향해 러우란이라고 불렀다.

'역시 그랬구나.'

어렴풋이 눈치는 채고 있었다. 오히려 알아차리지 못하는 게 이상할 정도였다. 마오마오는 전에 러우란 비를 한 번 만난 적이 있었다. 사부인과 그 시녀들을 대상으로 한 특별 수업이 있었을 때였다.

러우란 비는 화려한 차림새를 한 채 무표정한 얼굴로 수업을 들었다. 그때 질문을 한 사람은 즐거운 표정의 교쿠요 비와 향학열이 강한 리화 비뿐이었고 리슈 비는 얼굴이 새빨갛게 달아올라서 질문을 할 상황이 아니었던 것을 마오마오는 기억하고 있었다. 러우란 비는 질문이고 자시고, 아예 목소리 같은 목소리 자체를 한 번도 내지 않았다.

고귀한 분들이 마오마오처럼 천한 하녀에게 말을 걸지 않는 일은 전혀 놀라운 일이 아니었기 때문에 마오마오는 크게 신경을 쓰지 않았으나, 이제는 그 이유를 충분히 알 수 있었다.

시스이, 아니 러우란이 귀한 가문 출신이라는 사실은 가지고 다니는 물건과 사소한 언동을 통해 알 수 있었다. 황태후의 눈에 띄지 않도록 숨거나, 리슈 비와 목욕탕에서 마주쳤을 때 다른 비가 있는 곳으로 가 버렸던 일도 자신이 러우란이라는 사실을 들켜서는 안 되었기 때문이었으리라. 마오마오의 경우에는 새끼 고양이를 붙잡느라 마주쳤을 때 자신을 전혀 알아보지 못했기 때문에 굳이 피하려 하진 않았던 모양이었다.

'정말 엄청난 배우였어.'

평소의 러우란은 그저 벌레를 좋아하는 괴짜라는 점을 제외하면 정말이지 평범하기 그지없는 소녀였고, 샤오란과 간식을 나눠 먹으며 소문으로 이야기꽃 피우기를 즐기곤 했다.

그런 러우란은 알고 보니 대단한 너구리였다. 마오마오는 여태껏 자신이 보았던 러우란은 전부 너구리가 둔갑한 모습이었다는 사실을, 이제야 실감했다.

"채찍질을 하자꾸나."

마오마오를 발견한 션메이는 명랑한 목소리로 그렇게 선언했다. 마치 정원에서 다과회라도 열자고 제안하는 듯한 말투였다.

"어디 보자, 백 번 정도 치면 충분할까? 묶어서 매달 기둥도 준비하렴."

"션메이 님!"

스이레이가 애처롭게 소리를 질렀을 때, 션메이의 손이 다시 한번 움직였다. 그 손에 들려 있던 부채가 스이레이의 뺨을 또다시 내리쳤다. 스이레이는 한 걸음 물러서서 무표정한 얼굴로 고개를 숙였다. 그 얼굴색은 새파랬고, 희미하게 손이 떨리는 모습이 보였다. 뱀을 보고 겁먹었을 때와 마찬가지로 숨까지 헐떡거리고 있었다.

'이거 큰일 났네.'

전신에서 땀이 쏟아졌다. 품에 안고 있던 쿄우가 덜덜 떤 이유를 알 수 있었다. 이 여자는 위험하다. 소위 말하는 고귀한 분들 중에서도 웬만하면 엮이고 싶지 않은 부류에 속하는 존재인 듯했다.

그리고 마오마오는 이 사람 입장에서는 그야말로 벌레나 다름없는 인간이다. 그런 하찮은 존재가 소리 없이 숨어들어서는 아무리 봐도 수상쩍기 그지없는 회합까지 목격하고 말았으니, 처벌이라는 명목으로 쥐도 새도 모르게 처치당하고 말 게 뻔했다.

"자아, 그럼 이 아이는 어떻게 할까? 아주 조금 교육을 시킬 필요가 있을 것 같은데 말이야."

겁먹은 쿄우가 마오마오에게 매달렸다.

"어머님."

방울이 싸늘하게 울리는 듯한 목소리가 들려왔다. 화려한 비녀를 흔들며 러우란이 한 걸음 앞으로 나섰다.

"예전에 말씀하지 않으셨나요? 새 약사가 필요하다고 말이에요."

러우란은 그렇게 말하며 마오마오 쪽을 쳐다보았다. 그 눈동자는 어딘가 모르게 공허하여, 마치 도자기 인형을 연상시켰다.

션메이는 한순간 눈살을 찌푸렸으나 금세 입을 부채로 가리고 마오마오에게로 시선을 주었다.

"약사로는 안 보이는걸."

"네, 하지만 저래 봬도 나이가 벌써 서른을 넘었답니다. 매일 스스로에게 약을 시험해 보는 사이 남들보다 나이를 덜 먹게 되었다고 하더군요."

러우란은 그렇게 말하며 마오마오의 손을 잡고 소매를 걷어, 팔에 감겨 있던 붕대를 내보였다.

"어느 약 때문인지는 모릅니다. 하지만 그 수많은 약들 중 하나가 불로의 묘약으로 이어지지 않을까 싶네요. 지난번 그 남자처럼 실패해서 죽지 않는다면 말이에요."

러우란이 담담하게 말했다.

'불로의 묘약? 지난번 남자?'

러우란의 말에 션메이는 아쉬운 듯 속눈썹을 내리깔았다.

"그렇구나, 그럼 어쩔 수 없지."

션메이는 어깨천을 나부끼며 몸을 돌려, 뒤에서 지켜보고 있던 이국의 특사를 바라보았다.

"아이라始良 님, 그럼 이야기를 계속하도록 하지요."

'님'이라고 경칭을 붙여 부르긴 했지만 션메이의 태도는 자기보다 격 낮은 자를 대하는 윗사람 같았다. 머리에 비단 천을 쓰고 있던 이국의 특사는 잠자코 션메이의 뒤를 따라갔다. 하지만 둘 다 자존심 강한 여자들 같아 보였기에, 둘 사이에서는 팽팽하고 날카로운 분위기가 풍겼다.

어쨌거나 겨우 목숨을 건진 마오마오가 한숨 돌리려 하는데 션메이가 걸음을 멈추었다.

"여기서는 제대로 일을 하기가 힘들 테니, 일단 그 약사를 데리고 함께 요새로 돌아가자꾸나."

션메이는 새빨간 연지를 바른 입술을 뒤틀며 그렇게 말했다.

그리고 지금에 이르렀다.

이 창고는 예전 약사가 쓰던 방이라고 했다. 듣고 보니 뒤죽박죽 정신 사납긴 했지만 제법 그럴듯한 재료들이 갖춰져 있었고, 고리짝 속에도 수많은 책들이 들어 있었다.

마오마오는 스이레이를 돌아보며 물었다.

"이복 자매인가요?"

질문이라기보다는 확인에 가까웠다.

"나를 언니로 취급해 주는 건 그 아이뿐이야."

역시나였다. 러우란은 시쇼의 외동딸이라고 들은 적이 있다. 저렇게 무시무시한 부인이라면 자기 배로 직접 낳지 않은 아이를 친자식과 동등하게 취급해 줄 리가 없다. 심지어 스이레이는 존재마저 부정당하고 있는 모양이었다.

"션메이 님은 내가 너무나 미워서 어쩔 줄 모르시나 봐."

빨갛게 부은 뺨을 어루만지며 스이레이가 말했다.

문득 마오마오는 어떤 사실을 깨달았다.

"하나 물어봐도 될까요?"

"뭐지?"

"혹시 시스이라는 이름은 원래 당신의 이름이 아니었나요?"

러우란은 시스이라는 이름이 퍽 마음에 든 눈치였다. 흔한 이름이라고는 하나 시 일족의 '시ㄱ'와 스이레이의 '스이翠'를 합친, 단순하기 짝이 없는 가명이다. 사실 발음만으로 따지면 원래 한자는 '子翠'가 아니라 '紫翠', 또는 '仔翠'였을 수도 있다. 물론 글자가 달라도 읽는 방식은 어차피 똑같다.

"그래, 네 말이 맞아. 하지만 후궁에서 돌아온 션메이 님은 내 존재를 너무나도 미워하셨어. 이름에 일족을 나타내는 글자가 들어가는 것조차 싫어하셨지."

션메이는 어린 스이레이와 그 모친을 저택 내의 원래 자리에서 끌어내리고, 마치 하인처럼 부려먹었다. 그리고 이름마저 빼앗아 갓 태어난 자기 자식의 아명으로 사용했다. 그야말로 보란 듯이.

둘 다 같은 남자의 딸이지만 한쪽은 금이야 옥이야 사랑받으며 자라 황제의 꽃으로 헌상되고, 다른 한쪽은 궁중에서 사건을 일으키며 암약하는 처지였다.

지난번 그 자객이 시쇼의 수하였다면 진시의 목숨을 노리는 이유도 이해가 된다. 후궁의 이상적인 상태에 대해, 둘 사이에서 의견 충돌이 벌어지곤 한다는 이야기는 소문에 어두운 마오마오조차 여러 번 들었다.

하지만 아무리 그래도 석연치 않은 부분이 남아 있다.

마오마오는 머리에 꽂혀 있던 비녀를 뽑아 손에 들었다. 시스이, 아니 러우란이 매우 가치가 있는 물건이라고 말했던 비녀였다. 그런 물건을 남에게 그토록 쉽게 줄 수 있는 사람. 그리고 그 젊은 나이로 후궁 밖에까지 커다란 영향을 미칠 수 있는 사람.

그것이 진시다.

단순한 환관이 아니다. 아니, 애초에 환관조차 아니다.

"……."

물끄러미 자신의 비녀를 바라보던 마오마오의 움직임이 뚝 멈추었다.

"왜 그래?"

스이레이가 마오마오를 쳐다보았다.

"환관으로서 후궁에 들어갈 때, 환관이라는 사실을 어떻게 판별하죠?"

"그게 갑자기 무슨 소리야?"

스이레이는 다소 부끄러운 듯 고개를 숙이며 대답했다.

"촉진으로 확인해. 속옷 위로 만지는 거라서 위는 안 벗어도 돼."

그래서 스이레이는 잠입할 수 있었다. 애당초 없을 것을 전제로 하고 확인하는 절차이기 때문에 설마 여자가 환관으로서 들어왔으리라고는 아무도 상상하지 못했으리라. 평범한 남자가 환관으로 잠입하는 일보다 훨씬 쉽다.

"거세하지 않은 남자가 들어가려면요?"

"관리 세 명이 만져서 확인하는데, 각각 다른 부서에 소속된 자들이라 뇌물 먹이기도 쉽지 않을걸."

세 명 모두에게 뇌물이 통하지 않는다면, 남자를 후궁 안에 들여보내 주었을 경우 이 관리들이 받을 처벌은 채찍질 수준으로는 끝나지 않을 것이다. 용돈을 버느라 감수하기엔 너무 큰 위험이기 때문에 그들이 응할 리가 없다.

그렇다면 진시는 도대체 어떻게 들어갔을까.

"후궁을 자유롭게 드나들 수 있는 남자…."

그것은 황제나 황제의 혈육뿐이다.

'아니, 나이가 달라. 하지만….'

진시를 보면서 느낀 건데, 아무리 봐도 생김새보다 훨씬 어린 사람 같았다. 어린애라고 하긴 좀 그렇지만 그래도 왠지 모르게 풋내 나는 인상이 느껴졌다. 후궁의 다른 궁녀들에게 동의를 구한다면 아마 십중팔구 부정당하겠지만.

"……."

"왜 아무 말이 없어?"

"아뇨, 아무것도 아닙니다."

'좋아, 일단 지금은 그 문제는 제쳐 놓자.'

그러고 보니 피서지 사건 이후로 진시가 계속 자신에게 무슨 중요한 이야기를 하려고 시도했던 것 같긴 한데 어쩌면 그 이야기였는지도 모른다. 하지만 그건 우황이 너무 훌륭한 게 문제였다. 우황은 사람을 미치게 만든다. 이 얼마나 무시무시한 일이란 말인가.

그보다 현재 상황을 해결하는 게 먼저다.

온천 마을에서 마차를 타고 반나절을 왔다. 마차 덮개 틈새로 태양 위치를 보니 북쪽을 향하고 있다는 사실을 알 수 있었다. 도중부터 길이 하얘지고, 눈이 내렸다.

'북쪽, 그것도 고지대인가 본데.'

마오마오는 현재 그런 곳에 있었다.

그리고 션메이는 '요새'라고 말했다. 하기야 높은 성벽에 둘러싸여 있고 등 뒤로 절벽이 있으니 성채라기보다는 요새라고 부르는 편이 더 적합할 터였다.

'그 우아해 보이는 사람이 요새에 간다고?'

션메이는 그런 투박한 장소에 발을 들일 만한 사람 같지는 않았다. 물론 그것은 마오마오의 편견일 뿐이고, 고귀한 여성들이 얼마나 심지가 굳고 용감해질 수 있는지 마오마오는 스스로가 잘 알고 있다고 생각했다. 하지만 이런 곳에 존재할 거라고는 생각하지 못했다.

마치 전쟁터 한복판 같은 이곳에.

'?!'

문득 창고 안에 있던 페이파가 떠올랐다. 그리고 아이라라고 불렸던 그 이국의 특사는 그런 숨겨진 마을 같은 장소에 있을 사람이 아니라는 생각도 들었다.

'그렇게 된 거구나.'

예전부터 특사들이 누군가와 밀담을 나누고 있다는 소문이 있었다. 그런데 그것이 시 일족 사람이었다면.

최신형 페이파가 그 흐름을 타고 흘러들어 왔다면.

그리고 그것을 생산하기 위해서 그렇게 분해해 놓았다면.

"전쟁이라도 일으킬 생각인가요?"

마오마오는 방을 나가려 하던 스이레이에게 물었다.

"그건 내가 결정할 일이 아니야. 하지만 **리우란 님**이 그렇게 말씀하셨으니, 너는 약 조제하는 흉내라도 내고 있어 줘."

"그 부분은 안심하시지요. 말씀하지 않으셔도 할 겁니다."

"그럼 됐어. 식사는 빠짐없이 챙겨 줄게. 측간은 이 옆방에 있어. 제발 셴메이 님의 비위를 거스르지 말아 줘."

'그래, 절대 거스르면 안 되겠지….'

비위를 거슬렀다가는 어떻게 될지, 어떤 처벌을 받을지 알 수가 없다.

스이레이는 뒤를 돌아보지 않고 방을 나갔다.

'자, 그럼 어떻게 할까?'

마오마오는 고개를 이리저리 꺾으며 방 안을 확인했다.

입구 문은 잠겨 있었다. 창에는 격자로 창살이 쳐져 있고, 밖에는 새하얀 설경이 펼쳐져 있었다. 스이레이가 굳이 도망치지 말라는 말을 하지 않았던 이유는 도망칠 수 없는 환경이기 때문이었을까, 아니면 도망칠 거라면 알아서 잘 도망치라는 뜻이었을까.

다른 문을 여니 거기에는 좁은 통로가 있었고 그 너머에는 측간이 있었다. 보통은 야외나 1층에 있겠지만 이곳은 3층이다. 용변 처리를 생각해 보면 상당히 번거로운 위치다. 아마 편리성보다는 도주 경로 차단을 우선한 구조인 듯했다.

'전에 있던 약사….'

그 사람을 유폐해 놓았던 곳일까. 약을 먹고 죽었다는 약사.

이어질 듯하면서도 애매하게 이어지지가 않는다. 마오마오는 팔짱을 끼고 흠, 하고 생각에 잠겼다가 그 부분은 일단 고민을 보류하기로 했다. 지금은 그보다 더 중요한 일이 있었다.

그래, 이거다.

마오마오는 히죽히죽 웃으며 잔뜩 쌓여 있는 고리짝 뚜껑을 열어 보았다. 거기에는 대량의 서적이 들어 있었다. 벽을 따라 설치되어 있는 약서랍도 신경이 쓰였지만 일단 이쪽이 먼저였다.

"오, 오오!"

저도 모르게 탄성이 터져 나왔다. 거기에는 마오마오에게 보물이나 다름없는 것들이 빽빽이 들어 있었다.

마오마오는 우히히, 우히히히히, 하고 웃으면서 그 내용물을 뒤지기 시작했다.

식사는 항상 스이레이가 가져다주었다. 조금 식긴 했지만 탕 하나 반찬 하나가 갖춰져 있는 식사는 그리 나쁘지 않았다. 하지만 아무래도 마른반찬이 많았고, 어딘가 모르게 휴대 식량에 가까웠다.

마오마오는 침대에 책상다리를 하고 앉아 방 안에 있는 모든 책들을 전부 한 번씩 훑어보았다. 한 닷새쯤 지난 것 같지만 제대로 기억이 나질 않는다. 무릎을 세우고 턱을 괴는 자세는 버릇없는 모습이긴 했지만 여기엔 아무도 야단칠 사람이 없다.

'전쟁이라니, 일이 너무 커지는데.'

마오마오는 창밖을 흘끔 내다보았다. 시야 가득 새하얀 설경이 펼쳐져 있었다. 작물 수확이 끝나고 농한기에 접어든 시점인 듯했다. 언제였던가, 전쟁은 농민들이 한가한 시기에 일어난다는 이야기를 들은 적이 있었다.

창밖을 내다보니 이곳이 고지대에 있고 뒤에는 산이 있다는 사실을 알 수 있었다. 요새로서의 입지 조건은 그리 나쁘지 않았다.

마오마오는 손가락으로 탁자 위에 지도를 그려 보았다. 이곳이 북부, 자북주라고 치면 요새가 있을 만한 곳은 국경 근처쯤이라고 생각할 수 있다.

마오마오는 머리를 벅벅 긁으며 침대 위로 쓰러졌다.

도성의 북측 부분을 반원 모양으로 떠올려 보았다. 열흘 동안 배를 타고 이동한 뒤, 걸어서 온천 마을까지 갔다가 거기서 또 반나절 동안 마차를 타고 갔을 경우 그 범위 내에 산이 있을 만한 장소는….

'이럴 줄 알았으면 공부 좀 열심히 해 둘 걸 그랬다.'

관녀 시험을 공부하던 중 지리 문제가 나왔던 생각이 얼핏 났다. 참고서를 펼쳐 보기만 했을 뿐 매번 쿨쿨 잠들기만 했기 때문에 제대로 기억이 나진 않는다. 졸 때마다 진시의 시녀 스이렌이 쿡쿡 찔러 깨우곤 했다.

'그렇게 달달 볶이던 일도 지금 생각하니 그리워지네.'

그때 복도 쪽에서 큰 목소리가 들렸다. 귀에 익은 소리였다.

무슨 일인가 싶어 침대에서 내려온 마오마오는 복도로 면한 문에 귀를 대고 가만히 바깥 소리를 들었다.

"도련님, 그쪽에 가서 노시면 안 돼요!"

"왜! 내 맘이야! 이쪽은 아직 탐험을 안 해 봤단 말이야!"

큰 소리의 주인은 쿄우였다. 다른 아이들의 목소리도 뒤쪽에서 들려왔다. 마오마오를 끌고 오면서 쿄우 또한 이쪽으로 함께 왔었고, 그때 스이레이가 탐탁지 않은 표정을 지었던 일이 떠올랐다.

'걔 말고 애들이 또 있었구나.'

"뭐 해~? 안 오면 간식 없다~"

"알았어! 내 거 먹지 마!"

아이들이 있다는 사실을 안 마오마오는 벽에 기댄 채 큰 한숨을 내쉬었다.

아무리 성채처럼 거대한 구조의 성이라 해도 안에 틀어박혀 농성을 하다 보면 끝이 어떻게 될지는 뻔하다.

현 황제는 마오마오가 아는 한 그래도 비교적 자애로운 군주다. 하지만 그래도 넘어서는 안 되는 선이라는 게 있다. 예전에 상급 비 암살 미수 사건의 범인으로 체포된 궁녀는 교수형에 처해졌고, 그 친족들도 육형肉刑을 당했다.

황제로서의 권력을 유지하기 위해서라도 그런 처치는 반드시 필요하다.

하지만 이 정도 규모로 모반을 일으킬 경우에는 어떻게 될까.

삼대가 목숨을 부지하지 못할 것이다. 어린애든 갓난애든 가리지 않고.

그럴 각오를 하고 아이들을 이리 데려왔을까.

마오마오는 다시 한번 한숨을 내쉬었다. 그리고 무릎을 끌어

안고 앉아 그 위에 머리를 얹었다.

그냥 남의 일이라고 생각해 버릴 수 있다면 좋을 텐데.

이런 생각을 하고 있을 때가 아닌데.

마음이 너무나도 무거워 견딜 수가 없었다.

16화 ⁝ 라한

그날 늦은 오후 진시의 집무실에 몸집이 작고 여우 같은 눈매를 지닌 남자 라한이 찾아왔다. 방에는 진시 외에도 가오슌과 바센이 함께 있었고, 평소보다 훨씬 많은 서류를 정리하느라 정신이 없었다.

"그렇게 된 일이었군."

"네, 어디까지나 예측이긴 하지만."

라한은 유능한 사내였다. 괴짜지만 한 가지 능력에 특화되어 있는 것은 라 일족의 특징일까.

최근 몇 년 동안 물류와 돈의 흐름을 조사한 결과 시 일족이 불온한 계획을 꾸미고 있다는 사실을 알아낼 수 있었다.

라한이 지도 위에 가리킨 곳은 현재 사용되지 않는 요새가 있는 위치였다.

아무리 왕모의 시대부터 있었던 가문의 신하라고는 하나, 아무런 양해도 구하지 않고 방치되어 있는 요새를 확충시키고 있었다면 그것은 모반으로 간주할 수밖에 없다.

진시는 머리를 부둥켜안고 싶어졌지만 이미 눈앞의 부자父子가 나란히 이마에 깊은 주름을 잡고 있었으므로 그만두기로 했다.

무엇보다 지금은 그 대책을 생각해야 할 때였다.

밖에 걸려 있던 방울 소리가 작게 들렸다. 그리고 발소리가 가까워지더니 사정없이 문이 벌컥 열렸다.

"뭘 하고 있는 거야?"

외알 안경을 쓴 여우 군사가 나타나 추궁했다.

"아버님."

방금 전까지 당당한 태도를 유지하고 있던 몸집 작은 사내 라한의 얼굴이 일그러졌다. 라한은 책상 위에 펼쳐 놓았던 지도를 접으며 입을 삐죽거렸다.

"라한, 높으신 분들을 그렇게 쉽게 찾아가 버릇하면 못쓴다. 나중에 오해를 사는 수가 있어."

그렇게 말하면서도 라칸은 집무실에 놓여 있던 긴 의자에 앉았다. 예전에 라칸이 이 방에 눌러앉아 있었을 때 날라다 놓았던 물건이었다. 아직까지도 거두어 가지 않았기에 진시도 할 수 없이 그냥 내버려 두고 있었다.

"그렇지 않아도 남자인지 여자인지 알 수 없는 분인데 말이야."

그 말에는 명확한 악의가 담겨 있었다. 진시 옆에 대기하고 있던 바센이 버럭 화를 내며 앞으로 나서려는 것을 가오슌이 손으로 막아 제지했다.

라칸이 화를 내는 이유는 진시도 잘 알고 있었다. 자신이 후궁에 있었는데 마오마오가 납치되는 것을 막지 못했으니 말이다. 그 일 때문에 후궁에 돌격하기까지 했으니 오히려 진시를 직접 찾아오는 게 늦었다고 볼 수도 있겠다.

빈정거리는 말이라면 얼마든지 들어 줄 수 있었다. 그것이 진시의 책임이었다. 하지만 라칸이 오로지 그 이유 하나만으로 이곳에 찾아왔을 것 같지는 않았다.

라한은 풀이 죽은 얼굴로 물러나, 어느샌가 가오슌 뒤로 가서 섰다. 이 청년에게도 어려운 상대가 있기는 한 모양이었다. 라한이 가오슌에게 소곤소곤 무슨 이야기를 하는 모습을 보고 바센이 '이 녀석 뭐야?' 하는 눈빛을 보냈다.

가오슌은 하급 관리를 불러 뭔가 심부름을 보냈다. 외알 안경 군사는 그쪽에는 별로 관심이 없는지 긴 의자에 앉아 상체를 뒤로 젖히면서 진시를 차가운 눈빛으로 노려보았다.

"군사님께서 무슨 말씀을 하시려는 건지는 잘 압니다. 제 불찰이 문제였겠지요."

진시도 잘 알고 있다. 설령 비밀 통로의 존재가 이번에 처음

밝혀졌다 해도, 그것을 아는 자가 아무도 없다 해도, 결과적으로 그 통로가 도주에 사용되었다면 그 일은 진시의 책임일 수밖에 없다는 사실을.

"그래, 맞아. 그러니 더 빨리, 신속하게 내 딸을 구출해 줬으면 하는데."

그럴 수만 있다면 얼마나 좋을까. 지금 이곳에서 진시는 명백히 라칸의 적이 되어 있었다. 이 사내를 적으로 돌리지 말라는 궁정 내의 암묵적인 공통 인식이 진시의 머릿속을 뱅뱅 돌았다.

하지만 여기서 진시를 적으로 간주해 봤자 아무 소용도 없다는 사실을 이 군사도 잘 알고 있을 터였다. 진짜 적은 진시가 아니라 시쇼일 테니 말이다.

진시는 군사가 이곳을 찾아온 이유에 대해 생각해 보았다. 이 사내가 최우선으로 여기는 일이 모반자 체포 따위가 아니라는 사실은 뻔하다. 사랑하는 딸을 구출하는 일이 무조건적인 선결 과제다. 그리고 도대체 무슨 생각을 하고 있을지 알 수가 없는 그 머릿속으로 딸아이를 구출할 수 있는 가장 손쉽고 빠른 방법을 찾아냈기 때문에, 이곳에 찾아왔으리라.

하관下官이 차를 준비해서 집무실로 가지고 들어오다가 안에 있던 면면들과 긴박한 분위기에 놀라 움찔했다. 하관은 잽싸게 차를 내려놓고 후다닥 도망쳤다.

뜨거운 차가 아무도 손을 대지 않은 채 식어 갔다. 분위기도 좀 가라앉으면 좋으련만, 통 그래 주질 않는다.

"어정쩡한 모습으로 어정쩡한 채 일을 하고 있으니, 무슨 일이든 하나도 잘 풀릴 리가 없을 텐데?"

뭐가 어정쩡하다는 건지, 그 뜻은 진시만이 이해할 수 있었다. 군사는 다 꿰뚫어 보고 있을 것이다. 진시가 사실 어떤 사람인지.

자신의 본래 입장에 자신감을 갖지 못하고, 거기서 도망치기 위해 만든 지위에 안주하고 있다는 사실도.

외알 안경 안쪽의 눈이 가늘어졌다. 진시를 궁지에 몰아붙임으로써 분을 조금이라도 풀려는 걸까. 바센은 라칸에게 금방이라도 덤벼들 듯한 눈빛을 띠고 있었지만 아버지인 가오슌이 그것을 막았다. 라한은 거북한 표정으로 집무실 안의 장식품만 쳐다보고 있었다.

주위 소리가 멀어지고, 대신 군사의 목소리만이 명료하게 들렸다.

"어정쩡한 환관 나부랭이가 도대체 뭘 할 수 있다는 거지?"

그 말에 배려 따위는 손톱만큼도 없었다. 오로지 악의뿐이었다.

진시는 그 말에 어떻게 대답해야 좋을지 알 수가 없어 잠시 망설였다.

그리고 입을 열려던 찰나였다.

"미안하구나. 네가 그렇게 생각하고 있는 줄은 몰랐다."

차분한 목소리가 울려 퍼졌다. 정신을 차리고 보니 입구 앞에 자세가 불편한 노인이 서 있었다. 그 뒤에는 환관들이 가쁜 숨을 몰아쉬고 있었다. 바구니에 노인을 담아서 안아 들고 뛰어온 모양이었다.

노인, 즉 뤄먼은 자신을 안아 들고 달려온 환관들에게 고개를 숙인 뒤 한쪽 다리를 질질 끌면서 집무실 안으로 들어왔다.

"나도 좋아서 환관이 된 건 아닌데 말이야."

풀이 죽어 몸을 움츠린 뤄먼을 보고 라칸이 놀라고 당황해서 손을 마구 내저었다.

"수, 숙부님! 그, 그런 게 아닙니다! 숙부님 이야기를 한 게 아니에요!"

"그래? 나는 어정쩡한 환관이고, 심지어 제대로 걷지도 못하고, 지금도 이렇게 호사스럽게 바구니에 앉아서 여기까지 온 것도 사실인데. 게다가 마오마오를 확실히 지켜 주지 못했던 책임은 내게도 있지 않니?"

노파 같은 모습의 환관은 온화한 얼굴로 여우 군사를 바라보며 말했다. 외알 안경을 쓴 군사의 눈썹이 한심스러우리만치 축 늘어졌다.

"…늦지 않아서 다행이다."

뒤에서 라한이 중얼거렸다. 아까 가오슌에게 무어라 속삭였던 건 뤄먼을 불러 오라는 이야기였던 모양이었다.

그나저나 라칸羅漢에 라한羅半에 뤄먼羅門까지, 정말이지 복잡하기도 하다.

방금 전까지 이 자리의 주도권을 잡고 한껏 잘난 척 굴던 라칸은 순식간에 마치 어머니 앞에서 설설 기는 아들 같은 태도로 바뀌었다. 진시는 저도 모르게 웃음을 터뜨릴 뻔했지만 지금은 꾹 참아야만 했다. 뒤를 돌아보니 가오슌의 미간에 주름이 한층 더 깊게 잡혀 있었다. 아마 가오슌도 웃음을 참고 있는 모양이었다.

바센만은 영문을 모르겠다는 듯 얼굴에 물음표를 띄운 채 숙부와 조카의 대화를 지켜보고 있었다.

"너는 화가 나면 항상 그렇게 공격적으로 나서곤 하지. 하지만 상대의 처지를 생각하면서 행동하는 일도 중요하단다."

"알아요, 숙부님. 그 정도는 저도 압니다. 아까 그 말은 그냥 오는 말에 가는 말로 대응했을 뿐이지, 처음부터 그런 말을 할 생각은 전혀 없었어요."

아니, 진시 쪽에서 먼저 공격적으로 내뱉은 말은 한마디도 없는데. 하지만 진시는 그냥 아무 말 하지 않기로 했다. 사람은 항상 자기가 있는 자리의 분위기를 파악할 줄 알아야 한다.

"그렇다면 다행이구나. 그럼 여기에 온 본래 목적을 말하려면, 상대에게 확실하게 예의를 갖춰야 하지 않겠니?"

"……."

몸집 작은 노인이 어깨를 톡톡 두드리자 라칸은 진시 쪽을 돌아보았다.

그리고 진시의 눈앞으로 가서 서고는 허리를 굽히고 두 손을 모았다. 상대를 공경하는 인사였다.

"부탁드릴 것이 있어서 찾아뵈었습니다. 역적 시쇼를 처단하기 위해 군을 움직이고 싶습니다."

라칸은 태위, 즉 군사장관의 위치에 있는 사람이다. 그런 사람이 군을 움직이고 싶다고 청하다니 그게 무슨 뜻일까.

"시 일족은 몇 년 전부터 신형 페이파를 생산하고 있었다고 합니다. 반역의 증거는 이미 다 모아 두었습니다."

라한이 그 말을 뒷받침하려는 듯 아까 보여 주었던 자료를 다시 한번 책상 위에 펼쳤다.

거기에 더해 진시의 암살 미수와 러우란의 후궁 탈주 문제까지 있다.

"곪은 부분은 하루빨리 잘라 내야지요."

그 말에 뤄먼이 가슴 아픈 표정을 지었다. 선량한 의관은 아무리 반역자라 해도 전쟁이 일어나는 것을 달가워할 수가 없는 모양이었다.

그런데 라칸이 그것을 진시에게 청하는 데에는 무슨 의미가 있는가.

왜 방금 전 환관 나부랭이라며 자신을 도발했는지, 진시는 그 이유를 알 수 있었다.

국가로서 시 일족을 처단하라는 이야기는 금군, 즉 황제 직속의 군을 움직이라는 말이다. 그리고 금군을 지휘할 수 있는 사람은 태위인 라칸이 아니라 이 나라의 정점에 서 있는 군주다.

하지만 주상이 그리 쉽게 도성을 떠날 수는 없는 노릇이다.

그럴 경우 대리를 세우게 된다.

"언제까지 거짓된 모습으로 계실 생각이십니까?"

라칸은 외알 안경 너머로 진시를 바라보았다. 아니, 진시라는 껍데기를 뒤집어쓴 카즈이게츠라는 사내를 보고 있었다.

즈이게츠는 마른침을 꿀꺽 삼켰다.

언젠가는 이런 날이 올 거라고 생각했다. 그것이 지금일 뿐이다.

각오를 굳힐 때가 온 모양이었다.

약사의 혼잣말

1 7 화 : 마분(蟇盆)

"약은 아직 멀었니?"

마오마오가 갇혀 있는 방에서 나올 수 있는 건 하루에 한 번, 감시가 딸린 채 션메이의 방에 끌려올 때뿐이었다.

그곳은 요새 안이라고는 생각되지 않을 정도로 사치스럽기 그지없는 방이었다. 바닥에는 털이 긴 이국의 양탄자가 깔려 있었고, 그 위에는 마찬가지로 이국의 가재도구들이 가득했다. 차에서도 꽃과 꿀 향기가 났다.

션메이는 안락의자에 편안하게 앉은 채 왼쪽 손을 시녀에게 맡겨 손톱 손질을 시키고 있었고, 그 발밑에서는 젊은 남자 하나가 무릎을 꿇고 션메이의 다리를 주무르고 있었다. 방에는 향이 하나 가득 피워져 있었다. 등 뒤에는 커다란 침대가 있고, 여자들이 키득키득 웃으며 그 위에 아무렇게나 누워 뒹굴고 있었다. 술 냄새도 났다.

무어라 표현하기 힘든 음탕한 분위기가 감돌았다.

마오마오는 코를 쿵쿵거렸다.

'뭘 섞은 것 같은데.'

사향을 바탕으로 다른 향기 몇 가지를 섞어 넣은 듯했다. 저 침대에 뒹굴고 있는 여자들이 묘하게 늘어져 있는 것도 술에 취해서인지 아니면 다른 이유 때문인지 판단하기가 힘들었다.

션메이의 뒤에서는 러우란이 간식을 먹고 있었다. 그 머리를 스이레이가 열심히 빗겨 주었다.

저 우애 좋은 자매도 이곳에서는 주종 관계로밖에 보이지 않는다.

"시간이 조금 더 걸릴 것 같습니다."

"어머나, 그래."

션메이는 그렇게 대꾸하고는 부채를 내저어 마오마오를 내보냈다.

깊은 한숨을 토하며 방 밖으로 나오자 낯익은 얼굴이 이쪽을 쳐다보고 있었다.

"야, 너. 약사."

건방진 그 목소리의 주인은 쿄우였다. 뒤에는 감시 담당으로 보이는 시녀와 어린아이 네 명이 있었다. 마오마오는 딱히 통성명을 하지도 않았고 누군가가 소개를 해 주지도 않았으므로 쿄우는 마오마오를 약사라고 부르고 있었다.

"무슨 일이신지요?"

왜 부르냐, 이 건방진 꼬마 놈. 하고 대꾸해 줄 수 있는 입장이 아니었으므로 마오마오는 그렇게 대답했다. 마오마오도 자기 목숨 아까운 줄 아는 인간이다. 뒤에서 험상궂은 표정을 짓고 있는 문지기와 감시역 시녀가 있는데 편하게 대꾸할 수는 없었다.

"우와, 소름 끼쳐!"

'응, 나도 너 때려 주고 싶어.'

좋아, 나중에 단둘이 남으면 주먹으로 관자놀이를 꽉꽉 짓눌러 줘야겠다. 마오마오는 마음속으로 그렇게 맹세했다. 안타깝게도 그럴 여유는 없을 듯했지만.

"볼일이 없으시다면 방으로 돌아가려 합니다."

처해 있는 입장은 매우 불쾌했으나 하게 된 일 자체는 그리 싫진 않았다. 오래된 약이 좀 많긴 했지만 그 외에는 의국의 약 서랍과 견주어 보아도 손색이 없었다. 무엇보다 자료가 방대하다는 게 반가웠다. 전에 이곳에 있던 약사는 얼마나 실력이 좋은 사람이었을까.

"저기, 안에 다른 여자 없었어?"

"있었지요."

'그냥 있기만 한 게 아니라….'

어린애에게 보여 줄 만한 분위기는 아니었다. 너무 문란한 광경이었다.

물론 마오마오가 쿄우 나이쯤 되었을 때는 이미 개나 고양이의 짝짓기보다도 남녀의 정사 광경을 보는 데 훨씬 익숙했기 때문에 부끄러워 얼굴을 붉히는 일 따위는 전혀 없었지만, 그것과 이것은 별개의 문제다.

"그, 우리 어머님이 안에 계실 텐데… 건강해 보였어? 일이 바쁘다고 하시던데."

"…어느 분이신지 알 수 없으니 무어라 말씀드리기가 힘들군요."

"그렇구나."

쿄우는 풀이 죽은 표정으로 대답했다.

도저히 뭐라 말할 수가 없었다. 그 안에 있었던 여자들 중 쿄우의 모친일 법한 인물은 결코 정상이라고 할 수가 없었다.

"할 수 없지. 어머님은 일 때문에 바쁘시니까. 역시 그냥 마을에서 기다릴 걸 그랬어."

'그랬구나.'

누구 생각이었는지는 모르지만 그러는 편이 현명했으리라. 모친을 만나지 못하게 하기 위해 온천 마을에 맡겨 두었던 걸까, 아니면 모친 스스로가 맡겨 놓고 온 걸까.

"그럼 저는 이만."

"앗, 잠깐."

쿄우는 마오마오에게 무슨 말을 하려다가 주위를 흘끔 둘러보고는 포기했다. 하고 싶은 말이 있지만 지금은 그것을 말할수 있는 상황이 아닌 모양이었다.

"가 보겠습니다."

"응."

마오마오는 방으로 돌아갔다.

며칠 동안 이렇다 할 변화가 없는 나날이 흘러갔다. 하지만방 밖에서 아이들 목소리가 유난히 자주 들리게 된 일은 조금신경이 쓰였다.

'쿄우랑 그 애들인가?'

아이들이 이 방 쪽으로 다가올 때마다 감시하는 시녀들이 타일러서 끌고 가곤 하는 듯했다. 시녀들은 아이들이 이리로 가까이 오는 일을 그리 달갑게 여기지 않는 눈치였다.

'이해는 돼.'

마오마오의 방에는 실험에 쓸 작은 동물들이 날라져 와 있었다. 청소는 성실하게 하고 있었지만 그래도 위생적으로 바람직한 환경은 아니었다.

'그나저나 왠지 냄새가 나는걸.'

쥐 냄새일 수도 있겠지만 그것과는 별개로 부패한 냄새가 날 때가 있었다. 가축의 분뇨 같은 냄새나 달걀 썩은 냄새였다.

션메이의 방에 갈 때마다 계단 부근에서 툭하면 그런 냄새가 나는 걸 보면 지하에서 무슨 일이 벌어지고 있는지도 모른다. 마오마오는 온천 마을에서 보았던, 분해된 페이파를 떠올렸다. 어쩌면 이쪽에서도 그 연구를 진행하고 있는지도 모른다.

'폭발이나 안 일어났으면 좋겠네.'

하지만 지금은 그런 걱정이나 하고 있을 때가 아니다.

전임 약사가 남겨 놓고 간 자료를 보니, 불로의 약을 만들면서 되살아나는 약 실험도 함께 했다는 사실을 알 수 있었다. 두 약은 서로 거리가 멀다고 하긴 힘들지만, 그렇다고 가깝다고 할 수도 없다. 그러나 스이레이는 이것을 바탕으로 되살아나는 데에 성공했으니 실험이 마냥 허사로만 끝난 건 아닌 모양이었다.

가장 중요한 불로 문제에 대해서는 미용액을 사용하거나 신체 내부를 정화해야 한다는 등, 기본적인 사항밖에 적혀 있지 않았다. 물론 늙지 않으려면 그러는 방법밖에 없다.

'만능 약 같은 건 없어.'

또한 마찬가지로 사람이 늙고 시드는 일을 늦출 수는 있어도 노화를 아예 멈추는 기술은 없다. 확실한 방법은 매일 규칙적인 생활을 하고, 영양이 풍부한 식사를 하고, 적당한 운동을 하는 것뿐이다. 그게 최고다. 하지만 션메이가 원하는 것은 한 잔

마시기만 하면 열 살 젊어지는 즉효성 있는 약이었다.

'그런 게 있을 리가 없잖아.'

마오마오도 그 사실을 잘 알고는 있지만, 그래도 스스로가 갖고 있는 약사로서의 긍지 때문에 그렇다고 아무것도 안 하고 가만히 있을 수는 없었다.

"너희도 참 고생이 많다."

마오마오는 쥐를 향해 말을 걸었다. 약 실험체로 준비된 쥐들이긴 하지만 먹이를 얻어먹고 있기 때문에 다른 들쥐들보다는 훨씬 통통하게 살이 쪘다. 한 마리씩 따로 두지 않으면 금세 수가 불어나기 때문에 번식용 암수 한 쌍만 함께 놓아두고, 나머지는 전부 각각 떼어 놓았다.

'앞일이 까마득하네.'

불로의 영약을 만들기 위해서는 쥐 한 마리의 수명이 다할 때까지 지켜봐야 한다. 남겨진 자료를 보면 평범하게 키웠을 경우 쥐는 대략 3년, 개체차가 있긴 하지만 최장 4년까지 살아남았다고 한다.

'그렇게 오래 여기 있을 생각은 없는데.'

그런 생각을 하면서도 마오마오는 포동포동 살찐 쥐에게 줄 먹이를 열심히 만들었다.

그러는 가운데 밖에서 소리가 났다. 감시 교대 시간인 모양인지 뚜벅뚜벅 발소리가 울려 퍼졌다.

'슬슬 식사 시간인가 보네.'

보통 아침과 저녁 식사는 감시가 교대하면서 가져다준다.

마오마오는 들고 있던 막자사발을 내려놓고 크게 기지개를 켜며 팔을 돌렸다. 그때 어딘가에서 툭 소리가 들렸다.

'뭐지?'

입구 문 앞에 무언가가 떨어져 있는 것이 보였다. 가까이 다가가 보니 종잇조각인 듯했다. 문 틈새로 밀어 넣어서 떨어뜨린 모양이었다.

마오마오는 그것을 주워서 펼쳐 보았다.

「도망쳐. 감시는 내가 유인할게.」

어설픈 글씨였다. 아이가 쓴 글씨 같았고, 구긴 종이 속에 철사를 만 게 들어 있었다.

'쿄우인가?'

마오마오가 인질이라는 사실을 알고 있는 걸까, 아니면 이 요새에 있는 것 자체가 위험하다는 이야기일까. 도대체 어느 쪽인지는 알 수 없었지만 꼬맹이 나름대로는 마오마오를 생각해서 해 준 일인 듯했다.

안타깝게도 이렇게 가느다란 철사로는 이 문을 열 수 없다. 무엇보다 이 비슷한 도구라면 이미 방 안에도 잔뜩 있다.

애당초 이 작전 자체가 어린애의 얄팍한 생각에 불과했다.

"이거 놔! 놓으란 말이야!"

문 너머에서 쿄우의 목소리가 울려 퍼졌다.

감시 담당자를 어떻게 해 보겠다는 것 자체가 실패할 게 뻔한 일이었다.

"도대체 무슨 생각이지?"

쿄우는 바닥에 무릎을 꿇고 앉아 있었다. 한바탕 날뛴 탓인지 옷매무새가 엉망이었다.

감시자들은 스이레이를 불러왔다. 스이레이는 마오마오가 도망치려 한다는 보고를 듣고 다급히 쫓아왔고, 엉겁결에 마오마오까지 방에서 끌려 나와야 했다.

"무슨 말이야?"

쿄우는 시치미를 뚝 뗐다.

그에 반해 차가운 눈빛을 짓고 있던 스이레이가 마오마오 쪽으로 흘끔 시선을 돌렸다.

"네가 시켰나?"

"무슨 말씀이신가요?"

마오마오는 손에 쥐고 있던 종잇조각을 슬그머니 꽉 쥐었다.

"아냐, 내가 혼자 그냥 평소대로 놀고 있었던 거야. 감시하던 녀석들이 게으름을 피우고 있지 않은지 지켜봤단 말이야."

쿄우는 반성의 기색이 없었다. 마오마오도 계속 모르는 척해야 할 것 같은 분위기였다. 왠지 스이레이도 그러기를 바라는 듯한 눈치였다.

하지만 감시자가 물러나질 않았다. 마오마오가 온 이후로 계속 문밖을 지키고 있던 남자였다.

"그럼 내가 착각했다는 거야?"

스이레이는 그 말을 무시하고 쿄우만 빤히 쳐다보았다.

"정말로 아무 일 아니었다면 다음부터는 절대 이런 짓 하지 마."

"알았어."

감시자는 납득할 수 없다는 표정을 지었지만, 그래도 이렇게 해서 원만하게 수습할 수만 있다면 다소 억지스러운 방법을 동원해서라도 해결하는 수밖에 없었다.

'이걸로 끝.'

…나진 않았다.

"어머, 무슨 일이니?"

전신에 오싹 소름이 끼쳤다.

또각또각 소리가 들렸다. 나막신을 신고 있는지 발소리가 온 복도에 울려 퍼졌다.

그것이 가까워짐에 따라 스이레이의 안색이 창백해졌다. 스이레이뿐만 아니라 감시자도, 쿄우도 모두 얼굴이 파래졌다.

스이레이가 상황을 후딱 정리하고 싶어 했던 이유를 알 수 있었다.

셴메이가 다가오고 있었다. 촉촉하게 젖은 머리카락을 가볍게 묶고, 화장은 하고 있었지만 평소보다 옅었으며 뺨이 붉게 상기되어 있었다. 목욕을 끝내고 나온 참이었을까. 뒤에는 러우란과 시녀 둘이 따라오고 있었다.

쿄우의 눈이 한순간 반짝반짝 빛났다. 입이 움직이는 듯 보였으나 목소리가 밖으로 흘러나오지는 않았다. 뒤에 선 두 시녀 중 하나가 아마 쿄우의 모친인 모양이었다.

"아무 일도 아닙니다."

"무슨 일이니? 약사가 방 밖으로 나와 있는 이유가 궁금한데."

셴메이에게 어설픈 변명은 안 통한다. 스이레이는 포기하고 나직이 말했다.

"쿄우가 이 방 앞에서 놀고 있었던 모양입니다. 감시를 하는데 방해가 되었다고 해서, 만일을 대비해야 할 것 같아 약사에게도 사정을 묻고 있었습니다."

"어머? 그럼 나쁜 짓을 한 거니?"

셴메이의 시선이 쿄우에게로 옮겨 갔다. 쿄우의 눈동자가 흔들렸다.

"안 되지. 나쁜 짓을 하면 못써요. 단단히 교육을 시킬 필요가 있겠네."

셴메이는 쿄우 앞으로 가서 섰다. 셴메이의 손끝에는 비취로 된 뾰족한 손톱 장식이 달려 있었는데, 셴메이는 그 손으로 쿄우의 뺨을 쿡쿡 찌르듯 어루만졌다.

"넌 엉덩이 맴매를 좀 맞아야겠구나."

"션메이 님, 그건…."

스이레이가 입을 열려다 금세 다물었다.

"어머? 왜 그러니?"

"쿄우는 아직 어린아이입니다. 게다가 그리 큰 사고를 친 것도 아닙니다…."

스이레이의 목소리가 점점 작아졌다.

쿄우의 시선이 러우란, 스이레이, 그리고 션메이 뒤에 있는 시녀 쪽으로 옮겨 갔다. 시녀는 어딘가 모르게 공허한 눈빛을 띠고 있었다.

션메이가 고개를 갸웃거렸다.

"그렇다면 그런 사소한 문제를 크게 부풀린 자가 있다는 말이구나."

시선이 감시자 쪽으로 향했다.

"제가 그럴 리가 있겠습니까?"

"어머, 그래? 하지만 네가 잘못한 것 같은데, 그럼 벌을 받아야지."

부채로 가려진 입가가 기괴하게 일그러져 있는 것 같다고 마오마오는 생각했다. 이 여자는 타인을 협박하고 괴롭히면서 쾌감을 얻는 성벽이 있는 모양이었다.

"우선 물 감옥에 넣어 두고 반성을 좀 시켜야겠어."

"아니, 그건!"

'아니, 잠깐만.'

물 감옥이라는 게 정확히 무엇인지는 모르지만, 아마 이 추위 속에서 물에 잠긴 장소에 방치된다는 뜻인 듯했다.

'너무 부조리하잖아.'

이유는 무엇이든 아무 상관없을 것이다. 그저 상대를 괴롭힐 수만 있다면 그것만으로도 즐거울 테지.

상종하고 싶지 않다. 동시에 이런 부류의 인간에 대한 짜증이 올라왔다.

그래서였을까, 정신을 차리고 보니 이런 말을 내뱉고 있었다.

"망할 할망구 같으니."

중얼거리는 듯 작은 목소리였지만, 그 자리에 있던 션메이의 귀에는 확실하게 들린 듯했다. 이 중에서 가장 나이가 많은 여자라면 션메이를 칭하는 말일 테니 말이다.

정신을 차리고 보니 마오마오의 몸은 이미 옆으로 날아가고 있었다. 귀와 관자놀이가 아팠다. 통증을 참으며 눈을 뜨니 얼굴이 새빨개진 션메이가 부채를 들고 서 있었다.

'난 정말 바보인가 보다.'

마오마오는 한층 더 바보 같은 말을 내뱉었다.

"제가 그 아이에게 부탁한 일인데요."

아니, 그것은 바보짓이 아니라 분노라고 해야 좋을 법했다. 션메이는 마치 아수라 같은 얼굴이었다. 소심한 사람이라면 그 시선만으로도 실금을 할지도 모른다. 하지만 마오마오는 이런 부류의 무시무시한 마귀할멈을 대하는 데 매우 익숙했다.

문제는 그 상대가 정도를 모르는 사람이라는 점이었다. 이번에는 마오마오의 어깨로 부채가 날아들었다.

"이번에 온 약사는 정말이지 변변찮은 자로구나."

어깨를 감싸는 마오마오를 향해 션메이가 언성을 높였다. 한 호흡 쉬긴 했지만 아직 분노가 가라앉지 않은 모양이었다.

"그렇다면 어쩔 수 없지. 조금 반성을 시켜야겠어. 어서 이자를 물 감옥에 집어넣도록 해."

'아, 이건 좀 곤란한데.'

하지만 자업자득이니 어쩔 수 없다. 스스로 자초한 일이다. 감시자든 쿄우든 걱정할 것 없이 그냥 얌전히 있을 걸 그랬다.

그러나 마오마오 같은 바보가 한 명 더 있었다.

"션메이 님, 그러면 약사가 또 없어집니다."

"어머나?"

스이레이의 말에 션메이는 얼굴을 찌푸렸다. 스이레이는 어떻게든 무슨 말이라도 하려고 한 걸음 앞으로 나섰다. 하지만 그 순간 션메이가 부채로 스이레이의 어깨를 후려갈겼다.

"허락도 안 받고 움직이면 안 되지."

"…죄송합니다. 하지만…."

다시 한번 부채가 날아들었다. 이번에는 이마에 맞아, 피부를 할퀴고 붉은 피가 흘러내렸다. 셴메이는 스이레이의 머리채를 우악스럽게 움켜쥐고 얼굴을 들이밀었다. 그리고 무슨 짓을 하려나 봤더니 흐르는 피를 날름 핥았다.

'……'

"아무리 고귀한 피가 흐른다 해도 한 번 더러운 피가 섞이면 끝이야."

셴메이는 피 섞인 침을 회지에 뱉고는 그것을 뭉쳐서 스이레이의 머리에 집어 던졌다.

"이것도 더는 못 쓰겠네."

그러고는 들고 있던 부채도 버렸다. 그러자 시녀가 재빨리 새 부채를 건넸다. 예비용 부채를 늘 가지고 다니는 모양이었다. 그만큼 빈번하게 폭력을 가한다는 뜻일까.

스이레이는 이마의 피를 손수건으로 닦고는 가만히 서 있었다. 선 채로 꼼짝도 하지 않은 채, 그저 시선만을 마오마오에게로 돌렸다.

'책임감 있는 사람인가 봐.'

자기 나름대로는 마오마오에 대한 책임을 질 생각인 듯 보였다. 이렇게 요새까지 끌려오게 된 건 스스로의 호기심을 억누르지 못한 마오마오 자신에게도 원인이 있긴 했지만, 그래도 감싸 주려 하는 스이레이의 의지가 느껴졌다.

그러나 지금은 상대가 나빴다.

그에 반해 러우란은 눈썹 하나 까딱하지 않은 채 어머니 뒤에 가만히 서 있었다.

"어머님."

러우란이 새 부채를 이리저리 훑어보고 있던 션메이에게 말했다.

"왜 그러니?"

"모처럼 기회가 생겼으니 저, 그걸 써 보고 싶어요. 최근 들어 쓴 적 없었잖아요."

'그거?'

몹시 의미심장한 말이었다.

"아, 마분蠱盆* 말이니?"

그 말에 스이레이가 바들바들 떨었다.

'마분?'

어디서 들어 본 적 있는 말이었다. 그게 뭘까.

"그건 규모가 너무 작은데. 뭐, 그래도 한 명이라면 충분히 쓸 수 있겠네. 한번 시험해 봤더니 효과가 대단하던걸."

션메이가 그렇게 말하며 스이레이 쪽을 흘끔 쳐다보았다.

※마분 : 죄인을 독사와 전갈이 가득한 구덩이에 밀어 넣어 죽이는 고대 중국의 형벌.

스이레이의 얼굴이 한층 더 새파랗게 질렸다. 게다가 손등이 새하얘질 정도로 주먹을 세게 부르쥐고 있었다.

"그럼 오늘은 그걸로 갈까?"

션메이는 미소를 짓더니 호위 두 사람에게 눈짓을 했다. 호위는 마오마오의 양팔을 하나씩 붙잡고 어딘가로 질질 끌고 갔다.

끌려간 곳은 요새의 지하였다. 뚜벅뚜벅 소리를 내며 돌로 된 계단을 내려가니 습한 공기가 느껴졌다. 문은 나무로 만들어져 있었고, 안을 들여다보니 폭이 2간*쯤 되는 원형의 공간이 있었다. 바닥은 2척* 깊이로 파여 있었고, 그 외에는 아무것도 없었다. 마오마오를 그 속에 집어넣은 호위 둘은 벽에 등불을 달았다.

천장은 높고, 창은 한참 위에 달랑 하나 있었다.

"우릴 너무 원망하진 마라. 션메이 님 명령이니까."

그 말 속에는 약간의 동정심이 담겨 있었다.

그리고 커다란 상자가 하나 날라져 왔다. 호위들은 그것을 보고 몹시도 싫은 표정을 지으며 상자를 감옥 안에 집어넣었다. 그리고 뚜껑을 열고는 재빨리 문을 닫았다.

그 속에는 무언가가 꿈틀거리고 있었다. 그것은 상자 속을 기

※2간 : 약 3미터 반.
※2척 : 약 60센티미터.

어 다니다 밖으로 나오려 했다.

'아, 그렇구나.'

마분이라는 이름을 어디서 들어 본 적 있다 했더니, 고대의 미친 왕이 행했다는 처형 방법이었다.

큰 구멍을 파고 그 속에 죄인을 집어넣는다. 그 속에는 지금 여기 상자 속에서 꿈틀거리는 것들이 들어 있다.

마오마오는 부들부들 떨었다. 전신에 소름이 끼쳐 견딜 수가 없었다. 왜 스이레이가 그토록 뱀을 무서워했는지, 그 이유를 알 수가 있었다.

꿈틀거리던 것이 상자 속에서 꼿꼿이 대가리를 쳐들었다. 그리고 붉은 혀를 날름 내밀었다. 동그란 눈동자가 보이고, 길고 가느다란 끈 같은 꾸불꾸불한 몸이 나타났다. 부스럭부스럭 작은 벌레들이 기어 나오고, 개구리가 개굴 울었다.

"···후훗."

저도 모르게 웃음소리가 흘러나왔다.

마오마오는 눈이 촉촉해진 채 얼굴에 한가득 환한 웃음을 머금었다. 오랜만에 보니 너무나도 사랑스러워 보이는 녀석들이었다.

마오마오는 웃으면서 머리에 꽂혔던 비녀와 품에 지니고 있던 비녀를 각각 빼내어 손에 들었다.

상자 속에서는 무수한 뱀과 독충들이 기어 나왔다.

18화 ⦂ 페이파

'이게 도움이 되네.'

비녀 끝에는 생선 토막 같은 것이 꽂혀 있었다. 예전에 시스이가 머리에 꽂아 주었던 이 머리 장식은 둘로 분리시킬 수가 있었는데, 그 한쪽은 송곳처럼 뾰족하여 꼬치로 쓰기에 딱 좋았다.

마오마오는 기름이 줄줄 흘러내리는 모습을 보며 군침을 꿀꺽 삼켰다.

'소금이 있으면 좋을 텐데. 조금 더 바라자면 간장으로.'

살점이 바삭바삭 잘 구워지자 마오마오는 그것을 후후 불어 입 안 가득 베어 물었다. 뼈가 너무 많긴 했지만 여기서 많은 것을 바라긴 힘들다.

맛은 닭고기와 비슷했지만 생선 기름으로 피운 불에 구워서 그런지 생선 풍미도 느껴졌다. 동면 직전의 그것은 영양을 충분히 섭취했기 때문에, 씹어 먹으니 입술에 기름기가 잔뜩 들러붙었다.

오물오물 열심히 씹어 먹고 있는데 밖에서 소란스러운 소리가 들렸다. 하지만 마오마오는 불이 꺼지기 전에 다 구워 버리고 싶었기 때문에 새 토막을 잘라 내서는 다시 꼬치에 끼워 불에 올렸다.

"아아, 소금이 있으면 정말 좋겠다."

저도 모르게 혼잣말을 중얼거렸을 때였다.

남자 하나가 아연한 표정으로 눈앞에 나타났다.

"…뭘 하는 거지?"

"식사 중인데요. 혹시 소금 있나요?"

그야말로 얼간이 같은 대답이었다.

"소금은 무슨 소금!"

남자는 마오마오의 주위를 둘러보고는 "욱!" 하고 입을 틀어막았다. 구토를 간신히 참은 모양이었다. 누구더라, 이 인간. 하고 생각하던 마오마오는 잘 보니 아까 한바탕 실랑이를 벌인 그 문지기라는 사실을 깨달았다.

그 남자가 왜 여기에 있는 걸까.

"뭘 먹고 있는 거야?"

"뱀입니다."

"…거짓말이라도 생선이라고 해 줘."

마오마오는 이 감시자의 반응이 상당히 재미있다고 생각하면서, 구워 놓았던 것만큼은 일단 전부 입 안에 쑤셔 넣고 꿀꺽 삼켰다.

"여긴 고문실이라고 들었는데."

"사람에 따라서는 지옥일 수도 있겠죠."

마오마오에게는 그야말로 보물이 가득한 곳이라고 할 수 있겠지만, 다른 사람들은 발도 들이기 싫은 장소일 터였다.

좁은 감옥 안에는 백 마리도 넘는 뱀과 독충이 있었다. 그리고 그 일부는 토막이 나고 모가지가 떨어진 상태였다. 나머지는 추운 감옥 안에서 둔하게 꿈틀거리고 있었다.

'참 웃기는 짓이야.'

겨울에 뱀을 이용하면 이렇게 된다. 이미 동면에 들어갔어도 이상하지 않은 시기이므로 움직임이 둔할 수밖에 없다. 이 정도라면 뱀 잡는 데 익숙한 마오마오는 대가리를 금방 잘라 낼 수 있다. 독충 역시 움직임이 둔해진다. 게다가 뱀과 같은 상자에 넣어 두었다면 대부분 뱀에게 잡아먹혔을 것이다. 멍청한 개구리는 욕심을 내서 독충을 잔뜩 잡아먹었다가 그 독에 당해서 기절한 상태였다.

마오마오는 시스이가 준 비녀를 송곳으로 삼고, 진시가 준 비녀를 단도 대용으로 사용하여 우선 위험한 독사부터 죽였다. 이 계절에 뱀을 잡기란 쉬운 일이 아니었는지 상자 속에 든 뱀의 대부분은 독성이 없는 무해한 녀석들이었다. 벌레와 개구리도 독이 있는 종류는 반 정도밖에 되지 않았다.

스스로에게 독을 시험해 보고 싶은 욕망도 없진 않았지만, 지금은 그럴 상황이 아니었다. 마오마오는 독사를 먼저 죽인 뒤 그다음으로는 잘 모르는 뱀을 죽이고, 무해한 뱀만 남겨 두었다.

뱀도 사람 습격하는 일을 즐기는 짐승은 아니다. 무엇보다 지금은 움직임이 너무 둔하다.

그래도 좁은 감옥 안에서 뱀이 몸에 칭칭 감기는 건 싫었기 때문에 마오마오는 뱀이 들어 있던 상자 위에 올라앉아 그 주위에 재를 뿌렸다. 항상 품에 약을 지니고 다니는 건 마오마오의 습관이었다. 사실은 담배가 있으면 더 좋았겠지만, 그 대신 냄새가 독한 약초를 태워서 뿌렸다. 불씨는 등불에서 슬쩍 얻어 왔다.

감시자는 믿을 수 없다는 표정으로 마오마오를 쳐다보았다.

"내가 여기까지 온 의미가 있나…?"

"그런데 무슨 볼일로 오셨는데요?"

마오마오가 묻자 감시자는 뚱한 표정을 지었다.

"스이레이 씨… 그리고 그 꼬맹이한테 부탁을 받았어. 네가 여기 갇힌 대신 우리는 아무런 문책도 받지 않았으니까, 꼬맹이가 무슨 짓을 해서라도 널 구해 달라고 하지 뭐야. 이걸 주겠

다면서."

감시자가 가지고 있던 것은 비취옥으로 된 장신구였다. 대가로는 충분한 가치가 있을 터였다.

"나 참, 내가 이런 곳에 갇혔으면 아마 미쳐 버렸을 거다."

감시자는 창백한 표정으로 중얼거렸다.

"난 이제 여기에 더는 못 있겠어. 이리로 찾아온 것도 잽싸게 줄행랑치려는 찰나 스이레이 씨 부탁을 받는 바람에 겸사겸사 오게 된 거야. 뭔가 위험한 일도 시작되려는 것 같고."

그렇게 말하는 감시자의 품은 묘하게 불룩 부풀어 있었다. 이 난장판에 편승하여 슬그머니 도둑질을 좀 한 모양이었다.

감옥 밖을 내다보니 문지기가 기절해 있었다. 이 남자가 손을 쓴 듯했다.

"너도 빨리 도망쳐. 봉화가 점점 올라오고 있어."

"봉화라고요?"

"그래. 도성에서 토벌군이 온다는 신호야. 그래서 밖이 아주 난리가 났어."

덕분에 여기까지 찾아오는 일도 어렵지 않았다고 문지기는 말했다.

"정말 감사합니다."

마오마오는 솔직하게 감사 인사를 했다. 이곳에 갇혀 있는 것도 쉬운 일은 아니었다.

"그래, 그럼 난 이만 가 볼게. 그리고 오지랖 피우는 김에 한 마디 더 보태자면 이 반대쪽에 있는 지하 계단은 피하도록 해. 그 밑에서 뭔가 위험한 짓이 벌어지고 있는지, 사람들이 엄청 많이 들락거리고 있거든. 도망치려면 그쪽을 최대한 벗어나서 마구간에서 말이라도 훔쳐 가."

"위험한 짓?"

"화약을 제조하고 있었나 보더라고. 지독한 냄새가 풍겨서 금방 알 수 있었어."

마오마오의 눈이 번쩍 빛났다.

"감사합니다. 다녀올게요."

"야! 사람 말 안 들었어?"

남자가 소리를 지르거나 말거나 개의치 않고 마오마오는 지하로 향했다.

마오마오는 지하로 향하는 계단을 한 걸음 한 걸음 내려갔다. 차가운 석벽을 타고, 안쪽에서 무슨 작업 소리가 울리는 게 느껴졌다.

마오마오는 벽 안쪽을 조심스럽게 엿보았다.

지저분한 차림새의 남자 수십 명이 맨살을 다 드러낸 채 작업을 하고 있었다. 특유의 지독한 냄새가 코를 찔렀다. 유황 타는 냄새, 그리고 가축 분뇨가 발효된 냄새가 났다.

때때로 풍기는 악취의 정체는 이것이었던 모양이다.

무슨 시커먼 덩어리가 산더미처럼 쌓여 있었다.

'가축 분뇨?'

아니, 그렇다고 하기에는 너무 작다. 쥐 정도 크기의 작은 동물 똥인 듯했다. 짐승의 똥에는 초석의 원료가 되는 성분이 포함되어 있다고 들은 적이 있었다.

이것을 재료로 이용하는 모양이었다.

지하는 상상 이상으로 따뜻했다. 완성된 화약을 말리기 위해 실온 상태를 유지하고 있었던 듯했다. 그래서 더 무시무시했다.

일단 화로를 멀리 떼어 놓고, 불똥이 튀지 않도록 장막을 빙 둘러 쳐 놓는 등 최소한의 조치는 해 놓았지만 그래도 불이 옮겨 붙기라도 하면 어떻게 될까.

그 위험성을 알면서 어떻게 이런 공간 안에 있을 수 있단 말인가.

게다가 사람이 이렇게 탁한 공기 속에 오래 있으면 그 나쁜 공기를 너무 많이 마셔서 중독 증상을 일으키게 된다.

열악하기 그지없는 환경이었다.

완성된 화약은 다른 출구를 통해 운반되어 나갔다.

지켜보고 있자니 뒤에서 발소리가 들렸다. 마오마오는 근처에 있던 서랍장 뒤에 숨었다. 심장이 요란한 소리를 내며 쿵쿵

뛰었다.

마오마오는 주위에 있는 사람들이 그 소리를 듣고 자신의 존재를 알아차리지 않을까 불안해하면서 지금 찾아온 사람을 쳐다보았다.

"……."

마오마오는 멍한 기분으로 스쳐 지나가는 그 사람을 보았다.

시스이가 침착한 표정으로 걷고 있었다. 아니, 모친과 마찬가지로 화려한 복장을 입은 지금의 모습은 러우란이라고 부르는 편이 옳을 것 같았다. 어두컴컴하고 배설물 냄새로 뒤범벅이 된 이 지하실에는 너무나도 어울리지 않는 존재였다.

"러우라…."

마오마오는 말을 걸려 했다.

하지만 러우란은 그 목소리를 듣지 못하고, 그저 눈동자에 강렬한 의지를 깃들인 채 지하실 중앙으로 걸어갔다.

주위에서 작업을 하던 사내들이 러우란을 보고는 술렁거리기 시작했다. 그리고 그 남자들 중 하나가 조심스럽게 앞으로 나섰다. 이 작업을 지휘하던 자인 듯했다.

"아가…."

"지금 당장 여기서 나가도록 해."

늠름한 목소리가 지하실 안에 울려 퍼졌다.

사내들은 무슨 영문인지 모르겠다는 표정으로 서로 얼굴만 마주 보았다.

"이제 곧 이 요새는 함락될 거야. 그 전에 너희는 빨리 여기서 도망쳐."

러우란은 그렇게 말하며 품에서 커다란 주머니를 꺼내 앞으로 던졌다. 그 속에서는 은이 튀어나왔다. 남자들은 은을 보고 눈이 뒤집혀, 너 나 할 것 없이 북새통이 되어 줍기 시작했다.

이들이 한바탕 은을 주운 것을 확인한 러우란은 가져온 등불을 높이 치켜들더니 있는 힘껏 집어 던졌다.

'제정신인가?'

등불이 포물선을 그리며 건조시키고 있던 화약 쪽으로 날아가 떨어졌다.

"그럼 최선을 다해 도망쳐."

러우란은 예전처럼 앳된 미소를 지으며 말했다.

마오마오는 재빨리 귀를 틀어막고 제자리에 엎드렸다. 손바닥을 뚫고 고막을 찢을 듯한 굉음이 울려 퍼졌다. 다급히 도망치는 남자들 때문에 마오마오는 여러 번 걷어차이고 밟힐 뻔했다.

폭발 범위는 점점 넓어져, 목탄과 짐승 분뇨에까지 불꽃이 옮겨 붙었다.

'빨리 도망쳐야 해.'

그때 바로 옆에서 한 사람이 요란하게 넘어졌다.

아름다운 옷자락이 몇 번이고 짓밟혀 더러워졌다. 마오마오는 넘어진 사람의 손을 잡아당겼다.

"어? 마오마오가 왜 여기 있어? 감옥은 어쩌고?"

머리가 산발이 다 된 러우란이 놀란 표정을 짓고 있었다. 아니, 눈앞에 있던 건 러우란이 아니라 시스이로 보였다. 시스이 특유의 앳된 얼굴이었다.

"그건 내가 묻고 싶은 말이야."

마오마오가 어이없는 표정으로 말하자 러우란은 마오마오의 뺨을 어루만지며 오른쪽 귀로 손을 뻗었다.

"어디 다친 덴 없어?"

"감시하던 사람이 도와줬어. 뱀은 맛있게 잘 먹었고."

감옥으로 일부러 마분을 지정한 건 러우란 나름대로의 배려였는지도 모른다. 오랜만에 먹은 뱀의 맛은 그리 나쁘지 않았다.

"그, 그건 또 무슨 말이야? 아니, 겁내진 않을 거라고 생각하긴 했는데…."

자기는 벌레를 즐겨 먹는 주제에 무슨 소리냐고 마오마오는 생각했다. 그리고 그런 것보다 지금은 빨리 여기서 도망쳐야 했다.

"…얼른 나가자."

마오마오는 러우란의 입을 소맷자락으로 틀어막고 지하실에서 간신히 기어 나왔다. 그리고 소매를 끌어당기며 어서 요새 밖으로 나가자고 채근했다.

하지만 러우란은 계단에 발을 올리고, 위로 올라가려 했다.

"불길이 계속 퍼질 거야."

"괜찮아. 나는 위로 올라가야만 하는 이유가 있어."

러우란은 너덜너덜해진 치맛자락을 질질 끌며 계단을 올라 갔다.

연기는 계속 솟구쳐 올라왔다. 코가 마비될 정도로 지독한 악취가 눈에 스며들었다. 불길이 퍼지지 않는다 해도 아마 연기 때문에 중독 증상을 일으켜 죽을지도 모른다.

"따라오려고?"

자신은 참 바보 같다고 마오마오는 생각했다.

"응, 뭐."

이런 상황에서 마오마오가 도망치는 건 무척이나 쉬운 일이 었다. 아까 도망친 남자들은 앞다투어 요새 출구 쪽으로 향하 고 있었다.

"어머님께 알려지는 건 정말 무서워. 그분이라면 아마 남아 있어도 일이 왜 이렇게 되었느냐면서 책임 추궁을 하실 거야. 채찍질로 끝나면 그나마 다행이겠지."

자기 모친에 대한 이야기를 하면서 러우란은 살짝 눈을 내리 깔았다.

"난 러우란 네가 사랑받으면서 곱게 자란 줄 알았어."

전에 러우란이 말한 적 있었다. 머리를 묶을 때도, 안마를 할 때도 잘하지 못하면 채찍으로 얻어맞는다고. 하지만 러우란의 입장이라면 그런 일을 할 일이 없었을 텐데.

"우리 어머님은 있지, 내 얼굴도 잘 기억하지 못하셔."

철이 들었을 무렵부터 러우란은 이미 연지와 백분으로 얼굴을 치장당했다. 어머니를 위해 인형처럼 웃고, 어머니를 위해 시름에 잠겼다. 마치 가면을 쓰고 사는 것 같았다.

언니의 존재는 열 살이 되기 전에 알았다. 어머니가 유달리 못살게 괴롭히던 하녀 하나가 죽고, 그 자식을 아버지가 거둬들였을 때의 일이었다. 머리를 사납게 헝클어뜨린 채 아버지를 추궁하는 어머니를 보고 러우란은 마치 지옥을 보고 있는 것 같다고 생각했다.

"언니는 줄곧 어머님에게서 괴롭힘을 당하고 있었어."

러우란은 스이레이의 모친 또한 셴메이에게 학대를 당하다 죽었을 거라는 사실을 이해할 수 있었다.

그리고 언니가 괴롭힘을 당하던 이유도 알게 되었다.

"모녀가 대를 이어서 자기를 농락하는 거냐며, 딸도 무슨 짓을 저지를지 모르는 창녀라면서 무섭게 매도했어. 정말 이상한 일이야. 그토록 아름답게 치장한 사람의 입에서 오물보다도 더러운 말들이 한없이 튀어나오다니."

"…스이레이는 혹시…."

마오마오는 떠올렸다. 스이레이의 피를 핥으면서 션메이가 내뱉었던 말을.

"후궁에서 소문 들은 적 있지? 선제에게 희생당한 최초의 궁녀이자, 낳은 아이와도 생이별해야 했던 사람. 그게 언니의 할머니였대."

그리고 홀로 쓸쓸하게 후궁에서 죽어 갔던 궁녀. 말년에는 괴담을 수집하는 것이 유일한 낙이었다던 그 궁녀.

"전에 괴담 모임을 갔다가 다 함께 질식할 뻔한 적이 있었잖아? 어쩌면 그건 그 할머님이 하신 일이었을지도 몰라. 어머님이 못된 짓을 너무 많이 하셔서, 딸인 나를 미워하신 게 분명해."

러우란은 후훗 웃었다.

"유령이 있는지 없는지는 아무도 모르잖아."

진짜 존재하는지 아닌지도 알 수 없다. 적어도 마오마오의 마음속에서는 없다.

러우란은 "마오마오 너답다." 하고 말하며 활짝 웃었다.

"실은 언니랑 사이좋게 지내고 싶어서 하녀 차림으로 언니를 여러 번 찾아갔었어. 어머님은 그때 나를 알아보지도 못하고 허드렛일을 마구 시키셨지."

하지만 당연히 그런 일을 잘 해낼 수 있을 리가 없었던 러우란은 부채로 수도 없이 얻어맞았다. 맞으면서도 언니를 만나러 갔다. 매번 일을 못한다고 야단을 치면서도 션메이는 러우란을 알아보지 못했다.

눈앞에 있는 것은 그저 하녀일 뿐, 자기가 시키는 대로 다 하는 귀여운 인형이 아니기 때문이었다.

"어머님이 아버님과 혼인하셨던 이유도 실은 그저 나를 낳고 싶었기 때문이었을 거야. 아버님은 숨겨진 마을의 피를 이어받은 사람이고, 왕모와 같은 혈통을 지니고 있을 거라고 생각해서."

마오마오는 여우 가면을 떠올렸다. 러우란이 만든 가면은 너구리처럼 눈가를 초록색으로 두껍게 칠한 가면이었다. 러우란 또한 왕모와 같은 색채의 세계를 갖고 있는 사람인지도 모른다.

"어머님은 내가 새로운 왕모가 되었으면 좋겠다고 늘 말씀하시곤 했어."

러우란은 3층에 있는 방 앞에서 걸음을 멈추었다.

지금 여기서 러우란과 헤어지면, 러우란의 의도를 영영 알지 못하는 채로 끝나게 된다.

마오마오는 그것을 확인하고 싶었다.

"있잖아….."

마오마오는 한순간 걸음을 멈추고, 무슨 말을 어떻게 해야 할지 고민에 빠졌다. 지금 눈앞에 있는 소녀가 러우란인지 시스이인지 알 수가 없었다. 하지만 마오마오의 마음속에서 상대가 어떤 인물인지는 이미 확고하게 굳어져 있었다.

그래서 이 이름으로 부르기로 했다.

"시스이."

"왜?"

문손잡이에 손을 짚은 채 시스이가 미소를 지었다.

"후궁에 낙태약 재료가 나돌았을 때, 시스이 너도 그걸 갖고 있었어?"

시스이는 여전히 웃고 있었다.

"너 자신에게 쓰려고 말이야."

시스이는 표정을 바꾸지 않은 채 문을 열었다.

"마오마오는 정말 예리하단 말이야. 부른 보람이 있어."

마오마오는 예전에 시스이가 이야기했던 괴담을 떠올렸다. 방울 소리를 내며 우는 벌레 이야기. 그것은 예전에 시스이가 후궁에서 잡았던 벌레였다. 그 벌레 이야기는 전임 약사가 남긴 책 속에 자세히 적혀 있었다. 음색이 아름다워, 바구니에 넣어서 애완용으로 키우는 벌레라고 말이다. 하지만 가을이 되면 그 벌레는 동족끼리 서로를 잡아먹는다. 암컷이 수컷을 잡아먹는다는 것이다. 새끼를 낳기 위해.

괴담은 그 생태에 대한 내용이었다. 시스이가 왜 괴담회 자리에서 그 이야기를 했는지 이제는 마오마오도 알 수 있었다.

'자기 처지에 대해 얘기했던 거야.'

새끼를 임신하면 그 아비를 잡아먹는 벌레.

바구니는 후궁, 암수 벌레는 각각 황제와 비에 해당한다. 불경하기 짝이 없는 내용이었으나 그렇게 생각하면 쉽게 이해가 되었다.

그리고 시스이는 그것을 두려워하고 있었으리라. 시스이가 벌레를 잡으며 돌아다니던 장소 근처에는 꽈리와 분꽃 등 낙태약 재료가 잔뜩 자라고 있었다.

방 안에 들어가니 커다란 침대가 있고, 거기에는 아이들이 잠들어 있었다. 쿄우도 있었는데 쿄우는 혼자 침대에서 굴러떨어진 상태였다.

'잠버릇 나쁘네.'

자고 있는데 미안하지만 깨워서 밖으로 데리고 나가야만 한다. 마오마오는 침대로 다가갔다.

"…어떻게 된 거야?"

그때 마오마오는 이변을 알아차렸다. 아이들의 입가에는 침이 잔뜩 흘러 있었다. 그리고 아이들의 손은 마치 필사적으로 무언가에 매달리듯 침대보를 움켜쥐고 있었다.

살갗이 차가웠다. 마오마오는 아이들의 손을 잡고 맥을 짚었다.

"숨을 안 쉬어."

침대 옆 탁자 위에는 물병과 인원수만큼의 잔이 놓여 있었다.

시스이는 침대로 다가가 자애에 찬 눈빛으로 아이들을 쓰다

들었다.

마오마오는 눈꼬리를 치켜 올리고 오른손을 크게 들어 올렸다. 금방이라도 휘두르고 싶은 것을 꾹 참아야만 했다.

"독을 먹인 거야?"

"아니, 약이야…."

마오마오는 떨리는 손바닥에 힘을 꽉 주고 간신히 주먹으로 바꾸었다.

"이렇게까지 요란한 짓을 저질렀으니 우리 일족은 누구 하나 남김없이 죽임을 당하겠지. 뻔한 일이야."

아무리 어린아이라 해도 예외 없이 살육 명단에 포함된다. 부모가 무슨 짓을 저질렀는지도 모르는 채로 교수대에 끌려갈 수밖에 없다.

"따뜻한 방 안에서 모두 함께 즐겁게 두루마리 그림책을 본 다음에, 달콤한 과일 음료에 타서 먹였어. 늑장을 부린 아이도 있었나 봐. 자기 엄마랑 같이 잠들고 싶었던 것 같지만, 유감이야. 이 아이들의 어머니들은 우리 어머님과 사이가 너무 좋았는걸. 쿄우가 늦게 왔던 건 마오마오 널 구하러 가려고 했었기 때문이었나 봐."

시스이는 입꼬리에 일그러진 미소를 띠었다.

"그 애는 알고 있었는지도 몰라. 입술을 꽉 깨물고도 과일 음료를 남김없이 다 마신 걸 보면 말이야. 사실은 이리로 데려오고 싶지 않았는데."

"나를 이리로 데려온 건?"

시스이는 눈을 가늘게 떴다. 대답은 이미 알고 있잖아, 하고 말하는 듯한 눈빛이었다.

"사실은 다른 방법으로 데려오고 싶었는데, 일이 잘 풀리질 않았네."

'그랬군.'

마오마오는 오른손을 내렸다.

밖에서 무언가를 질질 끄는 듯 묵직한 소리가 들렸지만, 시스이의 표정에서 도무지 눈을 뗄 수가 없었다.

"어머님도 예전에는 그런 분이 아니셨다고들 하지만, 정말 그랬을까? 내가 태어났을 때는 이미 저런 여자였어. 언니가 눈에 띌 때마다 괴롭히고, 젊은 시녀들을 못살게 굴고, 일족의 다른 여자들에게 술과 남창 놀이를 가르치는 사람. 아버님은 아무 말도 하지 않았어. 거역하질 못하셨지. 그저 어머님이 용서해 주시길 기다릴 뿐이었어."

시스이의 모친 션메이는 미친 사람이었다. 보면 알 수 있었다.

"아이가 태어나면 남편을 잡아먹으니 벌레나 다름없지. 아니, 차라리 벌레가 훨씬 나아. 그래도 벌레는 자식에게 생명을 주기 위해 하는 행동이잖아."

시스이는 어머니가 되기를 꺼렸다. 낙태약을 스스로 만들어 계속 먹고 있었을 정도로.

마오마오는 지금, 시스이가 그렇게 행동하게 된 가장 큰 동기를 들은 기분이었다.

세상의 모든 어머니들이 션메이와 똑같다고는 할 수 없다. 하지만 시스이에게 어머니는 션메이 한 사람뿐이었다.

"마오마오 너에 대해서도 조금 조사해 봤어. 태생과 자란 환경이 언니랑 비슷하더라."

전직 의관의 손에서 자란 것, 그리고 아버지가 고위 관리였다는 것.

"내게는 아버지도 어머니도 없어. 있는 건 양아버지뿐이야."

"후후후, 언니도 비슷한 말을 했는데. 그래, 그렇겠지. 언니는 항상 자기가 내 언니가 아니라고 말하곤 했는걸."

시스이는 도대체 무슨 말을 하고 싶은 걸까.

"그래, 그 사람은 절대 내 언니가 아니야. 아버님은 너구리 같은 사람이니까, 황제의 혈통을 자기 곁에 놓아두고 나중에 무슨 짓을 저지를 때 이용할 생각이었던 게 분명해."

스이레이는 자신의 언니가 아니다. 다시 말해 시 일족과는 아무 상관도 없는 사람이라고, 시스이는 딱 잘라 말하고 있었다.

'거짓말하고 있네.'

시스이와 스이레이는 꼭 닮았다. 특히 지금처럼 무표정한 얼굴일 때는 정말로 많이 닮았다.

시스이는 언니를 몹시 따랐다.

그런데 언니라는 사실을 부정하다니.

"이 아이들이 벌레였다면 겨울을 날 수 있었을 텐데."

시스이는 다시 한번 아이들을 쓰다듬었다.

'벌레였다면 말이지.'

마오마오는 알 수 있었다.

시스이가 무엇 때문에 자신을 데려왔는지.

마오마오는 아무 말도 하지 않고 시스이를 바라보았다.

시스이의 눈에 희미하게 눈물이 고여 있었다.

마오마오는 손을 뻗으려 했으나 시스이는 고개를 가로저었다.

'그냥 도망치면 될 텐데.'

마오마오는 생각했다.

하지만 그 후 어떻게 해야 좋을지, 마오마오는 알 수가 없었다.

자신은 정치에 대해 아무것도 모른다. 관심도 없다. 약에 대해서만 열심히 공부하고, 연구하고, 다양한 약을 만들어 보고 싶을 뿐이다.

그걸로 족하다.

그것만 할 수 있으면 충분하다고 생각했다.

타인은 아무래도 상관없었다. 가장 소중한 건 자기 자신뿐이니까. 이곳에 끌려와서 자신이 도대체 얼마나 고생했는지 알기는 하느냐 말이다.

하지만 마오마오는 손을 뻗었다.

시스이는 그것을 거부했다.

"내게는 내 역할이 있어. 그걸 막지 말아 줘."

"…거기에 무슨 의미가 있어?"

시스이가 향하는 곳에 무엇이 기다리고 있을지는 모르지만, 그 결말이 어떨지는 쉽게 상상할 수 있었다.

"고집이야, 내 고집."

"그런 건 그냥 버리면 돼."

마오마오의 대답에 시스이는 장난스러운 미소를 지었다.

"얘, 마오마오. 넌 눈앞에 미지의 독이 있고, 그걸 먹을 기회가 단 한 번밖에 없다고 하면 어떻게 할래?"

"당장 먹어야지."

즉답이었다. 그 외에 다른 길은 없다.

"거봐."

시스이는 그렇게 말하고는 웃으면서 일어섰다.

그러고는 마치 잠깐 물건이라도 사러 갔다 오는 것처럼, 가벼운 발걸음으로 나가려 했다.

'저러다 그냥 가 버리겠어.'

여기서 어떻게 해야 좋을지 알 수가 없었다. 뭘 해야 좋을지도 모르겠다.

할 수 있는 말을 최대한 찾아보려 애썼지만 아무것도 떠오르지 않아, 마오마오는 그저 손을 내밀어 시스이의 손만 붙잡았다.

"…최소한 부적이라도 하나 가져가 줘."

"부적? 너답지 않은 소리를 하는구나."

"가끔은 그럴 수도 있지, 가끔은."

마오마오는 자신의 머리에서 비녀를 뽑아 시스이의 옷깃에 살며시 꽂아 주었다.

"머리가 아니고?"

"그 이상 꽂으면 지나치게 화려해지잖아."

시스이의 머리에는 이미 수많은 비녀들이 꽂혀 있었다. 비녀는 귀신을 쫓는 역할을 한다고들 하지만, 이렇게 많으면 반대로 불러들일 것 같다.

"나중에 꼭 돌려줘. 나도 누구한테 선물받은 거니까."

"억지 부리지 마. 팔아 버릴 거야."

"그럼 그래도 상관없어."

이 비녀는 겉보기에는 수수하게 생겼지만 사실은 굉장히 정교하게 만들어져 있다. 비녀를 준 사람의 끈질기고 집요한 성격을 생각하면, 원래 주인을 닮아 마치 저주받은 물건인 것처럼 돌고 돌아 결국 원래 자리로 돌아올 것만 같다.

"그을음이 묻었어."

마오마오는 침대 옆에 있던 거울을 보여 주었다.

"정말이네. 꼭 너구리 같아."

시스이는 웃었다. 웃으면서 마오마오를 바라보았다.

"뒷일은 부탁할게."

시스이는 마오마오에게 등을 돌렸다.

문이 쾅 소리를 내며 닫혔다.

발소리가 점점 멀어져 갔다.

마오마오는 어느샌가 위를 올려다보고 있었다. 그저 멍하니 위만 올려다보았다.

그리고 얼마 지나지 않아 점점 커지는 굉음과 함께 건물이 흔들렸다.

1 9 화 : 행군

　시간을 조금 거슬러 올라간다.

　진시는 불편한 상대와 마주 본 채로 마차에 앉아 덜컹덜컹 흔들리고 있었다.

　열 필의 말이 끌고 있는 그것은 마차라기보다는 이동식 주거 형태에 가까웠다. 바닥에는 짐승 모피가 깔려 있었고, 중앙에는 원탁이 놓여 있었다.

　평소에는 히죽히죽 웃기만 하던 괴짜 라칸도 지금은 짜증이 가득한 얼굴로 지도를 노려보고 있었다. 그 뒤에서는 라칸의 양자가 라칸과 진시의 눈치를 살피며 품속의 청구서를 넣었다 뺐다 하고 있었다.

　라한이라는 인간은 진시가 지금까지 만난 사람들 중 가장 구두쇠 같던 녹청관 할멈의 뒤를 잇는 수전노였으나, 이번에는 그런 라한이 옆에 함께 있어 주어서 정말로 다행이라고 진시는 내심 생각했다.

　그때는 정말이지 언제 얻어맞아도 이상하지 않은 상황이었다. 환관 뤄먼의 조치 덕분에 라칸의 분노는 많이 가라앉았지만, 그래도 아직 완전히 사그라진 건 아니었다.

　뒤에 대기하고 있는 가오슌은 언제든 칼을 뽑을 수 있도록 준비하고 있다.

　진시에게 손을 올린다는 말은 그런 뜻을 담고 있었지만, 지금의 라칸은 그러거나 말거나 전혀 개의치 않고 진시를 깔아뭉개고 올라타서 미친 듯이 주먹질을 하고 싶은 심정일 터였다.

　그만큼 초조한 상태였다.

　하지만 그 분노를 진정시키는 역할을, 현재 라한이 아주 잘 해내 주고 있었다.

　"아버님, 정말 만에 하나의 일이지만 황족에게 손찌검을 했을 경우 그 죄는 당사자 한 사람에게만 묻게 될까요?"

　라한은 그렇게 완곡한 말로 라칸을 말리는 중이었다.

　진시에게 손을 올린다는 건 바로 가문의 단절을 의미한다. 또한 라칸의 딸인 마오마오 역시 숙청의 대상이 된다. 라칸은 진시가 누구인지 알고 있다. 그 눈에 한번 걸리면 아무도 라칸을 속일 수가 없다. 그렇기 때문에 라칸은 진시에게 군을 움직여 달라고 요청했던 것이다.

　라한도 혹시나 했는데 역시 눈치를 챈 모양이었다.

어떻게 알았는지 라한에게 물어보았더니, 라 일족다운 대답이 돌아왔다.

"신장과 체중, 가슴둘레, 몸통둘레까지 전부 수치가 같았으니까요. 그 전부가 일치하는 인간이 그리 많진 않습니다."

라한 또한 타인은 이해할 수 없는 방식으로 사물을 보고 있다는 사실을 알 수 있었다.

"이토록 아름다우신데 여성이 아닌 게 참 안타깝습니다."

그렇게 덧붙이는 바람에 진시는 소름이 쭉 끼쳤다. 라한은 생김새와 분위기가 사촌인 마오마오와 닮긴 했지만 안타깝게도 진시에게 그쪽 취향은 없다.

하지만 유능한 인재라는 사실은 잘 알고 있었기에, 이렇게 문관이면서도 특별히 보좌 역할을 맡길 수 있었다.

오늘의 진시는 진시라는 이름의 환관이 아니었다. 하나로 묶은 머리에는 은비녀가 꽂혀 있었고, 평소의 검은 관복이 아니라 두툼하게 솜이 들어간 짙은 남보라색의 갑주를 걸치고 있었다.

"남자인지 여자인지도 확실하지 않은 생물에게 국가의 중대사를 맡길 수는 없지 않겠나?"

그것이 라칸의 주장이었다.

그리고 슬슬 환관으로서의 껍데기를 벗어던질 때가 온 것도 사실이었다.

진시 일행은 현재 행군을 하는 중이었다. 그리고 동시 진행으로 작전을 새롭게 짜고 있었다.

"정말로 괜찮을까?"

"문제없습니다."

라한이 대답했다.

펼쳐 놓은 지도에는 산맥을 등진 요새의 주변 지형이 그려져 있었다.

오랫동안 사용되지 않은 요새였기에 그 지도 또한 상당히 낡았으나, 이들은 요새에 주둔한 경험이 있었던 고참 무관들을 불러 모아 지도를 새롭게 편집했다.

등 뒤에는 산이 있고, 앞에는 평야가 위치하고 있다.

심지어 라한의 예상대로라면 그 안에서 총화기류를 제작하고 있을 가능성이 높다.

그 지방에는 목재가 많다. 삼림 자원을 생각하면 정말이지 너무나 탐이 나는 토지였으나 그곳은 대대로 시 일족이 지키고 있는 땅이었다.

또한 근방에는 온천이 있다. 그곳에서 유황을 채취했을 가능성도 있다.

"초석은 어떻게 구하지?"

화약을 만들기 위해서는 소재가 하나 더 필요하다.

"온천이 있기 때문인지 작은 동물들이 겨울을 나기가 쉽고,

또 근처에 거대한 동굴이 있다고 합니다."

동굴에는 박쥐 똥이 대량으로 퇴적되어 있다고 했다. 동물의 배설물 속에서 초석을 채취하는 일도 가능하다는 모양이었다.

진시는 신음했다. 화기를 사용한다면 페이파 같은 소형 무기를 동원하진 않을 것이다. 수많은 적을 한꺼번에 노릴 수 있는 거대한 화기를 성벽에 배치할 수 있으니 말이다.

포가 사용된다면 일이 좀 번거로워진다.

진시가 생각할 수 있는 일이라면 라칸은 이미 진작 다 알고 있을 터였다.

지금 펼쳐 놓은 지도 역시 라칸의 눈에는 그저 바둑판으로밖에 보이지 않으리라.

라칸의 손가락이 요새 뒤쪽의 절벽을 가리켰다.

"포를 사용하지 못하게 하면서 제압하는 일도 이론상으로는 가능합니다."

라한이 딱 잘라 말했다.

"이 주판대가리가 그렇다고 하니 가능하겠지."

라칸은 양자의 머리를 톡톡 쳤다.

포를 사용하는 화기는 습기에 약하다. 따라서 포 옆에 소량의 화약을 상시 놓아둔다 해도, 평상시 대부분의 양은 습기가 차지 않도록 무기고에 잘 보관해 둘 터였다.

요새는 고지대에 있고, 이곳은 지형상 눈이 자주 내린다. 척

후병의 말에 따르면 오늘 밤에도 눈이 펑펑 내려 가득 쌓일 것 같다고 했다.

평소처럼 그냥 진군했다가는 그야말로 제 발로 표적이 되어 주러 가는 셈이었다.

따라서 라칸은 상대가 포를 사용하지 못하도록 우선 화약 보관 창고부터 함락시키는 게 좋겠다고 제안했다. 그리고 그 방법은 아주 비약적이었다. 그러나 비약적인 생각인데도 실현이 가능하다는 게 이 사내의 무시무시한 부분이다.

"이것은 매우 경제적인 방법이라고 여겨집니다."

라한이 이 방법을 추진하는 이유는 혹시 '경제적'이라는 말에 낚였기 때문이 아닐까. 진시는 짧은 시간 동안에나마 이 몸집 작은 사내의 성격을 충분하고도 남을 정도로 알아 버린 기분이었다.

"그래, 놈들을 빨리 제압하고 마오마오를 구해야 해. 이 아빠가 금방 구해 주마!"

'아빠'라는 단어에 쓴웃음이 날 것 같았지만 지금은 웃고 있을 상황이 아니었다.

진시는 입술을 꾹 깨물며 그 조그마한 소녀를 떠올렸다.

인질로 잡혀 간 걸까, 아니면 다른 이유가 있었을까. 어쩌면 스스로의 의지로 따라갔는지도 모른다.

하지만 어쨌거나 적진에 있다면 당장 구해 내야만 했다.

진시는 주먹을 꽉 부르쥐었다.

"그 작전으로 가자."

"잠시만 기다리십시오."

진시가 결의를 내리려는데 가오슌이 끼어들었다.

"문제가 있습니다."

가오슌이 미간에 주름을 잡은 채 무릎을 꿇고 진언했다.

"무슨 문제 말이지?"

진시 말고 라칸과 라한도 고개를 갸웃거리고 있었다.

"잊고 계셨습니까? 이번 행군에 대해서."

이들이 이끄는 군세는 요새의 규모를 생각하면 충분하고도 남을 정도의 인원이었다. 그러니 라칸이 세운 계획이 잘 풀리기만 한다면 이쪽의 피해는 전무할 거라고 생각하고 있었는데 말이다.

"금군이 기습을 한단 말입니까?"

진시는 끄응, 하고 한순간 말문이 막혔다.

그리고 천천히 손을 들어 머리의 비녀를 어루만졌다. 기린이 새겨져 있는 황족의 표식이었다.

환관으로 지낸 시간이 긴 탓인지 때때로 자신의 입장을 잊을 뻔하곤 한다. 지금의 진시는 진시가 아니다. 자신의 입장을 생각하면 그에 걸맞은, 당당한 태도로 상대를 제압해야만 한다.

알고는 있지만, 입 밖으로 나온 말은 다른 내용이었다.

"나는 태위의 의견에 찬성해."

"…알겠습니다."

가오슌은 순순히 물러섰다.

그 시선은 뒤에 있는 남자를 향해 있었다.

날카롭게 번득이는 눈빛이 진시의 뒷목에 내리꽂히는 듯했다.

"그거 다행이군. 나도 해골로 술잔을 만드는 취향은 없거든."

라칸은 코웃음을 치며 장막 밖을 내다보았다. 그리고 느린 속도이긴 하지만 이동하던 마차에서 그냥 뛰어내렸다. 착지 순간 라칸의 몸이 순간적으로 뒤틀린 듯 보였는데, 정말 괜찮은 걸까.

라한은 주판을 튕기며 계산에 실수가 없는지 확인하고 있었다.

"…님."

가오슌이 진시의 진짜 이름을 불렀다.

그 미간에는 깊은 주름이 잡혀 있었다.

"앞으로는 그 소녀를 대하는 방식도 바꾸셔야만 합니다."

어린애를 타이르는 듯한 말투로 가오슌이 말했다.

"나도 알고 있어."

진시는 크게 한숨을 내쉬었다. 대기가 얼어붙어, 토해 낸 숨이 하얗게 변했다.

몸을 부르르 떨며 진시는 머리까지 폭 뒤집어쓸 수 있는 하얀 외투를 걸쳤다.

○ ● ○

한밤중이 지났을 무렵, 느닷없이 굉음이 울려 퍼졌다.

시쇼는 무슨 일인가 싶어 벌떡 일어나서는 머리맡에 놓아두었던 도를 허리에 찼다.

침대에 누워는 있었지만 통 잠들 수가 없었다. 궁정에서는 너구리 영감이라 불리는 시쇼도 실은 불면의 밤을 겪을 정도로 섬세한 신경을 지닌 사람이었다.

잠이 올 리가 없었다.

요 십수 년 동안 시쇼는 잠을 자고 싶어도 잘 수가 없었다.

굉음에 놀랐는지 옆방에서 들리던 교성도 멈추었다. 한창 발정이 나 있던 여자들의 목소리가 술렁거리는 소리로 바뀌었다.

벽 하나를 사이에 두고 건너편에서는 자신의 아내가 한창 술판을 벌이고 있을 터였다. 그러면서 구경거리가 필요했는지 일족의 여자들에게 문란한 차림새를 시키고, 돈으로 산 남자들을 불러 한창 즐기고 있었다. 딸 러우란이 태어난 이후로 아내는 줄곧 그런 일과를 보내 왔다.

아내는 일부러 시쇼가 모를 수가 없는 곳에서 굳이 향락을 즐겼다.

아내의 곁에 있던 다른 여자들은 처음에는 당황했으나 지금은 그 놀이를 함께 만끽하고 있었다. 시쇼의 아내는 이미 아이를 낳고 아내로서의 역할을 끝마친 여자들만 불러 모아, 정숙한 부인들이 나락에 빠지는 모습을 보며 즐거워하고 있었다.

원래는 그런 여자가 아니었다.

시쇼는 노대로 나가 바깥을 내다보았다.

적이 습격한 줄 알았다. 하지만 아마도 금군으로 여겨지는 군의 불빛은 아직까지 한참이나 먼 곳에 있었다. 고지대에 있는 이 요새는 몇 리 너머까지도 내다볼 수 있다. 눈을 좀 붙일 여유는 있을 터였다.

'으음.'

시쇼는 문득 바람에 묘한 냄새가 섞여 풍기고 있다는 사실을 알아차렸다.

유황 냄새일까.

요새 지하에서는 화약을 만들고 있다. 설마 그것이 폭발한 걸까.

시쇼는 역시, 하는 생각에 자신의 옷깃을 움켜쥐었다.

상황을 수습해야 한다고 생각하면서도 몸이 도통 움직이질 않았다. 한심하게도 힘이 쭉 빠졌다.

여제가 아끼고 총애하던 인물. 황제도 어떻게 해 볼 수 없는 대단한 사람. 교활한 너구리 영감.

궁정에서 그렇게 불리는 시쇼와 지금의 시쇼는 완전히 다른 사람일 것이다. 자기 자신조차 그렇게 생각하니 어쩔 수 없다.

사십을 넘었을 즈음부터 급격히 나오기 시작한 배를 끌어안고 시쇼는 한 걸음 한 걸음 앞으로 나아갔다. 상황을 확인하기 위해 밖으로 나가려면 아내가 있는 방을 통과할 필요가 있다. 시쇼에게는 그것이 너무나 고통스러운 일이었다.

선제에게서 하사받은 여성. 아니, 20년이 지난 끝에 간신히 돌려받은 약혼자는 후궁에 있는 동안 가시 돋친 사람이 되어 버렸다.

옛 약혼자가 겨우 시쇼의 곁으로 돌아왔을 때, 시쇼에게는 이미 처가 있고 또 자식이 있었다. 그것이 바로 스이레이였다.

시쇼는 본래 아내를 들일 생각이 없었다. 상대에게도 그럴 마음은 없었을 터였다. 상대는 후궁에서 태어난 아이였다. 부정한 관계로 태어났다며 쫓겨난 아이. 하지만 그 친아버지는 틀림없이 선제였다.

선제의 부탁이었다. 20년쯤 전, 마음이 몹시 약해지기 시작한 선제는 시쇼에게 간청했다.

'내 자식을 부탁하네.'라고.

아내는 가시뿐만 아니라 독까지 품게 되었다.

빨리 대처해야만 한다.

시쇼는 스스로를 그렇게 타이르며 간신히 방문을 열었다. 남창은 깜짝 놀라고, 여자들은 손톱만큼이나마 남아 있던 수치심 때문인지 다급히 웃옷을 걸쳤다.

아내 한 사람만은 긴 의자에 반쯤 누운 채 곰방대를 뻐끔뻐끔 피우고 있었다. 그 날카로운 눈매에는 경멸의 빛이 노골적으로 떠올라 있었다.

"방금 그건 무슨 소리지?"

아내는 연보랏빛 연기를 내뿜으며 나른한 말투로 물었다.

지금 확인하러 가려는 참이라고 시쇼가 막 대답하려던 그때였다.

복도 쪽 문이 덜컹 소리를 내며 활짝 열렸다.

문 앞에는 온통 숯검정투성이가 된 러우란이 서 있었다.

"그 보기 흉한 차림새는 뭐니?"

"어머님께 그런 말씀 듣고 싶진 않네요."

러우란은 딱 잘라 말하며 서로 웃옷을 빼앗고 난리가 난 여자들을 쳐다보았다.

"자기 자식을 방치한 채 쾌락에만 눈이 먼 당신들에게만은."

러우란의 그 말에 한 여자가 그제야 자기 자식을 떠올리고 다급히 방을 뛰쳐나가려 했다. 하지만 러우란은 그 여자의 뺨을 후려갈겼다. 따귀를 맞고 쓰러진 여자의 모습을 본 남창들은 사태의 중대성을 알아채고 달아났다.

이것이 정말 자신의 딸이란 말인가. 시쇼는 고개를 갸웃거리고 싶어졌다. 지금껏 러우란이라는 소녀는 그저 순종적이기만 한 아이라고 생각했다. 어머니가 입으라는 대로 옷을 입고 돌아다니기만 하는, 인형 같은 아이라고 말이다.

러우란은 성큼성큼 방 안으로 걸어 들어와 늘어서 있는 서랍장 문을 차례차례 열어젖혔다. 그리고 가장 커다란 미닫이문을 열자, 그 좁은 공간 속에 젊은 여자 하나가 갇혀 있는 모습이 눈에 띄었다.

"언니, 미안. 내가 좀 늦었지."

여자는 팔다리가 묶인 채로 덜덜 떨며 벌을 받고 있었다. 러우란과 꼭 닮은 얼굴. 또 하나의 딸, 스이레이였다.

러우란은 스이레이를 풀어 주고 등을 문질러 주었다. 태도가 익숙한 걸 보니 이런 일이 한두 번 있었던 게 아닌 모양이었다. 시쇼는 자신의 부족함을 통감하고 낙담했다.

그리고 러우란은 아버지 시쇼 쪽을 돌아보았다.

"아버님."

러우란은 생긋 웃었다.

"마지막 한 번쯤은 책임을 져 주세요."

무슨 책임을 지라는 거냐고 물을 틈도 없었다.

"아버님은 너구리 마을에 사는 너구리 영감이잖아요. 끝까지 둔갑술을 푸시면 안 돼요."

또 다른 굉음이 울려 퍼지는가 싶더니 이번에는 요새 전체가 뒤흔들렸다. 벽을 붙잡고 간신히 몸을 지탱한 시쇼는 도대체 무슨 일이 벌어졌나 싶어 노대로 나가 보았다.

눈가루가 흩날리는 모습이 보였다. 요새의 동쪽은 시야가 온통 새하얗기만 해서 하나도 보이지 않았다. 무슨 일이 일어난 건지 처음에는 알 수 없었다.

눈보라가 조금씩 가라앉았을 무렵 시쇼는 알아차렸다. 그 자리에 있어야 할 건물이 눈에 파묻혀 있었다. 분명 무기고가 있었던 자리였다.

하지만 눈이 쏟아져 떨어지는 바람에 그 절반은 눈 속에 묻히고 말았다.

아연실색하는 시쇼에게 러우란이 말을 걸었다.

"어차피 이기지 못할 상대라는 사실은 처음부터 알고 계셨잖아요. 그러니까 책임을 져 주세요."

러우란은 덧붙였다.

"어머님의 마지막은 제가 끝까지 지켜봐 드릴 테니까요."

딸은 다소 그을린 머리카락을 나부끼며 당당한 태도로 자기 모친 앞에 다가가 섰다.

책임을 지라는 딸의 그 말에 시쇼는 주먹을 불끈 부르쥐었다.

20화 : 기습 작전

　정말 말도 안 되는 짓을 저질렀구만, 하고 리하쿠는 생각했다.

　눈앞에는 갑작스러운 침입자들을 상대로 제대로 대처하지 못한 채 우왕좌왕하고 있는 시쇼의 사병들이 있었다. 다급히 창을 쥔다 한들 만반의 준비를 하고 쳐들어온 리하쿠의 부하들을 이겨 낼 수는 없었다.

　리하쿠가 지금 이곳에 있는 이유는 역적인 시 일족을 사로잡기 위해서였다. 도성에서 북쪽으로 60리를 온 곳이다. 오래전부터 방치되어 있던 요새가 수리되어 있고, 이곳에 병사가 있으니 그들이 모반을 꾸몄다고밖에 해석할 수 없는 상황이었다. 주군께 반기를 든 거나 다름없는 일이다.

　요새 규모가 커다랗긴 하지만 고작 이 정도 가지고 반란을 꾀하다니 실로 어리석은 짓이 아닐 수 없었다.

시 일족의 수장 시쇼는 궁정 안에서도 상당한 거물급 인사였다. 전에 있던 상급 비를 몰아내고 그 자리에 자신의 딸을 앉힐 수 있을 만큼 황제를 쥐락펴락할 수 있는 권력을 갖고 있던 인물이었으나.

리하쿠는 곤棍*을 휘두르며 고개를 갸웃거렸다.

욕심에 눈이 먼 건지, 아니면 미쳐서 정신이 나간 건지 알 수가 없었다.

아무리 궁지에 몰린 상황이라고는 하나 도성에서 자취를 감춘 자가 이런 곳에 틀어박혀 농성을 하다니, 그야말로 자신을 역적 취급해 달라고 고래고래 소리를 지르는 일이나 다름없다.

궁정 안에서 너구리 영감이라고 불릴 만큼 교활한 인물이 과연 제정신으로 그런 어리석은 짓을 저지를까.

그러나 리하쿠는 무관이다. 상황을 깊게 읽어 내는 일은 다른 녀석들에게 맡기고, 그저 자신이 해야 할 일을 할 뿐이다.

리하쿠는 곤으로 적병의 다리를 걸어 자빠뜨리며 낫질하듯 상대를 휩쓸었다. 리하쿠의 뒤에서 하얀 외투를 입은 부하들이 쓰러진 병사들을 잡아 결박하고 있었다. 리하쿠 역시 처음에는 하얀 외투를 입고 있었으나, 자꾸 거치적거리는 탓에 방금 전 벗어 던졌다.

※곤 : 몽둥이 형태를 한 무기.

하얀 외투는 상대의 피를 뒤집어쓰면 그 흔적이 매우 눈에 띈다. 본래 전투에는 어울리지 않는 복장이지만….

새하얀 눈 속에서는 배경에 녹아들기 딱 좋은 차림새였다. 위장술에 걸맞은 옷이다. 그리고 달이 뜨지 않는 밤에는 한층 더 몸을 숨기기 쉽다.

리하쿠와 부하들은 횃불도 없이 진군했다. 그리고 부대는 요새로 향하던 도중 둘로 갈라졌다. 눈길에 익숙하고 실력에 자신이 있는 자들을 모은 선행 보병 부대와 그 나머지 인원들이었다. 두 부대는 몇 리쯤 거리를 두고 따로 행동했다.

그 결과, 요새의 문지기들은 밤이 되자 뒤쪽 부대가 들고 있던 횃불에만 시선을 빼앗겨 앞서 다가오는 부대의 존재는 알아차리지 못했다. 그러니 적이 도착하기까지 아직 시간이 많이 남았다고 오인할 수밖에 없었다.

그렇게 되면 리하쿠 일행에게는 한 가지 문제가 생긴다. 몇 리 전부터 그야말로 아무것도 없는 들판을 걸어야만 하는데 별이라도 떠 있다면 모를까 그렇지 않다면 방향 감각을 상실하게 된다.

리하쿠는 적을 포박하는 일을 한바탕 마친 뒤 한숨 돌렸다. 그때 옷깃에서 무언가가 떨어졌다.

"이런 걸 용케도 생각해 냈네."

리하쿠는 눈 위에 떨어진 물고기 모양 나무 조각품을 주워 들며 중얼거렸다.

이것 덕분에 리하쿠 일행은 요새의 위치를 파악할 수 있었다.

나무 조각 속에는 자석이 들어 있었다. 이것을 물통에 띄우면 방향을 알 수 있다. 뱃사람들이 사용하는 도구였다.

표면에는 신기하게 반짝이는 가루가 잔뜩 발라져 있어, 칠흑 같은 어둠 속에서도 어느 쪽이 어느 쪽인지 알 수 있다. 그 가루의 원재료는 밤이 되면 빛나는 버섯이라고 들었다.

그리고 이 기습에는 또 하나의 덤이 붙어 있다.

리하쿠는 어이없는 표정으로 절벽 위에서 우르르 쏟아져 내리는 눈을 올려다보았다.

"이 작전을 생각한 인간은 도대체 머릿속이 어떻게 되어 먹은 거야?"

이 요새가 방치된 이유 중 하나로 다음과 같은 곡절이 있다.

온천이 가까운 장소는 지진이 잦다고 한다. 이곳 역시 수십 년 전에 커다란 지진이 일어났고, 그때 주변 지형이 크게 바뀌었다.

지진으로 인해 산비탈이 무너지는 바람에 그 이후로 겨울이면 눈사태가 일어나게 되었다는 모양이었다. 이곳의 눈사태는 규모도 작고 그리 빈번히 일어나는 일도 아니었지만, 대신 장소가 너무 나빴다.

눈사태가 일어나면 눈 더미가 건물 바로 위로 쏟아지는 구조였기 때문에 요새 건물의 노후화가 급격히 진행되었고, 그 시기는 때마침 군을 축소하자는 움직임과 맞물렸다.

이번 작전은 바로 그 눈사태를 인공적으로 일으키는 일이었다. 올해는 예년보다 추워, 눈도 많이 쌓였다는 근거하에.

선행 부대 중 눈산에 익숙한 사람 몇 명이 따로 차출되었다. 화창火槍*을 잔뜩 준비시켜서 도대체 어딜 데려가나 했더니 그런 연유였던 모양이다.

리하쿠는 수많은 발에 짓밟혀 더럽혀진 눈밭 위를 저벅저벅 걸어갔다. 그러다 문득 요새 안으로 들어가는 인물을 발견했다.

하얀 외투에 길고 검은 머리가 아름다운 대조를 이루었다. 남자를 보고 그런 말을 떠올리다니. 리하쿠는 이런 상황에서도 쓴웃음이 났다.

본래 전장에 있을 사람이 아니었다. 단정하고 아름다운 그 얼굴은 후궁이라는 화원의 정원사이면서, 동시에 한 송이 꽃으로 여겨지기도 했다.

하지만 실제로 그 꽃은 한자로 '花'가 아니라 '華'로 쓰는 꽃이었다.

반만 묶은 머리카락에는 은비녀가 꽂혀 있었다. 그 비녀에 새겨진 문양을 보고 그 앞에 넙죽 엎드리지 않을 사람은 아무도

※화창 : 빈 대나무 통 속에 화약을 가득 채운 뒤 창 끝에 묶어서 불을 붙여 공격하는 초기 형태의 화약 병기.

없다.

리荔라는 나라의 이름 중, 세 개의 도刀 위에 존재하는 것. 이 나라에서 '화華'라는 이름을 가진 사람은 단 두 명밖에 없다. 이 사내는 바로 그 둘 중 한 명이었다.

본래 이 자리에 있을 사람이 아니다. 야간 행군, 그것도 소리를 내지 않고 몇 리를 걸어야 하는 혹독한 행군이다. 체력이 충분한 자들을 모아서 데려온 부대였지만 이들에게도 피로의 기색이 이미 역력했다.

그러나 천녀처럼 아름답고 우아한 얼굴의 주인은 그에 걸맞지 않는 유엽도柳葉刀를 차고 있었다. 입고 있는 남보라색 갑주가 그 존재를 주위에 각인시켜 주었다.

환관 진시. 이 사내의 신분은 그런 이름이었다. 황제의 눈에 들어 몹시 총애를 받고 있는 젊은 환관. 때로는 불경한 소문까지도 주위에 퍼질 정도로 눈부신 미모의 소유자.

이 사내가 지휘관으로서 앞으로 나섰을 때 놀라서 입을 떡 벌린 사람은 한둘이 아니었다. 노골적으로 안색이 새파래진 관리도 있었다. 남녀를 가리지 않고 인기가 많은 이 사내는 때로 남자의 구애를 받은 적도 있었으니 말이다.

리하쿠도 넋이 나간 사람들 중 하나였다. 최근 들어 진시의 측근인 가오슌이라는 남자에게서 이런저런 부탁을 받곤 했는데, 이번의 경우에도 자신의 부하와 동료들 중에서 추위를 잘

견디고 체력이 강한 자들을 모아 달라는 주문을 받았었다. 그런데 그게 이런 이유였다니.

이 남자는 이제 진시라는 이름이 아니지만, 리하쿠는 '화'의 이름을 부를 수 없다. 문서로 표기되어 있긴 하나 그 이름을 직접 부를 수 있는 건 극히 일부의 사람뿐이다.

진시는 요새 안으로 들어갔다. 리하쿠는 너무 뒤처지지 않도록 거리를 유지하며 따라갔다. 가오슌은 곁에 없지만, 대신 다른 젊은 무관이 진시의 뒤에 야무지게 붙어 있었다.

리하쿠도 그 뒤를 따랐다.

요새 안은 기이한 냄새로 가득했다. 썩은 달걀 같은 냄새가 코를 찔렀다. 무슨 일인가 했더니 지하로 눈덩이를 나르는 사내들이 보였다.

혹시 지하에서 불이라도 난 걸까. 리하쿠는 다급히 눈덩이를 나르는 남자 하나를 붙잡고 사정을 캐물었다. 그랬더니 그 말이 맞는다는 대답이 돌아왔다. 폭발이 일어났다고 했다.

"빠, 빨리 불을 끄지 않으면 마, 마님이…."

남자는 덜덜 떨면서 리하쿠에게서 시선을 돌렸다.

리하쿠는 남자를 놓아주었다.

안색이 나쁜 이유는 연기를 마셔서일까, 아니면 그 마님이라는 존재가 무서워서 그런 걸까.

어쨌거나 요새의 병사가 생각보다 적었던 이유에 대해, 자신들은 잘못 생각했는지도 모른다.

리하쿠는 소매로 입을 가리며 선두에 선 진시 뒤로 가서 무릎을 꿇었다.

"진언인가?"

상대방이 먼저 물어봐 주는 게 리하쿠는 고맙게 느껴졌다.

"허락하마."

"그럼 말씀드리겠습니다."

이럴 때마다 리하쿠는 정중하게 말하는 법을 제대로 배워 둘 걸 그랬다고 후회하곤 했다.

"이 연기 속에 오랫동안 있는 건 별로 좋지 않습니다. 안에 있는 사람들도 빨리 밖으로 나가야 합니다."

"알고 있다."

내가 뻔한 소리를 했나, 하고 리하쿠는 반성했다.

"하지만 안에 아직 도망치지 못한 사람이 남아 있을지도 모른다."

"그러면 저희가 모두 들어가 찾아볼 테니 어서 밖으로 나가십시오."

"그럴 수는 없어."

진시의 말에 리하쿠는 하마터면 얼굴을 찌푸릴 뻔했다. 고개를 숙이고 있어서 정말 다행이었다.

리하쿠 입장에서도 진시가 다치게 내버려 둘 수는 없었다. 빨리 밖으로 내보내, 안전한 곳에서 견학시키고 싶은 마음이 굴뚝같았다.

하지만 아무리 그래도 명색이 금군이라, 체면상 진시가 전면에 나설 필요가 있었다. 아무리 기습 같은 비겁한 짓을 한다 해도 그 부분에서는 양보할 수 없는 모양이었다.

이렇게 당당하게 사람들 앞에서 얼굴을 드러낸다는 말은 이제부터 환관 진시로서의 신분을 버리겠다는 뜻이다.

그러면 궁정 내의 조화는 단숨에 무너진다. 이미 균형의 한 축을 담당하고 있던 시 일족이 이 모양새다. 적병을 붙잡다 보면 그 속에는 일족의 인간들도 섞여 있으리라. 잡히든 안 잡히든 어차피 죄는 확정되어 있다. 누군가가 황제의 뜻을 거역했다면 그 일족 전체를 모두 죽이는 건 기본이다. 현 주상이 얼마나 온정을 베풀지에 따라 다르긴 하겠지만, 크게 기대하긴 힘들다.

"칸 태위의 딸이 이곳에 붙잡혀 있다."

"그건…."

칸이라는 이름은 매우 흔하다. 하지만 그 이름과 그 직위를 동시에 지닌 인간은 이 나라에 한 명밖에 없다. 즉, 괴짜 군사를 말한다. 리하쿠도 이곳에 오기 전에 그 이야기를 들었다. 그 사내에게 딸이 있다는 사실에도 매우 놀랐고, 도대체 왜 붙잡혀 갔는지는 모르겠지만 이 말만은 할 수 있다.

"그 소녀를 저버릴 수 있겠는가?"

결코 저버릴 수 없다.

"새로운 정적이 탄생하겠지요."

저도 모르게 본심이 입 밖으로 흘러나오고 말았다.

진시의 굳은 표정 속에 다른 무언가가 아주 조금 엿보인 느낌이 들었다.

"그래, 그렇겠지."

마음속에서 무언가를 찢어서 떼어 내 버리는 듯, 괴로운 표정을 지으며 진시가 앞으로 나섰다.

리하쿠는 자리에서 일어나 머리를 벅벅 긁었다. 이렇게 된 이상 자신은 맡은 일을 후딱 끝내는 수밖에 없다.

○ ● ○

꿍음과 함께 어마어마한 눈 더미가 쏟아져 내려왔다. 그것이 눈사태라 불리는 현상이라는 사실을 마오마오는 지식으로 알고 있었다.

등 뒤의 절벽 위에서 폭포처럼 눈이 흘러 내려왔다. 눈의 흐름은 금세 멈춰 마오마오가 있는 곳까지 오진 않았지만, 창고로 여겨지는 건물이 있던 장소가 눈보라로 가려져 보이지 않았다.

마오마오는 노대에서 그 광경을 지켜보았다.

지하실 폭발 덕분에 대부분의 일꾼들은 도망쳤고 나머지는 불을 끄느라 정신이 없었다. 그런 상황에서 눈사태가 일어났으니 다른 곳에서 인원을 보충해 와야 한다. 외벽에서 병사들이 뛰쳐나와 그 모습을 아연한 표정으로 올려다보고 있었다.

그리고 그 상황을 놓치지 않는 자가 있었다.

수비가 약해진 외벽을 따라 하얀 무언가가 들어왔다.

보호색을 띠고 있어서 멀리서는 잘 보이지 않았다. 하지만 당황하는 병사들을 상대로 붉은 무언가가 튀어 오르는 게 보였다.

새하얀 눈 위로 피가 흩날렸다.

하얀 무언가는 침입자였다. 하얀 외투를 벗어 던지자 무장한 차림새가 드러났다.

'토벌하러 왔구나.'

상급 비가 후궁에서 도망친 사건은 반역이나 다름없다. 게다가 그 친정 집안이 이렇게 요새를 점거하고 농성하고 있었다면 그야말로 변명의 여지가 없다.

'여기 있어도 괜찮은 걸까?'

머나먼 화톳불 불빛에 비친 침입자들의 얼굴을 보고 마오마오는 순간 굳어졌다. 도대체 어떻게 알아보았는지는 스스로도 알 수 없었다. 그저 그 모습이 눈에 아로새겨졌을 뿐이었다.

전장 같은 곳에 전혀 어울리지 않는 천녀처럼 아름다운 분이 그곳에 있는 것만 같았다. 고귀한 빛깔의 갑옷을 입은, 용맹한 무인의 모습으로.

설마 자신을 구하러 와 준 걸까.

'그럴 리가 없어. 그렇게 한가한 사람이 아니야.'

자신이 잘못 본 게 분명했다.

진시로 보였던 사람은 금세 사라졌고, 침입자들이 속속 요새 안으로 들어왔다.

금세 누군가가 이리로 올 것이다. 그때 자신은 어떤 취급을 받게 될까.

화약이 폭발한 탓인지 유황 냄새가 그득 풍겼다. 마오마오는 냄새에 중독되지 않도록 옷소매로 입을 틀어막았다.

'그냥 도망치면 될 텐데.'

이래서야 시스이에게 이러쿵저러쿵 참견할 자격이 없다.

참 바보 같다, 바보 같아, 하고 생각하면서도 마오마오는 그 자리에 머물러 있었다.

발소리가 점점 가까워져 왔다. 설마 바로 이 자리에서 살해당하지는 않겠지, 하고 생각하면서도 펄떡펄떡 뛰는 심장을 부여잡고 마오마오는 기다렸다.

'말이 통하는 인간이라면 좋겠다.'

그 순간이었다. 누군가가 난폭하게 문을 걷어차 열어젖혔다.

남보라색 갑옷을 입은 무인이 부서진 문 앞에 서 있었다.

"……."

"……."

둘 다 말이 없었다. 잠시 침묵이 흐른 후, 먼저 입을 연 건 마오마오였다.

"죄송하지만 저를 좀 보호해 주실 수 없을까요, 진시 님?"

"다친 건가?"

남보라색 갑옷의 무인, 즉 진시가 말했다. 마오마오의 옷에 피가 묻어 있었기 때문인 듯했다.

"아무 문제없습니다. 제 피가 아닙니다."

"문제가 없긴 왜 없어!"

"뱀의 피입니다."

진시가 어처구니없다는 듯 얼굴을 일그러뜨렸다. 마오마오는 이러니저러니 해도 결국 이 표정을 보니 마음이 편해졌다. 익숙한 그 반응에 그리움을 느끼며, 마오마오는 문득 입가에 미소를 지었다.

"잠깐, 그건….."

진시가 다가와 무슨 말인가를 하려 했다.

하지만 뒤에서 다른 발소리가 가까워져 오는 것을 듣고 진시의 표정이 변했다. 마오마오의 눈앞에 있는 사람은 우아한 천녀 같은 환관도, 어딘지 모르게 어린애 같은 느낌이 드는 주인도 아니었다.

"동궁 전하."

험상궂은 사내 하나가 방으로 들어왔다.

'동궁이라….'

"이제는 동궁이 아니다."

진시가 부정했다.

"황자께서 태어나셨으니까."

교쿠요 비가 무사히 아이를 낳았다는 뜻일까. 심지어 사내아이를.

게다가.

'그게 이 녀석의 정체였군.'

후궁 안에서 환관도 아닌 남자가 돌아다니는 일은 매우 큰 죄다. 그것이 허용되는 사람이 있다면 황제의 자식으로 태어난 자나, 또는 황제와 혈연관계에 있는 자뿐이다.

"진시 님, 알고 보니 노안이었군요."

작은 소리로 중얼거렸는데도 진시가 이쪽을 흘끔 쳐다보았다. 왠지 모르게 뚱한 표정이었다.

"리하쿠 있느냐?"

진시가 가까이 있던 무관에게 물었다. 금세 낯익은 똥개 같은 남자가 들어왔다.

"뒷일은 네게 맡기겠다."

진시는 그 말을 남기고 자리를 떴다.

리하쿠는 고개를 갸웃거리며 팔짱을 끼고는 미간에 주름을 잡은 채 다가왔다.

"결례되는 줄 알지만 한 가지 묻겠는데, 그쪽이 궁정에서 일하던 마오마오라는 소녀와 닮은 것 같은 기분이 드오만."

"본인입니다."

리하쿠는 한심한 질문을 하고는 있었으나 지금은 늘 입는 관복이 아니라 갑옷을 장비하고 있었다. 손에도 곤을 들고 있었다.

"네가 왜 여기에 있지?"

"납치당한 모양이네요."

리하쿠의 고개 각도가 한층 더 옆으로 기울었다. 어깨와 거의 수평을 이룰 지경이었다.

"저기, 혹시 네 아버지가…."

"아마 상상하시는 그대로일 겁니다. 하지만 그 인간 이름을 꺼내진 말아 주세요. 그냥 그 아저씨라고만 부르셔도 알아들을 테니까요."

리하쿠는 마오마오의 요망에 부응하여 그 이상 아무 말도 하지 않았으나 노골적으로 부들부들 떨더니, 이번에는 묘하게 납득한 얼굴로 손바닥을 주먹으로 탁 쳤다.

도대체 무슨 생각을 하면서 납득했는지 잘은 모르겠지만 왠지 모르게 불쾌한 기분이 들었다.

리하쿠가 마오마오를 가리키면서 "얘야, 애." 하고 말하자 부하는 의아한 표정을 지으면서도 품에서 피리를 꺼내 불었다.

"아니, 미안, 미안. 네가 그렇게 말한다면 진짜 그렇겠지 뭐. 그나저나 차림새가 왜 그렇게 지저분해? 온몸이 피투성이인데 혹시 어디 다치기라도 했어?"

"제 피가 아닙니다."

여전히 무례한 인간이긴 했지만 그래도 리하쿠는 걱정스러운 표정으로 마오마오를 바라보았다. 상처는 선메이의 부채에 맞아서 난 타박상 정도였다. 왠지 미워할 수 없는 성격의 이 무관 역시 남의 피를 흠뻑 뒤집어썼는지, 가까이 다가가니 쇳내가 났다.

"제발 부탁이니 다치진 마라. 그 아저씨가 글쎄 제대로 운동도 못하는 주제에 따라오겠다고 설치다가 아니나 다를까 결국 지금 드러누워서 꼼짝도 못 하게 됐으니까."

리하쿠는 정말로 '그 아저씨'라고 부르기 시작했다.

이 기습 작전을 생각한 사람도 분명 그 아저씨였을 것이다. 눈사태가 일어난 것도 그 아저씨가 무슨 수를 썼기 때문일 거라고 마오마오는 생각했다.

리하쿠는 별 긴장감이 느껴지지 않는지, 진지한 표정으로 주위를 둘러보았다.

"뭐야, 애들이 자고 있는 건가?"

성큼성큼 걸어 다가가는 리하쿠를, 마오마오가 양팔을 벌려 가로막았다.

"숨을 안 쉽니다. 독을 먹은 모양입니다."

마오마오의 말에 리하쿠의 얼굴이 일그러졌다.

처참하기 그지없는 광경이라고 생각한 모양이었다. 하지만 여기서 살아남아 나간다 해도 결국 이 아이들에게는 교수대에 오르는 미래밖에 남아 있지 않다.

상급 비의 암살 미수 사건조차 당사자는 교수형을 당했으며, 일족 전체가 재산을 몰수당하고 각각 크고 작은 형벌을 받았을 정도였다.

이번 사건은 그 일에 비할 바가 아니다.

여자고 아이고 가릴 바 없이 모두 처형될 것이다.

고통스러운 표정을 짓는 리하쿠에게 마오마오가 한 가지 질문을 던졌다.

"처형당한 시체는 들판에 그냥 버려지나요?"

"그럴 리가 있나. 그래도 전용 무덤에 들어가지. 단 화장을 시켜."

"하다못해 모친과 함께 공양해 줄 수는 없을까 하고요."

마오마오의 말에 리하쿠는 무어라 형언하기 힘든 표정을 지었다. 머리를 벅벅 긁으며 끙끙거리기만 할 뿐이었다.

"나는 잘 모르겠다. 그런 건 내 소관도 아니고."

하지만 리하쿠는 침대로 다가가 아이들 중 하나를 안아 올렸다. 그리고 홑이불을 뜯어 반으로 찢어, 마치 포대기처럼 아이를 둘둘 말았다.

"꼭 자고 있는 것 같다. 한꺼번에 다 데려가려고 했는데, 생각보다 무거운걸."

리하쿠는 그렇게 말하며 홑이불의 나머지 반쪽으로 다른 아이를 또 감쌌다. 그리고 침대보를 찢어서는 차례차례 아이들을 싸매 나갔다.

마지막 아이를 감쌀 천이 부족해지자 리하쿠는 문 밖에서 망을 보고 있던 부하의 외투를 빼앗아 가지고 왔다.

"이봐, 아무나 두 명만 더 불러 와."

리하쿠는 그렇게 말한 뒤 아이들을 들어 올려 양 옆구리에 꼈다.

"리하쿠 님?"

"같이 공양해 줄 수는 없겠지만 여기 그냥 방치해 놓을 수도 없잖아. 슬그머니 묘지 근처에 묻어 주는 정도는 할 수 있어."

리하쿠가 하얀 이를 드러내며 씩 웃었다.

"처벌을 받게 되는 것 아닌가요?"

"모르지. 그때는 네가 어떻게든 해 줘."

"제가 뭘 할 수 있는 것도 아닌데…."

마오마오가 팔짱을 끼고 끙끙거리고 있는데 리하쿠가 갑자기 깨달음을 얻은 표정을 지었다.

"오, 한 가지 좋은 방법이 있다!"

리하쿠는 그렇게 말하며 입술을 히죽 일그러뜨렸다.

"뭐죠?"

"네가 그 아저씨한테 아빠라고 한 번만 불러 주면 그 아저씨도 뭐든 다 시키는 대로 하지 않을까?"

그 말에 마오마오가 어떤 반응을 보였는지는 굳이 말할 필요도 없다.

"…미안, 방금 그 말 취소."

리하쿠는 금세 시선을 돌리고 사과했다.

자신이 그럴 만한 표정을 지었던 모양이다.

귀가 따가울 정도로 요란한 피리 소리가 들렸다.

진시는 긴장의 끈이 다소 풀리는 기분이 들었다. 그 피리는 명령받은 일이 끝났다는 표시로 부는 물건이었다. 상황에 문제가 있을 경우 짧게 여러 번, 아무 문제없을 경우 길게 한 번으로 정해 놓았다.

리하쿠가 마오마오를 무사히 요새 밖으로 데리고 나간 모양이었다.

진시는 긴 복도를 빠져나갔다. 미리 봐 두었던 지도를 떠올려 보면 이 너머에 있는 것은 커다란 연회장과 집무실, 그리고 주거 공간일 터였다.

진시의 뒤에는 바센이 있었다. 그 자리는 본래 가오슌이 있어야 할 위치였지만 가오슌은 자기 나름대로 할 일이 있었다. 아버지의 일을 대신 이어받아 할 때마다 바센은 항상 오른쪽 어깨를 추켜올리는 버릇이 있었다.

"너무 긴장할 필요는 없다."

진시는 바센에게만 들릴 만큼 작은 목소리로 말했다.

바센의 뒤에는 무관이 두 사람 더 붙어 있었다.

"그럼 제가 앞서 가게 해 주십시오."

바센이 무슨 말을 하고 싶은 건지는 진시도 잘 알았다. 진시의 앞과 뒤에 호위를 배치하여 감싸고 싶은 모양이었다.

진시는 슬며시 웃으며 무거운 문을 열려 했으나, 문득 불길한 예감이 느껴졌다.

진시는 부하들에게 모두 문 앞에서 피하라고 지시했다.

그리고 문을 열자마자 바로 몸을 벽에 붙였다.

그 찰나, 고막이 터질 정도로 커다란 소리와 함께 탄환이 진시의 옆을 통과했다.

"이게 뭐야?!"

바센이 얼굴을 찡그렸다.

"예상 범위 내의 일이다."

화약을 생산하고 있었다면 안에 페이파쯤은 준비해 놓았을 터였다. 바깥은 날씨가 나쁘고, 점화에 손이 많이 가는 페이파를 사용할 만한 공간은 한정되어 있다. 요새 안에서도 어느 정도 넓이가 확보된 공간이 아니면 쓰기 힘들다.

진시가 예상한 대로였다. 연회장 안에서는 남자들이 다급히 탄환을 새로 채우고 있었다.

"가자!"

진시의 고함 소리와 함께, 안에서 페이파를 끌어안고 있던 남자들이 다급히 칼을 뽑았지만 이미 늦었다. 페이파는 본래 여러 명이 교대로 사용하는 무기다. 첫 공격을 실패했을 경우 탄환을 새로 장전할 시간은 없다.

연회장에 있던 다섯 명 정도의 남자들은 모두 고급스러운 옷을 입고 있었다. 그중에는 낯익은 얼굴도 보였다. 차가운 돌바닥으로 된 연회장에는 화약 특유의 냄새가 가득했다.

"시쇼는 어디 있지?"

이곳에 있는 자들은 모두 시 일족의 인간들이었다. 패배할 것이 뻔한 싸움이었기에 부하들도 모두 도망갔을 테고, 페이파를 꺼내 든 것은 최후의 발악인 듯했다.

"말할 생각이 없나?"

"모, 몰라! 우리는 이럴 생각이 아니었어!"

남자들 중 하나가 소리를 질렀다. 남자는 침을 튀기며 필사적인 표정으로 진시를 쳐다보았지만 금방이라도 덤벼들 것 같은 기세였기에 재빨리 바센이 제압했다.

"우리는 그냥 속았을 뿐이야!"

남자는 바닥에 얼굴이 짓눌리면서도 계속 떠들어 댔다.

"어딜 뻔뻔하게!"

화가 난 바센이 남자의 얼굴을 마룻바닥에 더욱 거세게 깔아 뭉갰다.

"너희가 나랏돈을 횡령하여 이 요새를 보강하는 데 썼다는 증거가 남아 있다! 게다가 이렇게 무기를 갖춰 들었다는 사실만으로도 결과가 어떻게 될지는 잘 알고 있겠지?"

바센은 남자의 목에 칼집에서 뽑아 든 칼날을 들이밀었다. 입가에 게거품을 묻힌 채 떠들던 남자가 얼굴을 일그러뜨렸다.

"모, 몰라! 이건 다 나라를 위한 일이라고 했어. 우리는 그저 나라를 위해…."

바센이 바닥에 칼을 쿵 내리쳤다. 돌바닥에 칼날이 부딪혀 불꽃이 튀었다. 남자는 눈을 허옇게 뒤집으며 조용해졌다. 바닥에 축축한 얼룩이 번져 나갔다.

다른 남자들은 그런 추한 몰골을 내보이긴 싫었는지 모두 입을 다물었으나 눈에는 공포의 기색이 역력했다.

그런 눈으로 자신을 쳐다보지 말라고, 진시는 말할 수 없었다.

아무리 동정을 구한다 한들 자신에게는 뒤집을 수 없는 결정이 이미 내려져 있다.

하다못해 진시가 해 줄 수 있는 일은 상대의 감정받이가 되어 그 시선을 감당하는 일뿐이었다.

"참 인정 많은 분이시군요. 어차피 처형대에 올라갈 바에야 그냥 여기서 전부 한꺼번에 죽여 주시는 게 나을 것을."

뚜벅뚜벅 발걸음 소리와 함께 목소리가 가까워져 왔다.

바센과 부하들이 모두 경계하는 자세를 취했다.

느긋한 걸음으로 뚱뚱한 사내 시쇼가 다가왔다. 그 손에는 페이파가 들려 있었다.

진시는 늙은 너구리라 불리던 그 남자를 바라보았다.

"참 태평한 소리를 하는군, 시쇼."

진시는 품에서 종이를 꺼냈다. 황제의 인印을 받아 온 그 서찰에는 시 일족을 모두 붙잡으라는 내용이 적혀 있었다.

시쇼는 느긋한 동작 그대로 페이파를 들어 올렸다.

"노망이 났나?"

부하들 중 하나가 작은 소리로 속삭였다.

시쇼에게는 불씨가 없다. 그래서 페이파를 사용할 수 없을 거라고 생각한 모양이었다.

하지만 진시는 재빨리 바센과 또 다른 부하의 손을 잡아끌고 바닥에 엎드렸다.

발포음이 들렸다. 탄환은 벽에 맞고 튕겨 나왔다가 운 나쁘게도 바닥에 엎드려 있던 시 일족 남자의 다리에 맞았다. 비명 소리가 연회장 안에 울려 퍼졌다.

"한심하긴. 너도 시험 삼아 짐승을 쏘아 본 적이 있지 않았더냐."

시쇼는 비명을 지르는 남자를 향해 말했다.

"빨리 사람에게 시험해 보고 싶어서 몸이 근질근질하던 것 같았는데, 참 유감스럽구나."

아무런 감정도 깃들어 있지 않은 목소리라고 진시는 생각했다. 마치 정해진 대사를 그대로 읊기만 하는 것 같다고 느껴지는 건 자신의 착각일까.

"흠, 이걸로 끝인가. 조금만 더 시간이 있었다면 좋았으련만."

시쇼는 들고 있던 페이파를 집어 던졌다. 그리고 진시를 돌아보고는 한순간 부드러운 표정을 지었다.

무슨 말을 하고 싶은 걸까.

하지만 그것을 추궁할 수는 없었다.

할 수 있었다 해도 이 사내는 대답해 주지 않았으리라.

"해치워!"

바센이 바닥에 엎드린 채 명령을 내렸다.

피보라가 튀었다.

피둥피둥한 시쇼의 몸뚱이에 세 자루의 칼이 연달아 날아들었다.

시쇼는 비명도 지르지 않고 그저 위만 올려다보았다. 입에서 붉은 거품이 솟구치고 눈은 시뻘겋게 핏발이 섰다. 하지만 쓰러지지는 않고, 위를 올려다본 채 양손을 벌렸다.

웃음소리였을까, 저주의 목소리였을까.

천장에는 아무것도 없었다. 아니면 그보다 더 높은 곳을 바라보고 있었을까. 하지만 진시는 마치 연극을 보는 것 같다고 생각했다. 시쇼라는 남자의 무대를 관람하는 기분이었다.

진시는 알 수 없었다.

대답을 남기지 않은 채, 시쇼는 숨을 거두었다.

허무하다면 허무한 최후였다.

연회장을 통과해 복도로 나가 보니 그곳에는 얇은 옷의 여자들과 화려한 차림새의 남자들이 있었다.

여자들은 누가 안에 있는지 나불나불 다 떠들어 대며 목숨을 구걸했다. 남자들은, 여자들은 시 일족 사람들이지만 자신들은 아니라고 주장했다.

살려 주고 싶은 마음도 없진 않았으나 자신이 살기 위해 타인을 팔어넘기는 그 추한 모습에 진시는 얼굴을 찌푸리며 부하들에게 이들의 체포를 맡겼다.

바로 얼마 전까지 상급 비였던 러우란과 그 어머니인 션메이는 가장 안쪽 방에 있다고 했다.

"아무도 없는데?"

바센이 진시보다 먼저 방 안으로 들어갔다.

안에는 커다란 침대 하나와 긴 의자 여러 개가 놓여 있었다. 아무렇게나 벗어 던진 의복과 곳곳에서 풍기는 향 냄새, 그리고 바닥에 굴러다니는 술병과 곰방대. 어떤 행위가 이루어지고 있었는지 직접 보지 않아도 금세 알 수 있었다. 바센은 분노와는 다른 감정 때문에 얼굴이 벌게졌다.

머리가 어질어질해질 정도로 독한 향에 진시는 저도 모르게 향로를 집어 던졌다.

향로에서 마른 풀 같은 것이 쏟아졌다. 이곳에 약사 소녀가 있었다면 어떤 작용을 하는 풀인지 알려 주었을 텐데.

"어딜 갔지?"

이어진 옆방에도, 또 노대에도 개미새끼 한 마리 없었다.

"밖으로 뛰어내렸나?"

주위에 있던 모든 사람들이 노대로 가는 가운데 진시는 고개를 갸웃거렸다.

들어온 방, 그리고 이어져 있는 옆방은 구조상 넓이가 같을 텐데 묘한 위화감이 느껴졌다.

안쪽 방이 더 좁은 느낌이었다. 진시는 두 방을 왔다 갔다 했다. 안쪽 방에는 입구가 하나밖에 없었고, 노대 반대편은 벽이었다.

가구가 적어서 넓게 느껴지는 것 같지만, 벽에서 노대까지의 거리는 생각보다 짧다.

진시는 맨 처음 들어왔던 방으로 돌아와 벽 앞에 있는 장롱을 마주 보았다. 옆방과의 넓이 차이가 딱 장롱 폭만큼 되는 느낌이었다.

"......."

진시는 장롱을 열었다. 화려한 옷들이 가득 걸려 있는 가운데, 그것을 헤치고 안쪽으로 손을 뻗었다. 튼튼하게 만들어진 듯 보이는 장롱이었지만 그 안쪽 뒤판은 묘하게 얇았다. 살짝 힘주어 밀어 보니 뒤판이 위로 올라갔다.

진시는 장롱 안으로 들어가, 엎드린 자세로 고개를 그 안쪽으로 들이밀었다. 본래 벽이 있어야 할 그곳에는 트인 공간이 펼쳐져 있었다.

숨겨진 통로였다.

그리고 어슴푸레한 불빛이 보였다.

"타아아앙!"

장난기 섞인 목소리가 들렸다.

진시의 눈앞에는 총구가 들이밀어져 있었다. 안쪽으로 이어지는 통로에 러우란이 서 있었다. 진시가 아는 페이파와 비교하면 다소 복잡한 형태를 띤 총을 든 채로. 아까 시쇼가 쏜 페이파와 비슷해 보였지만 그것보다 훨씬 작아서 좁은 공간으로도 가지고 들어갈 수 있을 정도였다. 화약뿐만 아니라 신형 페이파까지 생산하고 있었다니, 정말이지 깜짝 놀랄 일이었다.

"편의상 진시 님이라고 부르도록 하겠어요."

러우란은 진시에게 총을 들이댄 채 말했다.

러우란은 온몸이 그을음투성이에 머리는 다 그슬린 상태였다. 손에 든 촛대의 촛불이 말할 때마다 흔들렸다.

"따라와 주셨으면 하는데요."

"거절한다면?"

"그래서 이렇게 협박하고 있잖아요."

당당한 그 말투에 진시는 오히려 시원스러움마저 느꼈다.

진시는 신형 페이파를 쳐다보았다. 구조로 볼 때 기존의 물건과 어느 부분에서 다른지 확인하면서, 진시는 양손을 들었다.

"알겠다."

진시는 짧게 말하고 러우란을 따라가기로 했다.

진시가 본 겨냥도에는 숨겨진 통로가 그려져 있지 않았다. 숨겨진 통로이니 당연히 지도에 그려 버리면 의미가 없을 터였다. 아니면 시쇼가 새롭게 개축한 통로인지도 모른다.

좁은 통로였기에 러우란은 뒷걸음질을 치면서도 계속 진시에게 총구를 들이밀고 있었다. 진시를 앞세워 걷게 하는 게 편했겠지만, 옆을 스쳐 지나갈 때 페이파를 빼앗길 수도 있으므로 그 점을 경계하고 있는 모양이었다.

"정말로 얌전히 따라와 주시네요."

"따라오라고 한 건 너 아니었나?"

진시가 쌀쌀맞게 대답하자 러우란은 키득 웃었다. 신기하게도 후궁에 있을 때보다 훨씬 인간미 넘치는 표정이라는 느낌이 들었다.

"제게서 이것을 빼앗는 일 정도는 아주 쉬울 텐데요?"

"……."

장담은 못 하겠지만, 그래도 상대를 무력화시키는 건 가능할 거라고 진시는 생각했다.

하지만 그 말은 하지 않고 그저 침묵만을 지켰다.

좁은 통로는 공기가 희박한지 촛불이 자꾸 꺼지려 했다. 그리고 그것이 꺼지기 직전, 두 사람은 숨겨진 방에 도착했다.

안에는 통풍구가 뚫려 있는지 꺼져 가던 촛불이 다시 살아났다.

흔들리는 불빛에 비쳐, 러우란 말고 다른 여자 두 명의 모습이 더 보였다. 한 명은 러우란을 꼭 닮은, 젊은 여성으로 얼굴에는 퍼런 멍이 들어 있었다.

"스이레이 언니, 혹시 또 몹쓸 짓을 당한 건 아니죠?"

여자는 파르르 고개를 가로저었다. 스이레이라 하면 예전에 시체가 되었다가 살아난 관녀의 이름이다. 그리고 그 얼굴은 얼마 전 후궁에서 보았던 신참 환관의 것이었다.

진시는 또 한 명, 중년 여성 쪽을 돌아보았다. 복장도 요란하고 화장도 화려하다고 진시는 생각했다. 나잇값도 못하는 그 모습은 후궁에 있을 무렵 러우란의 모습과 비슷했다.

방에 있는 가구라고는 의자 둘, 탁자 하나가 전부였다.

"러우란, 그 남자는….."

"네, 어머님. 어머님의 소원을 이루어 드리기 위해 데려왔어
요."

러우란의 모친 션메이는 눈꼬리를 날카롭게 올리며 진시를
노려보았다.

"줄곧 원망하고 계시지 않았나요? 이 모습을. 누군가를 닮아
서였을까요, 아니면 어머니 당신보다 아름다운 이 모습에 질투
가 나서였을까요?"

"러우란!"

션메이는 딸을 향해 고함을 질렀다. 하지만 러우란은 꿈쩍도
하지 않고 대신 스이레이가 떨었다. 이야기를 듣고 있으니 스
이레이의 인상이 자신이 알던 것과 너무나 다르게 느껴져, 진
시는 놀랐다.

"제가 농이 지나쳤군요. 자, 그럼 어머님의 소망을 이뤄 드리
기 전에 한 가지 여흥을 즐겨 볼까요."

러우란은 촛대를 탁자 위에 내려놓고 페이파를 자기 옷 허리
띠에 끼웠다.

그리고 낭랑한 목소리로 이야기를 시작했다.

러우란의 이야기는 선제 시대에 일어난 일이었다.

우둔하고 어리석은 황제는 모친의 꼭두각시가 된 채로 정사를 보았다. 선제의 흉을 이토록 당당히 보는데도 화가 나지 않는 이유는, 그것이 사실이라는 것을 진시 스스로도 잘 알고 있기 때문이었다.

아버지라던 그 남자를 무서워한 적은 한 번도 없었다. 하지만 그 뒤에 서 있던 여제는 무서웠다.

진시는 오래된 기억을 떠올렸다. 여제의 최후가 어땠는지는 잘 생각이 나지 않았다. 하지만 그 뒤를 쫓듯 선제도 세상을 떠났던 일만은 기억하고 있었다.

여제는 여자에 관심을 보이지 않는 아들 때문에 안절부절못하며 후궁에 계속 미녀들을 불러 모았다. 그리고 어느 날, 북쪽에 있는 일족의 족장에게 딸을 바치라고 요구했다. 겉으로는 아들의 상급 비로 들이고 싶다는 이유였다.

"…무슨 이야기를 하는 거니, 러우란?"

딸의 이해할 수 없는 이야기에 어머니 셴메이가 물었다. 자신이 아는 옛날이야기와는 조금 다른 듯했다.

러우란은 키득 웃으며 소매로 입을 가렸다.

"처음 듣는 이야기죠, 어머님? 병석에 누워 계시던 할아버님이 마치 저주하듯 중얼거리시던 이야기인데 말이에요."

고관의 딸을 비로 취하여 인질로 잡는 일은 역사상 드물지 않은 사례다.

"후궁이 이렇게나 커진 이유를 알고 계시나요?"

러우란이 진시에게 질문을 던지듯 말했다.

"네 부친이 그렇게 하도록 여제를 꼬드겼다고 들었는데."

그것이 궁정 내의 일반적인 견해였다. 시쇼라는 사내는 까다롭기로 유명한 여제를 잘 구슬려 환심을 샀다. 원래는 시 일족의 방계 후손에 불과한 자였으나 그 총명함과 어떤 혈통을 물려받았다는 이유로, 후계자가 없었던 본가의 양자로 들어가 '시쇼'라는 이름을 얻었다. 그리고 그 본가가 바로 션메이의 가문이었다.

즉, 션메이는 하사되기 전부터 이미 시쇼의 약혼자라는 이야기였다.

"네, 새로운 공공사업으로서 후궁 확장을 제안했다고 하죠."

참 교묘한 방식이었다고 진시는 생각했다. 후궁 축소가 의제에 오를 때마다 시쇼는 항상 능란한 화술로 그 상황을 넘기곤 했다.

"노예 교역을 대신할 사업으로 말이에요."

러우란의 말에 진시는 눈을 커다랗게 떴다.

션메이 역시 영문을 모르겠다는 표정으로 눈을 둥그렇게 뜨고 있었다.

스이레이는 무표정한 얼굴 그대로였다.

러우란은 진시를 바라보며 생긋 웃고는, 션메이를 돌아보았다.

"어머님은 진실을 모르셨나 보네요. 할아버님이 무슨 짓을 해서 여제의 눈 밖에 나게 되었는지. 그리고 그 감시 때문에 딸을 후궁에 바치게 되었다는 사실도."

당시 노예제는 아직 건재했다. 궁정에도 관노비가 있었다.

하지만 러우란은 **노예 교역**이라고 말했다.

이 나라에서 노예는 본래 기루의 기녀들과 비슷한 취급을 받았다. 자신의 몸값만큼 일을 하거나, 또는 봉공 기간이 끝나면 천민에서 양민이 될 수 있다.

하지만 그것은 국내에 한한 이야기일 뿐 타국으로 노비를 수출하는 일은 금지되어 있었다.

"노예장사는 꽤 이득이 많이 남는 일이라더군요. 그래서 금지되어 있어도 손을 대는 자가 끊이지 않았다고 합니다. 특히 당시에 젊은 처녀들이 비싸게 팔렸다고 하더군요."

족장의 딸을 인질로 잡힌 시 일족은 노예 교역을 축소시킬 수밖에 없었다. 그래도 노예 유출이 아주 사라지지는 않았기 때문에, 후궁이라는 장소를 빌렸다고 한다. 젊은 처녀뿐만 아니라 남자도 들였다. 노예가 될 때 거세해서 팔아 치우는 일도 적지 않았기 때문이었다.

시쇼는 타국으로 팔려갈 수도 있었던 젊은 처녀들을 모아서 일시적으로 보호하는 장소로 후궁을 제안했다. 그것은 여제의 의도와도 일치했다. 나라를 다스리는 위정자로서, 동시에 아들을 걱정하는 한 어머니로서 일석이조의 제안으로 느껴졌던 모양이었다.

딸을 파는 부모들에게도 죄책감이라는 게 있다. 후궁에서 궁녀로 일할 수 있다면, 노예로 파는 길보다는 그쪽을 선택할 것이다.

처녀들이 2년 동안의 봉공 기간에 무슨 기술을 익히거나 교육을 받으면 그 후 노예로 전락할 가능성도 낮아진다. 무엇보다 후궁에서 일했다는 것 자체가 일종의 특권으로 취급되었다.

안타깝게도 후궁이 너무 비대해진 탓에 교육 운운하는 문제는 잘되지 않았지만 말이다.

"물론 여제의 의도가 하나가 아니었던 것과 마찬가지로, 아버님의 생각 또한 하나가 아니었지만요."

여제의 신뢰를 얻음으로써 시 일족은 신용을 회복했다. 그리고 그래도 안 될 경우….

"어머님도 참 안타까운 분이에요. 이렇게 될 바에야 그냥 처음부터 도망치셨으면 좋았을 것을. 기껏 아버님이 그렇게 만들어 주셨는데 말이에요."

러우란이 빠져나온 후궁의 비밀 통로를 말하는 모양이었다.

그래서 그런 통로가 만들어져 있었구나, 하고 진시는 납득했다.

셴메이의 표정이 어두워졌다.

"자기가 쥐고 있는 지위를 버리고 도망치려 하는 남자를 신용할 수 없었던 건가요?"

"러우란, 너는…."

셴메이는 얼굴에 깊은 주름을 잡은 채 딸을 바라보았다. 그 표정에, 러우란이 아니라 스이레이가 겁을 먹었다.

셴메이는 그것을 알아차리고 오물이라도 보는 듯한 눈으로 스이레이에게 시선을 향했다.

"그런 남자를 어떻게 신용하라는 거니? 아버님이 쓰러지신 후 바로 집안을 잇고, 바로 이 계집애의 어미를 취한 인간을!"

스이레이는 여전히 덜덜 떨면서 셴메이를 마주 보았다.

러우란은 키득키득 웃으며 스이레이에게 다가갔다. 그리고 이복 언니의 손을 잡고, 그 옷섶 앞깃을 움켜쥐고는 목에 걸려 있던 것을 휙 잡아당겼다.

진시가 꽂고 있는 은비녀와 똑같은 세공의 물건이 끈에 꿰인 채 걸려 있었다. 진시가 갖고 있는 것은 기린을 본떠 만든 모양임에 비해 스이레이의 소지품은 새 모양이었다. 그것이 봉황이라는 사실을, 아는 사람은 알 것이다.

기린과 마찬가지로 봉황 역시, 그것을 몸에 지닐 수 있는 사람은 한정되어 있다.

"선제는 죄책감을 느꼈던 모양이에요. 후궁에서 쫓아낸 갓난

아기가 걱정되어, 때때로 아버님의 주선으로 얼굴을 비쳤다더 군요."

쫓겨난 의관과 갓난아기를 남몰래 보호해 주었던 게 바로 시 쇼라고 했다.

그리고 그 갓난아기가 자라 결혼 적령기가 되었을 무렵, 시쇼 가 집안을 잇게 되었다.

"선제는 일단 부정하긴 했지만 그래도 자신의 딸이라는 사실 을 알고는 있었던 모양이었습니다. 이렇게 말했다고 하니까요."

'내 딸아이를 처로 들여 주게.'라고.

여제의 신뢰가 두텁고, 선제 자신의 문제 역시 자기 일처럼 해결해 주곤 했던 시쇼는 선제에게 있어서 이상적인 사위의 모 습으로 보였으리라.

그 대가로 무슨 소원이든 다 이루어 주겠다면서 부탁한다면 그 말을 어떻게 거절할 수 있었을까.

여제에게 미움을 받았던 선대 당주는 병석에 눕고, 시 일족의 수장은 이제 여제의 신뢰를 받는 시쇼로 바뀌었다.

션메이를 인질로 계속 잡아 둘 필요도 없다.

그리고 후궁의 꽃을 어떻게 할지에 대해 최대 결정권을 지닌 사람은 황제였다. 황제는 시쇼가 자신의 딸을 아내로 맞이하고 그 사이에서 자식을 낳자, 손녀에게 시스이라는 이름을 붙임으 로써 '시'라는 이름을 내렸다. 그 아이가 바로 지금의 스이레이다.

"이리하여 어머님은 하사된 거예요."

선제는 어리석은 자였다. 그 조치가 자신의 딸에게 어떤 영향을 미칠지 전혀 알지 못했다. 얼마 후 스이레이의 모친은 **병사**하고, 스이레이는 후궁의 전직 의관에게 맡겨졌다.

전직 의관은 그 후 실력을 인정받아 이 요새에서 불로의 약을 만드는 일을 맡았으나, 이것은 또 다른 이야기다.

그 즈음 선제는 병석에 누워 자리보전하게 되었고, 십수 년 후 세상을 떠날 때까지 아무런 사건도 일으키지 않았다. 스이레이가 황제에게서 받은 것은 이름과 이 은세공 하나뿐이고 선제의 손녀라고는 인정받지 못했으며, 러우란이 태어난 후로는 첩의 딸 취급밖에 받지 못했다.

그리고 동생이 태어나고 나서는 진짜 이름마저도 **빼앗겼다.**

"거, 거짓말이야. 말도 안 되는 소리 지어내지 마!"

눈앞에 들이밀어진 진실에 션메이는 뒷걸음질을 쳤다.

스이레이에게도 충격적인 이야기였겠지만 본인은 크게 동요하는 눈치가 아니었다. 그저 불안한 표정으로 션메이의 눈치만을 살피고 있을 뿐이었다. 원래 다 알고 있었는지도 모른다.

"지어낸 거짓말이라고요? 아버님이 쭉 어머님을 위해 했던 일인데요? 파멸밖에 존재하지 않을 최후를 위해 해 온 일인데?"

러우란은 미소를 지으며 자신의 모친에게로 다가갔다.

"지금 이곳에 진시 님이 와 계신 이유를 모르시겠어요?"

러우란은 경멸이 담긴 눈빛으로 모친을 보고는, 진시에게로 시선을 돌렸다.

"아버님은 어떤 최후를 맞이하셨나요?"

"…웃으면서 죽었다."

그 웃음에 어떤 의미가 담겨 있는지 진시는 알지 못했다. 진시는 시쇼가 무슨 생각을 품고 있었는지 전혀 알아차릴 수 없었다.

하지만 러우란의 이야기를 들으니 완전히 다른 시각으로 상황을 바라볼 수 있었다.

시 일족의 반란에 대해, 자신이 처음부터 생각을 잘못했던 게 아닌가 하는 느낌이 들 정도였다.

"…그 남자는 그냥 권력이 탐이 났던 거야. 나를 아내로 들인 이유도 당주로서의 자리를 과시하고 싶어서였을 뿐이겠지."

션메이의 얼굴이 일그러졌다.

한편 러우란은 미소를 지었다.

"하지만 결국 일족 내에서 어머님은 아버님보다도 더 큰 위세를 떨치셨잖아요. 어머님께 아첨하는 일족의 인간들이 어떤 자들인지 어머님은 알고 계셨나요?"

뇌물과 횡령을 서슴지 않던 어리석은 자들은 션메이의 비위를 맞추는 데에 급급했다. 션메이의 눈에 들기만 하면 당주인 시쇼는 전혀 참견하지 않는다. 어차피 양자로 들어온 남자이기 때문에 궁정 내의 권력에 비해 일족 내에서 시쇼의 힘은 그리 대단치 못했다.

션메이는 자신에게 쓴소리를 하는 자들을 일족 내에서 하나 하나 쫓아냈다. 결국 상처는 계속해서 곪아 가기만 했다.

여기서 일그러진 인식의 오차가 드러난다.

후궁 확장과 국고 횡령, 그 두 가지가 어떤 의도로 행해진 일 인지 전자와 후자를 잘 구분했어야 했다. 모든 것을 시 일족과 하나로 묶어 취급해서는 안 되는 일이었다.

러우란은 진시의 얼굴을 보고 히죽 웃었다. 진시가 자신의 말 뜻을 알아들은 것을 보고 만족한 눈치였다.

현제 시대로 넘어와 노예 제도는 폐지되었다. 지금도 수면 아 래에 남아 있긴 하지만, 그래도 노예제 폐지가 비교적 원활하 게 진행된 것은 시쇼와 여제의 후궁 사업 덕분이라고 할 수 있 었다.

진시 또한 후궁을 축소시키기 위해 그것을 대신할 사업이 없 는지 모색했다. 그리고 시 일족이 거기에 개입하여 훼방을 놓 은 적이 있었다.

"아버님은 너구리 너구리 놀림을 받으셨다고 하지만 너구리 는 사실 무척 겁이 많은 짐승이지요. 스스로가 약하고 작은 존재라는 사실을 알고 있기 때문에 신중하게 상대를 속이려 하는 거예요."

'속이려 한다'는 말을 들으니 그제야 납득이 갔다.

웃으면서 죽어 간 시쇼. 그 행위가 도대체 무엇을 의미했던 가. 자신은 겁 많은 너구리에게 끝까지 속은 셈이었다.

"아버님은 마지막까지 악당 역할을 충실히 이행하셨나요?"

러우란은 공허한 미소를 지으며 물었다.

그 한마디에 진시는 시쇼의 목적을 겨우 이해할 수 있었다. 시쇼는 이 나라의 부패를 한 몸에 모은 필요악으로서 존재했 다. 보답받지 못할 악역을 자처한 셈이었다.

진시는 주먹을 불끈 부르쥐었다. 손톱이 손바닥에 파고들어 피가 배어 나왔다.

"그 말이 사실이라는 증거가 어디 있지?"

"궁정을 좀먹던 곪은 상처가 상당 부분 제거되었을 텐데요."

"잘될 거라는 확신도 없이 그런 일을 시작했다고?"

"잘되지 않을 경우 그냥 나라를 손에 넣어 버리면 그만이니까 요. 이런 일 때문에 나라가 기울게 된다면 그런 나라는 그냥 없 어지는 편이 낫죠."

러우란의 말투는 무책임하게 들렸다.

"너, 너는 지금까지 그런 짓을 저지르고 있었단 말이야?!"

션메이가 떨리는 목소리로 말했다.

"그 남자랑 한패가 되어서 나를 속였다고?"

"속였다뇨, 전 그냥 어머님이 말씀하신 대로 했을 뿐이에요. 이런 나라 따위는 그냥 멸망해 버리는 게 낫다고 하셨잖아요. 어머님의 말씀에 거역하는 자는 일족의 사람이라 해도 전부 내쫓고, 감언이설을 읊어 대는 바보들만 곁에 두셨죠. 그렇게 어중이떠중이들만 득실거리는 오합지졸이 관군과 싸워 이길 만한 힘을 어떻게 기르겠어요?"

딸의 차가운 말에 션메이는 눈꼬리를 올리더니, 러우란에게 덤벼들었다. 화려한 장식이 달린 손톱이 러우란의 뺨을 스쳐, 두 줄의 붉은 선을 남겼다.

"그 때문에 이걸 만들어 둔 거잖아!"

션메이의 손에는 페이파가 들려 있었다.

"어머님 손으로는 다루기 벅찬 물건이에요. 이리 주세요."

"시끄러워!"

러우란이 큭큭 웃었다. 그것은 비웃음이었다.

"뭐가 그렇게 재미있다는 거지?"

"어머님이 너무나도 소인배라서요."

그 한마디에 션메이가 얼굴을 일그러뜨리더니, 들고 있던 페이파를 쏘았다.

진시는 몸을 숙였다.

귀가 따가울 정도로 커다란 소리가 울려 퍼지고, 무언가가 튀어 올랐다.

"저는 참 나쁜 딸인가 봐요. 아버님의 의도를 생각하면 사실 이래서는 안 되는데."

러우란의 뺨에는 멀찍이서 튄 피가 묻어 있었다.

그리고 그 앞에는 새빨갛게 물든 션메이가 서 있었다. 션메이의 손에는 폭발한 페이파가 간신히 형태만 남아 있었다.

"신형은 구조가 복잡하거든요. 그건 시험 삼아 제작한 물건이고요."

처음부터 그냥 진시를 협박하기 위해 가져왔을 뿐이었다. 어쩌면 그 속을 무언가로 꽉 채워 막아 놓았을지도 모른다.

"진시 님은 왜 제게서 페이파를 빼앗으려 하지 않으셨나요? 빈틈을 노렸다면 얼마든지 빼앗을 수 있었을 텐데."

"하고 싶은 말이 있었던 것 아닌가?"

"후훗, 가진 거라곤 얼굴밖에 없는 얼간이였다면 차라리 좋았을 텐데."

웃으면서 무례한 소리를 내뱉은 러우란은 피로 물든 션메이에게서 페이파를 빼앗아서는 집어 던져 버렸다. 그러고는 션메이를 조심스럽게 눕힌 뒤 떨리는 어머니의 손을 꽉 잡았다.

"아버님이 돌아가셨어요. 눈물 한 방울이라도 흘려 주세요. 아버님은 계속 어머님을 기다리고 계셨단 말이에요. 어머님이 눈물을 흘리셨다면 저도 그런 말까지는 안 했을 텐데."

시쇼는 선제의 부탁을 받기 전까지 첩 하나 들이지 않고 줄 곧 독신으로 살았다고 했다. 어이없을 정도로 순정파였던 그 남자는 오로지 어린 시절 정해진 약혼자 한 사람만을 깊이 사랑했다.

"……."

션메이는 아무 말이 없었다. 말을 할 수도 없었다. 폭발 때문에 션메이의 얼굴에는 금속 파편이 튀어, 아름다웠던 얼굴은 이제 흔적도 남지 않았다. 그저 시뻘겋게 젖어 있을 뿐이었다.

스이레이는 그 모습을 그저 떨면서 지켜보았다.

"다른 방법은 없었나?"

진시는 자리에서 일어나 러우란에게 물었다.

"있었을지도 모르죠. 하지만 모든 사람이 원하는 바를 다 이루기란 정말 어려운 일이에요. 저희는 그렇게까지 현명하지 못해요."

션메이는 그저 미워하기만 했다. 자신을 농락한 이 나라를 멸망시키고 싶었다.

시쇼는 션메이를 위해 계속 움직였다. 그 때문에 어떤 대가를 치르게 되더라도, 오로지 머릿속에는 션메이밖에 없었다. 그리고 동시에 나라를 버리지도 못하는 충신이었다. 몇 십 년 동안 악역을 자처하여 충실히 연기했을 정도로.

스이레이가 무슨 생각을 하는지는 모른다. 어머니, 그리고 할머니의 원한을 풀고 싶었을 뿐인지도 모르지만 지금은 그저 공허한 시선 너머에 비친, 깔딱깔딱 마지막 숨이 넘어가는 션메이의 모습을 보며 안도하는 듯 보이는 건 기분 탓일까.

마지막으로 러우란은….

"주제넘은 말일지도 모르지만 부탁을 두 가지만 들어주시면 안 될까요?"

"뭐지?"

"감사합니다."

원래는 절대로 이루어질 수 없는 일이라는 사실을 알고 있는지, 러우란은 깊이 고개를 숙였다.

그리고 품에서 무슨 종이를 꺼내 진시에게 건넸다.

진시는 그것을 훑어보았다. 거기에는 진시가 생각지도 못한 내용이 적혀 있었다.

"?!"

"사실은 이것을 빌미로 목숨을 구걸할 생각이었는데, 일이 잘 풀리질 않았네요. 거기에 적혀 있는 일은 앞으로 이 나라에 일어날 수 있는 일들입니다. 그것이 일어날 때 시 일족이 있으면 방해가 되어 나라가 멸망할지도 모릅니다."

그 종이에는 이번 반란 사건보다 훨씬 더 큰 사건이 일어나리라는 예측이 적혀 있었다.

러우란은 자기 어머니의 몸을 쓰다듬었다. 션메이는 막 숨을 거두려 하고 있었다.

"일족 중에서 그래도 생각이 멀쩡한 사람은 이미 오래전에 원래 이름을 버렸습니다. 언니도 마찬가지예요. 그자들은 **한차례** 죽은 사람으로 취급하고, 그냥 못 본 척해 주시면 안 될까요?"

"…노력해 보지."

"그럼 한차례 죽은 사람은 봐주신다는 말씀이시지요?"

러우란이 확인하듯 물었다.

스이레이는 선제의 핏줄인 이상 함부로 대할 수 없는 존재였다.

"감사합니다."

러우란은 다시 한번 고개를 숙이고는 선메이의 손을 잡았다. 뭉그러진 손가락 끝에 뒤틀린 손톱 장식이 간신히 붙어 있었다.

러우란은 그 장식을 떼어 자신의 손가락에 붙였다.

동시에 진시는 기척을 느꼈다.

겨우 진시가 사라졌다는 사실을 알아차린 부하들이 숨겨진 통로를 발견한 모양이었다. 러우란도 그 기척을 알아챘을까.

"그럼 또 한 가지 부탁드릴 일이 있습니다."

러우란의 손이 진시에게로 뻗어 왔다. 긴 손톱 장식이 달린 손이 다가왔다.

러우란은 천천히 움직이는 듯 보였다.

피하려 들면 얼마든지 피할 수 있었다. 하지만 진시는 움직이지 않고 그 손길을 받아들였다.

뒤틀린 가짜 손톱 끝이 진시의 뺨을 할퀴고, 피부와 살점을 파고들었다.

상처에서 튄 피가 눈으로 들어갔다. 진시는 한쪽 눈을 감은 채 러우란을 바라보았다.

"감사합니다."

러우란은 세 번째로 감사 인사를 했다. 결국 죽음을 면하지 못한 어머니를 위해, 그 증오스러운 얼굴에 상처를 내는 일. 이제 와서 무슨 의미가 있을까 싶은 그 행위가, 러우란의 미래를 결정짓고 말았다.

"저도 아버지 이상 가는 배우가 될 수 있을까요?"

러우란이 장난스러운 말투로 말하며 션메이를 바라보았다.

"어머님, 이게 제가 할 수 있는 최선이에요."

러우란은 미소를 지으며 반대편 문을 열었다.

하얀 눈이 내리고 있었다. 그곳은 요새의 옥상이었다.

소맷자락을 흔들며 러우란이 하느작하느작 춤을 추었다. 검은 머리카락이 나부끼고, 춤을 추는 러우란의 주위로 가느다란 눈발이 흩날렸다.

좁은 통로에는 예상대로 바센 일행이 도착하여 틈을 엿보고 있었다. 바센은 화가 난 눈빛으로, 여기서 무슨 일이 일어났는지 확인해야겠다는 듯 금세 뛰쳐나왔다.

러우란은 그 모습을 확인하고는 자신의 손가락에 달려 있는 가짜 손톱을 높이 들어 올렸다. 희미한 달빛으로도 거기에 피가 묻어 있다는 사실은 금세 알아볼 수 있었다. 하얀 눈에 반사되어, 새빨간 피를 뒤집어쓴 러우란의 모습은 너무나도 대조적으로 눈에 잘 들어왔다.

그리고 그 뒤에는 얼굴에 상처를 입은 진시의 모습이 있었다.

"아하하하하하하!"

러우란은 갑자기 소리 높여 웃음을 터뜨렸다. 내리는 눈 속에서 그 웃음소리는 크게 울려 퍼졌다.

일견 미친 사람 같았지만, 그 눈만은 이성을 지니고 있었다.

바셴 일행의 표정이 분노로 바뀌었다.

셴메이의 눈동자에서는 이제 완전히 빛이 꺼져 있었다. 자업자득이라고밖에 표현할 수 없는 최후였다.

스이레이가 덜덜 떨면서 손을 뻗었지만 러우란에게는 닿지 않았다.

진시는 러우란이 건넨 종이를 움켜쥔 채, 그 결말을 마지막까지 지켜보는 수밖에 없었다.

설경 속에서 러우란의 소매가 나풀나풀 휘날리고 머리카락이 춤을 추었다.

웃음소리와 함께 발포음이 울려 퍼졌다. 소매로, 뺨으로 그것이 스치는 와중에도 러우란은 계속 춤만 추었다.

진시는 확신했다. 이것은 러우란의 무대이며, 자신과 주위에 있는 모든 사람들은 그것을 돋보이게 해 주는 조역에 불과하다는 사실을.

후궁, 그리고 나라라는 무대에서 황제를 농락한 희대의 악녀. 그것이 러우란의 역할이었다. 아버지 시쇼가 너구리라면 러우란은 여우인 셈이었다.

세간에서는 나라를 기울게 하는 악녀에게 암여우라는 딱지를 붙이곤 한다.

러우란은 춤을 추며 가볍게 이동했다. 깊이 쌓인 눈 위에서 어떻게 그렇게 가볍게 춤을 출 수 있는지 알 수가 없었다. 무관들은 자꾸만 발이 푹푹 빠져 제대로 뒤쫓아 갈 수가 없자, 페이파를 쏘는 데에만 주력하고 있었다.

말렸으면 좋았겠지만.

아니, 그럴 수는 없었다.

세기의 악녀가 펼치는 일생일대의 무대를 망쳐서는 안 되는 일이었다. 눈을 돌릴 수도 없었다.

몇 발째의 총성일까.

퍽, 하는 묵직한 소리와 함께 러우란의 움직임이 멎었다. 코를 찌르는 지독한 화약 특유의 냄새가 주위에 가득 퍼졌다.

러우란의 가슴에 탄환이 박혔다. 러우란이 문득 뒷걸음질을 쳤다. 그 얼굴에 고통의 흔적이 번졌다.

"당장 잡아!"

바셴이 부하들에게 고함을 질렀다.

진시는 그 상황이 너무나도 싫었다. 물론 하는 일 자체는 잘 못되지 않았다. 하지만 무척이나 기대하던 이야기를 끝까지 다 읽기 전, 결말을 강제로 알게 된 기분이었다.

러우란이 일그러진 얼굴에 다시 미소를 띠었다.

그리고, 사라졌다….

아니, 사라진 듯 보였다.

러우란은 그저 뒤로 쓰러진 것뿐이었다. 그러나 그 너머에는 아무것도 없었다. 요새 옥상에서 뛰어내렸다는 뜻이다.

그것이 러우란의 마지막 모습이었다.

몸이 너무나 무거웠다.

요 며칠 동안의 피로가 한꺼번에 전부 밀려온 기분이었다.

요새를 나와, 바로 후발 부대와 합류한 진시는 응급 처치를 받고 뺨의 상처를 꿰맸다. 얼굴을 꿰매는 건 진시인데 왜 주위 사람들이 자기가 아픈 표정을 짓는지 알 수가 없었다. 어쩌면 마취도 안 하고 그냥 꿰매고 있어서 그러는지도 모르겠다.

겨우 합류한 가오슌이 진시를 보고 빨리 자라고 채근했다. 진시는 후발 부대에 있는 것으로 되어 있었기 때문에 가오슌은 자연스럽게 뒤에 남을 수밖에 없었다.

그러고 보니 요 며칠 동안 제대로 눈도 못 붙인 것 같았다.

"그 소녀는 어쩌고 있지?"

"무사하니 빨리 안심하고 주무십시오."

내가 그렇게 졸린 표정인가, 하고 진시는 생각했지만 그렇다고 바로 잘 수는 없었다. 시키는 대로 하지 않는 진시를 보고 안달이 났는지 가오슌은 안쪽 마차를 슬그머니 가리켰다.

"너무 가까이 다가가지 않으시는 편이 좋을 겁니다."

가오슌의 말을 무시하고 안쪽 마차로 가니, 그곳에는 시커멓게 그을린 채 몸 곳곳에 피가 말라붙어 있는 비쩍 마른 소녀가 누워 있었다.

소녀는 여러 겹으로 깐 모피 위에서 잠들어 있었다. 갓난아기처럼 몸을 웅크리고 잠들어 있으니 평소보다 덩치가 더 작아 보였다.

주위에는 하얀 천으로 감긴 무언가가 놓여 있었다.

"시 일족의 죽은 아이들입니다."

가오슌이 말했다.

"왜 이런 곳에서 자고 있지?"

"꼭 그래야만 한다고 간절하게 매달리니 어쩔 수가 없었습니다."

이 소녀 마오마오는 쓸데없이 고집이 센 부분이 있다.

무슨 의도가 있는 행동일까.

"몰골이 너무 처참하군."

"당신도 마찬가지입니다."

가오슌이 비통한 표정으로 진시를 바라보았다. 돌아오자마자 가오슌이 바센을 발로 걷어차던 모습을 떠올리니 진시도 마음이 아팠다. 진시는 자신이 다쳤을 경우 부하가 벌을 받으리라는 사실을 이미 알고 있었다. 그런데도 자신은 그 암여우의 부탁을 들어주고 말았다.

"나는 됐어. 그보다 이걸 군사님께 보여 드리지 않길 정말 잘했군."

이야기를 듣자하니 라칸은 마차에서 뛰어내리다가 착지에 실패하여 그만 허리를 삐끗하고 말았다고 한다. 그래서 지금은 자기 힘으로 한 걸음도 떼지 못하는 상태라고 했다.

진시가 마차로 올라갔다.

"밖에서 기다리고 있어."

가오슌은 제자리에 선 채 천천히 고개를 끄덕였다.

진시는 마오마오의 얼굴을 가만히 들여다보았다. 얼굴에 피가 말라붙어 있었다. 왼쪽 귀는 퉁퉁 붓고, 연고를 덕지덕지 발라 놓았다.

자신과 엮이지만 않았다면 마오마오도 이런 꼴을 당하지는 않았을지도 모른다고 생각하니 진시는 가슴이 아팠다.

귀 말고 얼굴에는 큰 상처가 없어 보였다. 하지만 목덜미에
파란 멍 같은 것이 보였다.

이것도 누군가에게 얻어맞은 자국일까. 어디를 다쳐서 이렇
게 피가 잔뜩 묻은 걸까.

진시는 천천히 손을 뻗었다.

그리고….

"지금 뭐 하시는 건가요, 진시 님?"

날파리가 귀찮아 쳐 내 버리고 싶다는 눈빛으로 마오마오가
이쪽을 쳐다보고 있었다.

눈을 뜨자 바로 코앞에는 아름다운 귀인이 있었다. 귀인은 어째서인지 마오마오를 덮치는 듯한 자세로 목깃에 손을 대고 있었다.

"이, 이건….'

마오마오가 실눈을 뜨고 쳐다보자 진시는 횡설수설 어쩔 줄 몰라 하며 양손을 마구 파닥거렸다. 평소 같았으면 조금 더 오랫동안 노려보았겠지만, 마오마오는 진시의 얼굴에 붕대가 감겨 있다는 사실을 알아차렸다.

"…진시 님, 그건 어떻게 된 건가요?"

마오마오가 목깃 매무새를 고치며 물었다.

"별것 아니다. 그냥 긁힌 상처야."

진시가 감추려는 듯 손으로 그 위를 덮자 마오마오는 부루퉁한 표정을 지었다.

"보여 주십시오."

"보여 줄 만한 몰골이 아니야."

그렇게 나오면 더 신경이 쓰인다. 마오마오는 앞으로 몸을 쭉 내밀고 진시를 몰아세웠다. 진시는 뒤로 물러섰다.

진시를 벽으로 몰아넣은 마오마오는 천천히 손을 뻗었다.

"……."

그 무엇과도 바꿀 수 없는 보물이라고 일컬어지던 아름다운 얼굴의 오른뺨에 비스듬히 상처가 나 있었다. 표피뿐만 아니라 속살까지 찢어진 그 상처는 실로 꿰매져 있었다.

너무나 서툴고 거친 솜씨로 꿰매어 놓았다. 빨리 응급 처치를 하고 새로 꿰매는 편이 낫다. 가능하면 이 자리에서 새로 꿰매고 싶었다. 하지만 마오마오의 손은 누적된 피로 때문에 덜덜 떨리고 있었다.

"전선에 나서셨나요?"

"나 혼자만 안전한 곳에서 구경하고 있을 수는 없잖아."

"그냥 구경하고 계셨으면 될 것입니다. 그런 입장이시니까요."

마오마오는 다소 짜증 섞인 목소리로 말했다.

"일부러 위험한 곳에 발을 들이진 마시라고요. 진시 님이 다치시면 주위에 피해가 가니까요."

마오마오의 말에 진시는 머리를 긁적이며 쓴웃음을 지었다.

"그래, 바센한테도 미안한 짓을 했지. 가오슌의 주먹은 생각보다 꽤 맵거든."

진시는 붕대를 다시 서툴게 감기 시작했다. 마오마오는 진시에게서 붕대를 빼앗았다.

"나도 다칠 생각은 없었는데…."

"누구나 다 그렇지요."

"묘한 부탁을 받아 버려서 말이야."

진시는 속눈썹을 내리깔았다. 흑요석 같은 그 눈동자에 수심이 가득했다.

"…그러고 보니 넌 러우란과 사이가 좋았던가?"

진시가 문득 마오마오에게 물었다.

"비교적."

"친구였나?"

"잘 모르겠습니다."

정말로 잘 알 수가 없었다.

아마도 그것에 가까운 관계이긴 했을 거라고 생각한다. 적어도 마오마오는 그렇게 느꼈다. 하지만 상대가 어떻게 생각했을지는 모르는 일이다. 샤오란과 러우란, 아니 시스이와 함께 수다를 떠는 건 그리 나쁘지 않았다.

"정말로 속을 통 알 수 없는 사람이었으니까요."

"…나도 그래."

진시가 한층 더 비통한 표정을 지었다.

"모르는 채로 끝나 버렸다."

마오마오는 그 말의 의미를 모를 수가 없었다.

"그랬군요."

이미 알고 있던 일이었다. 그때 방을 나가면서 시스이는 마오마오에게 어떤 것을 맡겼다. 그리고 각오를 다지고는 나가 버렸다.

마오마오가 할 수 있는 일은 시스이가 맡긴 바를 끝까지 이행하는 것뿐이었지만….

"진시 님, 좀 쉬시는 게 좋겠습니다."

"그래, 굉장히 졸리다."

진시는 안색이 나빴다. 아마 사로잡혀 있던 마오마오보다 훨씬 몸 상태가 좋지 않을 것이다. 눈 밑에도 희미한 그늘이 지고, 입술도 바짝 말라붙어 윤기가 없었다.

후딱 자기 마차로 돌아가서 한숨 자면 좋을 텐데, 놀랍게도 진시는 마오마오가 자고 있던 모피 위에 드러누웠다.

마오마오는 노골적으로 얼굴을 찌푸렸다.

"진시 님, 여기서 주무시면 안 됩니다."

"왜, 난 피곤해."

"왜냐고 물으신다면…."

마오마오는 주위를 둘러보았다. 마차 안에는 다섯 개의 뭉치가 있었다. 시 일족의 아이들이었다.

"이곳은 부정한 장소니까요."

"…그건 나도 안다."

"그럼….."

말이 다 끝나기도 전에 진시가 마오마오의 손목을 붙잡고 자기 쪽으로 끌어당겼다. 그 손은 몹시도 차가웠다.

둘은 여러 겹으로 쌓인 모피 위에 서로 마주 보고 누웠다.

"그렇다면 너는 왜 여기에 있는 거지?"

"제게도 어린아이들을 가엾게 여기는 마음 정도는 있습니다."

마오마오는 미리 생각해 두었던 핑계를 입 밖으로 냈다.

"그렇겠지. 내 눈에는 좀 신기하게 보이긴 하지만."

진시는 누운 채로 고개를 살짝 갸웃거렸다.

"네게 약을 가르쳐 준 선생이 너한테 절대 시체를 건드리지 말라고 했다면서?"

'그걸 왜 기억하고 있어!'

마오마오는 하마터면 무심코 얼굴을 찌푸릴 뻔했다.

"그런 네가 이렇게 시체가 많은 곳에 있는 게 이해가 안 되는군."

묘한 데서 날카롭다.

마오마오는 자신을 물끄러미 쳐다보는 두 눈에서 어떻게 도망칠지 열심히 머리를 굴렸다.

그러느라 잠시 동작이 멈춰 있는 사이 진시의 손이 뻗어 왔다. 그리고 마오마오의 목깃을 열어젖혔다.

"너야말로 어떻게 된 거야, 이건?"

진시가 미간에 주름을 잡으며 말했다.

목깃을 들추자 나타난 어깨의 맨살에는 퍼런 멍이 들어 있었
다. 션메이의 부채에 맞은 자국이었다.

조금 부끄럽긴 했지만, 마오마오는 담담하게 일을 진행하기
로 했다.

"아주 몹쓸 인간이 있었습니다."

"…봉변을 당한 건가?"

차가운 목소리가 들렸다.

"여자였습니다."

마오마오는 단호하게 덧붙였다.

이 남자는 툭하면 남의 정조 문제에 참견하는 버릇이 있다.

멍 자국을 더듬던 손가락이 아래로 쭉 미끄러지는 바람에 마
오마오는 저도 모르게 몸을 움찔했다.

"흉터가 남지는 않겠지."

"이 정도 멍은 금방 빠집니다."

스치는 손끝의 감촉이 당황스러워 마오마오는 뒤로 물러나려
했지만, 진시의 손은 물러나는 만큼 더 앞으로 뻗어 왔다.

"흉터를 남기진 마라."

"그 말씀, 그대로 똑같이 해 드려도 될까요?"

마오마오의 말에 진시가 파안대소했다.

"나는 남자다. 아무 문제없어."

"진시 님의 경우에는 그런 문제가 아닙니다."

"그런 건 내 알 바 아니야."

"그럼 저도 제 알 바 아니죠. 상처 하나 따위에 가치가 좌우된다면 제 가치는 그 정도라는 말입니다."

"너도 방금 전 나한테 실컷 퍼붓지 않았나?"

진시는 누운 채로도 마오마오의 손목을 놓아주지 않았다. 방금 전까지 차가웠던 손이 조금씩 따스해져 왔다.

"나는 상처 하나 때문에 가치를 잃을 만한 인간인가?"

진시가 물었다. 마오마오의 손목을 잡은 손에도 힘이 들어갔다.

"가진 건 얼굴밖에 없는 허수아비인가?"

그런 물음에 마오마오는 자연스럽게 고개를 가로저었다.

"오히려 조금쯤은 흉터가 있는 편이 나을지도 모릅니다."

마오마오는 저도 모르게 본심을 토했다.

진시는 지나치게 아름답다. 보는 사람을 미치게 만들 정도의 미모다. 주위 사람들은 모두 진시의 외모에만 시선을 빼앗긴다. 진시의 본질은 생김새처럼 화려하고 아름다운 게 아니라, 수수하고 올곧은 사람이라고 마오마오는 생각했다.

그리고 그것을 아는 사람은 진시의 주변에 있는 극소수의 인간들뿐이다.

마오마오는 후, 하고 한숨을 내쉬고는 아주 희미한 미소를 지었다.

"전보다 더 남자다워지신 것 같은데요."

그 순간 진시가 입을 꾹 다물었다. 그리고 어쩔 줄 몰라 하며 주위를 두리번거리더니 눈을 감았다 떴다 하면서 고개를 마구 흔들어 댔다.

"왜 그러시죠?"

마오마오가 묻자 진시는 비어 있던 손으로 뒷목을 긁었다.

"…주위 상황을 봐서 참으려고 했는데."

"참고 계셨던 건가요? 잠이 온다면 빨리 여기서…."

빨리 여기서 나가 한숨 주무시라며 내쫓으려 했다.

하지만 졸린 것을 참고 있었던가 했더니, 진시는 다시 한번 마오마오의 손목을 잡아당겼다.

진시는 마오마오와 마주 보고 앉아, 마오마오의 양어깨를 감싸듯 움켜쥐었다.

"아까 그 상처를 봤을 때는 평정심을 유지할 생각이었는데…."

진시는 거북한 표정으로 조금씩 마오마오에게 다가왔다. 따뜻한 숨결이 마오마오의 얼굴에 닿았다.

"뜻밖이긴 하지만, 생각했던 이상으로 잘될 것 같군."

"네?"

문득 생각을 되짚어 보았다. 이런 상황이 전에도 있었던 것 같다. 그리고 지금 이 자세는 왠지 모르게 좀 위험한 느낌이 든다. 마차 기둥에 등이 닿아, 도망칠 길도 없었다.

"진시 님, 이제 그만 잠자리에 드시는 편이 좋지 않을까요?"

"아직 괜찮아."

이 인간은 시커멓게 눈이 움푹 들어간 상태로 도대체 무슨 소리를 하는 거지.

"진시 님, 상처를 다시 꿰매야 합니다. 진통제를 처방해 드릴 테니…."

"앞으로 반 시간 정도는 견딜 수 있어."

"반 시간 동안 대체 뭘 견디시겠다는 건가요?"

진시는 마오마오의 질문을 무시했다. 지나치게 피곤한지 그 눈빛은 마치 들개 같았다.

'이거 큰일 났네.'

몸을 뒤틀어 빠져나오려 해도 상대의 힘이 훨씬 세다.

진시의 얼굴이 점점 가까이 다가오고, 코가 맞닿기 직전에 이르렀을 때였다.

부스럭 소리가 났다.

진시는 깜짝 놀라 몸을 움찔했다.

"도, 도대체 뭐야?"

소리가 난 것은 아이들을 뉘여 놓은 자리 쪽이었다.

"?!"

마오마오는 이 기회를 놓칠세라 진시를 밀쳐 내고 소리가 난 쪽으로 다가갔다.

그리고 흰 천에 둘둘 말려 있던 아이들의 손목을 하나하나 짚어 나갔다.

'아니야, 얘도 아니야.'

세 번째 아이의 손목을 만져 보았을 때였다.

"…윽…."

작은 입이 희미하게 움직였다.

아주 약하게나마 맥이 두근두근 뛰고 있었다.

'이 아이들이 벌레였다면 겨울을 날 수 있었을 텐데.'

시스이의 말이 떠올랐다.

방울 소리를 내며 우는 벌레는 암컷이 수컷을 잡아먹은 후 암컷 자신도 죽는다고 한다. 새끼만이 살아남아 겨울을 나게 된다.

시스이는 자기 일족을 벌레에 빗대어 이야기했다.

그리고 시스이는 마오마오에게 또 하나의 단서를 제공해 주었다.

이국에서 가끔 비술의 약으로 사용되는 것.

사람을 한번 죽였다가 다시 한번 살아나게 하는 약.

사람을 죽일 때에는 독을 쓴다. 하지만 그 독은 시간이 흐름에 따라 효력이 점점 약해진다. 그러다 이윽고 무독이 되었을 때, 죽었던 사람은 되살아나게 된다.

되살아나는 약에 대한 지식은 스이레이가 가르쳐 주었다. 그 또한 시스이의 계산이었을까.

"살아 있는 건가?"

뒤에는 진시가 있었다.

하지만 마오마오는 진시를 신경 쓸 틈이 없었다. 지금은 아이의 몸을 문지르고 쓸어내리며 어떻게든 소생을 성공시키는 일이 더 중요했다.

그 때문에 마오마오는 시스이에게 끌려갔던 것이다.

되살아난 아이를 진시가 어떻게 할지는 알 수 없다. 그러나 지금은 핑계를 대고 있을 상황이 아니었다.

"진시 님, 뜨거운 물, 뜨거운 물을 좀 가져다주세요. 그리고 따뜻한 것! 옷이든 먹을 것이든 아무거나!"

"…한차례 죽었던 자로군."

진시가 큭큭 웃고 있었다.

"당했다. 꼭 여우에게 홀린 기분이야."

"진시 님!"

진시는 혼자서 무어라 중얼거리고 있었지만 그것은 마오마오가 알 바 아니었다. 마오마오는 눈을 치켜뜨고 버럭 소리를 질렀다.

"그래, 그래. 알았다."

진시가 왠지 다소 밝아진 목소리로 대답한 느낌이 들었다. 그 표정은 아까보다 훨씬 부드러워 보였지만, 그러면서도 어딘가 모르게 아쉬움이 남아 있는 얼굴이었다.

어쨌거나 마오마오는 차례차례 되살아나는 아이들의 소생을 돕느라 정신이 하나도 없었다. 모포와 뜨거운 물이 든 통을 가져온 진시는 마차를 나가며 마오마오의 귓가에 속삭였다.

"그다음은 나중에 이어서 하도록 하지."

"네, 네. 알겠습니다."

바쁜 마오마오는 깊이 생각해 보지도 않고 그렇게 대꾸하며 아이들을 돌보는 데에만 몰두했다.

　그날 도성은 난리가 났다. 현 황제가 드디어 정실 황후를 들이면서 그와 더불어 동궁 또한 새롭게 선보였기 때문이다. 세간의 떠들썩한 새해 분위기에 맞춰 유곽 역시 경사스러운 분위기로 가득하고, 어린 여동들도 잔뜩 들떠 있었다.

　황후의 이름은 교쿠요, 그리고 동궁은 그 아들이었다.

　출산은 무사히 끝났다.

　그것은 축하할 만한 일이었지만, 동시에 마오마오의 역할도 끝났다는 사실을 의미했다.

　따라서 마오마오는 태어나서 쭉 살아온 약방에 눌러앉아 약초를 찧고 있었다.

　"야, 주근깨. 나 간식 줘."

　아직 변성기도 되지 않은 소년이 문을 열고 들어왔다. 이름은 쵸우趙迂라고 한다. 앞니가 빠져 바보 같은 얼굴을 한 꼬맹이였다.

옛 이름은 버렸다. 어감이 비슷한 이름을 고른 건 당사자가 예전 이름을 어렴풋이 기억하고 있었기 때문에 할 수 없이 취한 고육지책이었다.

생김새만 봐서는 엄청난 개구쟁이 같지만 이 꼬마가 간신히 기운을 되찾고 밖을 나돌아 다닐 수 있게 된 건 고작 며칠밖에 되지 않았다.

그때까지는 계속 멍한 얼굴로 잠만 자고 있었다. 이렇게 건강하게 움직일 수 있게 된 건 나이가 어리기 때문일까, 아니면 운이 좋았던 때문일까.

그 후 아이들은 다섯 명 다 되살아났다. 마오마오는 동분서주하면서 아이들이 숨을 고르게 쉴 수 있도록 정신없이 도왔다. 다른 장소로 끌려갔던 스이레이까지 불러서 아이들을 소생시키는 데 최선을 다했다.

실험은 아직 중간 단계라고 했었다. 사실은 효과를 더 확실하게 확인하고 나서 약을 사용하고 싶었겠지만, 상황이 급박했기 때문에 아이들에게 약을 먹일 수밖에 없었던 모양이었다.

그래서 약간의 장애가 발생했다.

다섯 아이들 중 제일 늦게까지 눈을 뜨지 못했던 게 바로 쵸우였다.

본래 부모와 함께 교수대에 올랐어야 할 이 아이들에게는 새로운 이름이 주어졌다. 다른 네 명의 아이들은 모두 다른 곳에서 거두어 갔고, 쵸우만은 유곽으로 왔다.

다행인지 불행인지 모를 일이나 쵸우는 기억을 잃었다. 그리고 몸의 절반에 가벼운 마비가 남았지만, 당시의 일을 생각하면 솔직히 운이 좋았다고밖에 생각할 수가 없다.

최악의 경우 끝까지 눈을 뜨지 못할 수도 있다고 생각했을 정도였다.

이유는 모르지만 아무튼 목숨을 보전한 이 아이들은 앞으로 전직 상급 비 아둬의 곁에서 자라게 된다고 했다. 뿔뿔이 흩어지게 하는 편이 낫다는 의견도 있었지만, 그건 너무 불쌍하다며 아둬가 모두 데리고 갔다.

어째서인지 남장을 하고 후궁에 있을 때보다 훨씬 생기발랄하게 돌아다니는 아둬를 보았을 때 마오마오는 깜짝 놀랐다. 그 모습이 진시와 너무나도 닮았기 때문이었다.

'역시, 아니 어쩌면….'

아니, 그만두자. 마오마오는 예전부터 떠올렸던 망상을 머릿속에서 떨쳐 냈다.

아둬가 데려간 건 아이들뿐만이 아니라 스이레이도 마찬가지였다. 스이레이는 궁정 내에서 수많은 일들을 꾸미고 다닌 장본인이었지만 그 행동에는 정상 참작의 여지도 있었고, 무엇보다 선제의 핏줄이라는 사실이 가장 컸다. 덕분에 감시가 붙긴 했지만 죽음은 면했다.

쵸우는 기억을 잃었기 때문에 다른 아이들과 따로 떼어 키우는 게 낫겠다는 의견에 따라 유곽으로 보내졌다.

여하간 여러모로 복잡한 사정이 있는 듯했지만 마오마오하고는 상관없는 일이었다. 분명 상관없는 일이었을 텐데 어째서인지 이 맹랑한 개구쟁이 꼬마는 이곳에 와 있다. 어느 의미에서는 이곳이 가장 안전한 장소이기 때문이라는 이유를 듣긴 했지만, 도대체 뭐가 안전하다는 건지 알 수가 없다.

마오마오는 약서랍을 제멋대로 뒤지는 꼬마의 정수리를 주먹으로 내리찍었다.

"악!! 뭐 하는 거야!"

"맘대로 집어 먹지 마."

마오마오는 언니들이 준 고급 전병 봉투를 빼앗고, 대신 그 서랍 속에 같이 들어 있던 흑사탕 조각을 던지듯 건넸다.

쵸우는 그걸로 만족한 듯 흑사탕을 깨물어 먹으며 약방을 나갔다. 사람 좋은 남자 하인 하나가 때때로 놀아 주곤 하니, 그 하인을 찾아가는 모양이었다.

아이들은 적응력이 뛰어나다더니 정말 그 말이 맞았다. 쵸우는 기억이 없다는 이유로 딱히 우울해하지도 않았다. 예쁜 누나들에게서 귀여움을 받고, 남자 하인이 데리고 놀아 주는 덕분에 지금은 큰 불만도 없는 모양이었다. 녹청관 할멈은 주머니가 두둑해졌으니 한동안은 성깔을 부릴 일도 없을 것이다.

마오마오는 짭짤한 전병을 와작와작 깨물어 먹으며 맨바닥에 아무렇게나 드러누웠다. 그리고 짜부라진 방석을 반으로 접어 베개 대신 베고 천장을 올려다보았다.

양아버지 뤄먼은 유곽으로 돌아오지 않고 궁정에 출사하게 되었다. 본래 불투명한 이유로 후궁에서 쫓겨났지만 그 능력만은 특출했던 아버지였다. 황제도 그냥 돌려보내기는 아쉬웠던 모양이었다.

마오마오가 다시 진시를 모시지 않고 유곽으로 돌아온 데에는 그런 이유도 있었다.

한 번은 세키우가 마오마오를 찾아온 적이 있다.

아무리 본업이 약사라고는 하나, 세키우는 마오마오가 유곽에서 일을 하고 있다는 사실에 몹시 당황한 눈치였다.

무엇을 하러 왔는가 하면.

"이걸 줘 버리지 않으면 꿈자리가 사나울 것 같아서."

그렇게 말하며 세키우가 건넨 것은 조잡한 종이에 쓰인 두 통의 편지였다. 발신인 란에는 땅바닥에 수없이 써 가며 연습했던 이름이 적혀 있었다.

그것은 샤오란이 보낸 편지였다.

마오마오와 시스이가 동시에 사라지는 바람에 샤오란은 무척이나 외로워했다고 세키우가 말해 주었다. 표면상 두 사람은

누군가에게 고용이 되어 후궁을 나간 것으로 되어 있었다고 했
다.

"굉장히 속상해했어. 한마디 언질 정도는 주지 그랬냐면서."

그러는 세키우는 유난히 샤오란에 대해 잘 알고 있었다. 풀
이 죽은 샤오란을 그냥 보고 지나칠 수 없어, 마오마오와 시스
이 대신 세키우 자신이 함께 있어 주었던 게 아닐까 하고 마오
마오는 추측했다.

"일은 그렇게 잘하는 편이 아니었지만 성격이 명랑하면 여러
모로 득 보는 일이 많더라."

샤오란은 후궁에 계속 머물러 있을 수는 없었지만 하급 비들
중 한 명의 눈에 든 모양이었다. 그 하급 비는 친정 여동생에게
샤오란을 하녀로 고용해 달라고 편지를 썼다고 한다. 애교 많
은 샤오란이라면 새 일터에서도 금세 사람들과 허물없이 지낼
수 있을 것이다.

편지는 마오마오 말고 시스이에게 쓴 것도 있었다.

마오마오는 자신 앞으로 온 편지를 훑어보았다.

아직 한참이나 더 연습이 필요한 글씨와 어설픈 문장이었지
만, 샤오란은 최선을 다해 자신의 근황에 대해 적어 놓았다. 글
씨를 틀린 부분이 여러 군데 보였으나, 종이는 아직까지 사치
품이었기 때문에 새로 쓸 수도 없었는지 그냥 붓으로 벅벅 뭉개
지워 놓았다.

마지막에는….

「언젠가 꼭 다시 만났으면 좋겠다. 그 빙과 다시 한번 먹고 싶어.」

그렇게 적혀 있었다.

시스이 앞으로 온 편지는 마오마오가 맡아 두긴 했지만 내용을 읽진 않았다. 그러나 분명 맨 마지막에는 똑같은 문장이 적혀 있으리라.

뺨을 타고 미지근한 무언가가 주르륵 흘러내렸다. 그것이 종이 위로 뚝 떨어져, 글자가 번졌다.

시스이의 시체는 찾지 못했다. 시스이는 페이파에 맞고 요새 꼭대기에서 떨어졌다. 병사들이 그 바로 아래에 쌓인 눈을 열심히 헤쳐 보았지만 그럴듯한 시체는 찾아내지 못했다.

봄이 되고 눈이 녹으면 다시 한번 수색에 나설 예정이라고 한다.

마오마오는 그 시체가 발견되지 않기를 바랐다.

'약 재료를 모으러 가야겠네.'

아버지가 유곽을 나섰을 때는 약을 상당히 많이 만들어 놓았다고 했지만, 당연히 그런 게 아직까지 남아 있을 리가 없었다. 밭도 아마 몹시 황폐해져 있을 터였다.

마오마오는 유곽에서 할 일이 너무나도 많았다.

아마 궁정보다 훨씬 바쁠 것이다.

그 후로 진시를 만난 적은 없었다. 만나려고 해도 만날 수 있는 상대도 아니었다.

군을 지휘하다 얼굴에 상처를 입은 남자가 다시 환관이 되어 후궁으로 돌아갔을 리도 없다.

아마도 진정한 본래의 모습을 되찾았을 것이다.

마오마오는 진시의 원래 이름을 모른다. 안다 해도 그 이름을 부를 일은 없다. 그만큼 서로 사는 세계가 다르기 때문에.

상처 치료는 마오마오가 없어도 수많은 뛰어난 의관들이 해 줄 것이고, 아버지도 있다. 어차피 마오마오가 있어 봤자 할 수 있는 일은 없을 터였다.

이제 환관이 아닌 진시는 수상쩍고 비쩍 마른 꼬마 계집애를 곁에 둘 수 없다. 어차피 앞으로는 굳이 비밀스럽게 행동할 필요도 없다.

이리하여 마오마오는 또다시 유곽의 약방으로 돌아오게 되었다.

녹청관 할멈도 아버지가 없는 이상 마오마오를 기녀로 팔아 넘길 생각은 하지 못할 것이다.

'아, 졸려.'

어젯밤은 밤새 약을 만들었다. 새 약을 만드는 일은 정말이지 어려운 작업이다. 효용을 높이기 위해 복수의 조합을 만들다

보면 때로 독성이 생겨나는 일도 있다.

왼팔에 상처를 내고 여러 종류를 시험해 보았지만 아무래도 눈에 띄는 효용은 없었다.

모처럼 잘되었다 싶어 귀에 난 상처에도 발라 보았으나 그 또한 뚜렷한 효과는 나타나지 않았다.

오랜 세월 상처가 축적된 탓인지, 통각이 상당히 마비된 모양이었다.

'더 깊이 상처를 내 보지 않으면 알 수가 없겠는걸.'

마오마오는 왼손을 내려다보고는, 그 새끼손가락을 끈으로 꽉 묶었다. 그리고 자리에서 일어나 찬장 서랍에서 단도를 꺼냈다.

'좋았어.'

단도를 내리치려 하는데,

"뭘 하려는 거지?"

아름다운 목소리가 뒤에서 들렸다.

"……."

뒤를 돌아보니 기묘한 복면을 쓴 남자가 약방 입구에 서 있었다. 그 뒤로는 얼굴에 고생이 그득한 낯익은 장년의 사내와, 양손을 비비며 아첨하는 웃음을 짓고 있는 녹청관 할멈이 보였다.

"일은 다 끝내고 오셨나요?"

마오마오는 손가락에 묶었던 끈을 풀고 단도를 다시 서랍 속에 넣어 두었다.

"가끔은 쉴 수도 있잖아."

할멈이 재빨리 차를 준비한 뒤 히죽 웃으며 "편히 계십시오."라고 말했다. 차는 고급 백차였고 과자는 연락감軟落甘＊이었다. 보통 녹청관의 세 아가씨를 찾아온 손님에게만 내주는 고급품이다.

"장소는 이곳이어도 상관없을까요?"

어째서인지 할멈은 가오슌에게 그렇게 물었다. 가오슌이 고개를 끄덕이자 할멈은 다소 아쉬운 표정으로 "그럼 푹 쉬다 가시지요." 하고는 문을 닫았다.

'도대체 왜 저러는 거야?'

어쨌거나 진시는 드디어 복면을 벗었다. 흉터가 남아 있긴 하지만 그걸 빼면 그야말로 지보라 할 수 있을 정도로 아름다운 얼굴이 드러났다.

마오마오는 반으로 접었던 방석을 펼쳐 두들겨서 진시 앞에 깔아 주었다. 진시는 그 위에 털썩 주저앉았다.

"많이 피곤하신 것 같은데요."

마오마오는 차와 다과를 진시 앞에 내주었다.

※연락감 : 밀가루나 쌀가루를 물엿과 지방으로 개어 만든 마른 과자.

진시는 일단 찻잔을 입에 댔다.

"여러 가지로 그렇지. 인사 문제는 물론이고, 시 일족이 다스리던 영지 문제도 그렇고."

진시는 크게 한숨을 내쉰 뒤 미간에 주름을 잡았다. 동작이 왠지 가오순을 닮아 가는 건 기분 탓일까.

시 일족은 이미 모두 처형당했다고 들었다. 그 대부분이 요새에 있던 자들이었다.

영지는 국가 관할로 들어왔다. 북쪽 대지는 삼림 자원이 풍부하기 때문에, 앞으로는 국고가 상당히 윤택해질 전망이었다. 시 일족이 중간에서 가로채고 있던 세금은 세율을 낮추어도 충분히 국가의 이득이 되어 줄 것이다.

목재가 있으면 그것을 이용하여 다양한 물건을 만들 수 있다.

'종이 만드는 데 써 주면 좋을 텐데.'

종이 제작에 걸맞은 나무가 있으면 좋겠다고 생각하며 마오마오는 미소를 지었다.

지금까지 그런 산업이 발전하지 않았던 이유는 시 일족의 개입 때문이었을까, 하고 생각하다 보니 마오마오는 저도 모르게 막자사발에 약을 빻고 있었다.

"…이봐, 나를 없는 사람 취급하지는 말라고."

"죄송합니다. 습관이라서 그만."

"뭐, 됐다."

진시는 마른 과자를 깨물어 먹으며 차를 마셨다. 빈 찻잔을 보고 마오마오가 새 차를 준비하려 일어서는데 진시가 그 손목을 잡았다.

"왜 그러시죠?"

진시는 마오마오를 끌어당겨 제자리에 도로 앉혔다. 그러고는 얼굴 옆을 물끄러미 바라보았다.

진시가 빤히 쳐다본 곳은 마오마오의 귀였다. 부채로 맞은 흉터는 이제 다 사라졌을 텐데.

'달콤한 냄새가 나는걸.'

그것은 과자 냄새가 아니라 향 냄새였다. 스이렌의 취향은 여전히 고상한가 보다. 마오마오는 살짝 심술궂은 초로의 시녀를 떠올렸다.

"이제 슬슬 약속을 지켜 줘야겠는데."

'약속?'

무슨 약속을 했던가, 하고 천장을 올려다보고 있자니 진시가 얼굴을 찌푸렸다.

"잊어버렸다고는 하지 마라. 빙과 재료도 전부 다 가져다줬잖아."

'아, 그때 그!'

마오마오는 저도 모르게 손뼉을 칠 뻔했다.

그리고 그 약속 내용을 떠올린 마오마오는 다시 천장만 올려

438

다보았다.

"왜 그러지?"

"앗, 아뇨. 저기, 비녀 말인데요."

마오마오는 꺼질 듯 작은 목소리로 말했다.

"줘 버렸습니다."

"……."

진시의 얼굴이 일그러졌다. 그것은 분노보다는 낙담에 가까운 표정이었다.

이거 큰일 났다는 생각에 마오마오는 어떻게 변명할까 고민했다.

"봄이 되면 찾아올 수 있을지도 모릅니다."

"왜 봄인데?"

"못 찾을지도 모르지만요."

못 찾는 편이 낫다. 만일 찾게 된다면.

"언젠가 돌고 돌아 도성의 노점에 진열될지도 모르지요."

"팔아 치웠단 말이냐!"

"아뇨, 팔진 않았습니다!"

뭔지 모르겠지만 영 어렵다. 어떻게 말해야 좋을까.

"시스이… 러우란에게 주었습니다. 언젠가 돌려 달라고 말하긴 했지만요."

"그랬군."

진시는 고개를 들었다.

"그렇다면, 또 하나의 약속을 지켜 줘야겠어."

또 하나의 약속이 무엇이었더라. 그건 분명…

"이야기를 끝까지 들으라는 말이었던가요?"

"그래, 그거다."

진시는 만족스러운 듯 대답했다.

그래서 마오마오는 무릎을 꿇고 반듯하게 앉아 진시를 마주 보았다.

"자, 그럼 말씀하시지요."

"……."

"말씀하십시오."

하지만 진시는 아무 말도 하지 않고 그저 마오마오를 빤히 쳐다보기만 했다.

"하실 말씀이 없나요?"

"아니, 있긴 한데 잘 생각해 보니 내가 할 이야기는 이미 네가 다 알고 있을 것 같아서 말이다."

진시는 아마 자신의 본래 입장에 대해 이야기하려던 모양이었지만, 이제는 마오마오도 다 알고 있다. 새삼스럽게 할 말도 없는 듯했다.

"그럼 대신 다른 이야기라도 하시지요."

"다른 이야기…"

그러나 진시는 말이 없었다.

""......""

둘 다 침묵했다. 그 상태가 잠시 이어졌다.

'할 얘기가 없는 거냐고.'

마오마오는 약 만들기에 전념하고 싶은 마음에 다시 하던 일로 돌아가려 했다.

그때였다.

진시의 얼굴이 다가와, 마오마오의 목에 달라붙었다.

"…뭘 하시는 건가요?"

미지근한 듯 따뜻한 듯한 무언가가 목에 닿아 있었다. 아니, 착 붙어 있었다. 이가 닿아, 마오마오는 목을 살짝 깨물렸다.

"이 행동의 의미를 아느냐?"

"사람의 타액에는 독이 있는 경우도 있습니다."

짐승에게 물린 자리를 깨끗하게 소독하지 않으면 곪게 되듯이, 사람에게 물린 후에도 똑같은 일이 발생하는 경우가 있다.

"……"

"저는 일을 하고 싶은데요."

"네게는 어지간한 독은 듣지도 않을 텐데 말이다."

깨무는 힘이 강해졌다. 살짝 아파진 마오마오는 진시의 등을 툭툭 쳤다. 하지만 진시는 더 세게 물기만 했기에 마오마오는 저도 모르게 찰싹찰싹 때렸다.

겨우 진시의 입술이 마오마오의 목에서 떨어졌다. 타액이 실처럼 늘어나, 1척* 정도 늘어지다가 뚝 끊겼다.

"저를 물어 죽일 셈이신가요?"

"그러고 싶은 기분도 있긴 해."

이 인간 도대체 뭐야, 하고 마오마오가 생각한 순간 진시가 마오마오를 덥석 끌어안았다.

"우선은 하던 걸 계속해야지."

그렇게 말하며 진시가 히죽 웃었다.

정면에서 본 진시의 상처는 아직 실밥을 뽑지 않은 상태였다. 그 후로 한차례 다시 꿰맸는지, 예전보다 훨씬 정교하게 꿰맨 흔적이 보였다.

'아버지가 새로 꿰맸나?'

그렇게 생각하다 보니 어느샌가 손이 진시의 얼굴을 향하고 있었다. 진시는 눈을 가늘게 뜨고, 왠지 어린애 같은 표정을 지었다.

"너도 독을 머금고 있는 건가?"

진시가 마오마오의 턱으로 손을 뻗으려던 그때였다.

"야, 주근깨!"

요란스럽게 쾅 소리가 났다.

※1척 : 약 30센티미터.

입구 반대편, 손님에게 약을 내줄 때 쓰는 창이 활짝 열려 있었다.

"이거 봐! 너 지난번에 이거 필요하다고 했잖아!"

에헴, 하고 잘난 척 가슴을 펴는 쵸우의 모습이 보였다. 한껏 들어 올린 오른손에는 도마뱀이 들려 있었다.

"오, 잘했어."

마오마오는 고개를 푹 떨군 진시의 품속에서 빠져나와 도마뱀을 받아 들고 항아리 속으로 던져 넣었다.

"어? 저 형은 왜 바닥에 엎드려 있는 거야?"

"일을 너무 많이 해서 피곤하대. 자, 심부름 값."

마오마오는 흑사탕 조각을 하나 건넸다. 쵸우는 또다시 어딘가로 뛰어가 버렸다.

"…그냥 교수대로 보낼 걸 그랬다."

진시가 낮게 으르렁거리는 듯한 소리로 중얼거렸다. 꼭 들개 같았다.

상처 때문인지 진시에게서 중성적인 분위기가 많이 사라지고, 선이 굵어진 인상이 느껴졌다.

잘 보니 문이 살짝 열려 있었고 그 틈으로 눈알들이 보였다.

마오마오가 문을 벌컥 열자 할멈과 가오슌이 깜짝 놀라 몸을 뒤로 젖혔다.

"할멈, 잠자리 준비 좀 해 줘. 향은 숙면을 취할 수 있는 향으로 부탁해."

"알았다, 알았어."

할멈은 안타깝다는 듯 혀를 끌끌 차며 잠자리를 준비하기 시작했다.

마오마오는 아직도 바닥에 엎드려 있던 진시 쪽을 돌아보았다.

"진시 님, 많이 피곤하신 것 같은데요."

진시가 넋 나간 얼굴로 마오마오를 쳐다보고 있었다.

"편하게 쉬시지요."

"알았다, 쉬면 될 것 아니야."

'그래, 그러는 게 좋아.'

하지만 진시는 움직일 기미를 보이지 않았다.

"진시 님."

마오마오는 무릎을 꿇고 앉아 진시의 어깨를 흔들었다.

'그러고 보니 그냥 진시라고 계속 불러도 되는 건가?'

그런 생각을 하고 있는데….

"베개는 이거면 됐어."

진시가 바닥에 꿇은 마오마오의 무릎 위로 머리를 올렸다.

배에 정수리가 닿고, 양팔이 허리를 끌어안았다.

"진시 님."

"……."

자는 척하는 건지 진짜 잠든 건지 진시는 말이 없었다.

할멈이 슬그머니 고급 이불과 향을 방 한구석에 놔두고 나갔다.

마오마오는 한숨을 내쉬고는 막자사발을 집어 들었다.

약초 찧는 벅벅 소리와 그 향이 퍼지는 가운데 잠든 진시의 고른 숨소리가 들렸다.

'나중에 다리 저리겠다.'

마오마오는 그렇게 생각하며 새 약을 만들기 시작했다.

○ ● ○

새해가 밝고 나서 며칠이 지났지만 남자는 아직까지 제대로 쉬지도 못했다. 도성은 몹시 부산스럽고 바쁜 모양이지만 한참 떨어진 이 항구 마을에서 도성 일 따위는 건너편 해안에 난 화재보다도 훨씬 먼 이야기였다.

지금은 그것보다 이 경사스러운 분위기 가운데 어떻게 상품을 팔지가 더 큰 문제였다. 축제가 열리면 남자들은 여자 앞에서 멋진 차림새를 선보이고 싶어 한다. 그것을 이용하지 않을 상인은 없다.

노점에서는 애들 장난감 같은 반지에서부터 수입품 목걸이 등의 고급품까지 팔고 있었다. 상품에 통일감은 없었지만 폭죽

소리가 펑펑 울려 퍼지는 이 시기에는 이런 잡다한 느낌이 딱 좋았다.

"네, 감사합니다….."

방금 전에도 보는 눈 없는 남자 하나가 유치한 장식이 달린 귀걸이를 사 갔다. 이제 고향에 돌아가 연인에게 선물할 예정이라고 하던데, 그 취향을 봐서는 연인도 쓴웃음을 지을 수밖에 없을 것이다. 그러나 남자도 장사꾼이다. 결코 질 좋은 물건이라고 할 수 없는 상품이라 해도 최대한 세 치 혀로 포장하여, 손님을 만족시켜서 그 품에서 돈을 꺼내게 해야만 한다.

남자 손님이 활기찬 발걸음으로 노점을 떠나는 모습을 지켜보고 있는데 눈앞에 새로운 소녀 손님이 등장했다.

이건 그냥 구경꾼이군.

차림새도 별 볼일 없고, 복장이 다소 지저분하기까지 하다. 하지만 옷 자체는 두툼하고 괜찮은 물건이었다. 여기보다 훨씬 위에 있는 북쪽 지방에서 즐겨 입는 옷이다.

다음 손님의 방해가 되기 전에 빨리 내쫓아야겠다고 생각하고 있는데 소녀가 고개를 들었다.

"저기, 아저씨. 이거 매미야?"

"그래, 아주 옛날에 많이 만들어졌던 옥玉으로 된 물건이란다."

남자는 저도 모르게 정중하게 대응하고 말았다. 소녀가 차림새에 걸맞지 않게 우아한 생김새를 지녔기 때문이었을까. 어딘가 모르게 앳된 느낌이 남아 있는 표정이었지만, 체구를 봐서는 이미 성장이 다 끝난 묘령의 처녀였다.

"와아, 재미있다. 옥이구나."

소녀는 옥으로 된 매미를 콕콕 찔러 보았다.

"이봐, 상품이야. 안 살 거면 만지지 마."

깨지기 쉬운 물건은 아니지만 사지도 않을 사람의 손때가 묻는 건 곤란하다.

"사려고?"

"으음, 돈이 별로 없는데."

"그럼 그만둬."

아무리 예쁜 여자애라도 그런 부분에서는 확실하게 선을 그어야만 한다.

소녀는 옥매미가 어지간히 마음에 들었는지 한참을 뚫어져라 쳐다보았다. 사실은 죽은 사람의 입에 물려 놓기 위해 만든 물건이라고 한다면 어떤 반응을 보일까. 그 이야기를 하면 이 소녀도 잽싸게 다른 곳으로 가 버릴 거라는 생각에 남자가 입을 열려던 찰나였다.

"자, 이거."

소녀가 품에서 비녀를 꺼냈다.

"그게 뭐니?"

"물물 교환은 안 돼?"

"흐음."

어차피 별 볼일 없는 물건일 거라는 생각에 남자는 눈을 가늘게 뜨고 비녀를 받아 들었다. 하지만 그 아름답고 정교한 세공은 일개 노점 보석상이 쉽게 만나 볼 수 있는 물건이 아니었다. 아쉬운 것은 한 귀퉁이에 살짝 찌그러진 듯한 부분이 있었고, 그 때문에 비녀의 가치가 크게 떨어진다는 점이었다. 뭐랄까, 비녀의 납작한 장식 부분에 구멍을 뚫으려 한 것 같은 흔적이 있었다. 동그란 무언가가 푹 파묻힌 듯한 자국이었다.

"어때?"

"아니, 이거면 충분해."

만일을 대비하여 출처를 물어볼까 하는 생각도 머리를 스쳤지만 남자는 그러지 않기로 했다. 그저 이것을 손에 넣은 행운을 만끽하면 된다고 남자는 생각했다. 이 비녀는 자루의 문양도 매우 훌륭하다. 자루만 남기고 나머지 부분에는 다른 장식을 달면 충분히 팔 수 있는 상품이 될 것이다.

"그럼 이거 가져갈게~"

소녀는 옥매미를 햇빛에 비쳐 보며 활짝 웃었다. 그 티 없는 미소는 지저분한 차림새마저 빛나 보이게 했다. 분명 황제의 화원, 후궁에 피어나는 꽃이라는 게 이런 소녀를 말하는 게 아닐까 싶었다.

그 웃음에 이끌린 남자는 저도 모르게 말을 걸었다.

"너 정도 되는 애라면 황제 폐하의 화원에 들어가서 풍족하게 살 수 있을 것 같은데 말이야. 그, 뭐라더라? 총비님 이름이, 그러니까…."

"교쿠요 비였던가?"

"그래, 이번에 황후가 되었다는 그분."

가끔 책방 앞에서 초상화를 팔곤 한다. 비싸서 서민들은 도저히 손도 댈 수 없는 물건이지만, 손님 끌기에는 걸맞은 상품이라고 한다.

"교쿠요玉葉라…."

소녀는 옥매미를 보며 주위를 두리번거렸다. 소녀의 눈에 무언가가 포착된 듯하여 남자도 그쪽을 바라보니, 어부가 그물에 걸린 생선들 속에서 바닷말藻藻을 골라내고 있었다.

"저기, 아저씨. 내 이름은 있지, 타마모玉藻*라고 해."

"그래. 바다의 총애를 받기 딱 좋은 이름인 것 같구나."

"응, 그러게. 바다 건너 저편에 가 보는 것도 재미있을 것 같아."

타마모라는 소녀는 씩 웃으며 정박되어 있는 배를 바라보았다. 먼 섬나라에서 일부러 찾아왔다는 배였다. 그 배를 타고 온 교역품들 중 몇 가지는 이 노점에도 진열되어 있다.

※타마모 : 헤이안 시대에 미녀로 변신해 천황을 홀렸다는 구미호. 중국의 달기 등과 더불어 경국지색의 여우 미녀로 잘 알려져 있다.

소녀는 활기차게 팔짝 뛰면서 반짝반짝 빛나는 미소를 지었다.

"고마워, 아저씨. 그럼 안녕~"

그리고 힘차게 손을 흔들고는 항구 쪽으로 달려갔다.

약사의 혼잣말 4권 마침

약사의 혼잣말 [4]

2019년 4월 10일 초판 발행
2024년 3월 10일 2쇄 발행

저자   휴우가 나츠
일러스트   시노 토우코
옮긴이   김예진

발행인   정동훈
편집인   여영아
편집 팀장   황정아 김은실
편집   노혜림

발행처   (주)학산문화사
등록   1995년 7월 1일
등록번호   제3-632호
주소   서울특별시 동작구 상도로 282 학산빌딩
편집부   02-828-8838
영업부   02-828-8986

ISBN 979-11-348-1432-8 04830
ISBN 979-11-348-1428-1 (세트)

값 9,000원